Martin Andersen Nexø

PELLE LE CONQUÉRANT
3
LA GRANDE LUTTE

Traduit du danois
par Jacqueline Lebras
Traduction réactualisée par l'éditeur

Éditions Gaïa

Une première publication de cet ouvrage a paru
aux éditions Messidor en 1988

TEXTE INTÉGRAL

TITRE ORIGINAL
Pelle Erobreren – 3.

ISBN 2-02-081709-8

ISBN édition complète : 2-02-084490-7
(ISBN 2-84720-026-6, 1re publication)

www.seuil.com

I

Le fond humide de la cour était plein de gosses qui jouaient. Ils se pendaient à la rampe et aux montants de l'escalier, ils se balançaient en chantonnant, une tartine de graisse à la main, ou se mettaient à plat ventre et se traînaient sur le pavé visqueux. L'air était froid et humide comme dans un vieux puits ; il avait depuis longtemps éraillé les petites voix et couvert de gourme les visages ; mais par le porche qui donnait sur la ruelle, de chaudes bouffées chargées du parfum des arbres en fleurs arrivaient des fortifications toutes proches.

Le jeu des « chevaliers qui passent le pont » avait pris fin avec la chute du dernier chevalier dans la marmite noire ; « Hansel et Gretel » avaient réussi à s'échapper du couloir de Vinslev le Fou, en sautant par-dessus la bouche d'égout et en se réfugiant dans la maison de pain d'épice ; mais il y avait une grille et la sorcière pouvait passer à travers les barreaux un petit bâton ou une tige de chou pour les tailler en pièces. Les bâtons et les tiges de chou ne manquaient pas aux alentours de la maison de pain d'épice, et la sorcière, on la connaissait ! Elle montait quelquefois du sous-sol pour les chasser et disperser toute la troupe en brandissant une paire de pincettes.

C'était presque trop réaliste, jusqu'à l'odeur des crêpes qui venait de chez le riche Olsen : c'était à peine un conte de fées ! Mais peut-être ce fou de Vinslev allait-il sortir de son trou et raconter comment il avait chargé l'or du roi dans un bateau et l'avait coulé au plus profond du gouffre du Roi, du temps où l'Allemand occupait le pays. C'est tout un navire que le trésor du roi emplissait, personne d'autre que Vinslev ne savait où il avait coulé ; lui-même ne savait plus. Terrible secret, à vous faire tourner la tête. Sur sa veste croisée, le plan était caché : s'il dirigeait le bateau d'un bouton à l'autre, puis plus bas, il était tout près du trésor. Mais il manquait des boutons, maintenant, et il ne pouvait pas retrouver le plan ; tous les jours les enfants l'aidaient à chercher. C'était un travail passionnant, car le roi devait attendre avec impatience !

Il y avait des choses plus merveilleuses encore, comme de s'allonger sur le pavé glissant et de jouer au « Bonheur », un jeu inventé par Hanne. Si de la demi-obscurité d'en bas on promenait le regard par le puits étroit jusqu'au ciel qui flottait tout lumineux là-haut, et qu'on baissait les yeux brusquement, alors il faisait tout bonnement noir comme dans un four. Et dans les ténèbres brillaient des ronds jaunes et bleus là où d'ordinaire se trouvaient la boîte à ordures et les tirettes. Ce flot exubérant des couleurs devant l'œil, c'était le voyage au loin, vers le pays du bonheur, à la recherche de tout ce qui ne peut se dire.

« Je vois bien quelque chose, et je sais bien ce que c'est, mais je ne te le dirai pas », chantonnaient-ils en hochant la tête d'un air mystérieux avec un geste vague.

Ce bonheur aussi pouvait lasser. Mais la grille ronde, sous l'escalier de bois, couvrant l'égout où le père d'Hanne s'était noyé, ne perdait, lui, jamais son attrait. Le gouffre y bouillonnait sans cesse et inspirait aux tout-petits une terreur secrète, tandis que les filles un peu plus grandes se plantaient, les jambes écartées au-dessus de la grille, et, avec de petits cris, se laissaient caresser par les bouffées d'air froid qui en montaient. La grille conduisait droit en enfer et, si l'on regardait assez longtemps, on découvrait un fleuve noir comme de l'encre qui y coulait. À chaque instant cela vous envoyait au visage des effluves fétides : c'était le Diable en personne qui respirait, assis dans un coin, bien sûr, tout au fond. Lorsque, enfin, le regard quittait l'abîme, la cour sombre paraissait baignée de lumière, et l'on pouvait ainsi, à loisir, rendre son univers lumineux ou obscur.

Il y avait toujours des enfants à quatre pattes qui regardaient dans le trou avec terreur. Et, juste au-dessus de la grille, dansait tout l'été une nuée de moucherons portés par le souffle de l'abîme. Ils montaient, retombaient doucement et montaient encore, comme les balles d'un jongleur. Parfois, le gouffre aspirait toute la nuée d'un coup, mais elle remontait aussitôt, oscillait çà et là dans le courant d'air qui venait de la ruelle et ressemblait à un esprit dansant. Les petites filles regardaient bouche bée, pinçaient leurs jupes et faisaient des révérences et des sauts gracieux. La Elvira des Olsen avait appris là ses premiers pas de danse et maintenant elle dansait à ruiner les grands bourgeois de la ville. Et la fille de la marchande d'habits était à Saint-Pétersbourg, où elle était *presque* grande-duchesse.

Tout autour de la cour étroite, à chaque étage, les paliers de l'escalier pourrissaient et penchaient l'un vers l'autre, ne laissant qu'un petit espace où étaient tendues des cordes chargées de linge d'enfant et de serpillières. Les noirs escaliers de bois montaient en zigzag, le long des murs, s'arrêtaient aux paliers et reprenaient ensuite leur ascension, jusqu'au grenier. Sur les paliers et les galeries, des portes s'ouvraient sur des logements ou sur de longs couloirs qui occupaient le cœur de la bâtisse. Du côté de chez le Soiffard, il n'y avait plus ni palier, ni rampe à partir du deuxième. Le temps les avait usés, seule restait la charpente. Les bouts des poutres sortaient encore du mur comme des chicots. Une corde où l'on pouvait s'accrocher pendait d'en haut : elle était luisante et noire du contact de tant de mains.

Par une chaude journée de juin comme celle-là, quand le ciel plombait comme du métal chauffé à blanc par l'ouverture d'en haut, l'escalier pourri se mettait à revivre comme une forêt. Des êtres entraient et sortaient bruyamment derrière les barreaux, des ombres allaient et venaient, un jacassement intarissable emplissait la pénombre. De palier en palier, une odeur aigre de lessive descendait jusqu'au fond, où les enfants jouaient dans les ruisseaux épais qui coulaient des tuyaux de descente. L'escalier craquait sans cesse comme de vieilles branches qui frottent les unes sur les autres, une odeur humide de bois pourri vous prenait à la gorge et tout ce que l'on touchait était gluant comme d'une végétation visqueuse. La vue était limitée à deux pas par l'escalier, mais derrière, on découvrait des mondes. Quand les portes s'ouvraient sur les longs couloirs, on entendait bruire la vie des habitants innombrables des profondeurs de l'Arche – les pleurs d'enfants, les allées et venues étranges des fous et des gueux. Des existences entières qui n'osaient jamais se montrer au grand jour s'écoulaient là-dedans.

Du côté de chez le Soiffard, les tuyaux de descente, qui débouchaient du mur, ressemblaient à des diables ricanant dans un fourré, la bouche ouverte, avec une longue barbe grise, où vivaient de gros vers roses qui tombaient parfois dans la cour avec un bruit sourd et mou. Des trous du mur pendaient des touffes verdoyantes ; l'eau sale filtrant à travers, elles s'égouttaient à l'infini, comme la chevelure mouillée des bois.

Dans l'ombre verte et ruisselante il y avait des crapauds merveilleusement peints, chacun dans sa grotte, comme des naïades, et luisants d'une humidité malsaine. Là-haut, sur le palier du troisième étage, le canari d'Hanne chantait, le cou tordu, le bec dressé vers la flaque de ciel brûlant.

Au fond de la cour il y avait un va-et-vient incessant de créatures apeurées par la lumière, qui sortaient du ventre fécond de l'Arche ou s'y engouffraient. La plupart étaient des femmes, étrangement vêtues, d'une pâleur maladive, soulignée de noir, comme si l'obscurité avait pénétré dans la peau et amolli leurs traits, mais leurs yeux brillaient d'un éclat fanatique.

Des vieillards qui, d'habitude, frissonnaient dans un coin sombre et attendaient la mort, rampaient hors de leur trou, tendaient le nez vers la tache brillante du ciel et éternuaient trois fois : « C'est le soleil, se disaient-ils tout contents, atchoum ! Comme ça on ne s'enrhumera pas si facilement cet hiver ! »

II

Là-haut, devant la mansarde du Soiffard, un jeune homme apparut. Un instant il s'arrêta, levant le visage avec un sourire vers le ciel lumineux, puis, baissant la tête, il descendit en courant l'échelle de meunier sans se tenir à la corde. Sous le bras, il portait un paquet enveloppé de toile bleue.

– Voyez donc ce rustaud, il regarde droit dans le soleil comme s'il n'y avait pas de danger de devenir aveugle, s'écrièrent les femmes en passant leur tête par la balustrade. Mais il est de la campagne, bien sûr… Et maintenant, il va livrer du travail. Dieu sait combien de temps il restera là, à gagner le pain de cette vieille crapule ! S'il continue à ce train-là, il aura vite fait de perdre ses couleurs.

Elles le suivirent d'un regard soucieux.

Les gosses de la cour levèrent les yeux quand il les enjamba.

– Tu n'as pas de beaux bouts de cuir à nous donner, aujourd'hui, Pelle ? crièrent-ils en s'accrochant à lui.

De ses poches, il sortit de petits bouts de cuir verni et de faux maroquin.

– Ce sont les chutes des nouvelles bottes, celles de l'empereur, déclara-t-il en les leur distribuant.

Les petits éclatèrent de rire, à gorge déployée.

Pelle était toujours le même, il était seulement plus grand et plus fort, et il lui était poussé une petite moustache blonde. Ses oreilles écartées s'étaient un peu rabattues, comme s'il n'en avait plus autant besoin. Ses yeux bleus prenaient toujours tout pour argent comptant ; une petite lueur, cependant, laissait deviner qu'il n'était plus tout à fait dupe. Et une mèche porte-bonheur lui descendait, dorée, le long de la nuque.

Les rues étroites étaient remplies du même air vicié et lourd que d'habitude, un air qui semblait ne jamais se renouveler. Les maisons, sales, menaçaient de tomber en ruine : aux endroits où brillait un peu de soleil, des matelas tachés séchaient aux fenêtres. Plus loin, dans une rue transversale, une ambulance était arrêtée ; des femmes et des enfants, massés autour de la voiture, attendaient avec impatience que les brancardiers sortent de la maison avec leur lugubre fardeau. Pelle se joignit aux spectateurs. Il fallait qu'il ait part à tout.

Il n'avait pas choisi précisément le chemin le plus court. La ville de Copenhague était un monde tout nouveau pour lui ; rien n'était comme là-bas, au pays : ici, il arrivait cent choses différentes tous les jours. Et Pelle, possédé du désir de participer à tout et de tout s'approprier, ne demandait pas mieux que de commencer par le commencement.

Dans la ruelle étroite qui conduisait au canal, une fillette d'une douzaine d'années lui barra effrontément la route.

– Ma mère est malade, fit-elle en lui montrant un escalier sombre. Si tu as de l'argent, tu peux monter.

Il était sur le point de l'accompagner, mais il s'aperçut que les bonnes femmes de la rue avaient mis le nez au carreau.

– Ici, il faut être sur ses gardes, se dit-il pour la centième fois.

Le malheur c'était qu'on l'oubliait facilement.

Il longea le canal. Les vieux remparts, les barcasses et les entrepôts avec leurs grandes baies et leurs poulies grinçantes, lui rappelaient le pays natal. Parfois, des caboteurs de Bornholm venaient décharger des poteries et du poisson, et il allait aux nouvelles. Le courage d'écrire lui manquait, il avait si peu de succès à raconter ! C'était tout juste s'il avait réussi à se tirer d'affaire, et il devait toujours à Sort l'argent du voyage.

Mais ça viendrait : Pelle ne doutait pas de l'avenir. La

capitale était si grande qu'on ne pouvait l'embrasser du regard. Même l'impossible semblait s'y être réalisé. Il était tout naturel que Pelle aussi arrive à quelque chose. Ici, des richesses s'entassaient, accessibles aux plus pauvres, pour peu qu'on s'y attaque hardiment. Le bonheur, ici, était un oiseau doré qui se laisserait capturer avec un peu d'adresse – il y avait un tas d'occasions merveilleuses. Et Pelle attraperait bien l'oiseau, un jour ou l'autre. Quand et comment ? Il s'en remettait au hasard.

Dans une ruelle qui débouchait dans Torvegade, il y avait un attroupement : la foule tenait toute la rue devant la fonderie de fer ; on interpellait avec vivacité les fondeurs noirs de poussière qui, massés devant la porte de l'usine, se regardaient d'un air désemparé.

– Qu'est-ce qui se passe ? demanda Pelle.

– Y' a qu'ils ne gagnent pas assez pour vivre, répondit un homme d'un certain âge. Et le patron veut pas les augmenter. Alors, ils ont été chercher de ces bêtises à la mode, qui viennent, paraît-il, de l'étranger, où elles ont eu du succès. Ça veut dire que tous les gars lâchent le travail d'un seul coup pour courir tête nue dans la rue, en faisant du potin. Et puis, ils rentrent au travail comme des écoliers après la récréation. Ils sont déjà sortis et rentrés deux ou trois fois et, maintenant, la moitié sont restés dehors, le reste travaille, et la porte est fermée. Ça va sérieusement augmenter le salaire de la semaine, j'te dis qu'ça ! Non, de mon temps, on demandait poliment et on obtenait toujours quelque chose. Rien à faire, nous sommes les petits, et où est-ce qu'on trouvera de quoi manger, hein ? Maintenant ils ont gâché leur salaire de toute la semaine !

Les ouvriers ne savaient plus que faire et restaient là, à regarder machinalement vers les fenêtres des bureaux d'où venaient d'ordinaire les décisions. De temps à autre, un soubresaut impatient secouait le groupe : ils tendaient des poings menaçants vers les fenêtres et réclamaient leur paie sans mettre de gants.

– Il nous refuse le salaire que nous avons honnêtement gagné, le tyran ! criaient-ils. C'est du propre ! Quand la femme et les gosses vous attendent à la maison, et le samedi après-midi, par-dessus le marché ! Le requin ! Il leur arrache le pain de la bouche ! Monsieur le patron ne voudrait-il pas nous accorder une réponse que nous pourrions rapporter avec nous, rien qu'un tout petit geste ? Sans ça, ils iront se coucher sans souper.

Puis ils riaient, d'un mauvais rire menaçant, ils crachaient sur le trottoir et tournaient de nouveau leurs visages désemparés vers les fenêtres des bureaux. Des bons conseils pleuvaient sur eux, à tort et à travers, et ils n'en étaient pas plus avancés.

– Eh ! Bon Dieu, quand y' a personne pour nous diriger, firent-ils, découragés, en continuant à s'entre-regarder.

C'était tout ce qu'ils savaient faire.

– Désignez donc deux ou trois de vos camarades qui iront discuter avec le patron, proposa un monsieur qui s'était arrêté.

– Oui, c'est ça ! Eriksen, en avant ! Toi qui sais parler avec les poings ! crièrent-ils.

L'inconnu haussa les épaules et s'en alla.

Un ouvrier, grand et solide, s'approcha de l'escalier.

– Tu n'as pas oublié ta masse, Eriksen ? l'apostropha quelqu'un.

Sur les marches, Eriksen se retourna, montrant son poing.

– Gare, là-haut ! crièrent-ils dans la direction des fenêtres, ça pourrait mal tourner pour vous !

Tout d'un coup, le silence se fit. La grande porte était barricadée.

Pelle écoutait, bouche bée. Il ne savait pas ce que voulaient ces hommes, et eux-mêmes ne le savaient pas non plus. Mais il y avait comme un accent nouveau dans tout cela ! Ces gens-là n'allaient pas quémander leur dû, ils aimaient mieux se battre à coups de poing pour l'obtenir. Et, pourtant, ce n'était pas après boire, comme Erik le Fort, et les autres, au pays.

– C'est la grande ville ! se dit-il, heureux d'y être venu.

Vint un peloton d'agents, marchant au pas.

– Circulez ! ordonnèrent-ils en marchant sur la foule pour la disperser.

Les ouvriers restaient.

– Pas avant qu'on ait eu notre salaire, répondirent-ils en se massant avec entêtement devant la porte. C'est ici qu'on travaille et on veut être payés, c'est tout.

Alors, la police s'en prit aux spectateurs. Ils reculaient, indécis, de quelques pas à chaque poussée, puis s'arrêtaient pour rire. Pelle reçut un coup par derrière ; il se retourna vivement et regarda un instant la figure rouge de l'agent, puis s'écarta en grognant et en se frottant le dos.

– Il t'a frappé ? demanda une vieille. Quel sale gosse ! C'est le fils de la calandreuse d'à côté, et maintenant il brandit son bâton contre les siens ! Pouah ! Quel goujat !

– Circulez ! ordonna l'agent, avec un regard mauvais, en marchant droit sur elle.

Elle rentra dans son sous-sol et, de là, elle continua à l'injurier ; la salive giclait de sa bouche édentée.

– Ah ! Oui ! Chasse aussi les vieilles gens qui t'ont porté dans leurs bras et qui t'ont changé quand tu ne savais pas encore demander à faire tes besoins ! Tape sur moi aussi, vas-y mon petit Frederik ! Sers les grands et aboie après nous autres qui ne sommes pas assez bien habillés !

Elle tremblait de colère ; ses mèches grisâtres s'étaient défaites et fouettaient son front ridé, tout terreux de gourme.

Le peloton continua par le pont de Knippelsbro, escorté par une bande de gamins qui sifflaient et conspuaient. De temps à autre, un agent se retournait et l'essaim se dispersait vivement pour se reformer l'instant d'après. Les agents étaient énervés ; leurs poings s'ouvraient et se fermaient, impatients de frapper. Ils faisaient penser à un groupe de malfaiteurs escortés à l'hôtel de ville par la jeunesse du pays, et les gens riaient de plus belle.

Sur le trottoir, Pelle leur emboîta le pas, dans un état second. Quelque part en lui, quelque chose était en ébullition, et il éprouvait un désir ridicule de sauter en l'air et de se jeter la tête sur le pavé. C'était un reste de son émotivité d'enfant, mais qui prenait aujourd'hui la force d'une certaine témérité. Il voyait distinctement le grand Erik foncer tête baissée sur le régisseur, être jeté à terre et puis chanceler comme un idiot. Puis le Fort se dressait, puissant, et on le pourchassait : tous se changeaient en chiens pour l'abattre, ils remuaient la queue devant tout ce qui avait odeur d'autorité. Lui-même, Pelle, avait été fouetté à l'hôtel de ville et on l'avait montré du doigt, comme le Fort ! « Tenez, vous le voyez, là-bas, ce misérable repris de justice ! » Oui, il avait connu leur justice, et il savait comme ses coups brûlaient. Mais maintenant, délivré de son esclavage, il évoluait dans un monde nouveau, où les gens sérieux n'avaient même pas un regard pour la police, laissant cela aux gamins et aux vieilles femmes ! C'était une vraie réhabilitation. De ce monde, Pelle voulait avoir sa part. Il ne demandait pas mieux que de donner un coup de main.

C'était samedi soir, et, dans le magasin, nombre d'ouvriers et de confectionneuses venaient livrer leur travail. Selon son habitude, le contremaître ronchonnait après le travail avant de payer, manipulant brutalement chaque pièce afin de lui faire perdre la forme, pour se plaindre ensuite qu'elle n'était pas bien faite. Quelquefois, il allait jusqu'à faire des retenues sur le salaire, sous prétexte qu'on avait gâché des fournitures. Les femmes surtout étaient en butte à ses tracasseries, et elles n'osaient rien dire. On prétendait qu'il savait rendre le travail impossible à toutes les confectionneuses qui ne voulaient pas se soumettre à ses exigences.

Pelle était tout prêt à se fâcher.

« Faut pas qu'il m'embête, sinon y' aura du grabuge », se dit-il.

Mais le contremaître accepta le travail sans même le regarder, puisqu'il venait de chez le Soiffard !

Pendant qu'il payait, un gros monsieur descendit l'escalier, au fond de la pièce. C'était M. Meyer, le bottier du Roi en personne. Autrefois, lui aussi avait été un pauvre diable avec un fond de pantalon usé et rapiécé. C'était ainsi qu'il était arrivé d'Allemagne au Danemark, comme compagnon errant. Il ne connaissait pas grand-chose au métier, mais il savait l'art de faire travailler les autres pour lui ! Sans répondre au salut respectueux des ouvriers, il alla se poster devant Pelle, son gros ventre appuyé au comptoir. Respirant bruyamment, il dévisagea le jeune homme.

– Un nouveau, hein ?

– C'est l'aide du Soiffard, répondit le contremaître avec un sourire.

– Tiens, tiens ! Oui, le vieux s'y connaît ! C'est vous qui faites le travail et lui qui encaisse l'argent pour aller le boire, pas vrai ?

Le bottier du Roi éclata de rire. Pelle rougit.

– J'aimerais bien travailler le plus tôt possible sans intermédiaire, fit-il.

– Bon, bon, vous n'avez qu'à vous arranger avec le contremaître. Mais pas de syndicat ici, rappelez-vous ça ! Nous n'avons pas besoin de ces gens-là.

En pinçant les lèvres, Pelle plia sa toile. Il avait résisté à maintes invitations d'adhérer au syndicat, mais l'effet de cet interdit fut irrésistible. À grandes enjambées, il descendit Købmagergade, tourna sur Kultorvet pour prendre Hausergade où il savait qu'habitait le président de l'embryonnaire syndicat des cordonniers. Dans un sous-sol obscur habitait un pauvre savetier : ce devait être là, et Pelle descendit les quelques marches. Il ne comprenait pas que le président d'un syndicat puisse être si misérablement logé.

Sous la fenêtre, un homme aux joues creuses était penché sur l'établi, à piquer un soulier déchiré ; de sa place, il apercevait les jambes des passants dans la rue, juste au niveau de sa tête. Au fond de la pièce, se tenait une femme qui faisait cuire quelque chose sur le poêle ; elle avait un bébé dans les bras, et deux enfants un peu plus grands jouaient par terre avec des formes. L'atmosphère de l'échoppe était lourde et étouffante.

– Bonjour, camarade ! salua Pelle. Je peux adhérer au syndicat ?

L'homme le regarda d'un air étonné ; un sourire s'ébaucha sur son visage triste.

– Tu as les moyens ? demanda-t-il lentement. Ça pourrait bien te coûter cher. Chez qui travailles-tu, sans indiscrétion ?

– Chez Meyer, dans Købmagergade.

– Alors, il te fichera dehors, sitôt qu'il le saura.

– Je suis prévenu. Mais c'est précisément pour ça que je veux adhérer. Ce n'est pas à lui de décider ce que je dois ou ne dois pas faire. Un beau jour, nous lui réglerons son compte.

– C'est ce que j'ai toujours espéré, mais nous sommes trop peu nombreux. On les oblige, par la famine, à quitter le syndicat sitôt qu'ils ont adhéré.

– Il faudra voir à devenir un peu plus nombreux, répliqua Pelle avec bonne humeur. Alors, nous lui ferons fermer sa boîte.

Le regard las du président se ralluma.

– Ah ! Merde, oui, si on pouvait lui fermer sa boîte ! cria-t-il en agitant le poing. Il foule aux pieds ceux qui lui gagnent son or, et c'est sa faute si je suis ici comme un pauvre gâche-métier... Il tient toute la corporation dans la misère ! Ah ! quelle vengeance, camarade !

Le sang anima ses joues creuses, puis la toux le prit.

– Petersen ! s'écria anxieusement la femme qui accourut et lui tapa dans le dos. Petersen !

Elle soupira et secoua la tête tout en le soutenant tant que dura l'accès.

– Dès que la conversation tombe sur le bottier du Roi, Petersen perd la raison, dit-elle lorsque la crise fut finie. On dirait qu'il ne sait pas quel risque il court en se fâchant de la sorte. Non, si certains avaient été aussi raisonnables que Meyer qui n'a jamais voulu, lui, se mêler de ce qui ne le regardait pas, j'en connais qui maintenant auraient leur pain assuré et la santé.

– Tais-toi ! s'écria Petersen avec autorité. Tu n'es qu'une femme et tu ne connais rien à ces choses-là.

Alors elle retourna vers le poêle.

Petersen remplit un formulaire ; Pelle y apposa sa signature et régla la cotisation de la semaine.

– Et maintenant, tu feras ton possible pour t'affranchir des sous-traitants au plus vite, ajouta Petersen avec sérieux. Un ouvrier honnête ne doit pas aider ces gens-là à prospérer.

– Il a bien fallu en passer par là, répondit Pelle. Je n'avais rien appris au pays. Mais c'est fini.

– Bien, camarade. Serre-moi la main. Et bonne chance ! Nous reprendrons la lutte, et on finira peut-être tout de même par réussir. Tu m'as redonné du courage, tu sais ! Et puis, touche un mot à tous ceux que tu connais. N'oublie pas les réunions : elles sont annoncées dans *L'Ouvrier*.

Le président secoua vigoureusement la main de Pelle qui, le cœur content, poursuivit sa route vers le nouveau quartier de Nørrebro. Il s'était allégé d'un poids et se sentait de bonne humeur.

C'était l'heure où les ouvriers rentrent du travail. Ils arrivaient par bande ou isolément, penchant la tête et flânant, soufflant, après la dure journée de labeur. C'était un monde bien différent de l'Arche. Les maisons étaient neuves et en bon état, construites au fil à plomb et à l'équerre. Les hommes suivaient leur route tout droit, et, à l'aspect de chacun, on devinait son métier.

Par ici, fleurissaient le socialisme et les idées nouvelles. Souvent, après la journée de travail, Pelle s'était promené dans ce quartier pour voir un peu tout cela. Il ne savait pas ce qui s'y passait et, se sentant encore étranger dans la grande ville, il n'avait pas osé s'y mêler, mais cela exerçait sur lui un grand pouvoir d'attraction.

Aujourd'hui, il oubliait qu'il était étranger, et se laissait entraîner par le rythme ferme des pas qui remontaient, par delà le pont, vers Nørrebrogade. Maintenant, lui aussi était syndiqué. Il était comme les autres et pouvait aller serrer la main de qui il voulait. Il y avait dans la façon de marcher de ces gens quelque chose d'irrésistible, comme dans la marche des soldats ; malgré lui, il cédait à la cadence et il s'en trouvait plus fort, soutenu par la collectivité.

Une joie solennelle, comme au jour de son anniversaire, l'avait envahi. Il lui semblait nécessaire de marquer ce jour de fête d'une façon ou d'une autre. Les bistrots étaient ouverts dans les sous-sols, et les ouvriers y descendaient par petits groupes, mais Pelle n'avait aucune envie de boire de l'alcool. C'était bon pour les jours où tout allait mal.

Il se planta à la devanture d'une pâtisserie et se mit à comparer les gâteaux. Il avait l'intention de se payer un gâteau à la crème de vingt sous pour fêter cette journée, mais il importait de choisir soigneusement pour ne pas risquer une déception.

Évidemment, il fallait trouver quelque chose qu'il n'ait jamais goûté auparavant et là résidait toute la difficulté. Tant de gâteaux étaient creux en dedans, et celui qu'il allait s'offrir devait lui servir de souper !

Le choix n'était pas simple. Et juste au moment où Pelle allait surmonter les difficultés, quelqu'un lui tapa sur l'épaule. Derrière lui, Morten souriait de son bon sourire, comme si rien ne s'était passé entre eux. Pelle avait honte et ne pouvait déballer un mot : il avait trahi cet unique ami, comment trouver des excuses ? Mais sans attendre ses explications, Morten se contenta de lui secouer la main. Son pâle visage reflétait sa joie. Il avait toujours cet air souffreteux qui allait droit au cœur, et Pelle sut se rendre à merci.

– Tiens ! Comme on se retrouve ! s'écria-t-il bon enfant.

Morten travaillait chez le pâtissier et rentrait de course ; il montait dormir avant de commencer le travail de nuit.

– Mais viens donc avec moi ; nous pouvons toujours bavarder une demi-heure, et t'auras un gâteau.

Il n'avait pas changé depuis le temps de leur apprentissage.

Ensemble, ils prirent l'escalier de service. Morten entra dans le magasin prendre cinq gâteaux à la crème.

– Tu vois que je connais tes préférences, dit-il avec un sourire.

La chambre de Morten était tout en haut, sous le toit, et avait l'air d'une tour carrée avec des lucarnes sur deux côtés. On avait vue sur les toits innombrables qui s'alignaient en rangs, les uns derrière les autres, comme les châssis d'un jardin gigantesque. Des myriades de cheminées montait une légère fumée bleue qui voilait le tout. Au loin, vers le sud, on apercevait le rivage de Kalvebod, et, plus à l'ouest, la colline de Frederiksberg, surmontée du château royal, se dégageait de la brume. De l'autre côté s'étendaient les communs et, derrière les cheminées des fours à chaux, on devinait le Sund parsemé de voiliers.

– Sacrée vue, hein ? lança Morten avec fierté.

Pelle continuait à regarder de fenêtre en fenêtre, sans répondre. Sous ses yeux s'étendait la ville, la capitale vers laquelle tous ses désirs et ceux de tous les pauvres de tous les coins du pays s'étaient tournés – la cité du bonheur où ils sortiraient de la misère. Il l'avait sillonnée dans toutes les directions, s'étonnant devant ses palais et ses richesses, et il l'avait trouvée grande au-dessus de toute attente. Tout y était grandiose ! Ce qu'on avait construit hier, on le détruisait aujourd'hui pour le reconstruire demain encore plus beau. Le bonheur du pauvre devait pouvoir trouver là son petit coin pour fleurir, tant il y avait de terre remuée.

Et pourtant, jusque-là, il n'avait pas bien compris tout ce qu'elle était. C'est seulement maintenant qu'il découvrait la ville ! Dans sa totalité puissante, il la voyait s'étaler à ses pieds. Palais, églises et cheminées d'usines s'élevaient au-dessus de la masse sombre des maisons. En bas, dans la rue, coulait un flot noir et ininterrompu, comme s'il venait d'une mer intarissable, et des hommes, et encore des hommes qui, tous, s'occupaient à quelque chose : on ne pouvait pas voir à quoi, mais ils devaient, comme les fourmis, apporter quelques brins à cette fourmilière gigantesque, composée de choses précieuses ramassées aux quatre coins du monde.

– Il y a pas mal de millions dans tout ça ! s'exclama enfin Pelle, en aspirant l'air profondément.

– Oui, répondit Morten en s'approchant. Et tout cela est créé de main d'homme, des mains des travailleurs !

Pelle eut un sursaut ; quelle drôle d'idée ! Mais c'était

vrai, si l'on se donnait la peine d'y regarder de plus près.

– Seulement, maintenant, tout se trouve entre d'autres mains, remarqua-t-il en riant.

– Oui, parce qu'ils nous ont tout pris par la ruse, comme on peut tout prendre aux enfants, répondit Morten d'un air sombre. Les actes des enfants n'ont aucune valeur aux yeux de la justice, et les pauvres n'ont jamais été autre chose que des enfants. Mais ils commencent à grandir, tu sais. Qui sait si quelque jour ils n'exigeront pas qu'on leur rende leur bien.

– Ça irait mal pour nous, si nous voulions le reprendre nous-mêmes, répliqua Pelle tout pensif.

– Pas si nous étions tous d'accord : ne sommes-nous pas la masse ?

Pelle écoutait. Jamais l'idée ne lui était venue de poser le problème de l'organisation à une échelle aussi grandiose ; on se syndiquait simplement pour obtenir des conditions meilleures dans chaque corporation.

– Tu ressembles à ton père, dit Pelle. Lui aussi voyait tout en grand, et lui aussi voulait faire valoir ses droits. J'ai déjà pensé à lui tout à l'heure. Il ne se laissait pas marcher sur les pieds. Autrefois, tu avais honte de lui !

Morten baissa la tête :

– Je ne pouvais pas supporter le mépris des bourgeois, dit-il calmement, je voyais seulement que le père détruisait notre foyer et nous faisait honte. Et puis, j'avais très peur quand sa folie le prenait. Je me réveille encore tout mouillé de sœur quand je pense à mon enfance. Mais aujourd'hui, je suis fier d'être le fils du Fort, tu sais ! Ce n'est pas que je sois bien fort, mais je ferai bien se cabrer les bourgeois quand même, un jour, moi aussi !

Non, il n'était pas fort. C'était même étonnant de penser que Morten était le fils du gigantesque tailleur de pierre tant il était délicat et paisible ! C'était comme s'il n'avait pas encore retrouvé les forces que Bodil lui avait ravies dans son adolescence, comme si ces abus prématurés le laissaient encore affaibli. Il avait toujours son sens féminin du confort: la chambre était bien tenue; il y avait des fleurs dans un vase, sous la glace.

– Où t'as pris ces fleurs? demanda Pelle.

– Je les ai achetées, pardi!

Pelle ne put s'empêcher de rire. L'idée d'acheter des fleurs aurait-elle pu venir à un autre? Mais les livres, Pelle n'en rit pas. Il y avait une sorte de lien mystérieux entre eux et la force recueillie et étrange de Morten. Il en avait plein une étagère, à présent.

Pelle prit au hasard un livre et y jeta un coup d'œil.

– Qu'est-ce que c'est que ces histoires-là? demanda-t-il, un peu mal à l'aise. On dirait des choses savantes.

– Ce sont des livres qui parlent de nous, qui disent comment viendra l'ère nouvelle et comment nous armer pour qu'elle vienne...

– Ah! C'est des choses pour toi! interrompit Pelle avec découragement. T'as tes lectures, ça t'aidera à réussir. Nous autres, nous aurons tout juste le droit de rester là où nous sommes.

Morten se tourna brusquement vers lui:

– Et voilà la jérémiade habituelle, s'écria-t-il furieux. On crache sur son état et on veut en changer. Mais ce n'est pas de ça qu'il s'agit, bon sang! Nous resterons justement là où nous sommes, cordonniers, boulangers, etc..., mais nous exigerons de bonnes conditions de vie. Il n'y en a guère qu'un sur mille qui passe de l'autre côté de la barricade! Les autres restent là, à le regarder! Est-ce que tu crois qu'on laisserait celui-là se faufiler, si on n'avait pas besoin de lui pour donner le change? «Voyez jusqu'où le Pauvre peut s'élever quand il en a la volonté!» dit-on si gentiment. Il n'y a rien à changer à la société; non, c'est la faute des masses si chacun n'est pas gros bourgeois. Mon Dieu! Puisqu'ils ne veulent pas! On nous fait tourner en rond comme des moutons et vous acceptez ça; vous répétez en bêlant ce qu'on vous a dit. Non, ce que tout le monde peut faire, c'est d'exiger un salaire qui permette une vie décente. Je trouve qu'un ouvrier devrait gagner autant qu'un médecin ou un avocat et avoir autant d'instruction. Voilà mon credo!

– Là, je vois surtout que je t'ai mis en colère, dit Pelle avec bonne humeur. Tu dis la même chose que ton père quand il délirait dans la grange, le jour de sa mort. Il divaguait et s'imaginait que de simples ouvriers avaient des tableaux sur leurs murs et un piano à queue, comme les gens bien.

– Vraiment ? s'écria Morten, et il leva la tête comme s'il écoutait une voix d'en haut.

Il se mit à réfléchir. Pelle aussi se creusait la tête. C'était donc ça, la chose nouvelle ? Mais alors, il était très raisonnable de se grouper en aussi grand nombre que possible.

– Je ne comprends pas très bien toutes ces histoires-là, dit-il enfin. Mais aujourd'hui j'ai adhéré au syndicat, tu sais. Je ne voudrais pas rester simple spectateur, si jamais il s'accomplissait quelque chose.

Avec un sourire imperceptible, Morten acquiesça. Il était fatigué et n'écoutait plus ce que disait Pelle.

– Maintenant, il faut que je me couche ; je dois être debout à une heure. Où habites-tu ? J'irai te voir un de ces jours. Je suis content de t'avoir revu.

– J'habite dans le faubourg de Kristianshavn... Dans l'Arche, si tu sais où c'est.

– Quel drôle d'endroit où échouer ! Je ne connais que trop bien l'Arche, les journaux en parlent assez. Il doit y avoir un peu de tout là-dedans.

– Je n'en sais rien, répondit Pelle, froissé. Moi, je pense du bien de ces gens-là... Mais c'est chouette de s'être retrouvés, comme ça, par hasard ! Tu crois pas ? Et moi qui me suis conduit comme un salaud. Je t'ai franchement évité. Mais c'était du temps où je bouffais de la vache enragée, alors je haïssais tout le monde. À présent, rien ne nous séparera plus, tu peux être tranquille.

– Oui, c'est très bien, mais déguerpis, maintenant, interrompit Morten qui était déjà à moitié déshabillé.

– Je m'en vais, je m'en vais ! dit Pelle, qui, prenant sa casquette, jeta un dernier regard sur la ville. C'était tout de même extra ce que tu disais tout à l'heure. Si je pouvais réunir en moi toutes les forces de tous les pauvres, je foncerais tout de suite reconquérir tout ça. Quelles richesses on aurait à distribuer, y' aurait plus de misère !

Les bras levés comme s'il portait le monde à bout de bras, Pelle riait de bon cœur. Il avait l'air plein de force. Sans rien dire, Morten le regardait, déjà à moitié endormi.

Alors, Pelle s'en alla.

Le Soiffard engueula vertement Pelle quand il le vit enfin revenir.

– Bon Dieu, à quoi est-ce que tu penses ? Tu vas faire le beau dans les rues pendant qu'un autre se crève les yeux au travail ! Et meurt de soif en plus ! Quoi donc ? Ne réponds pas, je te le conseille, ne sors pas de grossièretés, ou bien y' aura du grabuge. Parce que je suis bougrement furieux.

Bien que Pelle n'ait pas fait mine de répondre, le vieux eut un geste pathétique. Mais Pelle ne le prenait plus au sérieux.

– Le diable m'emporte, je suis obligé de rester ici, la gorge sèche et le cul à l'air, pendant que monsieur se balade avec la galette !

Pelle, qui comptait le salaire de la semaine, vint à regarder dans la direction du vieux et fut pris d'un accès de fou rire. Les cuisses bleuâtres, toutes nues, tremblant piteusement sous le tablier, formaient avec le buste tout habillé et la barbe vénérable, un contraste d'une cocasserie irrésistible.

– Tu peux rire, oui ! reprit le vieux, s'esclaffant lui aussi. Mais j'aurais voulu t'y voir, à te déshabiller là-bas, chez la marchande d'habits et à revenir ensuite décemment jusqu'ici ! Avec ces satanés gosses qui hurlaient à mes trousses : « Le vieux Soiffard a le délire ! Le vieux a le délire ! » Dieu sait que j'avais toute ma raison, mais je n'avais pas de pantalon. Et puis cette sacrée échelle de meunier ! La fille des Olsen en a eu une attaque ; elle en a pourtant vu déjà pas mal, bon sang ! D'ailleurs, tu pourrais bien me prêter ton vieux falzar.

Pelle ouvrit sa malle verte et en sortit son pantalon de travail.

– Tu devrais mettre sept sceaux sur ta boîte vert épinard, remarqua le vieux en ronchonnant. Il pourrait bien y avoir des voleurs ici, si près du ciel.

Pelle fit celui qui ne comprenait pas l'allusion et referma la malle. Puis il alluma son brûle-gueule et sortit sur le palier. Au-dessus des toits, le crépuscule gagnait de proche en proche, venant de la mer. Quelques pigeons voletaient, emprisonnant les derniers rayons du soleil sous leurs ailes blanches et, au fond du puits, l'obscurité tombait déjà comme un souffle chaud couleur de lilas. Le joueur d'orgue de barbarie était rentré, il jouait comme chaque soir un air pour les gosses qui dansaient. D'étage en étage, les locataires bavardaient et se disputaient. De temps à autre, une vague de sons s'élevait et faisait taire tout le reste. C'était Vinslev le Fou qui jouait de la flûte, assis dans son trou au plus profond de l'Arche. Il se cachait toujours quand il jouait, il était alors comme un animal malade qui frissonne dans un coin. Les sons étaient d'autant plus beaux qu'ils sortaient en tremblant de la cachette, comme le chant et les pleurs de l'inconnu. Les êtres inquiets de l'Arche ne pouvaient s'empêcher de se taire et d'écouter.

Vinslev était dans un de ses bons moments. À l'écouter, les gens se sentaient devenir meilleurs. Mais dans ses heures noires, le diable soufflait parfois dans son cerveau dément des mélodies si étranges qu'elles faisaient vibrer toute l'Arche d'une terreur folle. Alors, le bois pourri prenait l'aspect d'une forêt dense et noire où régnaient toutes les épouvantes. Il fallait se tenir à quatre pour ne pas sombrer dans le plus profond désespoir. Au quatrième, le cocher des pompes funèbres, qui d'ordinaire avait l'ivresse gaie, battait sa femme, et partout dans les couloirs on buvait et on se battait pour tenir à distance l'esprit mauvais… C'est aussi la flûte de Vinslev qui avait poussé ce pauvre Johnsen à se lamenter inutilement sur sa vie de misère et à se jeter dans l'égout. Mais personne n'avait rien à dire à tout cela. Vinslev jouait, et cela ne durait qu'un moment, comme tout le reste.

Maintenant le diable était muselé et les mélodies du fou passaient, comme un souffle léger, sur les cœurs qui s'ouvraient comme des fleurs. C'était la belle saison. Bien que nouveau dans la maison, Pelle avait l'habitude de l'entendre, et cela ne le bouleversait plus. Il portait la chemise de la victoire, que son père avait rêvée pour lui.

Mais plus bas, au troisième, il y avait quelque chose qui l'attirait. Un géranium grimpant et un lierre, qui étreignaient les vieilles poutres de l'auvent, se rejoignaient tout en haut et, juste à cet endroit, était suspendue une petite lanterne de papier, qui rougeoyait d'un air de fête. C'était comme si la nuit d'été avait trouvé un gîte ici, au milieu des pierres. Sous la lampe, Mme Johnsen et sa fille Hanne étaient en train de coudre. À la tombée du soir, le visage d'Hanne s'empourprait comme une rose. À chaque instant elle levait les yeux dans la direction de Pelle et souriait, en secouant la tête avec impatience. Alors, Pelle changea de place et se détourna, inquiet comme un cheval qui ne sait pas sa route.

Derrière son dos, il entendit la veuve Frandsen, sa voisine, remuer dans sa petite cuisine. La porte du palier restait ouverte, et elle ne cessait de marmotter, moitié à l'adresse de Pelle, moitié pour elle-même. Sa goutte, feu son mari, son grand vaurien de fils ; elle avait besoin de décharger sa bile, la pauvre vieille.

– Mon Dieu, oui, me voilà obligée de tenir le manger chaud du matin au soir et du soir au matin, et vous voyez si Ferdinand se donne la peine de rentrer ! Je ne peux pourtant pas le suivre partout où il va ; tout ce que je peux faire, c'est de tenir son manger chaud. Comme ça, il y a du moins quelque chose ici qui l'attire et il viendra sûrement quand la faim le tenaillera trop, que je me dis. Ah ! oui, nos jours de bonheur sont vite passés. Et toi, tu restes là comme un vrai agneau du bon Dieu, pendant que la petite est en train d'attraper le torticolis pour te voir. Les hommes sont des drôles de bestioles ! Ils s'imaginent qu'ils n'oseront jamais – et qui c'est pourtant qui fait notre malheur, à nous autres femmes ?

– Elle ne me veut rien, fit Pelle, maussade. Elle ne fait que jouer avec moi.

– Oui, oui, la jeune fille du conte jouait aussi avec sa souris blanche, jusqu'au jour où le chat vint la prendre. Tu n'as pas honte de rester ici à t'embêter, jeune et bien portant comme tu es ! Tu n'as qu'à la mater et elle fera une excellente femme pour toi.

Elle le poussa du coude.

En maugréant, Pelle descendit l'échelle jusqu'au troisième et fit le tour par la galerie.

– Pourquoi faisais-tu le fier, ce soir ? demanda Mme Johnsen en lui faisant place. Tu sais bien que tu es toujours le bienvenu : à quoi bon faire tant de manières ?

– Pelle est myope, il n'arrive pas à voir jusqu'ici, dit Hanne en secouant la tête.

Elle le regardait en riant, la tête rejetée en arrière et la bouche ouverte. Ses dents luisaient dans la lumière.

– Crois-tu qu'il fera beau demain ? demanda la mère.

Pelle affirma que oui, après avoir considéré d'un œil de connaisseur le petit coin de ciel qu'on voyait. Hanne se remit à rire.

– Tu sais aussi prophétiser le temps qu'il fera, Pelle ? Tu as donc des cors aux pieds ?

– Cesse de le taquiner, méchante, dit la mère en levant la main. Nous avions envie d'aller au bois demain, si le temps le permet. Tu viens avec nous, Pelle ?

Pelle voulait bien, mais il fit quelques difficultés.

– Viens donc, supplia Hanne en posant une main sur son bras. Tu seras mon cavalier pour demain, c'est si embêtant d'aller au bois rien qu'avec une vieille femme. Mais je veux garder ma liberté !

Elle eut un geste de défi.

– Alors, nous prendrons la navette à Nørreport, je ne tiens pas à aller par le train.

– À Nørreport ? Cette porte-là n'existe plus, ma petite mère. Mais de la place du Triangle, on peut encore prendre des voitures.

– Eh bien ! Va pour le Triangle, puisque mademoiselle

est si bien renseignée. Est-ce que j'y peux quelque chose s'ils détruisent tout ? Dans ma jeunesse, Nørreport était un endroit délicieux. On y avait vue sur la campagne d'où je venais. Et nulle part, les nuits d'été n'étaient plus belles que là, sur le rempart. Dans ce temps-là, on ne savait pas ce que c'était que d'avoir froid, car si la robe était légère, le cœur était jeune.

Hanne s'en alla faire le café à la cuisine. La porte était ouverte, elle chantonnait et se mêlait de temps en temps à la conversation. Puis elle revint présenter le plateau à Pelle, avec une révérence.

– Mais qu'est-ce que tu as, ce soir ? demanda-t-elle tout à coup, avec étonnement. Elle lui toucha le front et le regarda d'un air interrogateur.

– J'ai adhéré au syndicat aujourd'hui, répondit Pelle.

L'impression de la chose extraordinaire qui lui était arrivée était toujours vivante en lui, et il lui semblait que tout le monde devait s'en rendre compte.

Hanne éclata, railleuse :

– Et alors, ils vous posent une grande tache noire sur le front ? Regarde-moi ça, mère. Veux-tu, pour une fois, voir une marque syndicale ?

Elle tourna la tête de Pelle vers la vieille.

– Ah ! La petite garce, la voilà qui vient de te barbouiller la figure avec de la suie.

Elle mouilla un coin de son tablier avec de la salive, et se mit à frotter la tache tandis qu'Hanne maintenait la tête pour que Pelle ne bouge pas.

– Remercie Dieu que Pelle soit bon enfant, dit la vieille tout en frottant, il aurait pu se fâcher.

Pelle, lui, riait de bonne grâce.

À ce moment, le cocher des pompes funèbres apparut sur le palier et se mit à escalader l'échelle du quatrième.

– Bonsoir, dit-il en passant, de sa voix de basse, et disons : bon appétit !

Il avait un gros jambon sous le bras.

– Ah ! mon Dieu, chuchota Mme Johnsen, le voilà encore avec son jambon. Alors, le salaire de toute la semaine est passé en alcool, une fois de plus. Les pauvres gens, ils ont toujours trop de lard dans la maison, mais rarement du pain pour manger avec !

L'un après l'autre, les bruits s'éteignirent dans l'Arche. Les vagissements si tristes qu'on entendait dans les longs couloirs, dès qu'une porte s'ouvrait, se transformaient en gloussements de joie quand la mère arrivait du travail, tard le soir, et donnait le sein. Un seul enfant pleurait encore, mais il pleurait toujours, que la mère fût là ou non : le lait s'était tari.

Dans la cave, la mélodie traînante d'une berceuse montait : c'était Grete à l'enfant qui chantait pour endormir sa poupée. Les mères des enfants véritables ne chantaient pas, elles.

– Oui, celle-là peut chanter, fit la mère d'Hanne. Mais celles qui ont de vrais enfants n'ont pas de raison de chanter. Son gosse, à elle, ne réclame pas à manger, et ça fait une sacrée différence quand on est pauvre.

– Aujourd'hui, elle a lavé et repassé pour que l'enfant soit beau demain, quand le père viendra. C'est un lieutenant, raconta Hanne.

– Il viendra donc demain ? demanda Pelle naïvement.

Hanne s'esclaffa :

– Bien sûr, elle l'attend tous les dimanches. Seulement, elle ne l'a encore jamais vu.

– Il n'y a pas de quoi rire, conclut la vieille. Elle est heureuse de son sort et elle n'a pas de soucis d'argent !

III

Le lendemain, c'est Hanne qui réveilla Pelle, le tirant par le nez et lui faisant des grimaces. Elle était venue par le couloir du grenier.

– Qu'est-ce que tu deviens, toi ? dit-elle gaiement. Nous t'attendons depuis longtemps.

– Je ne peux pas me lever, répondit piteusement Pelle. Le vieux est parti cette nuit avec mon pantalon et il n'est pas encore revenu.

Hanne eut un rire sonore.

– Et s'il ne revient plus jamais ? Alors, tu seras forcé de rester toujours au lit, comme la mère Jahn.

Pelle ne put s'empêcher de rire, lui aussi.

– Je ne sais pas comment faire. Vous partirez sans moi, voilà tout.

– Ah ! ça, non ! répondit Hanne, d'un ton décidé. On va plutôt apporter le panier à provisions ici ; on dressera le couvert sur ta couverture : ça tombe bien, elle est verte ! Mais attends un peu, j'ai une idée !

Elle se glissa par la porte et fila le long du couloir. Une demi-heure plus tard, elle revint et jeta sur le lit un pantalon.

– Tiens, grand bêta ! Et dépêche-toi un peu. J'ai couru voir Marie, la fille du cocher des pompes funèbres. Elle a réussi à faucher un des pantalons de son patron. Mais il faut qu'elle l'ait demain, manquerait plus que ses maîtres s'en aperçoivent.

Aussitôt qu'elle fut partie, Pelle s'habilla en hâte. Il était pour ainsi dire prêt, quand il entendit un grand bruit dans l'escalier : le Soiffard regagnait ses pénates. D'une main, il s'accrochait à la corde et de l'autre il battait l'air, à chaque tournant de l'escalier. De toutes parts montaient des cris de femmes. Le vieux était enchanté, et sa grande tête vénérable rayonnait de plaisir.

– Ta gueule, mon petit ! s'écria-t-il en apercevant Pelle. Ta gueule, hein !

Il s'arrêta dans la porte et resta là, à glousser. Pelle le saisit par le collet :

– Où est mon pantalon du dimanche ? demanda-t-il, furieux.

Le bonhomme arborait bien le vieux pantalon, mais le neuf, qu'était-il devenu ? Le vieux le regarda d'un air égaré. Ses traits se tendirent sous l'effort qu'il faisait pour comprendre. Subitement, il siffla :

– C'est de ton pantalon que tu causes, hein ? Pauvre radoteur, ton pantalon ? Tu te demandes ce que ton pantalon est devenu ? Mais tu ne pouvais pas le dire tout de suite ? Ton falzar, je l'ai mis au clou.

– Tu as engagé mon beau pantalon ! s'écria Pelle avec effarement, tout en lâchant prise.

– Sûr que je l'ai engagé ! Et puis après, tu vas pas me bouffer ! D'abord tout finit toujours par s'arranger... Mais oui ! Il suffit de pas s'échauffer.

– T'es un voleur, voilà ce que tu es ! s'écria Pelle.

– Doucement, doucement, camarade, inutile de me gueuler après, j'ai pas un sou en poche. Mais le vieux est un homme d'honneur, l'oublie pas ! Tiens, regarde.

Il parvint à extraire de sa poche la reconnaissance et la tendit à Pelle avec un geste de dignité offensée.

Pelle nouait fébrilement sa cravate. Il était furieux, mais à quoi bon ? Et voici que, de l'autre côté de la cour, Hanne et sa mère sortaient de chez elles. Hanne était coiffée d'un chapeau de paille jaune à larges brides qui lui allait à ravir ; la vieille portait au bras le panier à provisions. Après avoir soigneusement fermé la porte, elle glissa la clé dessous et elles partirent.

Pour un peu, il ne serait pas prêt à cause de cette vieille épouse ! Le vieux tournait autour de Pelle avec un sourire craintif et le dévisageait curieusement, en se tenant à distance.

– Ça t'embête, hein ? dit-il en guise de consolation sur un ton tout à fait paternel. Ça t'embête bigrement ! Mais aussi, que diable voulais-tu faire de deux pantalons, camarade ? Que peut-on faire avec deux pantalons ?

Il avait un accent de reproche désespéré dans la voix.

Pelle tira de sous son lit une paire de gros souliers de fillette et sortit par le grenier. Il se glissa de côté entre le toit en pente et le mur des mansardes, se baissa pour passer sous les poutres et échoua finalement dans un long couloir qui traversait tous les combles du côté rue et sur lequel des chambres ouvraient des deux côtés. Un bourdonnement venait à sa rencontre. Les portes de toutes les mansardes étaient ouvertes sur le couloir, qui servait de salle commune. Les disputes, les bavardages et les pleurs d'enfants se mêlaient en un vacarme assourdissant, dans un va-et-vient de ruche.

– C'est bien plus gai par ici, se dit-il. Demain, je viendrai m'y installer.

Il y pensait depuis longtemps. Maintenant, il était temps d'en finir : il ne pouvait rester chez le Soiffard.

Devant une des portes ouvertes sur le couloir, une petite fille de onze ans était occupée à nettoyer de mauvaises chaussures, les pieds empêtrés dans un tablier de toile à sac qui lui montait jusqu'aux aisselles. Dans la chambre, deux garçons, l'un de douze et l'autre de neuf ans, se promenaient de long en large d'un pas assuré. Ils profitaient du dimanche. Ils étaient en bras de chemise, et ressemblaient à deux jeunes pères de famille. C'était *la petite famille*, les sauveurs de Pelle.

– Voici tes souliers, Marie, dit Pelle. C'est tout ce que j'ai pu faire.

Vivement, elle prit les souliers et regarda les semelles. Pelle n'avait eu que du vieux cuir pour les raccommoder, mais il avait passé l'empeigne au cirage.

– Comme ils sont devenus jolis, s'écria-t-elle, en le regardant d'un air reconnaissant.

Les garçons vinrent serrer la main de Pelle.

– C'est combien, les souliers ? demanda l'aîné en portant gravement la main à sa poche.

– Nous en recauserons un autre jour, Peter, répondit Pelle. Aujourd'hui, je suis pressé. On l'inscrira sur le compte de fin d'année, ajouta-t-il en riant.

– Je vais donc pouvoir aller me balader avec mes frères, s'écria Marie, rayonnante de joie. Et toi, tu vas au bois avec Hanne et sa mère. On le sait bien. Allons, file !

En sautillant, elle l'accompagna jusqu'à l'escalier. Aujourd'hui, elle était comme une enfant ; l'air vieillot et soucieux qu'elle avait d'habitude avait disparu.

– Tu peux prendre le grand escalier, lui cria-t-elle.

Une échelle de meunier conduisait à ce grand escalier intérieur, normalement réservé aux locataires des logements ouverts sur la rue. C'était la partie riche de l'Arche : ici habitaient de vieux loups de mer, d'anciens quartiers-maîtres et d'autres gens rangés, les commerçants du sous-sol, le charbonnier, la marchande d'habits et le chiffonnier en gros. Les logements se composaient de deux belles pièces bourgeoises, sans cuisine ni entrée. Mais, sur chaque palier, dans le coin près des portes, il y avait un évier relié au tout-à-l'égout. Fermé par un couvercle, cet évier faisait un siège très confortable.

Lorsque enfin Pelle rattrapa ses compagnes, elles étaient déjà au pont de Knippelsbro.

– Tu y a mis le temps, remarqua Hanne, en le prenant par le bras. Comment va *la petite famille* ? Et Marie, elle est contente de ses souliers ? La pauvre, elle n'a pas pu sortir les deux derniers dimanches, elle n'avait rien à se mettre aux pieds.

– Elle n'avait qu'à venir me voir, dit Pelle, je leur dois tant !

– Penses-tu ! *La petite famille* est fière ! Il a fallu que je lui prenne les souliers de force !

– Les pauvres gosses ! s'écria Mme Johnsen. C'est touchant de voir comme ils se serrent les coudes et savent se tirer d'affaire. Mais pourquoi prends-tu le bras de Pelle, Hanne ? Tu n'as pourtant pas de vues sur lui !

– Ah ! Que me demandes-tu là, petite mère ? Pelle est mon cavalier, il faut bien qu'il me défende.

– Tu n'as pas besoin d'être défendue, si ce n'est contre toi-même et c'est pas le plus facile !

– Mais il y a des brigands dans le bois qui pourraient m'enlever ! S'il ne me défend pas, tu seras obligée de payer une forte rançon pour me racheter.

– Ah ! Mon Dieu ! Si j'avais de l'argent, je paierais plutôt pour qu'on t'enlève !... Mais regardez-moi ce ciel bleu. Ce soleil, dans le dos, c'est délicieux. Ça vous réchauffe jusqu'au cœur.

Au Triangle, ils montèrent dans un omnibus qui prit la route du bord de l'eau. La voiture était bondée de gens d'humeur joyeuse ; ils riaient sans se lasser des grosses plaisanteries que se lançaient deux ou trois compères, qui suaient à grosses gouttes. Par derrière, la poussière montait en nuages menaçants, plus haut que les citernes perchées sur leurs échasses, au bord de la route. Sur le Sund, les bateaux aux voiles flétries n'avançaient pas. Jusqu'au vent qui célébrait le dimanche !

Il faisait frais dans le parc de Dyrehaven. Le feuillage des hêtres, encore tendre, contrastait gaiement avec leurs troncs séculaires.

– Comme la forêt est belle ! s'écria Pelle, on dirait un vieillard qui a pris une jeune épouse !

C'était la première fois qu'il se trouvait dans une forêt de hêtres et il avait l'impression de se promener sous les voûtes d'une église !

Les promeneurs étaient nombreux, tout Copenhague était dehors par ce beau temps. Les gens étaient ivres de soleil ; ils se laissaient aller. Ils chantaient et criaient sous le feuillage, simplement pour s'épancher. D'aucuns s'en allaient tout seuls entre les arbres se donner du mouvement, lutter avec les grandes branches et pousser des cris, rien que pour entendre le son de leur voix. D'autres, coiffés de bérets blancs, chantaient en chœur à la lisière d'un bosquet. Et au hasard des clairières, des bandes joyeuses s'ébattaient, jouant à colin-maillard ou se roulant dans l'herbe comme des petits chats.

Mme Johnsen s'éreintait à marcher quelques pas devant; elle connaissait bien les lieux et dirigeait la troupe. Hanne et Pelle marchaient côte à côte, sans souffler mot. Hanne restait mystérieuse et lointaine. Pelle lui prit la main pour l'entraîner à courir le long d'une pente, mais elle ne s'aperçut de rien; sa main était molle et moite. Elle avançait comme dans un rêve, renfermée en elle-même.

– La voilà encore perdue dans ses folies, pensa Pelle. Et, découragé, il lâcha la main qui retomba, inerte.

La vieille, qui s'était retournée, les regarda avec insistance.

– Il y a des années que le soleil n'a été aussi beau, dit-elle. Pas depuis que j'étais jeune fille.

Arrivés à « l'Ermitage », ils traversèrent l'espace découvert jusqu'à la maison du garde forestier, où ils commandèrent du café pour boire avec leurs provisions. Puis ils se remirent en route. Mme Johnsen n'allait au bois qu'une fois l'an et tenait à tout visiter; les jeunes gens avaient beau protester, elle était infatigable. Elle avait là des souvenirs de sa jeunesse et voulait tout revoir.

S'ils étaient fatigués de la suivre, ils n'avaient qu'à le dire, ils étaient assez grands pour trouver eux-mêmes leur route ! Pourtant, ils la suivaient fidèlement, en dépit de leur lassitude. Ils étaient vraiment trop bêtes !

Sur le sentier qui conduisait à Rådvad, la foule se fit moins dense.

– Ici, la solitude de la forêt règne encore, comme dans ma jeunesse, remarqua la vieille. C'est délicieux, ces rideaux de feuillage, un vrai coin pour amoureux. Je m'assieds ici pour retirer mes chaussures un instant. Mes oignons commencent à me faire mal. Faites un petit tour en attendant.

Les jeunes gens jetèrent autour d'eux un regard indécis et s'installèrent auprès d'elle. La vieille avait retiré ses bottines et se rafraîchissait les pieds dans l'herbe humide, tout en parlant à mi-voix :

– Il fait chaud aujourd'hui, les pierres sont brûlantes. Mais vous n'avez pas l'air de brûler, vous deux ! Vous en faites des yeux, embrassez-vous donc, pour une fois, dans la verdure. Ça ne fait de mal à personne et c'est si gentil à voir.

Pelle ne bougeait toujours pas. Hanne s'approcha de lui, se traînant sur les genoux, lui prit lentement la tête et l'embrassa. Puis elle le regarda au fond des yeux, tendrement, comme un enfant qui regarderait sa poupée. Son chapeau avait glissé en arrière et la sueur formait des gouttes limpides sur son front blanc et sur ses lèvres. Brusquement, elle le lâcha avec un rire joyeux.

Pelle et la vieille avaient cueilli des fleurs et des branches de hêtre, et ils se mirent à les arranger, pendant qu'Hanne, couchée sur le dos, regardait fixement le ciel.

– As-tu fini de rester là à regarder en l'air ? dit la mère, ce n'est pas bon pour toi.

– Je joue au bonheur, répondit Hanne, il y a si longtemps que ça ne m'était pas arrivé ! Mais à la maison, dans l'Arche, on voit bien plus de choses. Ici, il fait trop clair.

– Oui ! Tu l'as dit, ma petite, qu'on y voit bien plus de choses : un égout et trois chiottes puantes ! Heureusement qu'il y fait noir dans ce trou ! Il faudrait pouvoir se payer une promenade en forêt chaque dimanche, tout l'été. Quand on a grandi à la campagne, ça ne vous dit rien de rester toujours enfermée entre quatre murs crasseux ! Et maintenant, allons plus loin, nous perdons notre temps.

– Je suis si bien ici, répondit Hanne, paresseusement. Pousse donc ma pèlerine sous ma tête, Pelle !

Un grand oiseau apparut au-dessus des arbres, derrière eux.

– Regardez-moi ce gaillard ! s'écria Pelle en le montrant du doigt.

Lentement, l'oiseau planait, les ailes grand ouvertes. De temps en temps, il donnait quelques coups d'ailes et volait bas, comme s'il cherchait quelque chose.

– Jésus ! Je crois que c'est une cigogne, dit Mme Johnsen avec frayeur, et elle ramassa ses bottines. Je n'ose plus rester ici : on ne sait jamais quel tour cette bête-là peut vous jouer.

Elle se dépêchait de se rechausser et Pelle riait aux larmes. Hanne avait levé la tête.

– C'est tout simplement une grue, n'est-ce pas, Pelle ? Ce qu'elle a l'air bête à nous regarder comme ça, comme si elle était myope ! Si j'étais à sa place, je monterais droit vers le ciel, les yeux fermés, je me laisserais emporter. Là où je me poserais, il arriverait bien quelque chose.

– Oui, tu tomberais à la mer et tu te noierais, répliqua la mère. Hanne s'est toujours imaginé qu'il devait arriver quelque chose, et avec ça, elle ne sait même pas garder ce qu'elle a sous la main.

– Ben, parce que j'ai rien ! rétorqua Hanne en montrant ses deux mains vides. Saurais-tu garder rien, dis, Pelle ?

Vers les quatre heures, ils approchèrent de la pierre commémorative du Slesvig, où des socialistes tenaient justement une réunion. N'ayant jamais assisté à un meeting populaire, Pelle avait appris ce qu'il savait des idées nouvelles au hasard des conversations d'homme à homme. Cela répondait bien à un penchant qu'il sentait en lui, mais ne lui avait pas enflammé l'imagination jusqu'ici : ce n'était rien de plus que le bourdonnement confus et monotone qu'il entendait dans son sabot du temps de son enfance.

– Tiens, voilà toute la communauté des socialistes de Copenhague, remarqua Mme Johnsen, un peu moqueuse. Jusqu'ici, ils ne sont pas bien nombreux, quoiqu'ils prétendent que tout leur appartient. Bien sûr que ça ne va pas toujours aussi vite qu'on voudrait.

Pelle fronça les sourcils, mais se tut. Il savait trop peu encore pour en convaincre d'autres.

La marée humaine l'impressionna vivement. Ici, des milliers d'hommes et de femmes étaient groupés autour d'un point commun, et l'idée s'imposa à lui qu'il appartenait à une grande armée.

« Moi aussi, je suis des leurs », claironnait en lui une voix joyeuse. Il avait besoin de se le dire et de se souvenir de la veille. Ah ! Si le bottier du Roi n'avait rien dit, il n'aurait pas adhéré ! Aujourd'hui, il se sentirait comme un païen ! Son adhésion au syndicat ressemblait à un baptême, il se sentait autrement lié à ces gens-ci qu'au reste du monde. Lorsque des milliers et des milliers de voix entonnèrent un chant, un hymne aux temps nouveaux qui allaient venir, des frissons le secouèrent. Il lui sembla que des portes s'ouvraient devant lui et qu'une chose qui, jusque-là, avait été refoulée et écrasée en lui pouvait enfin s'épanouir en pleine lumière.

À la tribune, un homme aux cheveux bruns parlait avec feu, d'une voix puissante. Serrés les uns contre les autres et retenant leur souffle, ils écoutaient, la bouche ouverte et le visage tendu vers lui. Son ascendant était tel que certains imitaient ses mouvements. Ils ne criaient pas leur enthousiasme, mais à chaque coup porté, une rumeur parcourait la foule.

Il parlait de la misère et des souffrances, de la longue et pénible route vers le but espéré. Comme autrefois le peuple d'Israël avait fidèlement porté l'Arche Sainte à travers le désert, ainsi les humbles avaient porté avec eux l'espoir à travers les temps de détresse. Chaque fois qu'une équipe avait succombé, une autre était venue saisir les brancards. Mais voici que le jour se levait. Ils étaient arrivés à l'entrée du pays et gardaient toujours entre leurs mains le gage attestant qu'ils étaient les citoyens légitimes de la terre promise.

Pelle admettait cela volontiers. Il connaissait bien la pénible traversée du désert par le peuple de Dieu. Il l'avait vécue – c'était pour lui le symbole même de la misère. Les mots lui étaient de vieilles connaissances, mais la grandeur du discours le frappa. Il y avait dans ces paroles quelque chose qui ne s'adressait pas au raisonnement, mais venait enflammer au plus profond de vous-même ce qui couvait sous la cendre. L'accent de colère à lui seul rouvrait de vieilles blessures, mais en même temps, il apportait un sentiment de délivrance. Une voix qui se faisait obéir, comme celle-là, Pelle l'avait du temps où il gardait son troupeau. Il aurait bien voulu, lui aussi, s'épancher en un cri retentissant et tout soumettre à la puissance de sa voix ! Ah ! Savoir parler comme celui-là, savoir tour à tour fulminer et s'attendrir comme l'avaient fait les anciens prophètes !

De cette marée humaine réunie par l'unité de sentiment et de pensée émanait une force singulière. Pelle cessa d'être le pauvre compagnon cordonnier isolé et inexpérimenté : il ne fit plus qu'un avec cet être collectif et les forces de tous se communiquèrent à lui comme la force du corps tout entier se répand jusque dans le petit doigt. Cette masse énorme exhalait une telle assurance d'invincibilité qu'elle semblait exhorter Pelle à donner l'assaut au monde. Ses muscles se gonflaient, dans son cerveau bouillonnaient des forces invincibles, des forces infinies ! Il se sentait devenir un être immense, un être de poids, qui n'avait qu'à s'avancer pour tout écraser.

Pelle s'était déjà perdu dans les nuages quelquefois, mais il en était toujours redescendu ; cette fois encore, il reprit terre, avec un sentiment de délivrance, avec un profond soupir de soulagement, comme s'il s'était débarrassé d'un lourd fardeau. Le bras d'Hanne reposait sur le sien ; il le serra légèrement. Mais, loin de la vie réelle, elle aussi, Hanne ne s'aperçut de rien. Ne voyant que la nuque de la jeune fille, Pelle se pencha en avant pour distinguer son visage. Le grand chapeau jaune l'inondait d'une lueur dorée. Toute son âme inquiète et mobile jouait derrière ses traits tendus et figés et ses yeux regardaient droit devant eux, fixement.

– Elle est prise, elle aussi, pensa Pelle, heureux ; elle est tout ensorcelée !

C'était merveilleux de se sentir deux, homme et femme, en un moment pareil !

Au même instant, son regard rencontra la vision que contemplait, extasiée, la jeune fille et il en reçut un coup au cœur. Plus loin, dans le champ, tout seul, tout à fait à l'écart, se tenait un grand bel homme qui rappelait d'étrange façon le propriétaire de la Ferme de pierre, où s'était passée l'enfance de Pelle. Le soleil jouait sur sa peau basanée et sa barbe soyeuse, et il tournait son visage vers eux ; il exerçait une attraction puissante, semblable à celle de la mer.

Hanne sursauta, comme au sortir d'un sommeil profond, et prit conscience de la présence de Pelle.

– C'est un marin, fit-elle, d'une voix étrange, lointaine, sans que Pelle lui ait rien demandé.

– Dieu sait comment elle a pu faire sa connaissance, pensa-t-il, furieux, en retirant son bras.

Mais Hanne reprit son bras bien vite et le pressa fortement contre sa poitrine, comme pour le rassurer complètement.

Lourdement appuyée sur Pelle, la jeune fille gardait maintenant la tête tournée vers la tribune et portait nerveusement les mains à ses cheveux.

– Tu ne tiens pas en place, ma fille, dit la mère, qui s'était installée à leurs pieds. Tu pourrais bien me laisser reposer mon dos contre tes genoux ; j'étais si bien tout à l'heure.

– Oui ! Mère, répondit Hanne, d'une voix altérée, en reprenant sa place.

– Pelle, chuchota-t-elle tout à coup, s'il vient jusqu'ici, je ne lui répondrai pas. Non ! Je ne lui répondrai pas !

– Tu le connais donc ?

– Non ! Mais il arrive bien qu'un homme vienne vous parler ? Alors tu lui répondras que je suis à toi, n'est-ce pas ?

Pelle aurait voulu lui dire non, mais la voyant secouée d'un frisson, il se dit avec compassion : « Elle a la fièvre ».

On l'attrapait si facilement dans l'Arche à cause de l'égout et de l'air vicié.

« Mais rien n'empêche qu'elle t'ait monté un bateau, pensa-t-il peu après, les femmes sont rusées. »

Sa fierté empêchait Pelle d'interroger Hanne, mais il se sentit une forte envie de prendre le type à la gorge pour lui arracher la vérité. Or, à cet instant, la foule cria : « Hourra ! » et Pelle fit de même. Lorsque le cri d'enthousiasme s'éteignit, l'homme avait disparu.

Ils prirent alors la route qui menait à la Foire, la vieille gardant toujours ses deux pas d'avance, tandis qu'Hanne marchait en chantonnant. De temps à autre, elle lançait à Pelle un regard interrogateur, puis elle se remettait à fredonner.

– Cela ne me regarde pas, bien sûr, dit enfin Pelle d'un air sombre, mais ce n'est tout de même pas bien de ta part de mentir avec moi.

– Moi, je mens ? Mais voyons, Pelle…

Elle le regarda dans les yeux d'un air étonné.

– Oui ! Tu mens : il y a quelque chose entre toi et cet homme-là.

Hanne éclata de rire, mais s'arrêta net.

– Non, Pelle, penses-tu ! Je me moque pas mal de lui ! C'est la première fois que je le vois… Et je n'ai jamais embrassé personne. Si, toi, mais tu es mon frère !

– Ça ne m'intéresse pas d'être ton frère, mets-toi bien ça dans la tête !

– Est-ce que je t'ai fait du mal ? J'en aurais vraiment de la peine, tu sais !

Elle le prit par la main.

– Je te veux pour femme, s'écria Pelle avec feu.

Avec un éclat de rire, Hanne lança railleusement :

– T'as entendu, mère ? Pelle veut m'avoir pour femme !

– J'entends et je vois plus de choses que tu n'as l'air de le croire, répondit sèchement Mme Johnsen.

Hanne les regarda tous les deux d'un air désemparé.

– Tu es si bon, Pelle, fit-elle calmement, mais tu ne peux rien m'apporter d'assez différent, je connais tout de ta vie. Jamais je n'ai rêvé de toi la nuit, non plus. As-tu la chance pour toi ?

– Je te montrerai que je l'ai, répondit Pelle en levant la tête, si seulement tu me donnes un peu de temps.

– Ah ! Mon Dieu, la voilà encore en train de faire des châteaux en Espagne ! s'écria la mère, en se retournant brusquement. Tu pourrais bien te tenir tranquille et ne pas nous gâter cette journée avec tes balivernes. Tout à l'heure, on était si contents.

En souriant, Hanne expliqua à Pelle :

– Mère prétend que j'ai le cerveau un peu dérangé, depuis le jour où père m'a frappée, quand j'étais petite.

– Oui ! Parce qu'à partir de ce jour-là, elle a eu des lubies et elle n'a plus voulu sortir de ses rêvasseries. Pendant des journées entières, elle restait assise à la fenêtre à regarder au loin et, lorsque ça la prenait, elle rendait fous les gosses de la cour rien qu'avec ses histoires ! On avait beau être très pauvres depuis la mort de mon mari, elle me forçait à quitter mon travail, pour me mettre à faire la ronde avec elle et sa poupée au milieu de la pièce, en chantant la chanson des « Trois Comtes ». Oui, crois-moi, Pelle, j'ai versé plus d'une larme sur elle !

Toujours souriante, Hanne accueillit ces reproches en fredonnant une mélodie. C'était la chanson des « Trois Comtes ».

– Tu vois bien ! dit la vieille à Pelle, elle n'en a même pas honte. Il n'y a rien à faire avec elle !

Sur la Foire de Dyrehaven, le vacarme était assourdissant. Des gens en goguette couraient par bandes de tous côtés, sifflaient dans des trompettes d'enfant, dans des petits ballons et s'amusaient en joyeux sauvageons. À chaque instant, on sursautait à un cri qu'on vous poussait dans l'oreille, et l'on découvrait tout à coup qu'un gamin était en train de vous accrocher quelque chose dans le dos.

Hanne était énervée. Entre sa mère et Pelle, elle ne tenait pas en place.

– Ah ! Non, partons d'ici ! Allons-nous-en n'importe où, suppliait-elle avec un rire forcé.

Comme Pelle voulait leur offrir une tasse de café, ils se mirent à la recherche d'une tente où il y aurait de la place. Tiens ! Voilà justement le joueur d'orgue de barbarie, planté au milieu d'un manège. Il les salua d'un petit mouvement de la tête, tout en tournant avec frénésie son moulin. Pour vaincre le bruit, il porta la main à sa bouche en guise de porte-voix :

– Vous trouverez ma femme là-bas avec les Olsen, hurla-t-il.

– Je n'arrive pas à entendre ce qu'il nous dit, déclara Mme Johnsen.

Ce jour-là, elle ne tenait pas du tout à rencontrer des gens de l'Arche.

Quand ils eurent pris le café, ils reprirent leur promenade entre les baraques, amusés par toute cette agitation. Hanne se fit dire la bonne aventure : cela ne coûtait que cinq sous, mais cela lui valut aussi un amoureux inattendu qui lui viendrait de l'autre côté de la mer, avec beaucoup d'argent ! Les yeux de la jeune fille brillèrent :

– Ma foi, j'aurais su faire bien mieux que ça, observa Mme Johnsen.

– Non ! Mère, parce que tu ne me prédis jamais que des malheurs, riposta Hanne en riant.

Bientôt, ayant rencontré une amie qui vendait des petits ballons, Mme Johnsen s'installa auprès d'elle.

– Allez donc danser, vous autres, pendant que je repose un peu mes vieilles jambes.

Les deux jeunes gens s'en furent se ranger parmi les spectateurs, dans le bal. De temps en temps, ils se payaient une danse pour un sou. Lorsque d'autres hommes vinrent inviter Hanne, elle refusa ; elle ne tenait pas à danser avec d'autres que Pelle. À quelques pas d'eux, le chapeau en arrière, les jeunes gens éconduits se groupèrent, en murmurant des injures. Pelle dut faire des remontrances à Hanne.

– Fais donc attention ! Tu les offenses, dit-il. Pour peu qu'ils aient bu un verre de trop, ils vont nous chercher des histoires.

– Pourquoi serais-je obligée de danser avec des gens que je ne connais pas du tout ? répondit Hanne. Je ne veux danser qu'avec toi.

Ses yeux lançaient des éclairs et elle était belle dans son attitude de dédain. Au fond, Pelle ne voyait aucun inconvénient à être le préféré ; il ne demandait pas mieux que de se battre pour elle, au besoin. Au moment de sortir de la baraque, il aperçut l'inconnu au fond du bal. Il pressa Hanne qui, sans s'apercevoir de rien, regardait fixement les danseurs. L'inconnu marchait droit sur eux, mais Pelle était sûr qu'Hanne ne l'avait pas vu.

Tout à coup, comme s'éveillant, elle saisit le bras de Pelle.

– Alors ! Nous partons ? dit-elle avec impatience, et elle l'entraîna.

Près de la porte, l'étranger les rattrapa et salua Hanne. Elle ne leva pas la tête mais son bras frémit comme pour se poser sur son épaule.

– Ma fiancée ne danse plus ; elle est fatiguée, répondit brutalement Pelle en l'emmenant.

– Heureusement que nous sommes partis, dit-elle, comme délivrée, en retournant vers sa mère. Les danseurs n'étaient pas bien amusants.

Pelle eut un sursaut. Elle n'avait donc pas vu l'inconnu. Elle avait dû croire que c'était simplement l'un des autres qui tentait sa chance. Comment, d'ailleurs, aurait-elle pu le voir ? Mais elle semblait posséder une conscience étrange de ce qui se passait autour d'elle, comme si elle voyait les yeux fermés. Les femmes savent voir, c'est bien connu, derrière le coin de la rue. Et puis, enfin, elle avait eu ce tressaillement ! Non, il ne savait que penser !

– Je m'en fiche ! finit-il par conclure, je ne la laisserai pas se foutre de moi.

Sur le chemin du retour, il en avait une à chaque bras. La vieille bavardait sans se lasser, tandis qu'Hanne marchait en silence. Mais, tout à coup, elle demanda à Pelle de se taire. Il la regarda avec étonnement.

– Mes oreilles entendent un bourdonnement si délicieux, dit-elle. Mais quand tu parles, ça s'arrête.

– Bêtasse ! C'est ton sang qui bouillonne, dit la mère ; c'est la lune montante.

Pendant le trajet, Pelle resta silencieux, se contentant de serrer de temps en temps la main moite d'Hanne qu'il tenait dans la sienne, sur la banquette.

À l'inverse, la joie de la vieille ne s'éteignait pas. Les lumières de la ville et le Sund paisible dans le crépuscule portaient à son cœur usé les messages du temps passé. Et, d'une voix cassée, elle se mit à chanter :

La nuit étend ses ailes,
Le ciel fourmille d'étoiles,
Les cloches du soir tintent,
L'oiseau se tait, l'homme ferme sa porte.

Partent ceux qui veulent :
Le navire attend.
Partons avec lui
Voguer sur le bleu tranquille
Du Sund nocturne et merveilleux.

Mais, du Triangle à la maison, elle sentit tout de même sa fatigue et eut peine à les suivre.

– Grand merci pour aujourd'hui, dit-elle à Pelle, lorsqu'ils entrèrent dans la cour. Demain, on recommencera à raccommoder les pantalons de soldats. Mais nous avons fait une belle promenade, tout de même !

Et, péniblement, passant la première, elle monta les escaliers en gémissant et en marmonnant. Hanne s'était arrêtée, hésitante.

– Pourquoi as-tu dit « ma fiancée » ? demanda-t-elle brusquement, puisque je ne le suis pas du tout.

– Mais tu me l'avais demandé, répondit Pelle, et il en aurait bien dit davantage.

– Ah ! Oui, c'est vrai ! dit Hanne, et elle monta l'escalier en courant.

Tout en haut, elle se retourna et lui lança :

– Bonne nuit !

IV

C'était pour des raisons toutes personnelles que Pelle était lié à *la petite famille*. Les trois orphelins étaient les premiers qui lui aient tendu une main secourable, lorsque, trois jours après son arrivée dans la capitale, il s'était trouvé à la rue, dépossédé de tout son argent.

Pourtant, son arrivée n'avait pas manqué de grandeur ; il n'avait pas perdu la nuit qu'il avait passée sur la banquette, parmi le bétail de l'entrepont. L'attente fiévreuse l'avait tenu éveillé et il avait employé son temps à tirer des plans grandioses, pour lui-même et ses vingt-cinq couronnes. À la première lueur du jour, il s'était trouvé sur le pont, guettant l'apparition de la capitale qui émergeait de la brume, avec ses cheminées d'usines et ses tours. Au-dessus de la ville, une buée flottait, légèrement rougeoyante sous les rayons de l'aube et donnait au paysage un air de fête. L'entrée dans le port, entre les forts et l'arsenal, avait été longue et imposante. La bousculade sur le quai, quand le navire s'amarra, et que les cochers et les porteurs hélèrent les voyageurs, lui avait un peu tourné la tête, bien qu'il se soit promis de ne se laisser étonner par rien. Il était déjà assez difficile comme ça de savoir ce qu'il fallait faire.

Mais alors, le hasard s'était chargé tout seul de bien arranger les choses pour lui. Dans la foule, sur le quai, se tenait un grand gaillard débonnaire qui regardait Pelle avec l'air de le connaître. L'homme ne hurlait pas comme les autres ; il accosta Pelle d'une voix calme, avec un « Bonjour, pays ! » et lui offrit le gîte et le couvert à raison de deux couronnes par jour. Heureux de trouver quelqu'un de chez lui, au milieu de tout ce brouhaha, Pelle accepta, tout confiant. L'homme était serviable à l'extrême. Il ne voulut même pas permettre à Pelle de porter sa malle verte.

– Je vais l'envoyer chercher ! dit-il.

Et ainsi pour tout, il déclarait généreusement :

– Je me charge de ça, laisse-moi faire.

Trois jours après, l'homme présenta à Pelle une note détaillée dont le total était exactement de vingt-cinq couronnes. C'était, par une coïncidence étonnante, juste la somme qu'avait la chance de posséder Pelle et dont il ne voulait pas se défaire. Mais l'hôtelier Elleby ayant appelé un agent de police, Pelle dut s'exécuter.

Le voilà donc à la rue avec sa malle verte, sans savoir de quel côté se tourner, désemparé et la mort dans l'âme, quand un petit garçon arriva en sifflotant et lui demanda s'il avait besoin d'un coup de main.

– Je peux très bien vous transporter la malle n'importe où, ça vous coûtera vingt-cinq centimes, et dix seulement si je prends une poignée et vous l'autre, dit-il d'un air tout à fait homme d'affaires en regardant Pelle.

Pourtant, le gosse ne paraissait guère plus de neuf ou dix ans.

– Mais je ne sais pas où aller, répondit Pelle, qui avait presque les larmes aux yeux, on vient de me jeter à la rue, et je ne sais pas où m'adresser ! Je ne connais âme qui vive ici dans la ville, et on m'a pris tout mon argent.

Le gamin rejeta la tête en arrière, comme s'il avait heurté quelque chose du front.

– Ah ! Bon ! Sale blague ! Tu es tombé entre les mains d'un filou, mon petit père. Alors, il ne te reste qu'à m'accompagner ; tu pourras très bien rester chez nous, si tu veux bien coucher par terre.

– Mais que penseront tes parents, en te voyant arriver avec moi ?

– Je n'ai ni père ni mère. Et Marie et Peter ne font jamais d'histoires ; tu n'as qu'à venir. Et puis, on pourra peut-être te trouver du travail chez le Soiffard. D'où viens-tu ?

– De Bornholm.

– Nous autres aussi ! C'est-à-dire, il y a bien des années de ça ; nous étions enfants alors ! Suis-moi, pays.

Avec un sourire heureux, le petit empoigna l'une des poignées de la malle. Certes, c'était aussi un pays qui l'avait volé. Néanmoins, Pelle suivit le garçon. Il n'était pas méfiant par nature.

C'est ainsi que Pelle avait fait son entrée dans l'Arche, sous la protection d'un enfant. Le frère et la sœur du petit Karl, tous deux ses aînés, approuvèrent gentiment ce qu'il avait fait. Les trois orphelins qui, d'ordinaire, étaient plutôt de caractère sauvage, devinrent tout de suite les grands amis de Pelle. L'ayant trouvé dans la rue, ils virent en lui un camarade de leur âge, qui ne connaissait pas Copenhague et avait besoin d'être protégé. Ils l'initièrent un peu à la grande ville et l'aidèrent à se faire embaucher chez le Soiffard.

Le lendemain de la promenade à Dyrehaven, Pelle emménagea dans le grenier du côté rue, dans une petite chambre qui était libre, juste à côté de *la petite famille*. Marie l'aida à s'installer. C'était avec plaisir qu'il laissait tomber le Soiffard. Finie cette exploitation et tous les embêtements qui en étaient résultés ! Maintenant qu'il entrait en rapport directement avec son patron, il allait pouvoir regarder ses camarades comme des égaux. Pour toutes sortes de raisons, son séjour chez le Soiffard avait été extrêmement pénible, mais il quittait son exploiteur sans rancune. Durant ces quelques mois, il avait appris plus que durant tout son apprentissage, là-bas, au pays.

Après avoir trouvé quelques outils d'occasion chez un brocanteur, il acheta à crédit une table et un lit. Pour commencer, le bottier du Roi lui confia du bricolage, et il y travailla à ses moments perdus. L'ouvrage lui venait surtout de maître Beck, dans Torvegade.

Beck était un homme de la vieille école. Sa clientèle se

composait principalement de gardes, de mariniers et de vieux loups de mer qui habitaient le faubourg de Kristianshavn. Bien que né et élevé à Copenhague, il ressemblait à un artisan de province, quand il portait les pantoufles que sa fille avait brodées, et fumait, le dimanche, sa longue pipe devant sa porte. Sa façon d'envisager le métier n'était pas moderne et il était heureux d'avoir trouvé, en Pelle, un homme qui savait manier le cuir graissé et qui n'avait pas peur de s'attaquer à une paire de vieilles bottes huileuses. Le travail de maître Beck n'était pas facile à emporter, et Pelle venait volontiers à l'atelier donner un coup de main. La seule des conditions du bon vieux temps qu'il n'avait pas voulu accepter était l'obligation d'habiter et de prendre ses repas chez le patron.

Il gagna au change dès le premier jour. Il travaillait avec un entrain joyeux, et bientôt il put mettre de l'argent de côté pour payer sa dette envers Sort. Maintenant, il voyait poindre le jour où il pourrait faire venir le père Lasse.

Le matin, quand, mal réveillés, les locataires de l'Arche titubaient le long de l'interminable couloir, se pressant pour partir avant que la sirène sonne six heures moins le quart, Pelle, lui, était déjà en train de faire marcher son marteau. Vers les sept heures, il s'en allait à l'atelier de Beck, pour voir s'il y avait de l'ouvrage pour lui. Et puis, les habitants de l'Arche lui fournissaient aussi un peu de travail.

Il avait une expérience des conditions de la production, et cette expérience était comme une graine fertile qui germait là où on l'avait jetée et qui donnait toujours davantage. Le fait de s'être débarrassé d'un exploiteur se traduisait aussitôt par une amélioration de la situation matérielle – que serait-ce si l'on pouvait aussi se débarrasser de l'autre, pour récolter soi-même tout le bénéfice de son travail !

Tout cela semblait fantastique, et Pelle n'était pas homme à faire des châteaux en Espagne pour les voir s'effondrer ensuite. Il avait fait une expérience dont le résultat était incontestable ; il voulait maintenant savoir quelle en était la portée. Tout en travaillant, il retournait la question dans sa tête et l'examinait sous tous ses aspects.

Il était donc acquis que le Soiffard était un intermédiaire inutile ; autrement dit, on pouvait très bien faire du travail sans avoir besoin d'en passer par lui et de verser une chopine dans son gosier toujours assoiffé. Mais était-il plus raisonnable que les chaussures, pour parvenir au consommateur, passent par les mains du bottier du Roi et se changent en équipages et en tralala ? Pelle ne pourrait-il lui-même entrer en relation avec les clients, en écartant Meyer comme il avait écarté le Soiffard ? Évidemment ! On disait que le bottier du Roi se faisait 30000 couronnes de revenu par an.

« Voilà ce qui devrait être partagé également entre nous autres ouvriers qui travaillons pour lui, se disait Pelle, tout en enfonçant ses pointes. Alors, le vieux père Lasse n'aurait plus besoin de rester là-bas, au pays, à tirer le diable par la queue. »

C'était quelque chose de tangible, un calcul pratique qui, apparemment, n'avait rien à voir avec sa foi dans le bonheur. Cette foi était ancrée en lui, le soutenant à travers tous ses efforts, mais ne se formulait pas avec précision. Un instinct puissant, issu de siècles de misère, lui rappelait que le pauvre doit être patient. C'était l'héritage légué par les générations précédentes, qu'il devait garder fidèlement à travers toutes les vicissitudes, comme des millions d'êtres l'avaient fait avant lui, dans une attente perpétuelle de l'inconnu, jusqu'à ce que, arrivés à la tombe, résignés, ils aient transmis le rêve à la génération suivante. Il y avait une place pour lui dans cet espoir, mais s'il ne réussissait pas, l'espoir resterait vivant pour l'avenir. Au fond, ce rêve de bonheur n'était pas une promesse de succès pour un individu en particulier, mais une large promesse, enfantée par des siècles de souffrances, animée comme du souffle de l'éternité.

Pelle portait en lui ces tribulations sans fin. Il s'était déposé au fond de son âme une patience sans mesure. Dans le monde auquel il appartenait, les capacités étaient souvent grandes, mais la résignation toujours plus grande. La vie l'avait bien préparé à l'échec, mais certainement pas à perdre tout espoir. Bien souvent, la longue marche avait eu ses chants: « *La Ville de David avec ses rues d'or* », « *Le Royaume de Mille Ans* », « *Le Retour sur la terre de la splendeur du Seigneur* », et lui-même les avait souvent écoutés avec étonnement. Mais jamais auparavant, on n'avait entendu résonner un chant qui parle du pain quotidien, des vêtements, du foyer, du bien-être. Comment s'y retrouver dans tout cela ? Il était seulement en train de calculer comment, clairement et rapidement, il se procurerait une part des biens de ce monde, avec une exigence impatiente dont il n'aurait pu rendre compte.

Autour de lui, tout bourdonnait de la même façon. Un frisson d'éveil avait secoué les masses qui n'avançaient plus patiemment, avec une conscience aveugle, mais oscillaient de côté et d'autre, en proie à de confuses hésitations. Le grand miracle n'allait plus s'accomplir tout seul, au jour venu. Une puissance mauvaise tenait à genoux leur grande espérance qui, de la sorte, ne pouvait enfanter. Il fallait qu'ils l'aident eux-mêmes, pour que le bonheur vienne au monde.

Il y avait une faille dans le fatalisme inébranlable qui avait si péniblement conduit la marche. Les masses ne se laisseraient plus condamner à une résignation muette. Des gens qui, toute leur existence, s'étaient contentés de suivre leur route habituelle entre le gîte et l'usine se posaient à présent des questions déconcertantes sur le sens de leur vie. Même les simples osaient douter de l'excellence de l'ordre établi. Ce n'était plus comme ça parce que ça devait être comme ça. Il y avait une cause angoissante à la misère. Le premier pas était fait et l'envie les prenait de donner un coup de main à la vie. Leurs poings les démangeaient ; ils voulaient démolir quelque obstacle, mais ils ne savaient pas lequel.

C'était comme un tourbillon, tout devenait flou. Des forces inconnues se manifestaient et possédaient les plus tranquilles. Des gens qui autrefois auraient rampé comme des chiens pour mendier leur nourriture étaient pris d'une fierté qui leur aurait fait tout subir plutôt que de s'humilier. Des gens sûrs qui, durant toute leur vie, avaient travaillé au même endroit, quittaient leur place pour un oui, pour un non, ne pouvant plus s'accommoder de l'ordre des choses. Ils dédaignaient la patience si difficilement acquise. Ceux-là mêmes qui avaient porté fermement tout le poids sur leurs épaules devinrent les plus intraitables, les plus exigeants, avec des caprices de femme enceinte. C'était comme s'ils souffraient sous la pression intérieure d'une force invisible et essayaient d'entrouvrir leur rude écorce pour livrer passage à quelque chose de nouveau. L'impulsion douloureuse se manifestait dans leurs regards désemparés et dans leurs gestes fous, qui rencontraient le vide autour d'eux.

Il y avait quelque chose de menaçant dans cette incertitude des masses qui tournaient en rond comme si elles attendaient de voir sortir de l'ombre de nouveaux mots d'ordre. On se débarrassait des vieilles coutumes pour faire de la place en soi. Tous parlaient d'une vérité nouvelle, en se préparant à la recevoir, dans l'idée que, tout naturellement, l'échéance était venue et que la grande promesse se réaliserait justement pour eux. Ils étaient prêts à agir, sans savoir au juste quoi faire. Ils se rassemblaient par petits groupes et entamaient des grèves malheureuses, à tort et à travers. D'autres créèrent des clubs et se mirent à discuter violemment de cette vérité nouvelle que personne ne connaissait encore. C'étaient surtout des jeunes. Plus d'un était venu ici à la recherche du bonheur, comme Pelle : ils vivaient dans une agitation passionnée – ils brûlaient de fièvre.

Telle était la situation quand Pelle arriva dans la capitale chaotique, sans un plan sûr pour vous guider vers le but. Les masses ne s'appuyaient plus les unes sur les autres, mais s'étaient éparpillées et cherchaient un point fixe autour duquel se rassembler. En haut, on ne s'apercevait que de l'insécurité des rapports entre patrons et ouvriers ; on se plaignait de l'agitation, de cette agitation sans but et sans raison qui diminuait les bénéfices et rendait difficile la concurrence avec l'étranger. Quelques habiles individus ayant compris que la foule était une grande oreille attentive, de nouveaux prophètes surgirent, s'efforçant de mener, par des routes nouvelles, les multitudes vers Dieu. Une ou deux fois, Pelle, entraîné par le courant, se rendit à de telles réunions. Mais il ne se laissa pas prendre. C'était toujours la vieille rengaine : ce n'était pas ce qu'il cherchait. Personne ne se contentait plus de traites tirées sur le ciel. Les nouveaux prophètes disparurent, aussi vite qu'ils avaient surgi.

Or, au beau milieu de ce chaos se tenait une petite masse compacte, une communauté qui, durant des années, s'était développée avec persévérance, bravant avec stoïcisme les moqueries, les persécutions, et qui maintenant comptait plusieurs milliers d'adhérents. Ceux-là tenaient bon, parmi les remous, et affirmaient avec ténacité qu'ils enseignaient l'avenir. Aujourd'hui, on aurait dit qu'ils avaient le vent en poupe : leur doctrine répondait en quelque sorte au désir impatient de voir enfin se réaliser le paradis sur terre et de mettre le bonheur à portée de la main.

Au meeting, près de la Pierre du Slesvig, Pelle s'était laissé gagner par la doctrine nouvelle et s'était jeté de tout son cœur dans le mouvement. Il courait les réunions à la recherche d'arguments positifs, sa nature pratique demandant des sujets de réflexions tangibles. Mais un travail sourd s'accomplissait en lui, comme un courant profond sous la glace ; parfois, cela paraissait à la surface et il en avait peur. Il n'avait pas encore réussi à se faire à une vue d'ensemble. Lorsqu'il entendait des plaintes au sujet de l'agitation qui compromettait la fortune du pays, il ne voyait pas comment tout se tenait.

– Ce n'est tout de même pas juste qu'ils arrêtent le travail sans raison aucune, dit-il à Morten, un jour que le cocher du boulanger avait quitté son travail. Votre livreur, par exemple, de quoi pouvait-il bien se plaindre ?

– Il a peut-être eu mal au derrière, de ce que son aïeul a autrefois fait un séjour sur le chevalet de torture. Qui sait ? Il venait de la campagne, répondit Morten gravement.

Pelle n'aimait pas cette façon d'employer des images à double sens, cela le mettait mal à l'aise.

– Tu ne pourrais pas parler comme tout le monde ? fit-il. Je ne te comprends pas.

– Vraiment ? Mais il y en a des raisons, pourtant, des tas de raisons anciennes ! Pourquoi diable faudrait-il une raison de plus, née d'hier ? Tu ne peux donc pas imaginer que l'ouvrier, qui a tiré si longtemps comme une bête de somme, en croyant que le mouvement venait des autres, s'aperçoit un beau jour que c'est lui qui fait tout marcher ? Voilà ce qui se passe ! Le pauvre n'est pas seulement l'esclave qui fait tourner la roue et à qui on jette une poignée de farine, de temps en temps, pour qu'il ne crève pas de faim. Il est en train de découvrir qu'il a un rang plus élevé, vois-tu ! Alors, le mouvement change de sens et c'est l'ouvrier qui donne l'impulsion. Mais ça, tu n'y comprends rien, évidemment, ajouta-t-il, en voyant l'air incrédule de Pelle.

– Non, parce que je ne souffre pas de la folie des grandeurs, répondit Pelle en riant. Et tu n'es pas prophète, pour prédire de si grandes choses ! Mais j'ai assez de bon sens pour pouvoir comprendre que si l'on veut faire du grabuge, il faut avoir une raison tangible, sinon ça ne va pas. Ce que tu me racontes sur le chevalet de torture n'est pas une raison suffisante.

– Ça dépend du nombre de ceux qui font du grabuge, répondit Morten. Là où tous sont d'accord, pas besoin de raisons.

Pendant son travail Pelle continuait à se creuser la tête. Ça n'allait pas, ces réflexions d'ordre général : ce qu'il y avait d'idées générales dans son esprit lui était venu des générations précédentes et avait trait, principalement, à la vie et à la mort. Ce qu'il lui fallait, c'était du concret, et il se reportait à sa grande expérience personnelle : le Soiffard était inutile, Pelle l'avait prouvé lui-même ! Et il n'y avait pas d'inconvénient non plus à écarter le bottier du Roi : c'étaient les compagnons qui étaient chargés de prendre les mesures et de tailler, de faire tout le travail, en somme. Au fond, il n'était qu'un exploiteur lui aussi, qui s'était juché tout en haut de l'échelle et suçait tout le profit. Mais alors, Morten avait raison, avec ses vues à l'esbroufe sur l'ouvrier qui faisait tout marcher ! S'effrayant un peu de la conclusion, Pelle se rassurait tout de même en se disant qu'en tout cas, c'était valable pour sa corporation. Ce ne serait pas bête de reconquérir ce qui vous appartenait – mais comment faire ?

Son bon sens demandait quelque chose à mettre à la place de Meyer et des autres grands exploiteurs. On ne pouvait laisser les compagnons vivoter chacun pour soi, comme petits patrons. Il en avait trop vu déjà, à Bornholm, dans la petite ville de province. Cela n'engendrait que la misère.

Il se mit à dresser le plan d'une association de production : un certain nombre d'ouvriers de la même corporation loueraient en commun des locaux, en apportant chacun sa part d'argent ; le travail serait distribué entre eux, selon les aptitudes particulières de chacun et ils choisiraient parmi eux un camarade qui dirigerait toute l'entreprise. De cette façon-là, le problème pourrait être résolu : chacun aurait le profit entier de son travail.

Lorsqu'il eut bien établi son plan, il l'apporta à Morten.

– On en a déjà parlé dans le Mouvement, s'écria Morten en prenant un livre sur l'étagère. Mais c'est curieux, ça n'a pas marché. Où as-tu pêché cette idée ?

– Je me suis creusé un peu la tête et je l'ai trouvée tout seul, répondit Pelle avec fierté.

Morten gardait un air légèrement sceptique. Il ouvrit le livre et montra à Pelle comment précisément son idée y était développée, presque mot pour mot, et présentée comme une étape de l'évolution sociale. C'était un livre sur le socialisme. Pas de quoi casser trois pattes à un canard ! Il était tout fier d'avoir découvert quelque chose que d'autres avaient trouvé aussi, et qui étaient des savants par-dessus le marché ! Il commença à avoir confiance dans sa propre pensée, et suivit avec plus d'assiduité que jamais cours et réunions. Il savait qu'il possédait des forces et du courage. Il voulait se perfectionner, pour aller offrir ses services à ceux qui marchaient à la tête du mouvement et montraient le chemin.

Jusqu'ici, le bonheur lui était toujours apparu comme une aventure féerique qui survenait tout à coup et vous entraînait vers les sphères supérieures, tandis que les autres restaient en bas à vous regarder. C'était ça qui était dur ! Mais il apercevait maintenant de nouvelles voies qui conduisaient au bonheur tous les travailleurs. C'était ce que le Fort avait rêvé, au moment de mourir. Il ne comprenait pas trop comment cela se réaliserait, mais c'était l'affaire de ceux qui avaient charge de mener l'œuvre à bien !

Tout cela était nouveau pour son esprit. Il n'avait pas eu, jusqu'ici, l'habitude de réfléchir par lui-même : il s'en tenait aux vérités qui lui venaient de la tradition et, souvent, la réflexion lui était pénible. Il s'efforçait bien de chasser les idées, mais elles revenaient de plus belle.

Lorsqu'il était fatigué, Hanne reprenait son pouvoir sur lui. Il allait voir les deux femmes, le soir. Il savait bien que ce n'était pas « pour de bon » ; il ne lui venait pas de pensées d'avenir en songeant à Hanne ; près d'elle, seul le moment présent existait. Cette nature mystérieuse avait pouvoir sur lui, voilà tout ! Bien souvent, il jurait qu'il ne laisserait pas se jouer de lui. Pourtant, il y retournait. Il fallait essayer de faire sa conquête, et puis en accepter les conséquences.

Le travail fini, il passa chez elle un jour à l'improviste. Comme il n'y avait personne sur le palier, il entra dans la petite cuisine.

– C'est toi, Pelle ? dit la voix d'Hanne dans la chambre. Entre donc !

Elle venait de faire sa toilette, elle était en jupon blanc et en corset montant et démêlait ses beaux cheveux. Elle avait l'air d'une princesse, à soigner ainsi son corps, et elle savait s'y prendre. La glace était posée sur le rebord de la fenêtre, et dehors, depuis cette petite chambre au fond de la cour, dans l'échancrure entre les toits et les murs sales, on apercevait le pont de Børnehusbro et le canal qui s'en allait vers le large. Plus loin, vers le port, l'horizon était rayé de gris par les mâtures des navires.

Les coudes sur les genoux et les yeux baissés, Pelle s'assit sur le pouf, près du poêle. Il se sentait mal à l'aise. « Si seulement la vieille pouvait s'amener, se dit-il, je crois que je vais faire semblant d'aller sur le balcon voir si elle arrive. » Cependant, il restait assis. Près du mur, le grand lit étendait sa couverture fleurie de roses rouges et, de l'autre côté, les chaises étaient poussées sous la table. « Il ne faudrait pas qu'elle se joue trop de moi, pensa-t-il. Je finirais par me prendre au jeu et elle y laisserait des plumes. »

– Pourquoi ne dis-tu rien, Pelle ? demanda Hanne.

En levant la tête, il aperçut son image dans la glace ; elle tenait le bout de sa natte dans le coin de sa bouche et ressemblait à un petit chat qui se mord la queue.

– Que veux-tu que je dise ? répondit-il entre ses dents.

– Tu es fâché contre moi, mais ce n'est pas bien de ta part, je t'assure. Est-ce que j'y peux quelque chose, si j'ai si grand peur de la misère, si terriblement peur ? Depuis que je suis née, ça n'a jamais été autrement. Et tu es pauvre, Pelle, tout aussi pauvre que moi-même. Que peut-il nous arriver ensemble ? Nous ne le savons que trop bien !

– Qu'est-ce qu'il pourrait bien t'arriver d'autre ?

– Je n'en sais rien et ça n'a pas d'importance, pourvu que ce soit quelque chose que je ne connais pas ! Pouah ! Tout est si connu d'avance lorsqu'on est pauvre. Chaque fil de ses vêtements, on le connaît par cœur, et on le voit s'user. Si seulement tu avais été marin, Pelle !

– Tu l'as peut-être rencontré encore, *lui* ? demanda Pelle.

En souriant, Hanne secoua la tête :

– Non, mais tu sais, je crois à quelque chose de merveilleux : il y a un grand navire là-bas, je peux le voir d'ici, de la fenêtre. Il est plein de belles choses, Pelle !

– Tu es folle, répondit Pelle, avec mépris. C'est un

trois-mâts qui va entrer dans le dock au charbon, il vient d'Angleterre avec une cargaison de houille.

– Ça se peut bien, répondit Hanne avec indifférence. Qu'est-ce que ça peut me faire ? Il y a un bateau là-bas, qui vient des pays lointains, et il apporte quelque chose pour moi, voilà ce que chante tout le temps une voix en moi ; et tu n'as pas besoin de me refuser cette joie-là.

La mère entra brusquement :

– Il y a un bateau là-bas et il apporte quelque chose pour moi, quelque chose pour moi ! Pff ! Tu n'en as pas assez de tes folles balivernes ? Toute ton enfance, tu as traîné là, auprès de la fenêtre, à attendre le navire. Maintenant, ça devrait bien faire assez. Et avec ça, tu te montres à Pelle presque toute nue. Tu n'as pas honte ?

– Pelle est si bon, mère, il est mon frère. Et il ne pense pas…

– Il ne pense pas ! Mais si, il pense : comme sa gorge est douce et blanche ! Et son cœur pleure, parce qu'il n'a pas le droit d'y reposer sa tête. Dans mes jeunes années, j'ai bien su ce que c'était que de donner de la joie, allez !

La rougeur descendit jusqu'aux seins d'Hanne. Se couvrant de la serviette de toilette, elle se sauva en courant dans la cuisine.

La mère la suivit du regard :

– Elle a la peau blanche comme une fille de roi. Ne dirait-on pas, à la voir, que c'est une bâtarde ? Son père ne pouvait pas la souffrir d'ailleurs : tu m'as trompée avec quelque beau monsieur, disait-il souvent, comment aurions-nous pu fabriquer à nous deux cette poupée en porcelaine ? Par le Dieu vivant, lui répondais-je, c'est toi Johnsen, et personne d'autre, qui es le père de la petite. Mais lui, qui ne voulait pas me croire, ne faisait que nous battre : il nous haïssait toutes les deux à cause de sa beauté. Alors, ce n'est pas étonnant qu'elle ait la tête un peu faible. Tu peux me croire : elle m'a coûté bien des larmes. Mais laisse-la aller son chemin, Pelle ! Si je ne pensais qu'à Hanne, je ne demanderais pas mieux que de la voir devenir ta femme, mais ce n'est pas bon pour toi d'être lanterné comme ça. Et si tu l'as pour femme, ce sera encore pire, les caprices de femme sont de bien piètres ustensiles de ménage.

Au fond de son cœur, Pelle lui donnait raison. S'il se laissait ensorceler, il allait perdre sa jeunesse sur un chemin qui ne le mènerait nulle part. Il fallait en finir.

Hanne revint, belle et langoureuse.

– Tu viens te promener avec moi, Pelle ? demanda-t-elle.

– Oui, répondit Pelle tout heureux, jetant par-dessus bord toutes ses bonnes résolutions.

V

Pelle et sa petite voisine rivalisaient à qui serait levé le plus matin. Lorsqu'elle avait eu la chance de pouvoir le réveiller, son visage brillait de fierté et pour lui donner ce plaisir, Pelle, parfois, faisait exprès de rester au lit et de répondre d'une voix endormie aux coups qu'elle donnait dans la cloison. Mais parfois, l'enfance reprenait ses droits. Pelle remuait aussi doucement que possible et ne frappait à la cloison que vers les cinq heures et demie. Alors, elle en restait penaude toute la matinée.

Dès six heures, les frères devaient avoir pris leur petit déjeuner et être à l'ouvrage. Peter, l'aîné, travaillait dans une ferblanterie, Karl portait les journaux du matin et bricolait de-ci de-là. Il était toujours à l'affût et toute sa petite personne en portait l'empreinte. Il restait sur le qui-vive, comme si ses pensées tournaient toujours, à la recherche d'expédients.

À cette heure matinale, tout bourdonnait alentour. Au fond de la cour et sous le porche résonnait le bruit incessant des centaines d'habitants de l'Arche qui allaient au devant du jour, tout dépenaillés, les yeux et la figure encore embués de sommeil. Ils faisaient claquer la langue, comme pour goûter la différence entre le jour et la nuit, ils bâillaient bruyamment et partaient au galop. En haut, dans le long couloir, les ouvrières, les ouvriers et les porteuses de journaux se bousculaient, à demi nus ; ils étaient toujours en retard et attendaient en ronchonnant leur tour au robinet. Il n'y avait qu'un robinet à chaque bout du couloir, et c'était tout juste si on avait le temps de se mouiller les yeux pour se réveiller un peu. Les portes de tous les réduits restaient ouvertes et les effluves de la nuit rendaient l'atmosphère du couloir lourde et irrespirable.

Les jours où Pelle travaillait chez lui, la petite Marie était de bonne humeur ; elle n'arrêtait pas de chanter et de fredonner de sa voix étrange de naine et, à chaque instant, elle venait offrir ses services. Elle pouvait rester debout derrière lui, sans bouger, à le regarder travailler en silence, et on entendait les sifflements de sa respiration. Quelque chose semblait couver sourdement dans son petit corps mal développé et cela rappelait à Pelle la malheureuse sœur de Morten, la petite Karen. Elle donnait la même impression d'un être prématuré, arrêté dans son développement – comme les fruits des arbres trop jeunes. Mais elle était d'une nature plus heureuse : le travail précoce ne l'avait pas aigrie, elle n'était marquée que superficiellement. Au contraire, il rayonnait de son âme une lueur de bonheur contenu, comme si elle était plus heureuse qu'elle ne s'attendait à l'être. Cela tenait peut-être à ce qu'elle voyait le résultat de son travail d'enfant : il n'y avait personne pour le disperser à tous vents.

C'était une bonne petite ménagère et ses frères la respectaient et lui apportaient honnêtement ce qu'ils gagnaient ; elle réservait une part pour le ménage, mettait de côté la part du loyer dans une boîte qu'elle tenait cachée dans la commode, et leur donnait le reste pour s'amuser. « Il faut qu'ils aient un peu d'argent, disait-elle à Pelle, les hommes n'aiment pas rester sans un sou en poche. Du reste, ils le méritent : jamais ils n'ont dépensé un sou au bistrot, et le samedi soir ils rentrent tout de suite à la maison avec leur paye ! Mais il faut que je retourne à mon travail, c'est terrible comme le temps vous file entre les doigts. »

Elle parlait exactement comme une femme mariée et Pelle s'amusait dans son for intérieur.

L'instant d'après, elle revenait à la charge : il fallait absolument qu'il goûte une chose ou une autre, ou bien elle apportait son raccommodage et s'installait sur le bord d'une chaise. Elle était toujours sur le qui-vive, comme si le lait allait se sauver. Ils causaient de choses sérieuses, la petite Marie n'aimant pas les bavardages inutiles. Il y avait assez de choses sérieuses dont on pouvait parler : la dureté des temps, les parents de Marie et le fait qu'ils s'étaient déjà rencontrés tous les deux. C'était pour elle un sujet inépuisable, bien qu'elle n'en ait gardé aucun souvenir.

Pelle, lui, s'en souvenait, et plus d'une fois il avait dû lui raconter comment il était allé au port, à Bornholm, pour montrer le bateau à vapeur au vieux couvreur Holm, et Marie riait, chaque fois qu'il en venait à la frayeur qu'Holm avait eue du sifflet du treuil à vapeur.

– Et puis quoi encore ?

– Le bateau était en train d'embarquer un lot de mobilier : de vieux lits, des tables et d'autres choses encore...

– Tout ça était à nous, s'écriait Marie en battant des mains ; dans ce temps-là, nous possédions quelque chose. Nous avions tout ça à mettre au clou, pendant la maladie que père a faite après sa chute.

Et elle le regardait, avide d'en entendre davantage.

– Au beau milieu du mobilier, un homme se dressait, une belle glace ancienne entre les bras. Le couvreur Holm, qui le connaissait, avait lié conversation.

– Il pleurait, n'est-ce pas ? demandait Marie tout émue. Père se faisait tant de mauvais sang de voir que ça allait mal pour nous !

Puis elle parlait elle-même de l'hôtel qu'ils avaient eu là-bas, près des rochers de la côte, et des gens chic qui y séjournaient l'été. Durant trois ans, ils avaient habité là, et Pelle devait, une fois de plus, dire la somme qu'on avait escroquée au père. Elle était fière de se rappeler qu'ils avaient été si riches – dix mille couronnes !

À Copenhague, le père avait travaillé comme aide maçon ; un jour, il avait marché sur une planche instable et il était tombé. Il resta couché deux ou trois mois et, quand tout fut au clou, il mourut. C'est alors qu'ils étaient venus dans l'Arche. La mère allait en journée comme blanchisseuse, mais elle était un peu bizarre. Elle n'arrivait pas à porter son malheur et, négligeant sa maison, elle courait les réunions pieuses des sectes protestantes, en quête de consolation. À la fin, elle était devenue complètement folle et, un beau jour, elle avait disparu. On disait qu'elle avait dû se noyer dans le canal. Et la petite Marie de conclure invariablement :

– Mais maintenant, ça va bien, ça va tout seul.

Pelle ne pouvait s'empêcher de demander avec étonnement :

– Mais tu n'es donc pas fatiguée d'avoir tant de choses à faire ?

Elle le regardait avec stupéfaction :

– Pourquoi serais-je fatiguée ? Il n'y a pas tellement de travail, on peut y arriver, si on ne perd pas son temps ! Et les frères sont contents de ce que je fais, ils ne rouspètent jamais.

Les trois orphelins se débrouillaient de leur mieux et ils étaient tout fiers de leur petit ménage. Quand ils n'avaient plus rien, ils jeûnaient et tenaient gravement conseil ; mais ils n'acceptaient l'aide de personne. Ils vivaient dans la crainte perpétuelle que la police ne découvre leur situation et ne les traîne à l'école. Alors, ils seraient séparés les uns des autres et placés par l'assistance publique. Ils étaient timides et se tenaient à l'écart. Dans l'Arche, tout le monde les aimait et protégeait leur cachette. La vie de famille des habitants allait tant bien que mal : on entendait toujours du tapage dans un logement ou un autre. Mais, pour tous, c'était comme une réhabilitation de voir ces trois enfants vivre si décemment dans la misère. On vénérait le petit foyer modèle et on le protégeait comme une chose sacrée.

Eux s'étaient attachés à Pelle sans réserve. L'ayant ramassé dans la rue, ils le regardaient comme un enfant trouvé qui restait sous leur protection. Le matin, quand Marie servait le café aux frères, elle ne manquait jamais d'en apporter une goutte à Pelle, en dépit de ses protestations. Et dans la matinée, lorsqu'elle avait fini son ménage à elle, elle passait le balai et la serpillière chez lui. Son visage grave et vieillot brillait de sollicitude et du désir de rendre service. Elle ne demandait pas la permission, elle faisait ce qu'il y avait à faire. Les jours où Pelle travaillait à l'atelier de Beck, il trouvait toujours sa chambre faite, en rentrant le soir.

S'il travaillait chez lui, elle venait dans la matinée, avec du café pour deux. Il n'osait pas refuser, cela l'aurait froissée et elle aurait fait la tête toute la journée ; il courait plutôt chercher des pains au lait. Marie mettait volontiers sa part de côté pour ses frères : elle n'avait aucune joie à garder pour elle quelque chose de bon.

Pelle savourait ses progrès et sa propre jeunesse. Il était toujours de bonne humeur et Hanne elle-même ne jetait pas beaucoup d'ombre sur son existence. Il y avait dans ses rapports avec elle comme une belle irréalité qui évitait à son cœur les blessures. Quant à Marie, qui avait tant souffert, il ressentait une sorte de honte à l'idée de lui faire de la peine. Il se sentait le devoir d'égayer sa triste existence par sa bonne humeur ; il bavardait avec enjouement, plaisantant et la taquinant, afin de dissiper sa gravité, si peu naturelle à son âge. Alors, elle souriait, maternelle, comme on sourit à un enfant chéri qui veut chasser vos soucis et elle offrait ses services.

– Veux-tu que je lave ta blouse ou que je raccommode tes chemises ? demandait-elle.

C'était toujours en travaillant qu'elle témoignait sa reconnaissance.

– Non, merci, Marie : tu sais bien qu'Hanne et sa mère s'en chargent.

– Mais ce n'est pas du travail pour la Princesse, je le ferai bien mieux.

– La Princesse ? fit Pelle en levant la tête. On l'appelle comme ça ?

– C'est seulement nous, les enfants ; ce n'est pas un sobriquet. On jouait toujours à la Princesse lorsqu'elle était avec nous et c'était elle la Princesse. Tu ne sais donc pas ? Il doit venir quelqu'un qui l'enlèvera, un grand seigneur, tu sais. Dès le berceau, elle a été promise à un grand seigneur.

– Quelles balivernes ! coupa Pelle, agacé.

– C'est la vérité vraie ! Lorsqu'il pleuvait, on s'asseyait

sous le palier du coin, à côté de la poubelle, et elle nous racontait ça... C'est vrai de vrai. Tu ne trouves pas qu'elle est belle ? Elle est tout à fait comme une princesse, comme ça.

Et Marie fit un geste gracieux de la main.

– Et elle sait tout ce qui est chic. Elle arrivait chez nous autres, en bas, dans la cour, en robe longue, tandis que sa mère criait d'en haut. Puis elle s'asseyait sur la grille, comme sur un trône, et elle était la reine et nous étions ses suivantes. Elle tressait nos cheveux et les attachait avec de beaux rubans de couleur. Quand je remontais chez nous, mère m'enlevait tout ça de la tête et m'ébouriffait les cheveux, c'est un péché contre le bon Dieu de s'attifer ainsi, disait-elle. Puis, lorsque mère disparut, je n'ai plus eu le temps de jouer avec les autres.

– Pauvre petite, dit Pelle en lui caressant les cheveux.

– Pourquoi dis-tu ça ? demanda-t-elle, en le regardant.

Il avait toute sa confiance et elle lui disait des choses que même ses frères devaient ignorer. Elle apportait aussi plus de soin à sa personne ; ses cheveux blonds clairsemés étaient toujours lissés sur son front. Mais sa grande joie, c'était quand ils avaient tous deux des courses à faire. Alors elle mettait ce qu'elle avait de mieux, et lorsqu'elle marchait dans la rue à côté de lui, tout son petit visage riait.

– Les gens croient peut-être que nous sommes des amoureux, remarqua-t-elle une fois, mais ça ne fait rien, il n'y a qu'à les laisser croire.

Pelle riait : malgré ses onze ans, elle n'était pas plus grande qu'une enfant de neuf ans, tant sa croissance avait été retardée.

Souvent, les enfants avaient bien de la peine à se tirer d'affaire ; ils n'aimaient pas en parler, mais cela se lisait sur leurs visages assombris. Alors, Pelle parlait avec confiance des temps heureux qui allaient s'ouvrir pour tous les pauvres. Cela lui coûtait de grands efforts de s'exprimer avec des mots qui n'étaient que l'écho de ce qu'il voulait dire : ces idées étaient encore si neuves pour lui ! Mais les enfants ne s'embarrassaient pas de ses maladresses ; il leur était bien plus facile qu'à lui de croire aux temps nouveaux.

VI

Un changement profond s'opérait en Pelle. Il avait vu, dans sa vie, assez de misères et de malheurs et la capitale n'était, à ses yeux, qu'un champ de bataille sur lequel armée après armée s'étaient ruées et avaient péri misérablement. Tout autour, il n'y avait que des morts, la ville était bâtie sur des cadavres, comme sur un cimetière ; pour se frayer un chemin, il fallait les fouler aux pieds et s'endurcir. Telle était la loi. On fermait les yeux comme les moutons lorsqu'ils voient égorger leurs camarades. On attendait son tour : il n'y avait rien d'autre à faire.

Mais voilà que la douleur se réveillait en lui : cela lui faisait très mal de voir souffrir quelqu'un ; il se révoltait contre l'abîme sans fond du malheur. Cela avait commencé un jour qu'il travaillait chez lui. À l'autre bout du couloir, une ouvrière d'usine était venue habiter avec son enfant. Chaque matin, elle s'en allait en fermant la porte à clé et elle ne revenait que le soir. En rentrant, Pelle entendait souvent pleurer dans la chambre. Il travaillait et, en même temps, il essayait de mettre de l'ordre dans ses idées ; mais toujours son oreille était remplie d'un étrange bruit, torturant, comme une plainte continuelle. C'était peut-être bien la complainte de la misère : elle flottait toujours dans l'air.

La petite Marie vint en courant.

– Ah ! Pelle ! Le voilà encore qui pleure, dit-elle, joignant les mains sur sa poitrine creuse avec un geste d'horreur. Il a pleuré tous les jours depuis qu'ils sont ici, c'est affreux !

– Allons voir ce qu'il y a, dit Pelle, en jetant son marteau.

La porte était fermée à clef; ils essayèrent de regarder par le trou de la serrure, mais ne purent rien voir. L'enfant s'arrêta de pleurer un instant, quand il les entendit, puis il recommença; il poussait un gémissement faible et monotone, comme s'il voulait continuer indéfiniment. Ils se regardèrent; on ne pouvait supporter cela.

– Toutes les clefs sont pareilles ici, dans le couloir, remarqua Marie.

D'un bond, Pelle alla chercher sa clef et il ouvrit. Tout près de la porte, un bambin de quatre ans était assis, tenant en main un objet de fer blanc tout rouillé. Il était attaché au poêle. À côté de lui, sur une vieille chaise, se trouvait une assiette de fer blanc, avec quelques croûtes de pain mâchonnées. L'enfant était en haillons et avait l'air pitoyable; il était assis dans ses selles, ses petites mains en étaient pleines, et le visage gonflé de larmes en était barbouillé. Il leur tendit les mains, comme pour implorer leur secours. Pelle ne put s'empêcher de pleurer devant ce spectacle affreux et voulut prendre l'enfant dans ses bras.

– Non! Laisse-moi faire, cria Marie, tout effrayée, tu vas te salir!

– Et puis après, répondit Pelle d'une voix étranglée, en l'aidant à détacher l'enfant; ses mains tremblaient.

L'ayant fait propre tant bien que mal, ils lui donnèrent à manger, puis le laissèrent en liberté dans le long couloir. Tout d'abord, il resta debout près de la porte, à regarder devant lui d'un œil vague, puis, s'apercevant qu'il n'était plus attaché, il se mit à courir d'un bout à l'autre du couloir. Il tenait toujours la vieille passoire à thé qu'il avait en main au moment où ils étaient entrés. Il ne l'avait pas lâchée un instant. Marie avait dû lui tremper la main pour pouvoir laver la passoire. De temps à autre, il s'arrêtait devant la porte de Pelle et jetait un regard furtif. Pelle lui faisait un signe amical. Puis, il se remettait à courir comme un fou. Tout à coup, il entra, posa la passoire à thé sur les genoux de Pelle et leva les yeux vers lui.

– C'est pour moi? demanda Pelle. Vois-tu, Marie, il me donne la seule chose qu'il possède!

– Oh ! Le pauvre chéri, s'écria Marie tout émue, il veut nous remercier.

Le soir, l'ouvrière arriva en courant ; elle était furieuse et s'indignait qu'on soit entré chez elle. Pelle s'étonna lui-même de voir qu'il pouvait répondre avec calme, sans se répandre en injures, lui aussi. Il devait comprendre vaguement qu'elle avait honte de sa misère et ne voulait pas la laisser voir.

– Tu fais souffrir l'enfant, se contenta-t-il de dire, et tu l'aimes pourtant.

Alors elle se mit à pleurer :

– Mais je suis forcée de l'attacher, sans ça, il grimpe sur la fenêtre et risque de tomber dans la cour. Il sait déjà ouvrir ! Et je n'ai pas de vêtements à lui mettre pour le confier à la crèche.

– Tu n'as qu'à laisser la porte ouverte sur le couloir, répondit Pelle, nous irons nous en occuper un peu, Marie et moi.

Depuis, le petit prenait ses ébats dans le couloir. Marie l'aidait à faire ses besoins et était comme une mère pour lui. Pelle acheta quelques vieux vêtements chez un marchand d'habits et elle les remit à neuf. Ainsi habillé, le gamin avait l'air superbe et ce petit garnement s'entendait à mettre de la gaieté partout. Dans son isolement, il n'avait pas appris à parler mais, maintenant, ça venait vite.

Pour Pelle, cet événement apportait du nouveau. La misère, il l'avait toujours connue ; aujourd'hui, il voyait toute l'injustice criante qu'elle impliquait et il lui arrivait de serrer les poings rageusement, au beau milieu de son travail. Il y avait quelque chose qu'il fallait haïr, sans trêve ni repos, nuit et jour, aussi longtemps qu'on respirerait : Morten avait raison. Cet enfant était le fils d'un gros patron. Mais l'ouvrière n'osait pas, de peur d'être renvoyée, exiger qu'il paye pour l'enfant. La tâche était démesurée ; cependant Pelle sentait monter en lui le désir de frapper un grand coup. Seul, il était trop faible, mais si tous s'unissaient pour frapper, le coup porterait peut-être.

Le soir, il accompagnait Morten dans des réunions où

les questions du jour étaient débattues avec véhémence; c'étaient surtout des jeunes gens comme eux qui assistaient à ces réunions, dans quelque café du quartier de Nørrebro. Impatient d'en venir aux réalisations, Pelle prit une part active à l'organisation du syndicat dans sa corporation. Son ardeur parvint à ranimer l'enthousiasme défaillant du président, et il dressa avec lui la liste de tous les ouvriers de la profession, pour servir à une propagande plus active. Quand on convoquait les camarades aux réunions par le journal, les tièdes se dérobaient: il fallait des moyens d'action plus puissants et Pelle organisa le porte à porte. La réussite fut immédiate. Lorsqu'on les prenait en tête à tête, il leur était malaisé de se dérober et le syndicat vit augmenter le nombre de ses adhérents malgré la répression patronale.

Morten commençait à regarder Pelle avec respect. Il voulait lui faire lire des livres sur le mouvement ouvrier, mais Pelle n'avait pas le temps de lire. Avec Peter et Karl, qui étaient pleins d'enthousiasme, il s'était abonné à *L'Ouvrier*. C'était bien assez.

– Je connais mieux la misère que ceux qui écrivent, disait-il.

Sa colère ne manquait pas d'aliments. Il avait suivi le chemin de la misère, de la campagne à la petite ville, puis jusqu'à la capitale où tous s'étaient échoués avec leurs désirs et avaient péri comme sur un rivage désert. Le destin des gens de l'Arche, qu'il avait chaque jour sous les yeux, était un patrimoine commun dont on n'avait besoin de rien dissimuler: la misère de l'un répondait à la plainte du voisin. Durant cette période, le caractère de Pelle changea profondément; il n'était plus insouciant et réceptif comme autrefois. Il riait moins et traitait des choses apparemment futiles avec un sérieux qui pouvait sembler comique. Sa manière d'être prit une assurance qui paraissait peu en harmonie avec sa position et sa misère…

Un soir, comme il rentrait de l'atelier de Beck, il entendit dans la cour les enfants chanter la chanson d'Hanne. Il s'arrêta sous le porche. Hanne elle-même se tenait au milieu du cercle et les petits dansaient autour d'elle en chantant :

M'en allant dans les montagnes
Regardant au fond du val
Je vois venir un navire
Un grand navire
Les trois comtes ils sont dedans.

Sur le visage d'Hanne flottait un sourire figé d'aveugle, ses yeux étaient presque clos. Elle tournait doucement sur elle-même, au rythme de la chanson des enfants, et chantait à mi-voix :

Le plus jeune des trois comtes
Qu'amène le navire…

Tout à coup, ayant aperçu Pelle, elle quitta la ronde et grimpa les escaliers avec lui. Déçus, les enfants restèrent en bas, la réclamant :

– Tu viens chez nous ce soir ? demanda-t-elle. Il y a si longtemps qu'on ne t'a vu.

– Je n'ai pas le temps ; je vais ailleurs, répondit sèchement Pelle.

– Il faut que tu viennes, je t'en prie, Pelle.

Elle le regardait, suppliante. Ses yeux brûlaient. Sous son regard, le cœur de Pelle se mit à battre plus vite.

– Qu'est-ce que tu me veux ? demanda-t-il, avec brusquerie.

Hanne avait l'air désemparé :

– Il faut que tu me tires de là, Pelle, dit-elle d'une voix blanche et sans le regarder. Je l'ai rencontré ! Je l'ai rencontré ce soir, à la sortie de l'usine. Il sait où j'habite ! J'ai fait semblant de ne pas le voir et j'ai pris l'autre trottoir, mais il m'a suivie. Il veut que je vienne à la place de Nytorv, ce soir.

– Et qu'est-ce que tu lui as répondu ? demanda Pelle, d'un air sombre.

– Je n'ai rien répondu du tout : j'ai couru de toutes mes forces.

– C'est tout ce que tu me veux ? s'exclama Pelle, durement. Tu n'as qu'à rester ici, si tu ne veux pas de lui.

Un frisson la secoua :

– Mais s'il vient me relancer jusqu'ici ? Tu en fais une tête ? Tu sais bien que je n'aime que toi et mère au monde ! Elle parlait avec véhémence.

– Bon ! Je viendrai chez vous, puisque c'est comme ça, répondit Pelle, heureux.

Il eut tôt fait de se changer et alla les rejoindre. La vieille était heureuse de le voir. Hanne manifesta une gaieté folle ; elle le taquinait sans trêve et il ne fallut pas longtemps pour qu'il oublie ses résolutions et se laisse prendre tout entier à son charme. Ils étaient assis sur le palier, à l'abri du feuillage ; le visage d'Hanne était brûlant comme les fleurs du géranium lierre, elle balançait un pied et le bout de son soulier venait à chaque instant buter contre les jambes de Pelle. Elle était nerveuse et il fallait tout le temps qu'elle sache l'heure qu'il était. Quand la mère alla dans la cuisine pour préparer le café, elle prit la main de Pelle et la caressa en riant.

– Viens te promener avec moi, fit-elle, ça m'amuserait de voir s'il a vraiment été assez bête pour croire que j'allais venir. Nous pouvons trouver une cachette et regarder.

Pelle ne répondit pas.

– Mère, dit Hanne, lorsque Mme Johnsen revint avec le café, je vais acheter les fournitures pour le corsage. Pelle m'accompagne.

Le prétexte était transparent, mais la vieille fit comme si de rien n'était. Elle s'était bien aperçu qu'Hanne se montrait tendre envers Pelle ce soir. Elle sentait que quelque chose travaillait la petite et que, si Pelle voulait, c'était le moment ou jamais d'essayer de lui passer le mors une fois pour toutes. Elle n'était pas contre leurs fiançailles ; peut-être qu'ils vivraient heureux et s'assagiraient, aux côtés l'un de l'autre.

– Tu devrais emporter ton fichu, dit-elle à Hanne. L'air du soir peut être frais.

Hanne marchait si vite que Pelle avait peine à la suivre.

– Ça sera drôle de voir la tête qu'il fera en voyant que je ne suis pas là, dit-elle en riant.

Pelle aussi riait. Ils se cachèrent derrière les colonnes de l'hôtel de ville et surveillèrent la place. Hanne était tout essoufflée par la marche. Comme le temps passait et que l'étranger ne venait pas, son animation se calma. Elle resta silencieuse, l'air déçu.

– Il ne viendra personne, dit-elle brusquement avec un petit rire. Tout cela n'est qu'une histoire que j'avais inventée, pour voir ce que tu dirais.

– Eh bien ! Alors, allons-nous-en, répondit Pelle doucement, et il lui prit la main.

Au moment où ils descendaient les marches, Hanne frissonna, sa main retomba comme une chiffe. L'étranger marcha droit sur eux. Il tendit la main à Hanne, tranquillement, en vieil ami, le plus naturellement du monde. Il ignora Pelle.

– Tu viens avec moi, entendre de la musique, par exemple ? demanda-t-il, en gardant sa main ; il l'enveloppait du regard. Hanne se tourna vers Pelle, l'air hésitant.

Un instant, Pelle avait eu l'envie de se jeter sur l'homme et de l'assommer. Mais à cet instant, il lut dans le regard d'Hanne qu'elle cherchait comment se débarrasser de lui. « Merci bien ! Me voilà de trop, pensa-t-il. Et puis après, est-ce que ça me regarde ? » Il les quitta brusquement et prit une rue transversale.

Il erra le long du port, près de l'usine à gaz, contemplant distraitement l'eau huileuse et les navires. Il ne souffrait pas, mais tout cela était tellement stupide : une main étrangère n'avait qu'à se tendre pour que vienne s'y poser l'oiseau que lui-même, avec toute sa bonté, n'avait pu séduire. L'eau clapotait sous l'appontement, avec un bruit berceur ; des morceaux de bois et d'autres épaves y flottaient : c'était comme au pays. Un trois-mâts était amarré, sur le quai au charbon ; le travail à bord était fini et quelques matelots menaient grand bruit dans le poste, pendant que d'autres se lavaient sur le pont, dans un seau.

Un matelot robuste, en veste bleue et col blanc, sortit du poste, jeta machinalement un regard vers le gréement et bâilla. Puis il descendit à terre, nonchalamment. Il avait le béret sur la nuque et une pipe de terre entre les dents. Il marchait en se dandinant, son visage était plein de malice. En passant devant Pelle, il se mit à tituber et le bouscula.

– Ah ! Pardon, fit-il en riant et en portant la main à son béret, je croyais que c'était un piquet. Monsieur se tient si raide. J'espère que je n'ai pas froissé ses manchettes ?

Il se mit à tourner en rond autour de Pelle, en se penchant en avant, comme s'il cherchait quelque chose sur lui ; il se frottait maladroitement les oreilles comme un ours qui fait le beau, et il s'esclaffait. Il débordait de bonne humeur. Pelle, encore sous le coup de la rancœur, ne savait s'il devait rire ou se fâcher. Il tourna prudemment sur lui-même, prenant soin de faire front au marin, pour éviter un placage. Il connaissait le coup et savait aussi comment le parer. Tout à coup, dans l'attitude de l'homme penché en avant, il reconnut une silhouette familière… Mais c'était Per Kofod, Per le Pleurnichard qu'il avait connu à l'école, celui qui pleurait et se mettait à trembler de peur, pour un oui, pour un non. C'était bien lui !

– Bonsoir vieux, fit-il joyeusement, en lui donnant une tape dans le dos.

Stupéfait, le marin se redressa :

– Sacrebleu ! Bonsoir ! Comment, c'est toi, Pelle, que je rencontre ici ? Ça, c'est pas mal ! Alors, excuse si j'ai fait le farceur !

Gaillardement, il secoua la main de Pelle. Ils traversèrent Havneplads en évoquant de vieux souvenirs, du temps de l'école : le vieux maître Fris et son fouet, et les jeux sur la grève. À l'écouter, on aurait cru que Per Kofod avait partagé tous ces jeux ; il avait complètement oublié que, d'ordinaire, il se cramponnait à une chose ou à l'autre en pleurant désespérément, dès que les autres se déchaînaient autour de lui.

– J'ai rencontré Nilen, tout dernièrement, à la Nouvelle-Orléans. Il est second sur un bateau américain tout acier, et il gagne un argent fou. C'est un brave garçon, mais bon Dieu ! C'est un dur ! Il a toujours le revolver en main. Bah ! C'est la mode, là-bas : l'équipage est composé de nègres. Seulement ils finiront par l'éventrer un beau jour. Mais qu'est-ce que c'est que ça ?

Là-bas, derrière les piles de bois, il y avait une rixe. Des cris venaient jusqu'à eux. Pelle voulut faire un détour, mais Per Kofod le saisit par le bras et l'entraîna avec lui. Abrités par les piles de bois, trois ouvriers charbonniers étaient en train d'assommer un de leurs camarades. Il n'appelait pas au secours, mais il poussait un cri étouffé chaque fois qu'il recevait un coup. Le sang lui coulait sur le visage.

– *Come on* ! cria Per Kofod, en remontant un peu son pantalon. Puis, en poussant un cri, il fonça comme une explosion, suivie d'une avalanche de pierres. Per le Pleurnichard avait bien appris à se battre : seul un marin pouvait se bagarrer comme ça. Il était impossible de prévoir où allaient tomber les coups, mais ceux qui les recevaient ne manquaient pas de les sentir ! Un instant, Pelle resta bouche bée devant ce déchaînement, puis il se lança dans la bagarre et les trois ouvriers durent déguerpir.

– Qu'est-ce que tu avais à foutre là-dedans ? demanda Pelle, furieux, quand tout fut fini, en rajustant sa cravate.

– Je n'en sais rien ! répondit Per le Pleurnichard, mais ça fait du bien de se remuer un peu.

Dans l'ardeur de la bataille, ils avaient presque oublié la victime. L'homme gisait au pied d'une pile de bois, sans donner signe de vie. Ils réussirent à le mettre debout, mais il fallut le soutenir : il avait l'air de dormir et les regardait avec stupeur. Il soufflait bruyamment et, chaque fois, le sang formait des bulles rouges à ses narines. De temps en temps, il grinçait des dents, ses yeux se révulsaient et le blanc brillait lugubrement dans son visage noir de charbon. Le marin se mit à l'engueuler, ce qui eut pour effet de le faire tenir debout. De la poche déchirée de son veston, ils sortirent un chiffon rouge et essuyèrent le sang.

– Quel couillon tu fais ! Te voilà sur le flanc pour une taloche, dit Per Kofod.

– Je n'ai pas crié, dit l'homme d'une voix pâteuse.

Ses lèvres n'étaient plus que chair meurtrie.

– Tu ne t'es pas défendu non plus ! Tu as pourtant l'air assez fort ! Ou bien on se débrouille soi-même, ou bien on chante, pour que les autres viennent à la rescousse. Tu me suis, camarade ?

– Je ne voulais pas que la police s'en mêle, j'avais bien mérité ma volée. Mais ils tapaient fort, les cochons ! Ils m'ont cogné à coups de sabots jusqu'à ce que je tombe.

Le soutenant chacun par un bras, ils se dirigèrent vers Saksogade, où il habitait. « Pourvu que je ne tombe pas malade, gémissait-il de temps en temps, j'ai le ventre en marmelade. » Il fallut s'arrêter, le temps qu'il vomisse.

Lui et les camarades s'étaient mis d'accord pour ne plus décharger pour une compagnie qui avait diminué les salaires. Mais à quoi bon ? Puisque d'autres les avaient tout de suite remplacés. Eux quatre n'avaient plus qu'à aller se faire pendre ailleurs. Mais, bien sûr, il avait donné sa parole. C'est pourquoi il n'avait pas rendu les coups ! Les trois autres avaient réussi à se caser autre part : lui était retourné à l'entreprise et s'était soumis. Pourquoi chômerait-il, quand les gosses avaient faim à la maison ? Il ne comprenait fichtre rien au nouveau cours des choses. Mais il avait trahi, puisqu'il avait donné sa parole ! Si seulement ils n'avaient pas tapé si fort, les cochons ! Il avait même reçu des coups de sabots au creux de l'estomac.

Il continua à divaguer comme un poivrot, pendant tout le trajet. Dans Saksogade, ils furent arrêtés par un agent, mais Per Kofod lui servit une histoire, comme quoi l'homme avait reçu une pièce de machine sur la tête. Il habitait sous les combles. Lorsqu'ils entrèrent, une accouchée maigre et exsangue se dressa sur son séant dans le lit de fer et les regarda avec épouvante. En voyant dans quel état était son homme, elle éclata en sanglots lamentables.

– Il n'est pas saoul ! dit Pelle, pour la consoler, il a seulement eu un petit accident.

Ils l'entraînèrent dans la cuisine et lui lavèrent la figure à l'eau froide, au-dessus de l'évier. Mais Per Kofod était un médiocre infirmier : chaque fois que la plainte de la femme arrivait jusqu'à eux, il s'arrêtait, sans force, et regardait vers la porte. Puis, lâchant tout brusquement, il dégringola l'escalier quatre à quatre.

– Qu'est-ce qui t'a pris ? demanda Pelle avec humeur, quand il sortit et trouva Per Kofod qui l'attendait devant la porte d'entrée.

– Tu n'entendais pas qu'elle chantait des psaumes, imbécile ? Mais t'as bien vu au moins qu'elle n'en pouvait plus et qu'elle était comme de la cire. C'est une honte, une honte infâme, je te dis, et il n'avait pas besoin de la faire pleurer comme ça. J'avais une belle envie de le rosser, tout malade qu'il était. Pourquoi, aussi, ne pouvait-il pas tenir sa parole ?

– Parce qu'ils mouraient de faim, répondit Pelle gravement. Ça arrive à plus d'un dans cette ville maudite.

Per Kofod le regarda, en sifflant d'étonnement.

– Nom de Dieu ! Femme et enfant, toute la bande sans rien manger, hein ? Et elle vient d'accoucher ! C'étaient des jeunes mariés, ça se voyait bien ! Merde ! Tout de même, quelle lune de miel ! Ah ! Misère !

Il s'était arrêté, fouillant ses poches. Il en retira une poignée d'objets disparates : du tabac en feuilles, des miettes de tabac et des bouts d'allumettes et, enfin, un billet de dix couronnes tout chiffonné.

– Tiens, ça y est tout de même, s'exclama-t-il, en repêchant le billet, je commençais à croire que les filles m'avaient tout raflé, cette nuit ! Pelle ! Grimpe donc là-haut et porte-leur ça ! Moi, je ne peux pas, mais si je connais bien les femmes, elle en aura pour vingt-quatre heures à pleurer comme ça.

C'était tout ce qui lui restait. Et puis après ? Demain, on prend la mer.

– Elle a cessé de pleurer quand je suis arrivé avec l'argent, dit Pelle, en revenant.

– Tant mieux, bon sang ! Nous autres, marins, on est des drôles de brutes, on fait pas dans la dentelle et on pêche notre beurre dans le seau à goudron – mais on est tout de même... Parce que j'aurais pu faire mine de rien et me payer des douceurs, cette nuit, avec mes sous !

Per Kofod s'arrêta. Il mâchonnait sa chique d'un air distrait, comme s'il continuait sa méditation philosophique.

– Merde après tout ! Demain, on lève l'ancre, dit-il pour conclure.

Ils allèrent jusqu'à Alleenberg et s'attablèrent dans le jardin. Pelle commanda de la bière.

– Je peux bien me payer une bonne bière quand je suis avec un copain, dit-il. Autrement, j'épargne comme une bête. C'est que je veux faire venir mon vieux père ici. Là-bas, il vit de la charité publique.

– Tiens, ton père vit encore ? Je me souviens de lui. Il a été amoureux de la mère Olsen pendant quelque temps. Et puis, maître Olsen est revenu sans crier gare ; on croyait qu'il était noyé.

Pelle riait. Beaucoup d'eau avait coulé sous le pont depuis, et il ne se fâchait plus quand on lui parlait des petites aventures du père Lasse.

Les baraques étaient illuminées. Des couples allaient de l'une à l'autre, se faisaient dire la bonne aventure, essayant leur chance à la grande roue ou faisant faire leur portrait par le découpeur de silhouettes. Sur les chevaux de bois, les jupes tourbillonnaient, les cris et la musique s'entremêlaient.

De temps en temps, dominant le tout, un grand gaillard présentait la parade des monstres, et du pavillon de chant montaient les voix cassées des étoiles. Des petits parvenus attifés arrivaient, essoufflés, se frayant un chemin à travers la foule et disparaissaient dans le pavillon, avec un clin d'œil familier au guichetier.

– Vraiment, c'est rudement épatant ici, déclara Per Kofod, en secouant la tête d'un air convaincu. Vous en avez du bon temps, vous autres, sur le plancher des vaches !

Sous les arbres de la grande allée, des soldats et des apprentis, de jeunes ouvriers et quelques étudiants allaient et venaient et faisaient de l'œil aux petites bonnes qui se tenaient, bras dessus bras dessous, des deux côtés de l'allée, en petits groupes. On échangeait des regards longuement, avant de s'arrêter pour risquer une parole. Parfois, la fille tournait le dos et, alors, il n'y avait plus rien à faire ; le jeune homme recommençait son petit manège, un peu plus loin. Quelquefois, il arrivait qu'elle se laisse entraîner à prendre le café sous une tonnelle, ou à faire un tour de manège. Il y avait pas mal de payses. Chaque fois que Pelle entendait la voix assurée des filles de Bornholm, son cœur battait comme un oiseau prêt à s'envoler. Tout à coup, son chagrin lui revint à l'esprit.

– Je pourrais bien m'étourdir un peu, pour une fois, dit-il. Les vois-tu, ces deux-là ?

À côté de leur table, deux jeunes filles se tenaient debout, appuyées contre un arbre. Elles se dandinaient légèrement et regardaient souvent de leur côté.

– Ce n'est pas pour moi, c'est bon pour ceux de la terre ferme, répondit Per Kofod. Tu sais, cette espèce-là ressemble aux petits agneaux, il faut leur caresser l'oreille. Et puis, ça vous revient la nuit quand on est tout seul, au quart de minuit : celle à qui tu as menti si gentiment, à qui tu as promis de revenir, quand elle s'est donnée, peut-être qu'elle pleure maintenant parce qu'elle va avoir un enfant. Ce n'est pas bien. Un marin doit se contenter des filles de mauvaise vie.

– Les femmes aussi peuvent être infidèles, dit Pelle.

– Tiens, vraiment ? Je ne croyais pas qu'on tapait sur les innocents – mais tu étrangles peut-être aussi les petits enfants ? Non, elles viennent manger dans votre main pour un oui, pour un non, tu sais – et puis voilà le malheur arrivé. Te souviens-tu de Per le Pleurnichard ?

– Oui ! Maintenant que t'en parles, je m'en souviens.

– Eh bien ! Son père était justement un marin et il agissait de la sorte. Elle, c'était tout juste une fille comme celles-là, qui ne savait pas dire non et qui croyait à tout le boniment des hommes. Il allait revenir assurément : « Lorsque tu entendras grincer la trappe du grenier, ce sera moi », qu'il lui avait dit. Mais la trappe a eu le temps de grincer plus d'une fois, sans qu'il revienne – alors elle s'est pendue à la trappe avec une corde. Per le Pleurnichard a été mis à l'assistance ; tu sais comment tous s'acharnaient après lui, jusqu'aux filles qui se permettaient de cracher sur lui. Il ne savait que pleurnicher : sa mère avait trop pleuré pendant qu'elle le portait, tu comprends. Et puis se pendre ! Il a essayé deux fois. C'était son héritage. Son sort n'en est devenu que plus dur : chacun se faisait gloire d'avoir été méchant avec lui et de le questionner sur les sillons qu'il portait à son cou. Excepté toi, car tu étais le seul à le protéger ! Moi aussi, j'ai souvent pensé à toi. Bien sûr qu'il est devenu quelque chose, que je me disais. Dieu sait où il a jeté l'ancre.

Il regardait Pelle, de son regard bon enfant.

– Non ! dit Pelle, d'une voix enfantine. C'est le père Lasse qui voulait que je sois bon avec toi, parce que tu étais à la grâce de Dieu.

– À la grâce de Dieu ? reprit Per Kofod, pensif, quelle drôle d'expression, tout de même. On l'aurait pourtant pas dit. Il n'y avait rien pour m'aider à vivre, dans le temps ; c'est même étonnant que je sois encore là, à bavarder avec toi. Je veux dire que c'est étonnant qu'ils ne m'aient pas torturé à mort.

– Oui ! T'as beaucoup changé. Comment se fait-il que tu sois devenu si crâne ?

– Bah ! Tel que tu me vois maintenant, ça doit être ma vraie nature ; elle n'a fait que se réveiller. Mais je ne comprends pas pourquoi j'étais comme ça, autrefois. Je savais bien que j'aurais pu me battre, mais je n'osais pas, j'avais peur de faire pleurer ; je voyais tant de choses qui vous restaient cachées, à vous autres. C'est à ne pas s'y retrouver dans tout ça. J'avais sans doute le chagrin de ma mère dans le sang, c'est pourquoi la terreur pouvait me prendre sans raison et me faire hurler. Alors, les paysans me fouettaient. Et chaque fois que je me pendais pour essayer d'échapper à cette vie, ils me fouettaient encore. On avait décidé, au Conseil de la Paroisse, que je devais être fouetté. Voilà pourquoi j'ai dis : au revoir et merci ! Un marin doit se contenter des femmes dont les faveurs s'obtiennent avec de l'argent, s'il ne se marie pas. C'est mon opinion !

– La vie n'a pas été bonne pour toi, dit Pelle, en lui serrant la main, et pourtant comme tu as changé !

– Changé, oui ! Tu peux le dire ! D'abord, Per le Pleurnichard, et après, l'homme le plus fort du bord. Voilà toute l'histoire ! Pour commencer, c'était la même chose à bord, jusqu'au mousse qui se croyait obligé de me lancer un coup de pied dans les jambes, en passant. Tous ceux qui avaient été punis déchargeaient leur bile sur moi. Enfin, je me suis embarqué sur un trois-mâts américain. À bord, il y avait un nègre que tout le monde brutalisait : il se mettait à plat ventre devant eux, mais la haine brillait dans le blanc de ses yeux, parole. Moi, qui le traitais humainement, il me comptait pour rien et se fichait pas mal de ce que j'étais blanc. Même lui, je n'osais pas lui flanquer une tournée, j'avais toujours cette colique. Mais, un beau jour, la mesure a été comble. Ou bien, peut-être, j'en avais fini avec le vieil homme ! Je lui ai envoyé un marron et il s'est affalé. Tu parles d'un événement ! C'était comme dans le conte, quand la grenouille se change en être humain. Sur-le-champ, je me mis en devoir de le rosser à tour de bras – pendant que j'y étais, mieux valait en finir.

Je m'y suis mis et je leur ai tapé dessus, à tous autant qu'ils étaient, l'un après l'autre. Ce fut magnifique, bon Dieu ! Quelle quantité de rage s'était amassée en moi ! Il fallait que ça sorte.

Pelle sourit.

– Heureusement pour moi que je te connaissais. Sans quoi, tu m'aurais haché comme chair à pâté.

– Penses-tu ! C'était pour rire. On est de bonne humeur, quand on remet le pied sur le plancher des vaches. Mais, en Amérique, c'est autre chose ; leur devise c'est : si tu ne cognes pas sur les autres, ils cogneront sur toi. *All right*, que je réponds, mais faut pourtant être bon avec les femmes ! Je l'ai dit au vieux à bord. C'est un rude gaillard, mais c'est un salaud avec les femmes. Pas de port où il ait pas une maîtresse. Dans le midi et sur la côte d'Amérique, ça tourne souvent mal. Alors, je suis obligé de l'accompagner pour qu'il reçoive pas un coup de couteau entre les côtes. « Per ! qu'il me dit, ce soir on va faire la noce, nous deux ». *All right* ! Capitaine, que je réponds, mais c'est pas bien de traiter les femmes comme ça. « Ta gueule, Per, qu'il me répond : elles sont mariées, la plupart ». Du reste, il est de chez nous, c'est le fils d'un petit paysan de la lande.

– Comment s'appelle-t-il ? demanda Pelle, intéressé.

– Albert Karlsen.

– Tiens, tiens ! Mais alors, c'est l'aîné des gars de l'oncle Kalle, et mon cousin, pour ainsi dire. C'est-à-dire que Kalle lui-même n'était pas son père – c'était un gosse que la femme avait eu avec le fermier de la Ferme de pierre.

– Mais alors, c'est un Kongstrup ? s'exclama Per Kofod, en riant aux éclats, c'est pas étonnant.

Pelle paya et ils se levèrent pour partir. Les deux filles étaient toujours debout, auprès de l'arbre. Per Kofod s'approcha de l'une d'elles, penché en avant, comme si c'était un oiseau prêt à s'envoler, et tout d'un coup, il lui prit le bras. Lentement, elle se dégagea, en souriant à ce grand gars blond. Il lui passa le bras autour de la taille et cette fois elle ne bougea pas, elle tourna seulement la tête de côté. Il la regarda longuement, puis il lâcha prise et alla rejoindre Pelle.

– Non, c'est pas la peine, je l'entends déjà se plaindre, dit-il, d'un ton de désespoir. Mais pourquoi aurais-je pitié d'elle, moi qui ai tant souffert ? Alors que les autres n'y songent même pas ? As-tu vu comme ses yeux étaient doux ? Si j'avais de l'argent, je me marierais tout de suite avec elle.

– Elle ne voudrait peut-être pas, répondit Pelle. Les filles, ici, ne sont pas faciles à comprendre.

Dans l'allée, des hommes poussaient des cris d'appel. Ils cherchaient les filles qui les avaient lâchés. L'un d'entre eux, qui portait une casquette d'étudiant, vint à leur rencontre :

– Ces messieurs ont-ils vu nos dames ? demanda-t-il.

Nous les avons régalées toute la soirée, et puis elles ont dit qu'elles allaient quelque part et on ne les a pas revues.

Ils redescendirent vers le port.

– J'aurais bien voulu que tu montes à bord, dire bonjour au vieux, dit Per Kofod. Mais il doit être en ville ce soir. Je l'ai vu s'en aller de bonne heure, tout gréé pour la chasse aux filles.

– Mais je ne le connais pas, à vrai dire, répondit Pelle, je n'étais encore qu'un gosse qu'il était déjà marin. Du reste, il faut que je me dépêche d'aller me coucher, je commence mon travail de bonne heure.

Sur le quai, ils prirent congé. Per Kofod promit de venir voir Pelle, la prochaine fois qu'il toucherait Copenhague. Pendant qu'ils causaient, la porte de la cabine arrière grinça sur ses gonds. Per le Pleurnichard entraîna Pelle avec lui derrière un tas de charbon. Un grand gaillard barbu apparut, tenant une jeune femme par la main ; elle marchait difficilement et comme à contrecœur. De force, il la mit à terre, puis il retourna dans sa cabine dont il ferma la porte à clef. Un instant, la jeune femme resta indécise : une plainte étouffée sortit de ses lèvres ; d'un geste suppliant, elle tendit le bras vers la cabine. Puis, à pas chancelants, pareille à une somnambule, elle s'en fut le long du quai.

– C'était le vieux, chuchota Per Kofod. C'est comme ça qu'il les traite toujours, et pourtant, elles se cramponnent à lui.

Pelle ne pouvait prononcer une parole. Il se recroquevillait, comme écrasé sous un fardeau trop lourd. D'un effort brusque il se ressaisit, serra la main de son camarade et s'éloigna parmi les tas de charbon.

Au bout d'un instant, il revint sur ses pas et se mit à suivre, à distance, la jeune fille qui continuait sa marche chancelante, le long du quai, puis traversait le pont de Langebro. Il craignait de la voir se jeter à l'eau, tellement son allure était bizarre. Sur le pont, elle s'arrêta et regarda encore une fois vers le bateau, d'un air hébété. Pelle s'était arrêté, il frissonna à l'idée qu'elle pouvait l'apercevoir. Il ne se sentait pas la force de lui parler et encore moins de rencontrer son regard. Mais elle reprit son chemin. Sa démarche était vacillante : vue de dos, elle ressemblait à une de ces femmes perdues, entre deux âges, qui se faufilent le long des murs, chaussées de souliers d'homme éculés, et qui toutes se targuent d'un passé de conte de fée.

– Grand Dieu ! Voilà donc son rêve brisé, pensa Pelle.

Toujours à distance, il la suivit par les ruelles, et c'est seulement quand il fut certain qu'elle était rentrée chez elle qu'il s'en alla.

VII

Tout au fond de lui-même, Pelle avait le pressentiment qu'il était destiné à une tâche importante : c'était son vieux rêve de bonheur qui, pourtant, ne se satisfaisait pas de cette vie meilleure pour tous qu'il voulait aider à créer. La destinée ne lui apparaissait plus sous l'aspect terrifiant d'une irrévocable condamnation à la misère – condamnation que seul un miracle aurait pu casser : n'était-on pas soi-même maître de l'avenir ? C'est sur cette base qu'il bâtissait d'arrache-pied.

Il y avait en fait quelque chose de plus, une affaire à régler entre lui et l'existence, une chose que personne au monde ne pouvait entreprendre à sa place. Il ne pouvait pas encore s'expliquer ce que c'était ; il savait seulement que c'était une chose qui l'élevait au-dessus de tous les autres, secrètement, si bien que lui seul le sentait. C'était ce même sentiment obscur d'être prédestiné qui l'avait toujours soutenu, et, quand il cherchait une réponse plus précise, il se disait, avec le hochement de tête confiant qui lui venait de son enfance : « Oui, ça ira ». On aurait dit que le sort qui allait lui échoir était si grand, si merveilleux, qu'il était impossible d'en parler, ou même de l'imaginer.

Il voyait son chemin se tracer tout droit devant lui et il le suivait, dispos et courageux. Les seuls ennemis finalement étaient ceux qu'un homme éclairé pouvait voir de ses yeux. Quant aux puissances du mal, qui avaient pesé sournoisement sur son enfance, ce n'étaient que les ombres de la misère et de la pauvreté ! Il n'y avait pas d'autre mal et celui-là était déjà assez terrible. Il savait que les ombres étaient longues. Morten avait raison. Parce qu'il avait joué dans la lumière, étant enfant, il lui arrivait d'être gagné par l'ombre de la misère – la misère des morts, ou de ceux qui luttaient au loin pour leur vie. C'est là-dessus que devait se fonder le sentiment de la solidarité. Le surnaturel n'existait pas, heureusement pour ceux qui n'avaient à compter, dans la lutte, que sur leurs seules forces physiques. Plus de dieu invisible, qui aurait ses plans à lui et contrarierait vos projets ; ce qu'on voulait, on pouvait le réaliser, à condition d'y mettre la force qu'il fallait. Les forces, c'était là la seule chose importante. Et ces forces existaient : il suffisait de les rassembler toutes, pour attaquer tous ensemble.

Les gens s'étonnaient de ce que lui, si rangé, si convaincu, continue à habiter l'Arche, au lieu d'aller avec les autres, à Nørrebro, au cœur du mouvement. Il arrivait à s'en étonner lui-même, quand il y pensait, mais il ne pouvait s'y arracher. Là, tout en bas de l'échelle sociale, il avait trouvé des amis dans sa misère : il était trop fidèle pour leur tourner le dos, maintenant que ça allait bien pour lui. Il savait qu'ils se sentiraient trahis. L'adoration des voisins pour les trois enfants avait un peu rejailli sur lui ; il était l'enfant trouvé, le quatrième de *la petite famille*. Et ils étaient fiers de lui !

Ce n'était pas l'habitude des gens de l'Arche de dresser des plans pour leur existence. Ils laissaient au lendemain le soin de s'arranger à sa guise ; pour eux, l'avenir n'existait pas. Ils étaient pareils à des piafs insouciants : ils avaient fait naufrage une fois, il y avait longtemps, et ils l'avaient oublié. Beaucoup d'entre eux prenaient leur nourriture où ils la trouvaient ; mais, si miséreux qu'ils soient, au moindre rayon de soleil, ils étaient capables de chanter et d'oublier tout. Ils parlaient du mouvement et de la doctrine nouvelle avec légèreté, comme des étourneaux bavards qui auraient saisi les paroles au vol, sans rien y comprendre.

Pelle s'en allait courageusement donner un coup d'épaule. Il n'avait pas peur, celui-là. En voilà un qui osait regarder la vie face à face et empoigner fermement cet avenir devant lequel ils fermaient les yeux en frissonnant. À cause de cela, son nom prit une résonance. Pelle était un prince. Dommage seulement qu'il n'ait pas eu l'air de vouloir de la Princesse ! Il était grand et fort, et leur paraissait plus grand encore. Ils venaient chez lui avec toutes leurs misères et s'en déchargeaient sur ses épaules vigoureuses. Il pouvait bien les leur porter ! Pelle acceptait ce fardeau, avec le sentiment réconfortant que ce n'était peut-être pas tout à fait en vain qu'il se trouvait ici, tout en bas de l'échelle.

En ce moment, c'était la veuve Frandsen et son fils Ferdinand qui étaient au premier plan – il fallait bien que le malheur se loge quelque part. Ferdinand était un grand gaillard de dix-huit ans, avec une tête bien faite qui paraissait pouvoir emmagasiner tout le savoir du monde. Mais il s'en servait pour frapper, à la manière des taureaux, c'était tout ce qu'il savait en faire.

Il était loin d'être bête : on l'aurait plutôt dit assez doué. Mais ses dons s'étaient développés d'une façon singulière. Depuis sa plus tendre enfance, il avait dû se battre contre un père ivrogne, pour défendre sa mère dont il était le seul protecteur. Cette lutte trop inégale, il fallut la soutenir et elle dut inévitablement atténuer sa sensibilité à la douleur et sa conscience du danger en général. Il savait ce qui l'attendait et pourtant il s'élançait, lorsqu'il voyait la mère en danger, comme un chien qui s'attaque aux grands fauves. En hurlant, il se cramponnait aux mains de l'homme qui n'arrivait pas à se dégager, malgré sa force. Il haïssait son père et à cause de cela, il voulait devenir agent de police quand il serait grand. Avec son habitude de foncer tête baissée, le métier lui aurait convenu ; il devint un vaurien.

À mesure qu'il grandissait et prenait de la force, la lutte ne fut plus aussi inégale. Le père le craignait et épiait le moment propice à la vengeance. Un jour que Ferdinand l'avait rossé un peu trop, il le dénonça et réussit à le faire punir par la police. Le gosse trouva que c'était là une injustice criante : les contusions étaient les suites de la rixe qui tenait, elle, aux mauvais traitements infligés à sa mère. De ce jour-là, il haït la police et ne manqua jamais une occasion de manifester sa haine. Sa mère était le seul être à qui il vouait encore une quelconque affection. La mort du père rendit la vie moins dure, mais cela arriva trop tard pour changer quelque chose. Déjà, à cette époque, il y avait beau temps que Ferdinand gagnait la vie de sa mère à sa façon, qui ne respectait pas l'ordre établi.

Il avait grandi dans la rue et appartenait, depuis sa plus tendre enfance, à la catégorie des gibiers de potence. La police le connaissait bien et n'attendait qu'un prétexte pour l'inviter à faire un séjour à l'ombre. Ferdinand pouvait lire, dans les yeux des agents, qu'ils comptaient sur sa visite, et qu'un lit lui était déjà réservé à l'hôtel de Nytorv. Mais il n'était pas homme à se laisser cueillir si facilement. S'il ne manigançait pas quelque chose, il évitait avec adresse de se laisser pincer. C'était un gars souple et vigoureux qui n'avait pas peur non plus de la besogne ; il trouvait souvent à bricoler et s'en tirait toujours bien. Mais chaque fois qu'on lui procurait une occupation où il y avait de l'avenir, un travail régulier qu'il fallait apprendre, un métier qu'il fallait acquérir à force de patience, ça ne durait jamais.

– Parle-lui donc, Pelle, disait la mère, tu as de la fermeté et il a du respect pour toi.

Pelle lui parla et l'aida à trouver un travail qui devait lui convenir. Ferdinand se mit à la tâche avec beaucoup d'entrain. Mais bientôt, il fut incapable de continuer.

Il ne laissait jamais sa mère manquer du nécessaire ; seulement, il ne l'apportait qu'au dernier moment. D'habitude, il se tenait sous quelque porte cochère, près du marché, les mains dans les poches et l'épaule mollement appuyée au mur. Il portait toujours des savates et des mitaines. À intervalles réguliers, il crachait sur le trottoir et ses yeux d'un bleu délavé suivaient les passants d'un regard insondable. Le sergent de ville allait et venait d'une façon provocante, faisant exprès de passer près de lui et lui jetant à chaque fois un regard oblique et haineux comme pour dire : « N'allons-nous pas bientôt mettre la main sur ce gaillard-là, pourquoi diable ne fait-il pas des siennes ? » Enfin, un jour, l'occasion attendue se présenta toute seule et sans qu'il l'ait provoquée – on remarqua particulièrement ce point dans l'Arche. Ce fut à cause de son bon cœur. Si Ferdinand n'avait pas été ce qu'il était, le malheur ne serait jamais arrivé, car c'était un garçon intelligent.

En entrant chez l'épicier du coin acheter pour un sou de tabac à chiquer, il trouva un gosse de huit ans, de l'Arche, qui mendiait au comptoir un peu de farine à crédit, pour sa mère. L'épicier faisait un foin de tous les diables :

– Mettre ça sur le compte ! Bien sûr, c'est pour ça qu'on s'est installé, dans ce coin pourri, rien que pour nourrir tous les pauvres du quartier, n'est-ce pas ? L'argent demain. Ha, ha ! C'est merveilleux, on en a toujours, de l'argent, demain, dans ce putain de quartier de merde. Seulement, demain n'arrive jamais.

– Monsieur Petersen, vous pouvez être sûr, insista le petit, à voix basse.

Tout en poursuivant ses litanies, l'épicier se mit quand même à peser la farine. La balance était masquée par des balais et d'autres marchandises, mais Ferdinand vit comment l'épicier poussait le plateau du doigt. « Il vole sur le poids, parce que c'est pour les pauvres », se dit-il, et il sentit un point douloureux dans la tête, là où cette pensée s'était formée.

Le petit serrait quelque chose dans sa main jalousement fermée et, tout à coup, une piécette tomba par terre et roula sur le sol. L'épicier jeta un coup d'œil rapide vers le tiroir-caisse, sauta par-dessus son comptoir et saisit le petit au collet.

– Tiens, tiens ! dit-il, d'une voix cinglante, regardez-moi ce petit filou !

– Je n'ai pas volé, cria le petit, en se débattant pour ramasser sa pièce par terre, l'argent est à maman.

– Laisse le petit, dit Ferdinand, d'un ton menaçant. Il n'a rien fait.

L'épicier continuait à secouer le gosse qui se débattait désespérément pour rentrer en possession de sa pièce.

– Il n'a rien fait ? vociféra-t-il, hors d'haleine, et pourquoi alors, s'il vous plaît, crie-t-il au voleur avant que personne ait rien dit ? Et d'où vient l'argent ? Il fallait lui faire crédit parce qu'il n'en avait pas ! Ça alors, c'est un peu raide !

– La pièce est à ma mère, hurla le petit, en se débattant. Maman est malade, c'est pour les médicaments.

Il se mit à pleurer.

– C'est vrai que sa mère est malade, remarqua Ferdinand, avec un grognement. Et le pharmacien ne fait jamais crédit. Vous feriez mieux de le laisser tranquille, Petersen.

Il s'avança d'un pas.

– Merci, ce n'est pas si mal trouvé, ricana l'épicier, en ouvrant la porte. Un agent par ici !

L'agent qui était de faction en face, au coin de la Maison de Correction, arriva en courant.

– Voici un gosse qui fait des tours de passe-passe avec l'argent d'autrui, dit l'épicier, d'un ton enjoué. Vous vous en occuperez un peu, n'est-ce pas, Iversen ?

Le petit ne cessait de se débattre ; pour éviter ses coups de pied, l'agent dut le tenir à bout de bras. Un seul coup d'œil suffit à le convaincre. Ce petit gamin loqueteux qu'il avait empoigné était de la bonne espèce. Comme il n'y avait pas de raison de prendre des gants, il l'entraîna. Ferdinand, qui les avait suivis, posa la main sur le bras de l'agent.

– Monsieur l'agent, dit-il, le petit n'a rien fait, j'ai vu de mes yeux qu'il n'a rien fait. Et je connais sa mère.

L'agent s'arrêta net et le toisa du regard, menaçant. Puis il reprit son chemin avec le petit qui, tout en continuant à s'agiter, criait :

– Ma mère est malade, il faut que je lui apporte ses médicaments.

Dans ses savates, Ferdinand marchait à côté d'eux.

– Si vous le traînez à l'Hôtel de ville, je vous accompagne, en tout cas, pour témoigner ! continua-t-il, parce qu'il n'a rien fait. Et sa mère est malade et attend les médicaments.

Agacé, l'agent se retourna.

– En voilà un beau témoin. Bien sûr qu'un corbeau ne crève pas les yeux d'un autre ! Occupe-toi de tes affaires, et fous-moi le camp !

Ferdinand s'arrêta.

– Qui est-ce que tu tutoies, espèce de fainéant ? gronda-t-il, en lui jetant un regard de haine.

Tout à coup, il prit son élan et donna dans la nuque de l'agent un coup de tête si violent que l'autre tomba la tête la première sur le pavé et que son casque alla rouler dans la rue. Ferdinand et le petit garçon s'échappèrent, chacun de son côté.

Et maintenant, on le traquait depuis trois semaines. Il n'osait pas rentrer chez lui parce qu'on surveillait l'Arche nuit et jour, dans l'espoir de le prendre – il aimait sa mère, d'après ce qu'on savait. Dieu sait où il pouvait se nicher, par cet automne brumeux et froid ! Mme Frandsen restait si seule et si abandonnée, là-haut dans sa mansarde – c'était une vie bien triste. Tous les matins, elle venait chez Pelle pour qu'il regarde dans le journal, dans *L'Ouvrier*, si Ferdinand avait été pris. Il était toujours dans la ville ; Pelle et Mme Frandsen le savaient. La police aussi le pensait et lui attribuait un certain nombre de cambriolages nocturnes, récemment commis. Il devait se cacher dans les hangars et les poulaillers vides des quartiers bourgeois. Les habitants de l'Arche s'inquiétaient de son sort. Il avait grandi sous leurs yeux, il n'avait jamais touché à rien, ici. Au contraire, il avait toujours respecté l'Arche et ses alentours – quoi qu'on puisse dire contre lui. Et il aimait sa mère ! De plus, il était dans son droit en défendant le petit, qui était un bon petit gars. La mère était, de fait, très malade ; ils habitaient tout au bout d'un des interminables couloirs et le gosse était son seul soutien ! Mais c'était fou de s'attaquer à la police, c'était le crime le plus dangereux en ce monde : mieux vaudrait, pour ainsi dire, avoir tué père et mère, quant à la peine qu'on encourait. Si l'on mettait la main sur lui, il était assuré des travaux forcés, car l'agent avait amoché son beau visage sur les pavés. Le communiqué aux journaux laissait entendre que n'importe qui d'autre qu'un agent en aurait attrapé une congestion cérébrale !...

La vieille Mme Frandsen passait de préférence par le grenier pour aller rendre visite à Pelle et parler de son fils. « On n'est jamais trop prudent », avait-elle coutume de dire. Parfois, elle pinçait les lèvres et piétinait nerveusement. Alors, Pelle comprenait qu'il se passait quelque chose d'important.

– Est-ce que je peux te raconter ? demanda-t-elle un jour, d'un air embarrassé.

– Non ! Laissez donc, répondit Pelle, lorsqu'on ignore une chose, on ne peut en témoigner.

– Laisse-moi parler, Pelle, sinon il se pourrait que j'aille bavarder devant des étrangers. Pense donc que moi, pauvre radoteuse, je me promène ici sans personne à qui me confier. Je n'ose même pas me parler à moi-même à haute voix, le Soiffard entend tout à travers la cloison. C'est si dur de se retenir et je tremble, quand je pense que ma bouche édentée de vieille bavarde pourrait lui faire des ennuis.

– Eh bien, parlez, alors, fit Pelle avec un sourire. Mais il faut parler bas.

– Il est passé par ici, chuchota-t-elle, le visage rayonnant de joie. Ce matin, quand je me suis levée, il y avait de l'argent pour moi dans la cuisine. Sais-tu où il l'avait mis ? Sur l'évier ! C'est un malin. Il doit venir jusqu'ici par les toits. Il ne pourrait guère venir autrement, l'entrée est bien gardée. Mais j'ai raison, n'est-ce pas, quand je dis que c'est un bon fils ?

– Tâchez de garder ça pour vous ! observa Pelle, inquiet. C'est qu'elle était si fière de son fils !

– Chut ! Chut ! dit-elle avec une tape sur sa bouche édentée. Il n'y a pas de danger. Et sais-tu ce que j'ai trouvé, pour que les mouchards ne se demandent pas de quoi je vis ? Je couds des espadrilles.

Puis vint la petite Marie avec le seau et la serpillière, et la vieille s'en alla, en traînant les pieds.

C'était la morte-saison à l'atelier du cordonnier Beck, et Pelle travaillait le plus souvent à la maison. Il était maître de son temps et pouvait employer les heures où il était sûr de trouver les gens chez eux à visiter les camarades du métier pour les faire entrer dans le syndicat. Cela lui coûtait souvent de longs efforts, et il était fier de chaque adhérent qu'il faisait. Il apprenait à apprécier rapidement quel genre d'homme il avait devant lui et modifiait sa façon de procéder suivant les caractères : les peureux pouvaient être amenés par la crainte ; à d'autres, il fallait des promesses alléchantes ; d'autres encore se laissaient captiver par les théories nouvelles. C'était un bon exercice pratique : il s'habituait à assouplir sa pensée et à tenir ses arguments toujours prêts. La sensation d'être, de jour en jour, plus maître de ses moyens, donnait de l'assurance à son maintien.

Le temps qu'il perdait pour le travail, il le regagnait en redoublant d'ardeur à la tâche, en commençant tôt sa journée et en se couchant tard. Il évitait les voisins du troisième, mais lorsqu'il entendait le pas léger d'Hanne dans l'escalier d'en face, il la regardait furtivement. Elle suivait son chemin tout droit, pareille à une nonne – allant à son travail ou en revenant, les yeux baissés. Jamais elle ne levait les yeux vers sa fenêtre, ni une autre. On aurait dit une graine qui a fini de voltiger et qui commence à prendre racine. Il s'étonnait de la voir d'un œil indifférent, comme si elle n'avait jamais rien été pour lui. Il s'examinait attentivement : non, il n'y avait rien de brisé en lui ! L'appétit demeurait bon et le cœur n'était pas atteint. L'aventure avec Hanne n'était donc qu'un beau mensonge, un mirage, comme ceux qu'on rencontre en traversant le désert. Elle était belle, mais il ne trouvait rien de merveilleux en elle. Dieu sait pourquoi il s'était laissé prendre à ses pièges ! Heureusement qu'il ne s'était pas accroché : il n'y avait aucun avenir en elle !

Mme Johnsen continuait à se montrer affectueuse et venait souvent bavarder un peu : elle ne pouvait oublier les beaux jours qu'ils avaient passés ensemble. Elle finissait toujours par se plaindre d'Hanne. La vieille se sentait abandonnée par sa fille.

– Comprends-tu ce qu'elle a, Pelle ? Elle marche comme dans un rêve et, à tout ce que je dis, elle ne répond que : « Oui, mère ! Oui, mère ! » J'en pleurerais, tellement ça sonne creux. On dirait une voix d'outre-tombe. Quant au bonheur, elle n'en parle jamais plus et elle ne s'attife plus pour aller au-devant de lui ! Dieu sait que j'aimerais mieux entendre ses sornettes et la voir attendre le merveilleux inconnu ; comme ça, mon enfant me reviendrait. Mais elle ne fait que s'assoupir et regarder au loin dans sa somnolence, comme si elle était dans le vide. Elle n'a plus de caprices, elle marche toujours de même, sans pensée, comme une âme en peine. Comprends-tu ce qui ne va pas ?

– Non, je ne sais rien, répondit Pelle.

– Tu dis ça si drôlement ! On dirait que tu sais quelque chose que tu ne veux pas me dire, et moi, pauvre vieille, je ne sais à quel saint me vouer.

La brave femme se mit à pleurer :

– Pourquoi est-ce qu'on ne te voit plus ?

– Je ne sais pas, j'ai tant à faire, madame Johnsen, répondit Pelle, évasivement.

– Pourvu qu'on ne lui ait pas jeté un sort ! Elle ne fait aucune attention à ce que je lui dis. Tu pourrais tout de même venir nous voir un jour, ça la réveillerait peut-être un peu. Tu ne devrais pas être rancunier avec nous ! Elle t'aimait tout de même, à sa façon, et pour moi tu étais comme un fils. Ne viendras-tu pas nous voir, ce soir ?

– J'ai peur de ne pas avoir le temps, mais je tâcherai, répondit-il doucement.

Alors elle s'en alla d'un pas lourd et traînant. Elle portait péniblement ses cinquante ans. Pelle avait pitié d'elle, mais ne pouvait se résoudre à y aller.

– Tu es vraiment méchant, dit la petite Marie, en trépignant de colère, c'est vilain de ta part.

Pelle fronça les sourcils :

– Tu ne comprends pas ces choses-là, Marie.

– Ah ! Tu crois que je ne comprends pas ! Mais tu ne sais pas, toi, ce que les femmes disent de toi ? Que tu n'es pas un homme, sans ça tu aurais bien su lui rogner les ailes !

Pelle la regarda avec stupéfaction ; il ne répondit rien ; simplement, il secoua la tête.

– Qu'est-ce que t'as à me regarder comme ça ? demanda-t-elle en se dressant devant lui comme pour le braver, tu crois peut-être que je n'oserai pas dire ce que je pense devant toi ? Ne me regarde pas comme ça, je te dis, ou bien tu vas en récolter une !

Elle était cramoisie.

– Tu veux peut-être que je t'en dise davantage, puisque tu me fais cette bobine-là, dis ? J'oserai bien, va !

Sa voix était dure et rauque, elle était hors d'elle. Pelle vit bien que c'était la gêne qui l'emportait. Il fallait la laisser aller jusqu'au bout. Il se tut, mais continua à la regarder d'un air de reproche. Tout à coup, elle lui cracha au visage et, avec un rire méchant, courut chez elle. Dans sa cuisine, elle fit beaucoup de remue-ménage, puis, peu à peu, elle se calma. Il l'entendit sangloter doucement, mais il la laissa seule. Ce n'était pas la première fois qu'ils en étaient arrivés là, et il savait que, pour le restant de la journée, elle aurait honte de sa conduite et qu'elle n'oserait pas le regarder dans les yeux. Il ne voulait pas lui causer cette humiliation.

Il se changea et sortit.

VIII

En cette saison, l'Arche formait une masse grise et compacte. Il y faisait toujours sombre : la lumière de l'automne n'arrivait jamais jusqu'au fond. À l'intérieur, la nuit régnait, noire comme celle d'un four, et ceux qui y habitaient ne pouvaient se guider que par l'ouïe, comme des taupes. L'obscurité donnait du relief à des sons qui, dans la lumière de l'été, seraient restés imperceptibles : on entendait le bourdonnement ininterrompu des êtres qui s'affairaient à tâtons. Quand le sommeil imposait le silence, un court moment, un autre monde se révélait : les punaises bruissaient, en cheminant sous les vieux papiers peints des murs ; les rats, les souris et les vrillettes travaillaient à qui mieux mieux, et l'odeur de bois vermoulu se répandait dans la nuit. La vieille bâtisse était sapée, peu à peu, sous l'effort de milliers de bestioles. Parfois, un bruit violent réveillait Pelle : une poutre, enfin minée, s'affaissait. Alors, il se tournait de l'autre côté.

Lorsqu'il sortait, le soir, il avait coutume de faire un tour par le Strøget pour profiter des illuminations. Le luxe des magasins le tenait en éveil : il y avait d'utiles comparaisons à faire. Au sortir du centre, baigné de lumière, les ruelles des faubourgs avaient l'air de caniveaux infestés où coulait l'ombre, et l'Arche se dressait contre le ciel nocturne, semblable à une montagne écrasante. Des portes de caves, sombres, conduisaient aux entrailles de la montagne et, tout au fond, des êtres livides et sordides s'affairaient à la lumière de lampes fumeuses. C'étaient tous ceux qui vivaient de la misère de l'Arche, chiffonniers, marchands d'habits, prêteurs à gages. Avec circonspection, ils remuaient d'invraisemblables tas de chiffons. L'obscurité les avait marqués ; ils rappelaient à Pelle les êtres souterrains des contes de son enfance.

C'est ainsi que la falaise s'était entrouverte devant lui, quand il était enfant, et, en frissonnant, il avait vu les nains s'affairer autour de leurs trésors maudits. Ceux d'ici étaient de mauvais génies avides qui sapaient le sol sous les pas des insouciants habitants de l'Arche, jusqu'à ce qu'ils tombent dans la cave. Alors, ils les mangeaient tout crus. Des deux visages du conte, le visage effrayant, du moins, ne mentait pas...

Un jour, au crépuscule, Pelle lâcha le travail et sortit pour faire de la propagande. Quelques jours plus tôt, saoul plus que de raison, le Soiffard était tombé de l'échelle de meunier et, dans la cour, tous les marmots du quartier entouraient l'endroit où il s'était tué. À la lueur des allumettes, ils pouvaient encore distinguer une empreinte noirâtre, qui rappelait une forme humaine, et ils étaient très absorbés. Passé le porche, Pelle s'arrêta à la devanture en contre-bas de la revendeuse : les outils du Soiffard étaient à l'étalage. Ah ! Elle avait fait main basse là-dessus aussi ! Elle s'affairait, couverte de gourme, dégoûtante à voir, grignotant une tartine peu appétissante et sursautant à chaque bruit. Elle avait peur pour son sale argent. Pelle, ayant besoin d'un nouveau lissoir, descendit acheter celui du Soiffard et dut se disputer avec elle sur le prix.

– Eh bien ! Vous avez réfléchi à ma proposition, demanda-t-elle, lorsque l'affaire fut conclue.

– Quelle proposition ? demanda Pelle, feignant l'ignorance.

– Mais de laisser là ce sale métier de gnaf, histoire de venir m'aider dans mon commerce !

– Ah ! oui ! Eh bien !

Non, Pelle n'avait pas fini d'y réfléchir.

– Il me semble pourtant qu'il n'y a pas besoin de grande réflexion. Je vous ai offert plus que vous ne pouvez gagner ailleurs et vous n'aurez pas grand-chose à faire, puisque j'ai un commis qui va chercher les marchandises et qui les livre. Mon désir c'est surtout d'avoir un homme ici : moi, vieille femme, je suis trop seule. Et on peut avoir confiance en vous, je le sais.

Elle avait besoin de quelqu'un pour défendre ses milliers de couronnes, qu'elle cachait en divers endroits du sous-sol, Pelle ne le savait que trop bien. Ce n'était pas la première fois qu'elle lui faisait des offres de ce genre.

– Vivre de la misère des autres, ça ne me va guère, répondit-il, en souriant. Il pourrait m'arriver de vous tuer pour distribuer votre galette aux pauvres.

La marchande le regarda un instant, avec effarement.

– Fi donc ! Comme c'est méchant de parler ainsi, fit-elle, toute tremblante. Ça ne vous ressemble guère de plaisanter comme ça. Maintenant, je n'oserai plus rester dans mon sous-sol, quand vous serez parti ! Comment pouvez-vous plaisanter si grossièrement avec la vie et la mort ? Voilà que ma vie ne tient qu'à un fil, nuit et jour, et pourtant je ne possède rien de rien – car le Dieu vivant sait que je n'ai pas un sou ; il ne faut pas écouter les racontars. Tout le monde me regarde avec des yeux qui semblent dire je ne demanderais pas mieux que de te tuer pour avoir tes sous ! C'est aussi à cause de ça que j'aimerais avoir un homme de confiance dans mon commerce, car on a beau ne rien posséder, du moment que tout le monde vous croit riche… Et il y a tant de fainéants dans le quartier qui seraient prêts à n'importe quoi.

– Si vous n'avez rien, vous n'avez pas besoin d'avoir peur, railla Pelle. Un ventre vide ne fait pas d'envieux.

– Si je ne possède rien, si je ne possède rien, bien sûr qu'on possède toujours quelque chose ! Et tu sais, Pelle – elle se pencha vers lui avec une mine insidieuse –, maintenant, Mary ne tardera pas à revenir, elle sera là peut-être dès cet été. Elle a gagné assez là-bas pour pouvoir vivre de ses rentes et elle est encore dans sa pleine jeunesse. Qu'en dis-tu ? Dans sa dernière lettre, elle me prie de lui chercher un mari – il suffit qu'il soit beau, car elle a assez d'argent pour deux. Et puis, elle veut avoir un grand appartement dans les beaux quartiers, une voiture de maître, et elle ne vivra que pour son joli petit mari ! Que dis-tu de ça, Pelle ?

– Oui, ça vaut la peine d'y réfléchir, répondit Pelle, qui était d'une bonne humeur débordante.

– Réfléchir ? Est-ce qu'il y a à réfléchir là-dessus ? Plus d'un comte sans argent accepterait une telle offre, en vous baisant la main, en plus.

– Mais je ne suis pas comte – et puis je suis pressé.

– Tu ne veux pas voir ses photographies ?

La vieille se mit à fouiller dans un tiroir.

Non ! Pelle avait hâte de déguerpir. Il les avait assez vues, ces photographies, tachées par l'humidité du sous-sol autant que par les mains graisseuses de la vieille, et qui représentaient Mary, tantôt en corsage à rayures et se cambrant avec une souplesse de tigre, alors qu'elle chantait dans un music-hall chic de Saint-Pétersbourg, tantôt toute nue sous un manteau de fourrure blanche, seule au milieu d'une bande d'officiers russes : des princes, disait la vieille. Il y avait aussi une photographie représentant « l'aquarium » où elle nageait toute nue, avec quelques coquillages dorés et des diamants, parmi des plantes exotiques, derrière une vitrine. Son corps n'était pas mal, il pouvait s'en rendre compte, mais qu'elle ait pu faire tourner la tête à des princes richissimes et leur extorquer des milliers de francs, rien qu'en se montrant toute nue, voilà ce qu'il ne pouvait pas comprendre. Alors, lui pouvait l'avoir pour femme ! Et par-dessus le marché, il aurait tout ce qu'elle avait réussi à amasser ! C'était cocasse !

D'un pas alerte, il remonta le Strøget. Il avait l'impression d'être transporté hors de la vie de tous les jours : cette vieille qui profitait de la misère de l'Arche avait donné la vie à une fille épatante, qui vivait en parasite sur la richesse ! Et enfin, lui, le gars Pelle à la mèche porte-bonheur, arrivait la bouche en cœur pour couronner le tout ! C'était donc ça, le conte de fées qu'il avait désiré ! Il rejeta la tête en arrière et se mit à rire. Pelle, qui d'ordinaire ressentait si vivement les outrages, découvrait l'ironie de la vie.

Sa promenade de ce soir le conduisait vers le lotissement de Rabarber. Pelle avait dressé une liste de gens à voir et, pour éviter les courses inutiles, il procédait par quartier. Il commença par un compagnon de Smedegade. C'était un des bons ouvriers de Meyer et il s'attendait à une lutte difficile. L'homme n'était pas chez lui.

– Mais vous pouvez bien l'inscrire, dit la femme. Nous en avons parlé ces derniers temps et nous trouvons, tous les deux, que c'est ce qu'il y a de mieux à faire.

C'était une femme au goût de Pelle : beaucoup disaient que leur mari n'était pas à la maison, dès qu'elles connaissaient le motif de sa visite ; d'autres lui fermaient la porte au nez. En fait, il les ennuyait. Il visita plusieurs maisons, dans Gartnergade, Slotsgade et Nordvestvej, traversant les cours, montant des escaliers sombres et étroits ou descendant dans les sous-sols. Partout, la même misère : c'était dans les pires taudis qu'on trouvait les cordonniers. Le résultat fut maigre : plusieurs avaient déménagé, pour d'autres, l'adresse était inexacte, d'autres enfin demandaient à réfléchir ou disaient non, carrément. Il se promit de repasser chez ceux qui hésitaient. Il arriverait bien à les convaincre : il nota les autres pour des temps meilleurs ; leur jour viendrait, tôt ou tard. Il se réjouit de la seule adhésion obtenue, sans se laisser décourager par ses démarches inutiles. C'était un travail de patience et la patience, c'était la seule chose qu'il ait en abondance !

Il s'engagea dans Jægergade et monta jusqu'aux combles d'une bâtisse. Il frappa à une porte. Un homme grand et maigre, avec une barbe peu fournie, lui ouvrit. C'était Peter, son camarade d'apprentissage. Ils se mirent aussitôt à bavarder de l'apprentissage, de l'atelier et des gais compagnons de là-bas ; ils n'eurent pas beaucoup de mots aimables pour le vieux Jeppe ; mais le souvenir du jeune maître les emplit de tendresse.

– Depuis le temps, j'ai bien souvent pensé à lui, dit

Peter. Ce n'était pas un homme comme les autres, c'est pour ça qu'il est mort jeune.

Peter avait un air réfléchi et sa mansarde donnait une impression de solitude ; rien en lui ne rappelait le joyeux drôle toujours prêt à courir les jupons. Mais, au fond de ses yeux à moitié fermés, brillait une lueur rebelle. Pelle se demanda ce que cela pouvait bien signifier. Il avait le visage pâle de ceux qui ont fait peau neuve mais, à en juger par sa façon de parler, il ne faisait pas partie des saints.

– Dis donc, Peter, demanda Pelle à brûle-pourpoint, est-ce que tu es des nôtres ?

Un sourire amer passa sur le visage de Peter.

– Des nôtres ? Ça sonne comme qui dirait : connais-tu Jésus ? T'es donc devenu missionnaire ?

– Si tu veux, tu peux appeler ça comme ça, répondit Pelle gaiement, à condition que tu adhères au syndicat. Tu nous manques.

– Mais non, je ne vous manque pas. On ne manque à personne quand on fait son boulot. J'ai tout essayé, l'Église comme les sectes, et nulle part on n'a besoin d'un homme. Ce qu'ils cherchent, c'est un adhérent de plus pour faire nombre. Partout, c'est la même chose.

Il regardait pensivement devant lui. Tout à coup, il fit un geste brusque de la main, comme pour chasser quelque chose.

– Je ne crois plus à rien, tu sais, Pelle, il n'y a rien qui vaille la peine qu'on y croie.

– Alors, tu ne crois pas non plus à la revanche des pauvres ? Tu n'as pas encore essayé de faire partie de notre mouvement ? demanda Pelle.

– Qu'est-ce que j'y ferais ? Ce qu'ils veulent, c'est de quoi manger, et le peu qu'il me faut, je le trouverai bien. Mais sauraient-ils me faire sentir que je suis un être humain et pas seulement une machine qui demande un meilleur graissage ? Ça m'est égal d'être un chien maigre ou un chien gras !

– On saurait certainement, répondit Pelle, avec conviction. Quand nous sommes rassemblés, ça n'empêche pas qu'on respecte aussi l'individu et qu'on prête l'oreille à ses revendications. Le pauvre a voix au chapitre, tu sais !

Peter eut un mouvement d'impatience.

– À quoi bon cogner sur les gens pour qu'ils fassent attention à moi ? Est-ce qu'ils y font attention d'eux-mêmes ? Est-ce qu'ils se disent : tiens, voilà un homme créé à l'image de Dieu, qui pense et sent comme moi ? Voilà ce que je veux !

– Franchement, je ne vois pas où tu veux en venir avec ton être humain, dit Pelle, agacé. Est-ce que ça vaut la peine de se cogner la tête contre les murs, quand il y a des choses sérieuses qui attendent ? Commençons par nous organiser, pour sortir de l'esclavage ! Après, chacun pourra s'amuser à sa guise.

– Eh bien ! Puisque c'est si facile de sortir de l'esclavage, tu n'as qu'à m'inscrire, dit Peter, non sans ironie.

– Merci pour cette parole-là, camarade, s'exclama Pelle, en lui serrant la main avec effusion. Tiens ! Et fais quelque chose pour la cause.

Peter jeta un regard désemparé autour de lui.

– Quel temps de chien pour sortir ! répondit-il simplement, et il le reconduisit, la lampe à la main.

Pelle enfila Kapelvej vers le quartier de Nørrebro. Il voulait aller voir Morten. Le vent chassait les feuilles mortes le long du mur du cimetière et la pluie le fouettait au visage. Il se glissa le long du mur pour être un peu à l'abri et tourna la tête vers la rafale. Il était de bonne humeur. Deux nouvelles recrues ! Ça commençait donc enfin à marcher ! Quel drôle de type était devenu ce Peter ! Les mots « être humain, être humain » continuaient à résonner aux oreilles de Pelle, vides de sens. Mais enfin, il avait pu le mettre sur la liste !

Tout à coup, il entendit des pas furtifs derrière lui. Arrivé à sa hauteur, un homme, sans ralentir sa course, lui jeta un petit paquet dans les bras. Puis il disparut. Il sembla à Pelle qu'il avait dû sauter le mur du cimetière. Dans Nørrebrogade, il s'arrêta sous un réverbère pour examiner le paquet.

Il était solidement ficelé. Les mots : « À ma mère » y étaient écrits d'une main hésitante. Pelle n'eut plus besoin de se creuser la tête : dans ce seul mot « mère », il entendait distinctement la voix enrouée de Ferdinand.

« Mme Frandsen va être bien contente », se dit-il, en mettant le paquet dans sa poche. Il y avait maintenant une semaine qu'elle n'avait pas eu de nouvelles de Ferdinand : il n'osait plus s'aventurer dans le faubourg de Kristianshavn. Pelle ne pouvait comprendre comment il avait pu le rejoindre. Est-ce que par hasard il se tiendrait caché dans ces parages ?

Morten était en train d'écrire dans un gros cahier qu'il ferma vivement quand Pelle entra.

– Qu'est-ce que c'est ? s'écria Pelle en essayant d'ouvrir le cahier, tu fais encore des exercices d'écriture ?

Embarrassé, Morten posa la main sur le cahier.

– Du reste, je peux bien te raconter : je viens d'écrire un poème. Mais tu n'en parleras à personne.

– Lis-le-moi, veux-tu ? demanda Pelle.

– Oui, mais alors tu me promets de ne pas en parler ; les autres croiraient sûrement que je suis loufoque.

Il était très gêné et lisait d'une voix hésitante. C'était un poème sur les pauvres qui portent tout le fardeau sur leurs bras tendus et regardent avec résignation ceux qui, là-haut, en prennent à leur aise. Ça s'appelait : « Laisse tomber ! » et ces mots revenaient comme un refrain à la fin de chaque strophe. Une fois lancé, Morten lut aussi une nouvelle qui racontait la lutte des pauvres pour le pain quotidien.

– Mais c'est très bien, tu sais, s'exclama Pelle, enthousiasmé, c'est épatant ! Seulement, je n'arrive pas à comprendre comment tu peux arranger ça – les vers surtout. Mais tu dois être poète, je l'ai toujours pensé, parce que tu n'es pas comme les autres. Tu as tes opinions à toi – et puis tu n'aimes pas te faire couper les cheveux ! Mais pourquoi n'écris-tu pas quelque chose de grand, de passionnant, qui vaudrait la peine d'être lu ? Ce que tu dis sur nous, ça ne peut intéresser personne.

– Mais si, justement !

– Voilà ce que je ne comprends pas. Quelles aventures peut bien avoir un pauvre homme ?

– Tu ne crois donc pas au grand avenir ?

Si, Pelle y croyait !

– Mais ce n'est pas pour cela que nous allons devenir des héros tout d'un coup.

– Tu veux des histoires de comtes et de barons, répondit Morten. Vous êtes tous pareils ! Vous vous prenez pour de la racaille. Oui, parfaitement ! Et vous ne vous en apercevez même pas ! C'est la faute à votre nature d'esclaves ! C'est ainsi que la classe bourgeoise vous regarde, et vous acceptez inconsciemment sa manière de voir. Oui, tu peux faire la grimace, ce que je dis est tout ce qu'il y a de plus vrai ! Vous ne voulez pas entendre parler de vos semblables, parce qu'au fond vous ne croyez pas que l'avenir viendra de ce côté. Non, il faut que ça soit chic, qu'on ne vous parle que des gens bien ! On préférerait cracher sur son passé et ses parents pour devenir soi-même quelqu'un de bien ; mais comme c'est impossible dans la réalité, on le demande aux livres.

Morten parlait avec colère.

– Doucement, fit Pelle pour le calmer, ce n'est tout de même pas à ce point-là !

– Mais si, répondit Morten avec violence. Et tu sais pourquoi ? Parce que vous n'avez pas encore compris que l'homme est sacré et que le milieu dans lequel il vit ne fait rien à l'affaire.

– L'homme est sacré ? dit Pelle en riant. Je ne suis pas sacré, moi, et je ne pensais pas non plus que tu l'étais !

– J'espère pour toi que tu l'es, toi aussi, répondit Morten avec sérieux. Sinon tu ne serais pas différent d'un cheval on d'une machine qui fournit un certain travail.

Puis il se tut, l'air de dire : assez sur ce chapitre. Voyant le visage fermé de Morten, Pelle devint songeur. Histoire de plaisanter, il pouvait bien faire semblant de croire que ce n'était que balivernes. Mais il savait que Morten était de ceux qui regardent au fond des choses. Il y avait peut-être là quelque chose qu'il ne comprenait pas.

– Je sais bien que je ne suis qu'un rustre à côté de toi, reprit-il, bon enfant. Mais tu n'as pas besoin de te fâcher pour ça. Autre chose : est-ce que tu te rappelles Peter, qui était en apprentissage avec moi et ton frère Jens chez maître Jeppe ? Il est ici, je viens de le rencontrer. Lui aussi se creuse la tête, mais il ne sait pas s'y retrouver, tout comme toi. Il ne croyait à rien en ce monde et il avait l'air bien à plat. Ça lui ferait du bien de causer avec toi.

– Je ne suis pas prophète, c'est plutôt ton rôle, répondit Morten, avec ironie. Tu pourrais peut-être l'encourager d'une bonne parole.

– Non ! Moi, je ne suis qu'un simple membre du syndicat et ça ne suffit pas.

Sur le chemin du retour, Pelle s'évertuait à pénétrer le sens des paroles de Morten, mais il dut renoncer à comprendre ce qui se cachait derrière elles. Non, il n'éprouvait aucun besoin d'entourer sa personne d'une sorte d'auréole. Il n'était qu'un corps sain qui demande à agir.

IX

Pelle rentra en courant de l'atelier de maître Beck, quitta veston et gilet et se plongea la tête dans la cuvette. Tout en s'essuyant, il courut chez *la petite famille*.

– Vous sortez avec moi ? J'ai des billets pour une soirée, mais il faut vous dépêcher.

Les trois enfants étaient assis autour de la table et se faisaient des tours de cartes. Le feu pétillait dans la cheminée et ça sentait bon le café. Ils étaient fatigués du travail de la journée et n'avaient aucune envie de s'habiller pour sortir ; on voyait qu'ils se sentaient bien chez eux.

– Tu devrais donner les billets à Hanne et à sa mère, dit Marie ; elles n'ont jamais l'occasion de sortir.

Pelle réfléchit en s'apprêtant. Pourquoi pas ? C'était bête après tout de garder rancune pour de vieilles histoires.

Hanne ne voulait pas sortir ; elle était assise, les yeux baissés comme la fille de la tour dans les contes, et ne lui accorda même pas un regard. Mais Mme Johnsen ne demandait pas mieux. La vieille femme eut tôt fait de se préparer.

– Il y a longtemps que nous ne sommes sortis ensemble, Pelle, dit-elle avec bonne humeur, tandis qu'ils se dirigeaient vers la ville. Tu es tellement occupé, ces derniers temps ! Tu cours les réunions, à ce qu'on dit. En voilà une occupation pour un jeune homme. À quoi ça sert ?

– Ça sert toujours à quelque chose, quand on y met du sien.

– À quoi ça sert donc ? Est-ce qu'on va encore manger de l'Allemand, comme dans ma jeunesse ? Qu'est-ce que tu as en tête ?

– Nous voudrions rendre la vie un peu plus heureuse, répondit Pelle avec douceur.

– Ah ! Ce n'est que le bonheur que tu veux instaurer ? Tu y arriveras, pour sûr ! s'écria Mme Johnsen, avec un rire sonore. Pour sûr, dans ma jeunesse, les hommes venaient déjà à la capitale pour le conquérir. Je n'avais que seize ans quand je suis arrivée ici. Où étaient donc toutes les splendeurs pour une jolie fille, si on ne les trouvait pas ici ? Les plaisirs ne manquaient pas ; il y en avait pas mal qui voulaient bien sortir avec une fille sérieuse, aux souliers élimés. Ils lui faisaient de beaux cadeaux et chaque jour apportait sa part de bonheur. Et puis, j'ai rencontré un homme qui avait les meilleures intentions et qui, lui aussi, avait confiance en lui. Il me persuada que nous allions fonder ensemble quelque chose de durable. C'était, comme moi, un pauvre diable aux mains vides, mais il en mettait un coup. C'était un bon ouvrier et il avait la conviction que nous pouvions nous faire une existence heureuse avec le pain assuré et du confort à la maison. Il n'y avait qu'à être courageux… Le bonheur, vas-y voir ! Il voulait arriver à travailler pour son compte, car un compagnon, ça ne gagne pas lourd ! Une ou deux fois, on avait réussi à amasser un petit pécule et alors, on croyait que c'était arrivé ! Mais un malheur survenait aussitôt, et adieu l'espoir ! Le malheur plane toujours au-dessus du foyer du pauvre, pareil à un grand oiseau de proie ; et pour le chasser, il faudrait un fouet bien long !… Nous avions beau faire, ça revenait toujours au même ! Tout un hiver, il est resté malade et nous n'avons pu vivre qu'en engageant tout ce que nous possédions, morceau par morceau. Quand la dernière chose a été mise au clou, nous avons emprunté quelques sous en faisant des reconnaissances de dette…

Ici, la vieille fut obligée de s'arrêter pour respirer.

– Nous courons comme si le monde allait nous échapper, dit-elle, haletante.

– Donc, il ne restait plus rien, continua-t-elle, en se remettant à marcher. Lui était trop las pour repartir à zéro, alors nous sommes venus habiter dans l'Arche. Il se consolait lorsqu'il avait quelques sous ; mais tu comprends que ça me consolait mal, moi qui attendais Hanne à ce moment-là. Elle arrivait comme un cadeau en pleine adversité, mais il ne pouvait pas la supporter, parce que nos espoirs d'un peu de bonheur revivaient en elle. Elle avait hérité ça de nous, la pauvre, en même temps que les haillons ! J'aurais voulu que tu la voies, encore toute petite, jouer à la grande dame avec un bout de chiffon ramassé dans la boîte aux ordures. « Qu'est-ce que c'est ? » demandait Johnsen qui avait un peu bu, comme d'habitude. « Mais c'est le salon avec le beau tapis par terre et, là-bas, à côté du poêle, c'est ta chambre, père. Mais il ne faut pas que tu craches par terre, car nous sommes des gens bien ! »

Mme Johnsen se mit à pleurer :

– Alors, il la frappait à la tête : « Ta gueule ! qu'il criait avec des jurons épouvantables, je ne veux pas entendre ces conneries-là... » Il était comme ça les dernières années ; et je ne peux pas dire que nous soyons moins heureuses depuis qu'il s'est jeté dans l'égout ! Le temps où j'aurais pu m'amuser, il me l'a volé avec ses idées d'avenir et me voilà maintenant obligée de ravauder de vieux pantalons de soldats ; ça remplit la maison de saleté et, si j'arrive à retourner un pantalon dans ma journée, j'ai gagné huit sous. Et Hanne qui va comme une somnambule ! Du bonheur ? Allons donc ! Y a-t-il quelqu'un dans l'Arche qui n'ait pas commencé ailleurs, dans l'espoir d'arriver à quelque chose de mieux ? Ce n'est pas de plein gré qu'on vient habiter dans ce nid à poux, mais on finit par y arriver tout de même. Et y en a-t-il seulement un qui ait son pain assuré ? Oui, les Olsen, leurs murs sont chauds, mais ils le doivent à la honte de leur fille.

– Raison de plus pour travailler à changer tout ça ! fit Pelle.

– Tu en parles à ton aise ! Mais celui qui lutte contre l'impossible se lassera, tôt ou tard. Non, laisse donc tout ça et amuse-toi un peu, pendant que tu es jeune. Et ne t'occupe pas de moi, vieille pleurnicheuse, qui suis là à crier misère : ce soir, nous allons prendre du bon temps !

Elle avait l'air tout heureuse.

– Eh bien ! Prenez mon bras au moins, dit Pelle en plaisantant ; c'est comme ça qu'on fait, entre amoureux.

La vieille femme lui prit le bras et se mit à trotter d'un pas juvénile.

– Oui, pour sûr ! Si j'étais encore jeune, je saurais bien te faire lâcher ces bêtises-là, reprit-elle, avec bonne humeur. Je t'aurais mené au bal danser !

– Pourtant, vous n'avez pas réussi à tirer Johnsen de ses idées, rétorqua Pelle.

– Non, parce que, dans ce temps-là, j'étais naïve. Mais maintenant, je ne permettrais plus à personne de me voler ma jeunesse.

La réunion avait lieu dans une grande salle d'une petite rue de Nørrebro ; c'était une soirée récréative de propagande, destinée surtout aux jeunes. Beaucoup de jeunes filles y étaient venues avec leur mère. Entre autres, on récita un poème qui parlait d'un vieux fondeur honnête qui était mort dans une grève.

– Bien sûr que c'est très beau et très touchant, chuchota Mme Johnsen, et elle se moucha d'émotion ; mais j'aimerais mieux quelque chose de gai. De la misère, on en voit assez tous les jours.

Puis une chorale d'artisans chanta quelques airs et un vieux militant monta sur l'estrade et rappela quelques souvenirs de l'enfance du mouvement ouvrier. Lorsqu'il eut fini, il demanda si, dans l'assistance, il n'y avait personne qui ait quelque chose à raconter : on avait du mal à remplir la soirée.

L'assistance était un peu déçue : les femmes ne s'amusaient pas et les hommes attendaient toujours une parole mordante. Pelle se rappelait les avoir vus pour la plupart dans les clubs ; même les jeunes avaient des visages durs où se lisait une attente opiniâtre. Ces distractions simples et innocentes ne calmaient pas l'impatience qui brûlait les cœurs et leur faisait épier les présages.

Pelle se morfondait. L'ardeur tenace du propagandiste, il l'avait dans le sang. Quelle belle occasion ils laissaient perdre de livrer bataille en faveur de la solidarité ! N'étaient-ce pas précisément les femmes, ici, qui avaient besoin d'être secouées, les ouvrières aussi bien que les ménagères qui retenaient leur mari ? Et là-haut, ils étaient en train de perdre leur temps avec des chansons et des sornettes de poète ! D'un bond, il fut à la tribune.

« C'est très bien, toutes vos belles paroles, cria-t-il avec fougue. Mais elles ne profitent guère à ceux qui n'en ont pas fait leur métier. Le prêtre et le chien gagnent leur vie avec leur gueule ; mais nous autres, nous n'avons que nos poings, si nous voulons gagner quelque chose. Pourquoi tourner autour du pot avec vos vers et vos sermons ? Est-ce que nous ne savons pas encore ce que nous voulons ? On dit que nous avons été esclaves pendant mille ans ; alors, il me semble que nous avons eu le temps de réfléchir ! Pourquoi arrive-t-il si peu de choses, bien que tout le monde attende et se tienne prêt ? N'y a-t-il personne qui ait le courage de nous conduire ? »

Il fut vigoureusement applaudi, surtout par les jeunes qui tapaient des pieds, en criant leur enthousiasme. Pelle dégringola de la tribune ; il était tout couvert de sueur.

Le vieux militant remonta sur l'estrade. Il remercia l'assistance de la soirée agréable qu'on venait de passer. Il adressa, en souriant, un remerciement à Pelle : c'était plaisir de voir qu'il y avait encore de l'enthousiasme dans la jeunesse, même si elle se trompait en la circonstance. Les anciens avaient assuré la marche en avant dans une période difficile, mais ils voulaient bien que les jeunes essayent à leur tour.

Pelle voulut se lever pour répondre. Mais Mme Johnsen le retint, en le tirant par la manche.

– Laisse donc, Pelle, chuchota-t-elle avec inquiétude, tu te laisses entraîner trop loin.

Elle ne voulut pas lâcher prise et, pour ne pas se faire remarquer, il dut se rasseoir. Ses joues étaient brûlantes et sa respiration haletante comme après avoir monté une côte. C'était la première fois qu'il s'était aventuré jusque sur une tribune, et c'était la colère qui l'y avait porté.

On se leva.

– C'est déjà fini ? demanda Mme Johnsen.

Et il voyait qu'elle était déçue.

– Non, non ! Maintenant, on va faire la bombe ! dit-il en conduisant la vieille à une table, au fond de la salle. Qu'est-ce que je commande ?

– Du café pour moi. Mais tu devrais prendre un demi, tu as tellement chaud.

Pelle prit aussi du café.

– Quel drôle d'homme tu fais, remarqua-t-elle, tu commences par te mêler à un tas de gens que tu ne connais pas et puis tu t'assois ici pour prendre un café, comme une bonne femme. Quel monde il y a, tout de même, c'est presque comme à la foire.

Elle regardait autour d'elle, les yeux brillants et les joues roses comme une jeune fille à la fête.

– Prends donc un peu plus de peau, Pelle, tu n'en as pas eu, et c'est de la vraie crème.

Le vieux militant vint les rejoindre et voulut faire la connaissance de Pelle.

– J'ai entendu parler de vous par le président de votre syndicat, dit-il en lui tendant la main. Vous avez fait du bon travail.

– Ah ! Ce n'est pas grand-chose, répondit Pelle en rougissant. Mais on serait heureux de s'y mettre enfin pour de bon.

– Je connais bien votre impatience, répondit en souriant le vieux dirigeant, les jeunes disent toujours la même chose. Mais qui veut faire quelque chose de bien doit voir où mène le chemin !

Il tapa sur l'épaule de Pelle et s'éloigna.

Pelle sentait que les gens parlaient de lui. « Dieu sait si tu ne t'es pas rendu ridicule ? » se demanda-t-il. Deux jeunes gens se tenaient tout près de lui et le regardaient du coin de l'œil. Tout à coup, ils vinrent à lui :

– Vous nous permettez bien de vous serrer la pince, dit

l'un d'eux. Je m'appelle Otto Stolpe et voici mon frère Frederik. C'était bien envoyé, ce que vous avez dit tout à l'heure !

Les deux frères échangèrent quelques paroles.

– Du reste, le vieux serait content de vous dire bonjour, dit Otto Stolpe. Voulez-vous venir avec nous à la maison ?

– Je ne pourrai pas ce soir, répondit Pelle. Je ne suis pas seul, ici.

– Vas-y donc ! dit Mme Johnsen. Je vois là-bas de bonnes gens du quartier, je rentrerai avec eux.

– Mais puisque nous sommes sortis ensemble, nous devrions pourtant faire un peu la noce, insista Pelle en riant.

– À Dieu ne plaise ! C'est déjà assez de noce pour ce soir, ma vieille tête est prête à éclater ! Tu n'as qu'à te sauver, mais je ne t'aurais pas dit ça, il y a trente ans. Et merci bien pour la soirée !

Elle riait de bon cœur.

La famille Stolpe habitait Elmegade, au second, dans une grande cité ouvrière toute neuve. L'escalier était large et, sur la porte, il y avait une plaque en porcelaine avec le nom des locataires. Une femme d'un certain âge, très bien mise, vint leur ouvrir.

– C'est un camarade, mère, dit Otto.

– Alors, soyez le bienvenu, dit-elle en prenant la main de Pelle.

Elle la garda un instant dans la sienne, en le dévisageant.

Dans la salle à manger, le maître maçon Stolpe était en train de lire *L'Ouvrier*. Il était en bras de chemise et s'appuyait sur la table. Il lisait à voix basse et ne prêta nulle attention aux nouveaux venus.

– Voici quelqu'un que vous aurez plaisir à voir, père, dit Otto, en posant la main sur le bras de son père.

Stolpe leva la tête et regarda Pelle.

– Vous voulez peut-être adhérer au syndicat ? demanda-t-il en se levant lourdement, s'appuyant des deux mains sur la table.

Il était grand et grisonnant, le visage taché d'éclaboussures de chaux.

– Toi, avec ton syndicat, fit Mme Stolpe. Tu ne te figures pas que tu es tout seul à être syndiqué ?

– Bien sûr qu'il en est venu d'autres, peu à peu, la mère. Mais j'étais tout de même le premier.

– Moi, en tout cas, je suis syndiqué, dit Pelle ; mais je ne fais pas partie de votre syndicat, je suis cordonnier.

– Cordonnier, quel sale métier pour un ouvrier ! Mais par contre, on peut facilement devenir patron – et de nos jours, c'est pas possible pour un maçon. Ça fait une sacrée différence ! Lorsqu'on est condamné à rester compagnon pour toujours, on a davantage intérêt à améliorer sa situation, vous comprenez ! Voilà pourquoi les cordonniers ont été lents à s'organiser ; et aussi, bien sûr, parce qu'ils travaillent à domicile et qu'il n'y a pas moyen de leur mettre la main dessus. Mais il paraît que le syndicat a trouvé son homme pour faire marcher la chaussure tout de même.

– Mais c'est lui, père, dit Otto en souriant.

– Nom d'un petit bonhomme ! Et moi qui reste là, à faire le malin ! Alors, il faut que je te serre la main encore une fois. Mes compliments, mon jeune camarade !

Il secoua la main de Pelle.

– Mais nous boirons bien un verre de bière, la mère ?

La conversation entre Stolpe et Pelle ne tarda pas à s'animer. Pelle était à son aise : il n'avait jamais encore été au cœur du mouvement et il avait bien des questions à poser. Le vieux maçon parla d'abondance de la croissance du mouvement ouvrier, d'année en année, depuis le jour où il n'y avait qu'un seul syndiqué au Danemark, lui-même. Il connaissait le nombre des adhérents pour chaque corporation et il était au courant de l'évolution des différents syndicats. Les fils écoutaient dans un silence respectueux ; pour dire quelque chose, ils attendaient toujours que le père ait fait signe qu'il avait fini. Le plus jeune, Frederik, qui faisait son apprentissage de maçon, ne tutoyait même pas son père. Son vouvoiement continuel sonnait étrangement aux oreilles de Pelle.

Pendant qu'ils parlaient, Mme Stolpe ouvrit la porte d'une autre pièce, encore plus belle que la salle à manger, et les pria de venir prendre une tasse de café. Pelle avait déjà trouvé la salle à manger bien luxueuse, avec ses meubles imitation chêne et le canapé bourré de crin. Mais ici, les meubles étaient tendus d'étoffe rouge et il y avait une table octogonale, en noyer, à filet noir marqueté et pieds tors, et une étagère garnie de bibelots en porcelaine, amusants et quelque peu inconvenants. Aux murs trônaient des tableaux représentant des congrès et des réunions, et de grandes photographies de chantiers. On voyait un bâtiment en construction, et, sur les échafaudages, entre les baquets à chaux, des maçons tenant en main un outil ou une canette de bière. Au-dessus du canapé se trouvait le portrait en pied d'un bel homme, brun, vêtu d'une cape à l'espagnole. Il ressemblait moitié à un aventurier rêveur, moitié à un militaire.

– C'est le grand maître, dit Stolpe solennel, en s'approchant de Pelle. C'est lui qui a jeté les fondations du mouvement.

Il se perdit en réflexions devant le portrait et garda le silence un moment. Enfin, il respira profondément et rejeta la tête en arrière.

– C'était tout de même quelqu'un, s'exclama-t-il subitement. Il avait toujours une escorte de jolies femmes, mais elles s'écartaient, dès qu'il parlait, le feu jaillissait alors de ses yeux et il s'écriait: «En avant, les hommes!» Et même les plus engourdis avaient des démangeaisons d'agir.

– Il est mort, maintenant, je suppose, demanda Pelle, intéressé.

Stolpe ne répondit pas.

– Allons! dit-il brièvement, buvons notre café!

Otto fit un signe à Pelle: il valait sans doute mieux ne pas insister!

Stolpe regardait fixement sa tasse; enfin, brusquement, il leva la tête.

– Il y a des choses qu'on ne comprend pas, commença-t-il, l'air grave, mais une chose est sûre : c'est que, sans le grand maître, ni moi, ni beaucoup d'autres, nous ne pourrions pas vivre aujourd'hui en bons pères de famille. Il y avait parmi nous pas mal de jeunes camarades bien doués, comme il y en a toujours, mais ce sont toujours les plus intelligents qui sombrent. Car lorsqu'on n'a aucun moyen d'employer son intelligence, on s'impatiente, et, un beau jour, on commence à se remplir le cerveau d'alcool, pour le faire taire. N'ai-je pas eu, moi aussi, cette maudite sensation de manquer de quelque chose ? Et j'ai commencé à biberonner. Mais c'est alors que j'ai découvert le mouvement – presque avant sa naissance, si j'ose dire –, c'était dans l'air, vous comprenez ? On sentait que c'était en marche. Et nous flairions comme des chiens pour découvrir ce que c'était. Quelqu'un criait : « C'est par ici ! », un autre : « C'est par là ! », mais quand on arrivait, on ne trouvait que des hommes affamés qui se chamaillaient, le diable seul savait pourquoi. C'est à ce moment-là que survint le grand maître. Ce fut comme un éclair pour nous, car il savait nous expliquer mot pour mot ce qui n'allait pas – et pourtant, il n'était pas des nôtres ! Depuis, on n'a plus eu besoin de chercher les meilleurs : ils étaient dans le mouvement ! Même s'ils n'étaient pas nombreux, ils y étaient, en tout cas.

– Maintenant, ça avance ! observa Pelle.

– Oui, maintenant, ça bouge de partout. Mais d'où ça vient-il, sinon de nous autres vétérans ? Et de lui, là-haut ?

Stolpe se mit à parler de choses sans importance mais, d'elle-même, la conversation revint sur le mouvement ; mari et femme ne vivaient et ne respiraient que pour cela. C'étaient de braves gens, droits, qui partageaient le monde en deux, ceux qui étaient pour, et ceux qui étaient contre. Pelle respirait à pleins poumons dans cette maison où l'air était oxygéné de socialisme.

Il remarqua, posé sur des pieds tors, un coffret solide, garni de clous rapprochés, qui rappelait les coffrets des corporations.

– Oui, c'est le drapeau, dit Mme Stolpe.

Mais, effrayée, elle s'interrompit. Le maître maçon Stolpe fronçait les sourcils.

– Après tout, puisque vous êtes un as, dit-il enfin, on n'a pas besoin de faire des cachotteries avec vous.

Il sortit une clef d'un tiroir secret de son bureau.

– Maintenant, le danger n'est pas bien grand ; mais on reste tout de même prudent ; ça nous vient des jours d'autrefois où l'on s'acharnait après nous et où la police cherchait nos drapeaux. Un soir, le grand maître en personne est venu chez nous, avec le drapeau roulé sous son manteau : « Gardez-le, Stolpe, dit-il, vous êtes le plus sûr de nous tous. »

Aidé de sa femme, il déploya la grande étamine rouge.

– C'est le drapeau de l'Internationale. Il a l'air un peu fatigué ; c'est qu'il en a vu des vertes et des pas mûres ! Ah ! Pour sûr !... Aux grandes réunions, sur les communaux, où la troupe était déployée et les fusils chargés à balle réelle, il a flotté au-dessus de la tribune. C'est lui qui nous empêchait de nous disperser rien que de l'entendre claquer dans l'air au-dessus de nos têtes, c'était la même chose que si l'on prêtait serment. La police avait bien compris ça et elle a voulu s'en saisir. Une fois, au beau milieu d'un meeting, ils ont chargé pour le prendre ; mais rien à faire ! Puis, ils ont perquisitionné et le drapeau est passé de main en main. Il est venu plus d'une fois chez moi.

– Oui, et un beau soir la police a fait irruption juste au moment où nous étions à table ; ils ont mis tout sens dessus dessous et coffré le père, sans un mot d'explication. Les enfants étaient petits encore, et vous comprenez que ce n'était pas gai pour moi. Je ne savais pas quand ils le relâcheraient.

– Oui, mais ils n'ont pu mettre la main sur le drapeau, dit Stolpe, en riant de bon cœur. Je l'avais déjà passé à un autre. Dans ce temps-là, il ne restait jamais longtemps au même endroit. Maintenant, il est à peu près tranquille et nous aussi, pas vrai, la mère ?

En silence, les jeunes gens regardaient cet étendard qui avait participé à tant de luttes et qui était en quelque sorte le sang rouge du mouvement ouvrier. Devant les yeux de Pelle, tout un monde nouveau avait été déployé. Il n'était plus si incontrôlable, ce feu qui brûlait en lui ; pendant que, là-bas, au pays, il gardait encore les troupeaux ou jouait aux jeux de l'enfance, des hommes forts avaient déjà travaillé à poser les premières pierres. Une chaleur inusitée rayonnait en lui et lui montait à la tête. Et si c'était lui qui avait brandi le drapeau de feu contre les oppresseurs : lui !

– Maintenant, il est caché ici dans le coffre, et oublié, dit-il avec découragement.

– Il se repose seulement, répondit Stolpe. La police croit peut-être qu'il n'existe plus. Mais attachez-le à une hampe et vous verrez les camarades se grouper autour de lui, les jeunes comme les vieux. Il y a du feu dans ce morceau d'étoffe, un feu qui ne s'éteindra jamais !

Avec précaution, ils replièrent l'étendard et le rangèrent.

– Il ne faut tout de même pas en parler à haute voix, tu comprends, fit remarquer Stolpe.

On sonna. Stolpe se hâta de refermer le coffre et de faire disparaître la clef, tandis que Frederik allait ouvrir. Ils se regardèrent avec inquiétude, en prêtant l'oreille.

– Ce n'est qu'Ellen, dit Frederik qui rentra, suivi d'une grande jeune fille aux cheveux bruns et à l'allure sérieuse. Elle portait une voilette sur laquelle son souffle avait fait un réseau de perles.

– Tiens, c'est la petite ! s'exclama Stolpe, en éclatant de rire. Quelle idée aussi de venir à cette heure : nous avons eu peur, tout comme autrefois ! Et tu sors à cette heure de la nuit, et par un temps pareil !

Il la regarda avec tendresse ; on voyait bien qu'elle était son enfant gâtée. Elle ne lui ressemblait pas du tout.

La jeune fille fit une petite révérence à Pelle et le regarda d'un air sérieux. Il y avait en elle un calme attirant qui le captiva aussitôt. Ses vêtements étaient sombres, sans la moindre garniture. Mais tout était de belle qualité.

– Veux-tu enlever ton manteau ? demanda la mère, en déboutonnant le vêtement. Tu es toute trempée, mon enfant.

– Non, il faut que je m'en aille tout de suite, répondit Ellen. Je voulais seulement vous dire bonsoir.

– Il est tout de même un peu tard, ronchonna Stolpe. Tu n'as fini ton travail qu'à cette heure-ci ?

– Oui, mais ce n'est pas mon jour de sortie.

– Tiens, vraiment, ce n'est pas ton jour de sortie. Quel bel esclavage, jusqu'à des onze heures du soir !

– C'est comme ça, père, et tu auras beau me gronder, ça n'y changera rien, répondit Ellen avec assurance.

– Non, mais tu n'avais pas besoin de te placer. À quoi est-ce que ça ressemble, que nos enfants servent dans les maisons des patrons ? Vous êtes de mon avis, n'est-ce pas ?

Et il se tourna vers Pelle. Ellen eut un rire sonore.

– Mais ça revient au même : père aussi travaille pour les patrons.

– Oui, mais c'est autre chose. De telle heure à telle heure, tant, et pas plus ! Être domestique, c'est autre chose : les filles d'une maison s'en vont ramasser les ordures des autres !

– Mais tu n'as pas les moyens de me garder à la maison, père.

– Je sais bien ; mais je ne peux pas m'y faire. Tu pourrais trouver autre chose.

– Mais je ne veux pas. Je veux avoir le droit de décider moi-même, répondit-elle avec fermeté.

Les autres se turent, leurs regards inquiets se croisèrent. Les veines se gonflèrent sur le front de Stolpe, son visage devint bleu ; il était furieux. Mais Ellen continuait à le regarder, avec un petit sourire. Le père se leva et passa dans l'autre pièce, en grommelant.

La mère secoua la tête ; elle était toute pâle.

– Ma fille, voyons, murmura-t-elle.

Peu après, Stolpe revint avec quelques vieux journaux qu'il voulait montrer à Pelle. Ellen se plaça derrière lui et regarda avec eux ; elle appuyait son bras contre le dos du père, et, machinalement, lui rebroussait les cheveux. La mère la tira par la jupe.

C'étaient des journaux illustrés des années 1871-1872.

Une horloge sonna onze heures et demie et Pelle se leva, tout effaré ; il avait complètement oublié l'heure.

– Emmenez la gosse, lui dit Stolpe. Vous prenez le même chemin, je crois. N'est-ce pas, Ellen ? Comme ça, tu ne seras pas seule. Il n'y a pas de danger à l'accompagner, c'est une sainte.

On aurait dit qu'il se vengeait de sa défaite de tout à l'heure.

– À bientôt ! Vous serez toujours le bienvenu chez nous.

Chemin faisant, ils ne causèrent pas beaucoup. Pelle était mal à l'aise. Il avait l'impression d'être observé : elle était en train de se demander quel genre d'homme il était. Lorsqu'il s'enhardissait à dire quelque chose, elle lui répondait brièvement, en le scrutant du regard. Pourtant, il lui sembla que c'était une promenade agréable, qu'il aurait bien voulu prolonger.

– Heureux d'avoir fait votre connaissance, dit-il, quand ils furent devant sa porte. Ce serait plaisant de se revoir.

– Si nous avons une raison de nous revoir, nous nous reverrons, répondit-elle avec réserve, mais en lui laissant garder sa main, un instant, dans la sienne.

– Il y en aura, soyez-en sûre, s'écria gaiement Pelle. Mais vous oubliez de payer votre cavalier.

Il se pencha vers elle.

Elle le regarda, stupéfaite, et son regard le pétrifia. Puis elle se détourna lentement et entra.

X

Un soir, vers l'heure de la sortie des ateliers, Pelle alla porter chez le bottier du Roi le travail qu'il venait d'achever. Le contremaître le prit, remit à Pelle sa paye et s'occupa des autres ; Pelle attendit patiemment, se contentant de toussoter, de temps à autre. C'était leur façon de traiter les ouvriers et il fallait se taire et s'en accommoder, si l'on voulait avoir du travail.

– Vous avez l'air de m'oublier, dit-il enfin, avec une nuance d'impatience.

– Vous pouvez partir, répondit le contremaître. Vous n'avez plus rien à faire ici.

– Qu'est-ce que ça veut dire ? demanda Pelle, stupéfait.

– Ça veut dire ce que vous venez d'entendre. Autrement dit, qu'on vous met à la porte, si vous comprenez ce langage !

Pelle avait bien compris, mais il était content de pouvoir démasquer la persécution devant les camarades.

– Y a-t-il quelque chose à redire à mon travail ? demanda-t-il.

– Vous vous mêlez de trop de choses qui ne vous regardent pas, mon brave. On ne fait pas du bon travail comme ça.

– J'aimerais tout de même bien savoir ce que vous reprochez au juste à mon travail, reprit Pelle, avec insistance.

– Je viens de vous le dire, animal ! hurla le contremaître.

Le bottier du Roi apparut sur le seuil de l'arrière-boutique ; apercevant Pelle, il courut sur lui :

– À la porte, et plus vite que ça ! cria-t-il avec fureur.

Croyez-vous que nous allons donner du pain à des gens qui travaillent à nous perdre ? Hors de chez moi, monsieur le syndicaliste !

Sans bouger, Pelle regarda le patron au fond des yeux. Il avait plus grande envie de lui en mettre un que de se laisser mettre à la porte. « Du calme, se dit-il, du calme ! » Il sourit, mais son visage frémit de colère. Le bottier tournait autour de lui, à bonne distance, en criant sans cesse :

– À la porte, vous dis-je, à la porte ! Contremaître, allez chercher la police !

– Là, vous voyez, camarades, comme il nous respecte, celui-là, dit Pelle, en tournant le dos à Meyer. Nous ne sommes que des chiens, voilà tout !

Silencieux, ils tenaient les yeux fixés sur le comptoir. La crainte d'être obligés de prendre parti les faisait ressembler à des sourds-muets.

Il prit le chemin de Nørrebro. Il haletait. L'indignation se déchaînait en lui comme une tempête et, de temps à autre, il laissait échapper des paroles de rage. Du travail fourni par Meyer, il s'en moquait un peu ! C'était peu avantageux et il le faisait à temps perdu. Mais c'était révoltant de voir les autres acheter au prix de leur conviction du travail mal payé ! N'étaient-ils pas tous restés là, sans oser prendre parti, bien que ce soit déjà plus qu'assez de faire vivre de sa sueur un bonhomme comme Meyer ! Meyer était comme un mur qui barrait la route à tout progrès véritable ! Mais il ne fallait pas qu'il s'attaque à Pelle, car lui, du moins, était de taille à se défendre.

Pelle alla tout droit chez le maçon Stolpe pour lui demander conseil : le vieux président de syndicat avait une longue expérience.

– Tiens, tiens, s'exclama Stolpe, il est de ceux qui osent ouvertement faire le trafic d'esclaves ? Nous avons déjà vu ça, autrefois : « C'est fini pour vous, mon brave, nous ne pouvons pas employer des provocateurs ! » qu'ils disaient. Et puis, aussitôt que vous aviez réussi à vous caser quelque part : « Vous pouvez prendre la porte ! » Moi-même, j'ai été comme un chien pourchassé, et à la maison la mère pleurait, je le voyais bien. Mais lorsque j'abordais la question, elle répondait : « Tiens bon, Stolpe, tu ne vas pas te rendre ! » « Mais tu oublies le pain », que je lui disais. « Ah ! tant pis pour le pain, j'irai en journée faire des lessives. » C'était dans le temps : de nos jours, le ton est tout autre, chez nous. Maintenant, les patrons tirent tous leur chapeau devant le vieux Stolpe !... Il faut lui faire son affaire, à ce Meyer : boycottez-le !

Pelle ne demandait pas mieux.

– Pourvu que ça aille ! dit-il. Notre syndicat n'est pas encore très puissant.

– Essaie tout de même, vous pouvez toujours lui nuire. Pour peser sur ta conscience, il s'en prend à ton pain quotidien. Toi, prends-t'en à son porte-monnaie, puisque c'est sa conscience à lui. Si ça ne sert pas à autre chose, au moins, ça vous démontrera que vous n'avez pas une âme d'esclaves.

Pelle resta à bavarder un peu. Il avait vaguement espéré rencontrer Ellen, mais il n'osa pas demander si elle rentrait ce jour-là. Mme Stolpe voulut le garder à souper, ils n'attendaient que les deux fils. Mais Pelle n'avait pas le temps ; il avait des mesures à prendre en vue du boycott.

– Alors, venez dimanche, dit-elle, c'est l'anniversaire d'Ellen.

Il rentra d'un pas ferme chez le président du syndicat. L'invitation pour le dimanche avait chassé le dernier reste de sa colère et la perspective d'engager la bataille contre Meyer le mettait de bonne humeur. Il était sûr d'entraîner Petersen, le président, pourvu seulement qu'il le trouve debout. Dans le temps, il avait travaillé chez le bottier du Roi et il le haïssait comme la peste. On disait que Petersen avait fait une belle petite invention, un bouton perfectionné pour chaussures de dame, mais que, ne sachant comment exploiter sa découverte, il s'était adressé à Meyer. Le bottier du Roi avait, sans plus de façons, considéré l'invention comme sa propriété, puisqu'elle venait d'un de ses ouvriers : il la fit breveter et en tira pas mal d'argent, si peu de chose que ce soit. Lorsque Petersen osa demander sa part du bénéfice, il fut simplement congédié.

Lui-même n'en parlait jamais. Terré dans son sous-sol, il ruminait tant et si bien l'injustice qu'il ne pouvait plus rien mener à bien. Il avait donné le plus clair de son temps au syndicat, qui était pour lui un instrument de vengeance ; mais il n'avait pas réussi. Il pouvait s'enthousiasmer pour une idée, mais la persévérance lui faisait défaut. Et, de plus, il était tuberculeux.

Il trembla d'émotion quand Pelle lui exposa son plan.

– Bon Dieu, si on pouvait lui mettre du plomb dans l'aile, murmura-t-il d'une voix rauque, en serrant ses poings maigres où déjà la mort avait dessiné des ombres bleues. Je donnerais volontiers ma misérable vie pour voir ce gredin ruiné. Regarde-moi ça !

Il se pencha vers Pelle et lui montra, emmanchée dans un bout de bois solide, une lime dont la pointe était aiguisée :

– S'il n'y avait pas les gosses, voilà longtemps qu'il l'aurait eue entre les côtes.

Un éclair froid passa dans ses yeux hagards. Pelle pensa à ce fou d'Anker.

– Oui, je comprends, dit-il, en lui prenant la main pour le calmer. Mais ce n'est pas la peine de faire des bêtises. Nous n'atteindrons notre but qu'en rangs serrés.

– Alors, tu te charges d'organiser la lutte ? demanda Petersen. Je m'y entends si mal, et puis je n'ai plus de forces. Mais tu peux compter sur moi pour donner le signal, je ferai en sorte qu'ils se réveillent. Toi, tu t'occuperas de les tenir en haleine.

La journée fut bien employée. Dès le soir suivant, le ban et l'arrière-ban des adhérents étaient convoqués. Petersen tint parole. Il expliqua l'affaire avec flamme. Depuis son dernier crachement de sang, il avait l'air d'un cadavre ; ses yeux flamboyaient dans leurs orbites cernées de bleu ; il était là, comme un martyr, prouvant la nécessité de la lutte. Le boycott fut voté à l'unanimité.

Puis Pelle prit la parole à son tour, pour les questions d'organisation. Il n'y avait pas un sou dans la caisse, mais chacun devait s'engager à souscrire pour ceux qui se retrouveraient sur le pavé. Tous devaient faire leur possible pour boycotter Meyer. Il ne fallait pas agir sur un coup de tête qu'on regretterait le lendemain, en se réveillant. Il fallait bien voir les difficultés dès le début, afin de savoir à quoi on s'engageait. Et puis, trois hourras pour la bonne issue de la lutte !

Tout cela nécessita de nombreuses courses. Mais quoi ! Marcher dehors ne pouvait faire de mal à Pelle, qui était toujours assis. Il mit à contribution la nuit pour rattraper le temps perdu. Du travail pour remplacer celui de Meyer, il en trouva chez les petits patrons de son quartier, débordés d'ouvrage en cette fin décembre.

Dès le lendemain de son renvoi, le communiqué concernant le boycott paraissait dans la rubrique syndicale de *L'Ouvrier* : « On est prié de ne pas embaucher » ! C'était comme un ordre du jour, de sa main à lui, Pelle. Il découpa le communiqué ; de temps à autre, pendant son travail, il le tirait de sa poche pour le regarder. Bien que ce ne soit pas dit là-dedans, c'étaient lui, Pelle, et le plus grand patron de la ville qui mesuraient leurs forces. Le tout était de savoir qui l'emporterait…

Il allait souvent voir Stolpe, et, comme par hasard, ses visites concordaient toujours avec les sorties d'Ellen. Alors, il la reconduisait chez elle et ils causaient de choses sérieuses. Aucune tempête, ni chez l'un, ni chez l'autre. Ils se comportaient en gens qui ont toute la vie devant eux. Il dépensait toute sa fougue dans la lutte contre Meyer et, quelque inaccessible que soit Ellen, il se sentait sûr d'elle. Quelque chose lui disait qu'il fallait que ce soit elle. C'était une de ces natures qui ont beaucoup de peine à déchirer l'enveloppe pour éclore. Mais Pelle sentait germer quelque chose, dans cette nature secrète, et il ne s'impatientait pas.

Un soir, comme d'habitude, il l'avait accompagnée jusqu'à sa porte et ils se disaient bonsoir. Elle lui tendait la main à sa façon réservée, gauche et qui, au fond, pouvait aussi bien signifier quelque aversion, et elle s'apprêtait à monter.

– Je me demande si nous allons continuer de cette façon toute notre vie ? dit Pelle, avec un sourire, en gardant les doigts d'Ellen entre ses mains. Vous m'aimez bien, pourtant ?

Elle hésita un instant, le visage dur comme la pierre, puis elle lui tendit ses lèvres et l'embrassa machinalement, la bouche fermée, comme font les enfants. Elle franchit la porte, mais revint aussitôt sur ses pas, se jeta à son cou et l'embrassa violemment, passionnément. Il y avait, dans sa façon d'agir, quelque chose de si emporté, presque fanatique, qu'il en resta tout abasourdi : il ne la reconnaissait pas. Lorsqu'il revint à lui, elle montait déjà l'escalier de service. Il resta ébloui comme après une pluie de feu et l'entendit courir, comme si on l'avait poursuivie.

De ce jour-là, elle ne fut plus la même. Son amour était pareil au printemps, qui naît en une seule nuit. Elle ne pouvait se passer de lui une journée. Lorsqu'elle faisait ses commissions, elle accourait vers l'Arche. Elle avait brisé sa coquille : dans son attitude et dans le moindre de ses gestes, il y avait une passion qui jaillissait du cœur. Elle ne parlait pas beaucoup ; lorsqu'elle le rencontrait, elle se serrait ardemment contre lui, comme pour apaiser une souffrance, et elle se couvrait le visage de ses mains ; s'il la forçait à se montrer, elle gardait les yeux opiniâtrement fermés. Puis elle respirait profondément et s'asseyait un peu à l'écart, en souriant et en chantonnant tandis qu'il parlait, et le dévorait du regard.

C'était comme si elle plongeait au fond de son être, et Pelle, qui avait besoin de se trouver et de se reconnaître, ressentait une joie confiante auprès d'elle. Face à tout ce qui survenait autour de lui, il avait cherché à tâtons sa personnalité, espérant y trouver un appui naturel. Il avait écouté avec inquiétude ce qui montait en lui et, sans le savoir, il avait douté et s'était interrogé. Et voilà qu'Ellen lui donnait de l'assurance, en s'appuyant avec tant de confiance à son bras, sans rien dire. Son regard résonnait en lui, comme un cri de fierté, et il se sentait infiniment riche. Elle conversait avec le plus profond de lui-même, quand elle le regardait ainsi ! Mais ce qu'elle disait, il n'arrivait pas à le savoir, pas plus que les réponses qu'elle recevait. Quand il l'arrachait à son ravissement en lui posant des questions, elle soupirait, comme s'il la réveillait, et elle l'embrassait.

Ellen, très fidèle et très désintéressée, était très aimée de ses patrons. Elle ne paraissait pas avoir de plan : elle voulait être à lui et c'était tout ! Mais sous son regard, Pelle se laissait entraîner à développer ses projets d'avenir, comme si c'était elle qui lui inspirait ces images souriantes. Alors, elle l'écoutait, avec un sourire lointain, comme si c'était un conte de fées ; mais, d'elle-même, elle ne semblait pas accorder une pensée à l'avenir. Il y avait en elle une tendresse profonde, qui réchauffait le cœur de Pelle, et lui tournait la tête vers la lumière. C'était cette ardente dévotion de tout son être qui faisait que les siens, par plaisanterie, l'appelaient sainte.

Pour Pelle, c'était un bonheur d'être accueilli dans sa famille où, derrière la robuste bonne humeur des gens de Copenhague, se cachaient des habitudes toutes patriarcales. Tout reposait sur l'ordre et le respect des parents, du père surtout, qui avait voix décisive dans toutes les questions, et sa place à lui, où personne d'autre ne s'asseyait. Lorsqu'il rentrait du travail, ses deux grands fils rivalisaient encore pour lui apporter ses pantoufles et la mère lui gardait toujours le meilleur morceau. Le fils cadet, Frederik, qui terminait son apprentissage, était heureux comme un enfant à la pensée que, devenu compagnon, il trinquerait avec le vieux et pourrait lui dire « tu ».

Ils habitaient un spacieux logement de trois pièces, avec chambre de bonne. Pour Pelle, habitué à voir ses camarades logés dans une chambre et une cuisine, ce n'était pas rien. Les fils avaient le vivre et le couvert chez les parents. Ils couchaient dans la chambre de bonne. Le foyer était fondé et entretenu par les efforts de toute la famille. Si chacun s'inclinait sans discussion devant le père, ce n'était pas par soumission : ils ne faisaient que suivre l'exemple de tous. Stolpe était le premier dans son métier ; c'était un ouvrier respecté et un vétéran du mouvement. Sa parole faisait autorité.

Ellen était la seule à ne pas respecter à ce point le prestige de son père. Il lui arrivait de se disputer avec lui, sans autre but que de le contredire. Elle était l'unique fille et la dernière née : elle en profitait. Quelquefois, Stolpe paraissait à bout de patience, prêt à s'emporter et à sévir, mais il finissait toujours par se rendre.

De Pelle, il était très content et en admirait sa fille davantage, en secret.

– Hein, notre fille, elle s'y connaît, elle a su choisir son mari ! Pas vrai, la mère ? s'écriait-il avec enthousiasme.

– Oui ! Moi, je n'ai rien contre lui, répondait Mme Stolpe. Il est encore un peu paysan, mais ça s'en ira avec le temps.

– Paysan, lui ? Tu te trompes, il sait ce qu'il veut. Elle a trouvé son maître, dit Stolpe, d'un air triomphant.

Les deux frères se montraient pour Pelle deux camarades fidèles, qui ne pouvaient s'empêcher de l'admirer.

XI

Le succès du boycott fut médiocre. Meyer, le bottier du Roi, y répondit en convoquant les patrons à une réunion, pour constituer une association patronale qui refuserait d'employer les adhérents du syndicat. De cette façon, le syndicat ne tarderait pas à succomber. Mais cet espoir fut vain. Les petits patrons craignaient de voir leurs ouvriers s'établir et leur faire concurrence. D'instinct, ils redoutaient les gros patrons plus que leurs ouvriers, et ils avaient peur d'une association avec eux. Dans l'industrie, tout tendait vers la concentration en peu de mains et vers la ruine des petites entreprises. Les petits patrons avaient une dent contre Meyer, qui avait développé son entreprise à leurs dépens.

Par maître Beck, Pelle était tenu au courant de ce qui se passait entre patrons. Meyer avait aussi émis la prétention que lui, Beck, congédie Pelle, mais Beck n'avait pas voulu se soumettre à cette exigence.

– Je n'ai pas de raisons de me plaindre de toi, dit-il. Je n'aime pas ton syndicat. Tu devrais laisser ça. Mais je suis très content de ton travail. J'ai toujours tâché de me montrer juste avec tout le monde et si tu peux arriver à culbuter le bottier du Roi, nous autres, petits patrons, nous en serons reconnaissants à ton syndicat. Ce Meyer nous mange tous.

Le culbuter s'avéra impossible. Au contraire, ce fut lui qui réussit à faire sortir du syndicat les plus tièdes et il eut toujours son personnel au complet, grâce à des ouvriers suédois qu'il fit venir et auxquels il paya des salaires très élevés. Le travail à domicile les empêcha aussi de l'atteindre d'une façon sérieuse. Pelle et le président du syndicat montaient la garde, à tour de rôle, aux heures de livraison du travail, pour découvrir quels étaient les ouvriers qui le soutenaient. Ils réussirent à mettre la main sur quelques uns ; ils leur faisaient entendre raison, ou bien ils publiaient leur nom dans *L'Ouvrier*. Mais les compagnons envoyèrent leurs femmes et leurs enfants livrer l'ouvrage : il n'y avait plus rien à faire. Cela coûtait cher à Meyer de faire marcher son commerce, mais c'était le syndicat qui souffrait le plus. Il n'était pas encore bien solide, et les gros patrons faisaient tous cause commune avec Meyer, refusant d'embaucher les membres du syndicat, tant que durerait le boycott. Le syndicat dut céder et le boycott fut levé.

Ce fut un échec, mais Pelle en tira une leçon : le plus fort l'emportait et la solidarité n'était pas encore la plus forte. Il fallait donc parler, faire de la propagande, tenir des réunions ! L'attrait du nouveau amenait les travailleurs à se grouper, mais leur sens de l'honneur n'était pas assez développé. Le moindre revers les dispersait.

Pelle ne se laissa pas décourager : il fallait recommencer par le commencement, voilà tout ! Le jour qui suivit la défaite le vit debout, de bonne heure. La volonté de redoubler d'efforts lui était venue, pour ainsi dire, en dormant, elle était en lui et s'affirmait à chaque coup de marteau. Il sifflait en travaillant et son ouvrage avançait vite. La fenêtre était ouverte pour aérer après la nuit ; les toits étaient couverts de givre et les étoiles brillaient dans un ciel froid. Mais Pelle ne sentait pas le froid. Il venait de réveiller *la petite famille* ; il les entendait remuer à côté. Dans le couloir, des gens encore endormis se bousculaient. Pelle sifflait la *Marche socialiste*. La veille, il avait pu envoyer le dernier versement à Sort et, par la même occasion, il avait écrit au père Lasse de venir à la capitale – le jour se levait pour lui !

Marie vint apporter le café.

– Bonjour ! cria-t-elle gaiement, par l'entrebâillement de la porte. Regarde comme le temps est beau, Pelle !

Elle n'avait pas fini de s'habiller et ne se montrait pas. Les garçons jetèrent à Pelle un bonjour en passant : ils couraient à leur travail. Karl portait sous le bras son gilet et son veston : il les enfilait toujours en dégringolant les escaliers.

Lorsqu'enfin il fit jour, Marie vint faire son ménage ; elle bavardait tout en frottant.

– Dis donc, Marie, fit Pelle, tout à coup, il paraît qu'Ellen est venue ici, hier, et qu'elle t'a chargée d'une commission pour moi. Tu l'as donc oubliée ?

Les traits de Marie se firent durs ; elle ne répondit rien.

– Je l'ai rencontrée tout à fait par hasard ; sinon, nous nous serions manqués.

– J'ai dû oublier, c'est probable, dit Marie, l'air maussade.

– Oui, mais ça fait déjà deux fois cette semaine. Tu es distraite comme une amoureuse ! ajouta-t-il, en riant. Marie lui tournait le dos.

– Je n'ai pas affaire à elle, je ne lui dois rien ! s'exclama-t-elle tout à coup, rageusement. Et je ne veux plus faire ton ménage ; tu n'as qu'à le lui faire faire, à cette…

Ramassant seau et brosse, elle courut chez elle. Un peu plus tard, il entendit sa voix. Tout d'abord, il crut qu'elle fredonnait ; puis il comprit qu'elle sanglotait. Il accourut. Couchée sur son lit, elle pleurait et mordait son oreiller. De ses mains gercées, elle repoussa Pelle. Son corps maigre brûlait de fièvre.

– Mais tu es malade, ma petite Marie ! dit Pelle, anxieux, en lui posant la main sur le front. Tu devrais te coucher et prendre quelque chose pour transpirer. Je vais te faire chauffer de l'eau.

Elle était malade, en effet. Ses yeux étaient secs et brûlants, ses mains moites. Mais elle ne voulut rien entendre.

– Va-t'en ! cria-t-elle, furieuse, et occupe-toi de tes affaires ! Fiche-moi la paix !

Elle lui tournait le dos et secouait les épaules comme pour l'écarter :

– Va-t'en caresser Ellen, ça vaudra mieux ! s'écria-t-elle tout à coup, avec un rire mauvais.

– Mais pourquoi es-tu comme ça, Marie ? demanda Pelle, attristé. Tu es vraiment méchante.

Elle s'enfonça la figure dans les draps sans vouloir le

regarder, ni répondre. Alors, il retourna à son travail. Peu après, elle revint et se remit à frotter en silence. Elle bousculait tout. Elle fit tomber une chaussure qu'il avait mise à sécher près du poêle. Elle le regarda de côté, avec un malin plaisir. Puis ce fut une tasse de colle qui tomba et se cassa. « Elle le fait exprès », pensa-t-il, peiné, et il ramassa la colle dans une boîte vide. Elle le regardait, une lueur mauvaise dans les yeux. Affectant de ne rien voir, il se remit au travail. Soudain, il sentit ses bras minces autour de son cou.

– Allons, allons ! Il n'y a pas de mal, tant pis pour cette méchante tasse, dit-il, pour la consoler, en lui caressant la tête. Et puis, ce n'était pas ta faute !

Alors, elle se laissa aller tout à fait. On aurait dit que les pleurs allaient ruiner son corps desséché.

– Si, je l'ai fait exprès, hurla-t-elle, et la chaussure aussi, je l'ai fait tomber exprès. Et j'ai fait exprès d'oublier de te faire la commission d'Ellen. Et je pourrais bien te jouer encore de méchants tours ! Je suis méchante, méchante ! Pourquoi n'y a-t-il personne pour me donner le fouet ? Si tu voulais seulement te fâcher une bonne fois !

Elle était hors d'elle et ne savait plus ce qu'elle disait.

– Écoute ! Il faut être raisonnable ! dit Pelle, avec fermeté. Ce n'est pas drôle ce que tu fais là. Je m'étais réjoui de travailler à la maison, chez toi, aujourd'hui, et te voilà à faire des crises de nerfs comme les dames de la haute !

D'un effort violent, elle refoula ses larmes et rentra chez elle, en reniflant doucement. Peu après, elle revint avec une tasse fêlée pour la colle et une petite boîte en ferblanc, avec une fente dans le couvercle ; c'était sa tirelire.

– Prends-la ! supplia-t-elle, en lui posant la boîte sur les genoux. Comme ça, tu pourras t'acheter des formes et tu n'auras pas besoin de courir mendier de l'ouvrage chez les petits patrons. Il y a assez de travail pour toi, ici, dans l'Arche.

– Mais, Marie, c'est ton loyer, objecta Pelle, effrayé.

– Et puis après ? J'arriverai bien à mettre l'argent de côté avant la fin du mois.

– Ah ! Ça non !

Pelle sourit, désolé de voir avec quelle légèreté elle donnait cet argent amassé sou à sou chaque mois, au prix de pénibles économies.

– Et qu'est-ce que Karl et Peter diraient s'ils te voyaient gaspiller l'argent comme ça ? Allons, cache-moi cette boîte, et plus vite que ça !

– Ah ! Prends-la donc ! insista-t-elle, en lui tendant la tirelire. Sinon, je la jette par la fenêtre !

Vivement, elle fit tourner l'espagnolette. Pelle se leva.

– C'est vrai, je te dois encore le dernier blanchissage, dit-il, en essayant de mettre une couronne dans la boîte. Tu as bien fait de me le rappeler.

Elle le regarda, pétrifiée, et courut chez elle. De sa voix dure, elle se mit à fredonner, puis elle sortit faire ses commissions, un châle gris sur les épaules et son panier de ménagère au bras. Il suivit son pas menu comme celui d'un enfant, mais sourd comme celui d'un vieillard, jusque sous le porche. Alors, il entra dans le logement des enfants et tira le troisième tiroir de la commode : c'était là qu'elle cachait toujours sa tirelire, enveloppée dans du linge.

Il possédait deux couronnes ; il les mit dans la boîte. C'était comme ça qu'il la payait, d'habitude. Quand elle comptait son argent et en trouvait plus que le compte, elle croyait que c'était le bon Dieu qui avait mis l'argent dans la boîte et elle venait le lui raconter, avec un air de triomphe. L'enfant qu'elle était croyait aveuglément à la chance et la prenait pour un signe de la prédilection divine. Cet argent avait à ses yeux une tout autre valeur que celui qu'elle amassait sou à sou.

Vers midi, elle vint l'inviter à déjeuner.

– C'est du hareng frit, Pelle, dit-elle, pour le décider. Tu ne peux pas refuser ! Quand on est de Bornholm, on ne refuse pas du hareng ! Et puis, comme ça, tu n'auras pas besoin d'allonger cinq sous au charcutier pour sa mauvaise nourriture.

Elle avait acheté une douzaine de harengs et en avait mis six de côté pour ses frères.

– Et après, il y aura du café, ajouta-t-elle.

Elle avait mis le couvert coquettement, avec un linge propre à un bout de la table. Le petit Paul, le gosse de l'ouvrière, vint manger une bouchée avec eux. Puis il retourna jouer dans le couloir ; ce petit espiègle ne pouvait tenir en place un instant, une fois que la mère l'avait lâché, le matin ; il avait tant à rattraper après sa longue réclusion ! Le petit idiot que sa mère était obligée d'attacher au poêle, parce qu'il avait de l'eau dans la tête et voulait se jeter par la fenêtre, était devenu un vrai diablotin. À chaque instant, il passait la tête par la porte de Pelle ; quelquefois, il entrait tout à fait et lui mettait la main sur le genou, en disant :

– Tu es mon papa !

Puis il filait. Marie l'aidait à faire ses besoins – c'était toujours elle qu'il cherchait.

Après la vaisselle, elle vint s'installer chez Pelle avec son raccommodage et se mit à bavarder de tous ses soucis de ménagère.

– Il me faudra bientôt de nouveaux vestons pour les gosses ; c'est terrible comme ils grandissent, à cet âge-là ! Je jette un coup d'œil tous les jours chez les marchands d'habits. Tu auras besoin d'une nouvelle blouse, Pelle, toi aussi : tu en as une qui est presque usée et alors, tu n'auras rien pour te changer. Si tu veux acheter l'étoffe, je te la coudrai ; je sais coudre ! J'ai fait mon beau corsage moi-même. – Hanne m'a aidé. – Pourquoi ne vas-tu plus jamais chez Hanne ?

– Je ne sais pas.

– Hanne est devenue si drôle. Elle ne descend jamais plus danser dans la cour comme elle faisait autrefois. Je regardais par la fenêtre et je descendais. C'était si amusant de jouer avec elle. Nous tournions autour d'elle en chantant : « Demoiselle Hanne, voulons saluer, à demoiselle Hanne, tirons notre révérence, autour d'elle dansons la ronde ». Et alors, on la saluait, on lui faisait la révérence et on tournait. C'était beau, tu sais ! Tu aurais tout de même dû te marier avec Hanne.

– Mais si tu ne peux pas souffrir que j'épouse Ellen, pourquoi Hanne, alors ?

– Ah ! Je ne sais pas, Hanne, elle…

Marie se tut pour écouter ; elle ouvrit la fenêtre.

Tout au fond de l'Arche, une porte claqua et on entendit un murmure prolongé. Ce pouvait être le souffle enroué de la flûte de Vinslev le Fou, ou bien un courant d'air dans les longs couloirs. Pareil à une bribe de mélodie ridicule, le bruit voleta au fond, monta comme la flamme au long des escaliers et déboucha tout en haut, en pleine lumière, toujours rauque, mais comme un soupir d'extase.

– Hanne va avoir un petit ! La Princesse attend un enfant !

Marie dégringola les escaliers, avec la rapidité de l'éclair. Les grandes filles se rassemblaient en poussant de petits cris au milieu de la cour ; de palier en palier, les femmes se renvoyaient la nouvelle. Non pas que l'événement soit en soi extraordinaire mais, cette fois, c'était Hanne elle-même, Hanne la pure, dont personne n'avait jamais osé rien dire ! Même aujourd'hui, c'est à peine si on se hasardait à en parler, tant la stupéfaction était grande. Ils avaient tous, en quelque sorte, vécu avec ses rêves romanesques et, tous, ils avaient avec elle attendu l'aventure merveilleuse. Depuis sa plus tendre enfance, elle était destinée à enfanter l'incroyable et voilà qu'elle allait simplement avoir un gosse. À première vue, c'était comme un prodige, tellement c'était inattendu !

Marie remonta d'un pas traînant, la stupéfaction et l'effroi peints sur son visage. En bas, dans la cour, les petits morveux chantonnaient, en se tenant par la main et en dansant ; c'était si amusant de tourner en rond autour de la bouche d'égout en chantant :

« Plan, plan, rataplan,
« H a n n e va z'avoir un enfant ! »

C'est tout juste s'ils savaient parler. Ce fut *Grete à l'enfant*, la folle, qui ouvrit la fenêtre de son sous-sol, tendit le cou, sa poupée sur le bras, et cria à travers la cour d'une voix stridente :

– La Princesse va avoir un gosse et c'est Pelle le père !

Pelle se pencha sur son travail, sans rien dire. Heureusement, ce n'était pas lui le prince déguisé de cette aventure. Mais il ne discutait pas avec les femmes ! La mère d'Hanne sortit en courant sur le palier.

– C'est un mensonge, cria-t-elle. Il ne faut pas mêler le nom de Pelle à ça ! Tant pis pour le reste !

Au-dessus de sa tête, le cocher des pompes funèbres sortit en titubant.

– Ah ! La Princesse y a passé aussi, gronda-t-il de sa basse joyeuse. Dommage que je sois pas sage-femme – je me suis trompé de bout !

– Fiche le camp et ferme-la, espèce de détrousseur de cadavres, répondit Mme Johnsen, écumant de colère. Il faut toujours que ta langue de poivrot s'en mêle.

À moitié ivre, il se penchait par-dessus la rampe et continuait ses plaisanteries sans se soucier des injures de Mme Johnsen. Mais la petite Marie ouvrit sa fenêtre et vint à la rescousse, et sur le palier d'en face, la mère de Ferdinand apparut :

– Combien de jambons as-tu achetés depuis le mois dernier ? Montre-les un peu pour voir, tes jambons d'ours ! Il tue un ours à chaque cadavre, ce poivrot !

De tous côtés, elles fouaillaient, et, ne pouvant leur tenir tête, il se contenta de faire la grimace en disant :

« Bé-é-h ! » Enfin, sa bourgeoise aux cheveux roux le fit rentrer.

Penché sur son travail, Pelle écoutait en cachette. D'ordinaire, son apparition suffisait à calmer les accès de folie de l'Arche, mais il n'avait aucune envie d'être mêlé à cette affaire. Jamais il ne se serait figuré que la mère d'Hanne pouvait se transformer de la sorte ! Pareille à une furie, rapide comme l'éclair, elle faisait face de tous côtés, épiant chaque parole et prête à se déchaîner ! Ah ! Elle défendait son enfant, maintenant que c'était trop tard ! Elle ressemblait à une chatte enragée.

«… Le plus jeune des trois comtes… », chantaient les enfants dans la cour. C'était la chanson d'Hanne. Mme Johnsen avait l'air de se jeter sur eux. Tout à coup, elle se cacha la tête dans son tablier et rentra chez elle en sanglotant.

XII

Dès l'aube grise, le bourdonnement de l'Arche changea de ton : l'insouciance fit place à la voix rauque de l'ardeur. Dans les longs couloirs sombres, on entendait brosser et frotter. Les paliers et les vieux escaliers pourris étaient lavés à grande eau. « Gare à l'eau ! » criait-on, ici ou là, et on n'avait qu'à se sauver. Toute la matinée, l'eau dégringola de palier en palier, comme sur la roue d'un moulin. L'Arche frissonnait de propreté et le vieux nid avait l'air de ne pas se reconnaître. Par-ci par-là, une paire de rideaux ou un meuble avait disparu de derrière les fenêtres pour aller chez le prêteur sur gages en l'honneur de cette journée. Ce qui manquait se lisait sur le visage des locataires, changé en attente heureuse de la fête.

Devant les boutiques du quartier, de petits sapins se dressaient, et sur la place du Marché il y en avait toute une forêt, le long du mur de la Maison de Correction. Dans les vitrines étaient suspendus des cœurs, des cornets de papier, des bougies de couleur, et l'épicier du coin avait à son étalage un énorme père Noël en tricot gris et rouge, avec une fourrure de chat en guise de barbe.

En bas de l'escalier de l'Arche, les gosses étaient en train de frotter les couteaux et les fourchettes avec du sable, sur les marches. « Ah ! » criaient-ils, en se frottant l'estomac, chaque fois qu'une odeur de rôti se répandait dans la cour. À chaque instant, on les envoyait chercher un sou de ceci ou deux sous de cela. Les promesses de la veille de Noël n'avaient pas de limites. « Nous aurons de vraies betteraves rouges », chantonnait une petite fille dans un coin, «de vraies betteraves rouges, tra-la-la!» Et elle balançait son petit corps, tout en récurant.

– Frederik! cria une voix aiguë, du fond d'un des couloirs. Dépêche-toi de courir chercher vingt bûchettes et un pain bis. Mais fais attention que l'épicier ne te vole pas sur la quantité. Et ne grignote pas le croûton du pain!

Mme Olsen, bien au chaud derrière ses murs, faisait cuire un rôti de porc. Comme elle ne pouvait traîner son fourneau jusque sur le palier, elle laissa brûler son rôti et toute la cour fut remplie de fumée bleue.

– Madame Olsen, votre rôti de porc est en train de brûler! crièrent vingt femmes à la fois.

– C'est parce que la cocotte est trop petite, répondit Mme Olsen, en passant sa tête rubiconde à travers les barreaux. Dans quoi voulez-vous qu'une pauvre femme comme moi fasse cuire son rôti, quand la cocotte est trop petite?

Or, la cocotte de Mme Olsen était la plus grande de l'Arche.

Peu avant la tombée de la nuit, Pelle rentra de l'atelier. Il regardait les rues et les gens avec des yeux qui jetaient partout leur lumière: c'était la joie de Noël qu'il avait dans le cœur. Pourquoi? Il ne pouvait s'empêcher de se le demander, car il n'attendait rien de particulier. Il lui faudrait travailler aujourd'hui plus tard que d'ordinaire, et il ne pourrait même pas passer la soirée avec Ellen qui était retenue à la cuisine pour préparer le repas des autres. Alors, pourquoi ce sentiment d'allégresse? Ce n'était pas à cause de ses souvenirs. Aussi loin qu'il se rappelle, il n'avait jamais eu de Noël heureux. Il avait dû se contenter des récits qu'on en faisait. Tous les pauvres qu'il rencontrait éprouvaient la même allégresse. La dureté et les soucis s'étaient effacés de leurs visages. Ils souriaient vaguement. On ne sentait plus l'oppression qui, d'ordinaire, pesait sur la classe ouvrière, comme une menace d'orage. Ils n'auraient pas eu l'air plus heureux si toutes leurs claires espérances s'étaient enfin réalisées… Une femme passa, une couverture dans les bras. En franchissant la porte du prêteur à gages, elle avait l'air si satisfait ! Étaient-ils donc contents parce qu'ils s'offraient un peu d'extra, en s'appauvrissant encore davantage ? Non ! Ils fêtaient Noël, parce que l'allégresse de Noël était en eux et parce qu'il leur fallait fêter Noël à tout prix.

C'était en cette nuit que le Christ était né ; était-ce pour cela que les gens avaient l'air si heureux et si bons ? Pelle se rappelait encore la plupart des passages de la Bible qu'il avait appris par cœur à l'école. Ils étaient logés quelque part dans son esprit, sans l'encombrer, et, au moment propice, l'un ou l'autre lui revenait et l'aidait à échafauder sa connaissance des hommes. Il se représentait le Christ à sa façon à lui, depuis le jour où, tout enfant, il avait eu une si forte impression en lisant qu'il avait ordonné aux riches de tout vendre et de donner leur argent aux pauvres. Les riches s'en étaient bien gardés, du reste. Ils s'étaient emparés du grand ami des pauvres et l'avaient crucifié. Ce n'avait jamais rien été qu'une promesse de plus faite aux miséreux. Mais c'était peut-être cette promesse qu'ils continuaient à fêter aujourd'hui, deux mille ans plus tard. Tout comme les vierges sages de l'Écriture, ils avaient dû se taire longtemps et se tenir prêts et, maintenant enfin, les choses allaient s'accomplir. Maintenant enfin, le grand Évangile commençait à parler aux pauvres ; il y avait donc de bonnes raisons à leur joie de ce jour-là. Mais pourquoi ne rassemblait-on pas les masses pour leur expliquer l'Évangile, la nuit de Noël ? Alors, tous comprendraient le sens du mouvement ouvrier et y adhéreraient ! De nouvelles idées fécondes tourbillonnaient dans la tête de Pelle. Auparavant, il n'avait pas su que l'œuvre à laquelle il travaillait était si grande. Il se sentit au service de la cause la plus haute.

Sur la place, il s'arrêta pour regarder les arbres de Noël, ce qui le fit songer aux pâturages et aux petits sapins de son pays. Il eut envie d'en acheter un, pour faire une surprise aux enfants. Ils avaient passé les derniers jours à découper des guirlandes de papier, et Karl avait assemblé quatre branches de sapin, en guise d'arbre de Noël. Chez l'épicier, il acheta des friandises et des bougies pour l'arbre. L'épicier marchait d'un pas léger, en ce jour de fête, et servait les gosses avec des courbettes. Il donnait à crédit et oubliait de dire comme d'habitude : « Rappelle-toi que vous me devez déjà deux poignées de thé et un quart de livre de café ». Mais il n'oubliait toutefois pas de voler sur le poids.

Les manches retroussées, Marie était très occupée : dès qu'elle vit l'arbre, elle lâcha tout et accourut.

– Mais il ne pourra pas tenir ici, Pelle ! cria-t-elle, en mettant le sapin debout. Il va falloir le raccourcir ! Pense donc, il va falloir le raccourcir ! Ah ! Comme il est beau ! Mais rogne-le au pied, au pied ! À la maison, nous avions aussi un arbre de Noël. Père allait lui-même le chercher dans les rochers et nous allions avec lui. Mais celui-ci est bien plus beau.

Puis elle courut dans le couloir annoncer la nouvelle ; mais, se rappelant que ses frères n'étaient pas encore rentrés, elle revint vers Pelle.

Il se remit au travail ; de temps à autre, il levait la tête et regardait au dehors. La couturière, qui venait d'emménager en face, dans l'ancienne chambre du Soiffard, faisait bourdonner sa machine et lançait à Pelle de longs regards, par-dessus son ouvrage. Elle était seule, sans doute, et peut-être ne savait-elle pas où passer la soirée. La vieille Frandsen sortit sur le palier et descendit l'échelle de meunier, en clopinant dans ses savates ; la corde glissait dans ses mains tremblantes. Un petit panier sur le bras et le porte-monnaie à la main, elle aussi paraissait abandonnée. La pauvre vieille ! Il y avait trois mois qu'elle n'avait vu son fils. Mme Olsen la héla pour l'inviter, mais la vieille fit non de la tête. En rentrant de commissions, elle vint dire bonjour à Pelle :

– Il vient ce soir, chuchota-t-elle, l'air ravi. J'ai acheté de l'eau-de-vie et du bœuf haché, car je suis sûre qu'il vient ce soir.

– Faut pas vous faire des illusions, madame Frandsen, dit Pelle, il n'osera plus s'aventurer jusqu'ici. Venez donc fêter Noël avec nous !

Elle fit un signe de tête plein de confiance.

– Il viendra, tu sais. La veille de Noël, il est toujours venu dormir dans le lit de sa mère, depuis qu'il sait marcher, et ça, il ne peut pas s'en passer, si je connais bien mon Ferdinand !

Elle avait déjà préparé son lit sur des chaises, tant elle en était sûre ! La police devait avoir la même idée : on entendait un bruit de bottes dans la cour. C'était le crépuscule, le moment de la journée où on avait le plus de chance de passer inaperçu parmi la foule. Le bruit des bottes fit surgir une tête de femme, au-dessus de la rampe. La femme poussa un cri strident et, en un clin d'œil, tous les paliers furent bondés de femmes et d'enfants. Ils se penchaient par-dessus la rampe, en faisant un vacarme assourdissant ; tout le puits étroit s'emplit d'un bruit intolérable. On aurait dit un ouragan qui passait, balayant une pluie de tuiles. L'agent se jeta sous le porche, tout abasourdi. Une fois là, il reprit ses esprits avant de disparaître. Appuyés sur la rampe, les autres reprenaient haleine, fatigués de cette explosion de cris et jasaient entre eux comme une volée de moineaux qui auraient mis l'épervier en fuite.

– Joyeux Noël ! criait-on, d'étage en étage.

– Merci bien ! À vous de même !

Des enfants criaient :

– Joyeux Noël ! Du lard dans la poêle !

D'autres répondaient :

– Joyeux réveillon ! Un bon morceau de cochon !

Le soir de Noël commençait. Les hommes arrivaient d'un pas lourd et les ouvrières accouraient. De-ci, de-là, dans les longs couloirs, des vagissements les accueillaient et les seins des femmes, gonflés de lait, leur faisaient mal. Les gosses couraient chercher les derniers ingrédients. À l'entrée, ils devaient se faufiler entre deux vagabonds qui grelottaient dans le froid. Ils avaient un air louche.

– Il y a deux types en bas. C'est pas des vrais ! annonça Karl en arrivant. Ils ressemblent à ceux du Casino.

– Cours donc prévenir la vieille Frandsen, dit Pelle.

La vieille répondit seulement :

– Dieu soit loué ! Ils ne l'ont pas encore !

Chez les Olsen, en face, leur fille, Elvira, était venue à la maison ; les stores n'étaient pas baissés, elle se tenait près de la fenêtre, coiffée de son énorme chapeau à fleurs, et se laissait admirer. Marie arriva tout essoufflée.

– As-tu vu comme elle est belle, Pelle ? demanda-t-elle, l'air ravi. Et ce sont des messieurs qui lui donnent tout ça pour rien – tout simplement parce qu'ils la trouvent belle. Mais le soir, elle se met du rouge.

Les enfants allaient et venaient dans le couloir en attendant que Pelle ait fini ; ils ne voulaient pas commencer la fête sans lui. Mais bientôt, son ouvrage fut terminé, il l'enveloppa, enfila un veston et sortit.

Sur le palier, il s'arrêta un instant. Il voyait la lueur de la ville vaciller dans le ciel profond parsemé d'étoiles ; la nuit était d'une beauté solennelle. Au-dessous de lui, l'escalier abandonné gémissait dans le froid ; toutes les portes étaient fermées pour tenir le froid dehors et garder la joie dedans. « *En haut de l'arbre vert* », chantait-on quelque part, et la lumière, filtrant par les fentes, dessinait un quadrillage sur les poutres. Tout à coup, les poutres craquèrent : le cocher des pompes funèbres rentrait en titubant, un jambon sous chaque bras. Puis, tout redevint calme, d'un calme insolite dans l'Arche où sans cesse on entendait des craquements et des plaintes, nuit et jour. Un enfant sortit doucement et chercha des yeux l'étoile de Noël. Chez Mme Frandsen, il y avait de la lumière. Elle avait tendu une étoffe blanche devant la fenêtre, ce soir, et l'avait fixée solidement. La lampe était tout près de ce rideau, pour qu'on puisse remuer dans la pièce sans faire d'ombre.

– Pauvre vieille ! pensa Pelle, tout en courant. Elle aurait pu s'épargner cette peine.

Lorsqu'il eut livré son ouvrage, il prit en courant Holbergsgade, pour souhaiter à Ellen un joyeux Noël.

En rentrant, il trouva chez lui la table dressée pour la fête : côtelettes de porc, riz au lait et de la bière de Noël.

Marie avait les joues rouges ; elle était fière de son ouvrage. Elle encourageait les autres à se servir, sans presque rien manger elle-même.

– Tu devrais faire de la bonne cuisine comme ça tous les jours, la grande ! dit Karl, en mangeant de bon appétit. La cuisinière du roi ne ferait pas mieux !

– Pourquoi ne manges-tu pas ? c'est si bon ! demanda Pelle.

– Ah ! Je ne peux pas, répondit-elle en portant ses mains à ses joues, et ses yeux brillaient en le regardant.

Ils riaient et bavardaient en trinquant avec la bière. Karl sortit les derniers calembours et envoya les refrains à la mode ; il ramassait tout cela en courant à travers la ville. Imperturbable, Peter les regardait à tour de rôle. Il ne riait jamais mais, de temps à autre, il lançait un mot de pince-sans-rire, qui prouvait qu'il s'amusait. Ils regardaient souvent vers la fenêtre de Mme Frandsen. C'était dommage qu'elle ne soit pas des leurs ! Il y avait maintenant chez elle cinq bougies allumées sur un petit sapin dans un pot. Elles scintillaient comme des étoiles lointaines derrière l'étoffe blanche et on entendait sa voix frêle et cassée « Joyeux Noël, bon Noël ! » Pelle ouvrit la fenêtre pour écouter ; cela l'étonnait que la vieille fût si contente.

Tout à coup, un cri d'alarme monta d'en bas.

– Madame Frandsen, il y a de la visite pour vous !

À tous les étages, des portes et des fenêtres s'ouvrirent, des gens se précipitèrent sur les paliers, un morceau de pain ou de gâteau à la main.

– Qui ose troubler la paix de Noël ? dit une voix grave et menaçante.

– Les représentants de la loi ! répondit-on dans la nuit. Que personne ne trouble l'ordre, au nom de la loi !

Du côté de chez Mme Frandsen, on apercevait deux silhouettes qui montaient silencieusement, à quatre pattes. Là-haut, rien ne bougeait. Ils avaient dû perdre la tête.

– Ferdinand ! Ferdinand ! cria éperdument une voix de jeune fille, les voilà ! Gare à toi.

À ce moment même, la porte s'ouvrit et, d'un bond,

Ferdinand sauta sur le palier. Il lança une chaise sur ses poursuivants et, pour les faire tomber, secoua avec rage la corde qui servait de rampe. Puis il s'accrocha à la gouttière et se hissa sur le toit :

– Au revoir, mère, cria-t-il de là-haut. – On entendit ses pas dans l'ombre. – Au revoir, mère, et joyeux Noël !

Son cri monta, rauque, comme le hurlement d'une bête malade, au milieu de la nuit, et on entendit les pas lourds des agents sur les toits. Puis, tout retomba dans le silence.

Les agents revinrent bredouilles.

– Alors, vous l'avez pas eu ? cria de sa fenêtre Olsen, d'un air triomphant.

– Vous croyez qu'on va se casser le cou pour lui ? répondirent les agents en redescendant. Personne pour offrir un coup de bière ?

Comme il n'y eut point de réponse, ils partirent. La vieille Frandsen rentra chez elle et s'enferma. Fatiguée et angoissée, elle avait hâte de se coucher. Mais, l'instant d'après, elle arriva, traînant les pieds dans le long couloir.

– Pelle ! chuchota-t-elle, il est couché là. Pendant qu'ils se démenaient sur les toits, il est entré tout doucement par le grenier et il s'est couché dans mon lit. Mon Dieu, voilà quatre mois qu'il n'a pas couché dans un lit ! Il ronfle déjà.

Elle disparut.

Enfin, c'était un incident désagréable. Personne n'avait envie de se remettre à manger, sauf Karl, et pour Marie, Karl ne comptait pas, car il avait toujours faim. Elle se mit à desservir ; elle bavardait, tout en allant et venant ; elle n'aimait pas voir Pelle aussi grave.

– Et la surprise ! cria-t-elle tout à coup, un rien consternée.

Les frères coururent avec elle dans la chambre. Ils revinrent serrés l'un contre l'autre et Marie les suivait, cachant quelque chose sous son tablier. Les deux garçons se jetèrent sur Pelle et lui bouchèrent les yeux, pendant que Marie lui mettait quelque chose dans la bouche.

– Devine, crièrent-ils, devine !

C'était une pipe de porcelaine blanche, avec un pompon de soie verte et un billet de dix couronnes peint sur le fourneau – le cadeau de Noël qu'Ellen lui adressait. Les enfants y avaient joint un paquet de tabac.

– Comme ça, tu pourras fumer pour de bon, dit Marie, en lui serrant les lèvres autour de la pipe. Tu as déjà tant de sagesse !

Les enfants avaient invité du monde à l'arbre de Noël, la couturière, le vieux garde de nuit, qui habitait tout au fond de l'Arche, l'ouvrière et son petit garçon – en un mot, tous ceux qui étaient seuls pour fêter Noël. Eux-mêmes n'en savaient pas le nombre. Même Hanne et sa mère avaient, elles aussi, été invitées. Mais elles allèrent se coucher de bonne heure ; elles n'avaient pas le cœur à aller en compagnie. Ils arrivaient les uns après les autres, le visage épanoui. Marie souffla la lampe et alla allumer les bougies de l'arbre. Ils l'attendirent en silence. La lueur du poêle dansait capricieusement dans la pièce, éclairant un visage aux yeux fermés et aux traits tendus, pour s'éteindre l'instant d'après en grésillant. Le petit de l'ouvrière était le seul qui parlait, réfugié sur les genoux de Pelle ; il n'avait pas peur de l'obscurité ; dans l'ombre, la voix enfantine était merveilleusement claire.

– Maintenant, Paul va être sage et se taire, dit sa mère.

– Paul n'a pas le droit de parler ? demanda le petit, en cherchant à tâtons le visage de Pelle.

– Mais si, ce soir Paul peut faire tout ce qu'il veut, répondit Pelle.

Le petit continua son bavardage, tout en gigotant dans l'obscurité.

– Maintenant, vous pouvez venir ! cria Marie, en ouvrant toute grande la porte du couloir.

Dans la chambre des enfants, on avait poussé les meubles dans les coins et l'arbre de Noël se dressait au milieu, brillant de lumière. Comme il était beau et grand ! On pouvait écarquiller les yeux : les flammes des bougies s'y reflétaient, comme sur les carreaux, dans la vieille glace encadrée d'acajou et sur les sous-verres – des images d'un sou. On avait l'impression de se promener parmi les myriades d'étoiles, et on oubliait toute sa misère. D'un bond, on quittait tous les soucis et les angoisses pour entrer dans un monde de splendeur ! Tout à coup, une belle voix claire s'éleva, toute tremblante de timidité :

Vous voici de retour, petits anges de Dieu,
Des hautes voûtes du ciel
Vous descendez avec vos habits de lumière,
Dans les sombres vallées de notre terre !
Malgré le gel, vous promettez bon an,
Pour les oiseaux et les semences qui sommeillent.

C'était comme un salut tombé du ciel ; ils fermèrent les yeux et continuèrent leur ronde, la main dans la main. La couturière rougit et s'arrêta court :

– Mais vous me laissez chanter toute seule, vous autres ! s'écria-t-elle.

– Il n'y a qu'à chanter un cantique que nous connaissons tous, dit Pelle.

– *Tout en haut de l'arbre vert !*... proposa Karl.

On le chanta. C'était tout à fait de circonstance : jusqu'au nom de Peter, tout y était ! Et tous ces cadeaux qui marchaient à la queue-leu-leu dans la chanson, c'était si drôle ! On avait pensé à tout le monde ! Ce qu'on disait du porte-monnaie à la fin n'était que trop vrai et on aurait pu en dire bien plus long sur cette chanson. Tout à coup, les garçons commencèrent la ronde. Ils tapaient du pied, comme des soldats, et toute la compagnie tourbillonnait : une vraie danse de sabbat !

Aïe, aïe, aïe
Il a chu, mon homme
Au soir du réveillon.
J'ai pris la trique
L'ai aidé à se relever
Au soir du réveillon.

Comme toute cette lumière chauffait et montait à la tête, il fallait laisser la porte ouverte. Du couloir, les locataires des combles écoutaient en tendant le cou.

– Entrez, crièrent les garçons, il y aura assez de place, en dansant sur deux rangs.

Et l'on se remit à tourner en chantant des cantiques de Noël. Chaque fois qu'on s'arrêtait, il y avait toujours quelqu'un pour proposer un hymne qu'il aurait été dommage d'oublier. Les portes d'en face étaient ouvertes : le vieux chiffonnier, assis au bout de sa table, chantait de son côté. Devant lui, il avait un pain de seigle et une assiette de lard. Entre deux hymnes, il mangeait une bouchée. Par l'autre porte, on voyait trois ouvriers soutiers, en train de jouer aux cartes la bière et l'eau-de-vie. Ils regardaient l'arbre de Noël et chantaient tout en jouant. De temps à autre, ils s'arrêtaient au milieu d'un vers pour crier : « Je prends ! » Enfin, ils jetèrent les cartes sur la table et s'approchèrent :

– Nous ne voulons pas rester à regarder, pendant que les autres triment, dirent-ils, et ils entrèrent dans la ronde.

On se lassa de danser et de chanter et on alla chercher des sièges dans les mansardes voisines. Il fallut se serrer et s'asseoir jusque sous la pente du toit et dans l'embrasure de la fenêtre, histoire de laisser un espace vide autour de l'arbre. Ils bavardaient, tassés et ramassés sur eux-mêmes, les bras ballants entre les genoux, comme s'ils ne pouvaient se reposer autrement ; mais leurs visages restaient joyeux. La fumée bleue des bougies et des branches de sapin qui grésillaient les enveloppait et faisait ressortir leurs visages illuminés. La résine qui brûlait donnait à la fumée un parfum mystique et enivrant, et les figures radieuses ressemblaient à des âmes qui chantent et planent dans les cieux, au-dessus de leur corps exténué ! Pelle les regardait – c'était sa façon à lui de se recueillir – et son cœur en saignait. Ah ! Les pauvres ! Ils étaient venus clopin-clopant, et que voyaient-ils donc, qui puisse les consoler de leur misère ? Rien qu'un peu de lumière ! Et ils avaient l'air de vouloir s'y jeter pour y périr ! Il connaissait leur destin à tous, mieux qu'ils ne le connaissaient eux-mêmes : quand ils approchaient de la lumière, ils se brûlaient toujours comme les moustiques. Ils étaient si désemparés !

– Quelle drôle d'invention, tout de même, quand on y pense ! dit un terrassier, désignant l'arbre de Noël. Mais c'est joli ! Dieu sait ce que ça peut vouloir dire !

– Ça veut dire que maintenant l'année va remonter vers la lumière, dit le vieux garde.

– Non, ça doit représenter la joie des bergers à la naissance de l'Enfant Jésus, dit le chiffonnier, et il s'avança dans l'encadrement de la porte. Les bergers étaient de pauvres gens comme nous, qui vivaient dans l'ombre. Voilà pourquoi ils furent si contents de voir celui qui venait apporter la lumière.

– Hum ! De la lumière, il me semble qu'on n'en a pas eu tant que ça ! Bien sûr, l'arbre de Noël, c'est magnifique ! Il faut dire merci aux enfants. Mais on ne peut pas l'illuminer tous les jours, et le soleil, tu sais bien, les gens riches l'ont confisqué !

– Tu as raison, Jakob, dit Pelle, qui décrochait de l'arbre les cœurs en sucre et les passait aux enfants pour qu'ils les distribuent. Vous avez raison tous les trois. Oui, c'est drôle, mais c'est comme ça. L'arbre de Noël nous rappelle à la fois que le Christ est né et que l'année remonte vers la lumière. C'est la même chose. Et il nous rappelle aussi que nous avons à prendre notre part. Le Christ est né surtout pour rappeler aux pauvres qu'ils ont des droits ! Car le Seigneur n'est pas de ceux qui donnent des avis détaillés pour aller de l'avant. Il fait tourner son soleil autour de la terre tous les jours et puis, que chacun se débrouille pour être au soleil ! Ça me rappelle la femme de l'aubergiste de Bornholm qui disait aux voyageurs : « Qu'est-ce que vous désirez ? Je peux vous servir du canard, du poulet, du rôti de porc, enfin tout ce que vous apportez ! »

– Ça, c'est une explication, dirent-ils en riant. Oui, ce n'est pas bien difficile d'offrir monts et merveilles, quand c'est aux autres de les trouver ! Tu aurais dû te faire pasteur, mon vieux !

– Il ferait mieux l'avocat du diable, fit le vieux chiffonnier ; il n'y a pas beaucoup de religion dans ce qu'il dit là.

– Mais tu viens de dire toi-même que le Christ est venu apporter la lumière aux pauvres, répondit Pelle ; et lui-même a bien expliqué ce qu'il voulait : rendre la vue aux aveugles, l'oreille aux sourds, ressusciter les morts et remettre à leur rang les humbles et les dédaignés. C'est donc bien article de foi.

– Les aveugles verront, les estropiés marcheront, les lépreux seront guéris, les sourds entendront, les morts ressusciteront et l'Évangile sera prêché aux pauvres, corrigea le chiffonnier. Tu défigures l'Écriture, Pelle !

– Je ne crois pas qu'il ait pensé seulement à quelques infirmes : non, il a pensé à nous tous, dans notre misère, et les infirmités dont il parle sont bien les nôtres. C'est ainsi que l'entendait Sort, le prédicateur, qui pourtant était un homme de Dieu. Il attendait toujours le Royaume de Mille Ans des pauvres et il pensait que le Christ était venu sur terre pour préparer cet avènement.

Les femmes l'écoutaient bouche bée. C'est à peine si elles osaient respirer. Le petit Paul s'était endormi sur les genoux de sa mère.

– Tu crois qu'il a pensé à nous, pauvres malheureux, si longtemps à l'avance ? s'exclamèrent les hommes en s'entre-regardant.. Mais alors, pourquoi notre vie n'est-elle pas devenue un peu plus humaine, depuis longtemps déjà ?

– Je ne comprends pas non plus, avoua Pelle, hésitant. Il fallait peut-être trouver nous-mêmes le bon chemin. Ça prend du temps.

– Oui, mais... s'il ne voulait pas nous donner une vie décente, alors... Pour prendre soi-même, on n'a pas besoin du Christ !

C'était une chose que Pelle, là non plus, ne pouvait expliquer, bien qu'elle soit en lui comme une conviction intime. On devait gagner soi-même son bien. C'était si lumineusement clair qu'il ne pouvait comprendre que les autres ne le voient pas. Et il avait beau se creuser la cervelle, il ne pouvait leur expliquer pourquoi c'était une nécessité.

– Je vais vous raconter une histoire, dit-il.

– Mais qu'elle soit passionnante ! s'exclama Karl, qui s'ennuyait. Si seulement Vinslev était là ! Il en connaît, lui, des histoires !

– Tais-toi, galopin, se récria Marie, avec colère. Pelle fait de vrais discours dans de grandes réunions ! ajouta-t-elle solennellement pour les autres, hochant la tête. Comment s'appelle ton histoire ?

– Per le Pleurnichard.

– Bon, s'il y a un Per là-dedans, ça doit être un conte de fées. Et qu'est-ce qu'il se passe ?

– Tu le sauras en écoutant, mon enfant, dit le garde de nuit.

– Oui, mais alors, on ne peut pas s'amuser d'avance en attendant le principal. S'agit-il d'un type qui s'en va chercher au loin ?

– Mon histoire parle… Pelle réfléchit un instant. Elle parle de la naissance du Christ, dit-il vivement, en rougissant de sa propre témérité.

Mais les autres eurent l'air déçus et se mirent à regarder le plancher, comme s'ils étaient à l'église.

Alors, Pelle leur raconta l'histoire de Per le Pleurnichard qui, né dans le chagrin et la misère, était devenu grand et fort, mais que tous traitaient comme un chien. C'était vraiment pitié de penser à ce grand gamin, si peureux qu'il faisait dans sa culotte dès qu'une fille lui envoyait une chiquenaude et qui ne voyait pas d'autre issue que la corde. Quelle honte pour lui de relever de l'assistance, alors qu'il gagnait son pain ! C'était comme si on lui faisait l'aumône de le placer quand, avec sa bonne volonté, il aurait trouvé du travail n'importe où. Et ça devint scandaleux lorsqu'en grandissant, il continua à se laisser exploiter et malmener par tout le monde. Mais enfin, un beau jour, il avait brisé l'envoûtement, il avait battu ses persécuteurs et il était apparu au grand jour comme le plus fort de tous.

Lorsqu'il eut fini, les autres poussèrent un profond soupir. Marie applaudit.

– C'était tout de même un conte de fées ! cria-t-elle.

Karl se jeta sur Peter et se mit à lui flanquer des coups de poing, bien que ce grand gars sérieux soit loin d'être un tyran.

Ils parlaient tous à la fois, chacun avait son mot à dire sur Per le Pleurnichard.

– C'est bien fait, approuvèrent les hommes. Il leur a flanqué une de ces tournées ! En voilà un qui avait de l'estomac ! C'est vrai qu'il avait la force, mais tout de même ! Mais pourquoi, bon Dieu, a-t-il attendu si longtemps ?

– Oui, c'est un peu difficile à comprendre, pour nous qui ne manquons jamais de défendre nos droits, répondit Pelle, en riant.

– Merci, tu te fous de nous ! C'était pas mal trouvé, du reste, s'exclama Jakob le Joyeux. Mais si jamais tu as besoin d'un poing, voici le mien.

Il tapa dans la main de Pelle. Les bougies étaient éteintes, depuis longtemps déjà, et personne n'y prenait garde. Les yeux fixés sur Pelle, ils s'interrogeaient, une lueur hésitante dans le regard. Et, tout à coup, ils l'assaillirent de questions. Ils avaient tant de choses à demander. N'avait-il pas dit que tout un monde de merveilles était à eux ? Ils avaient hâte d'en prendre possession. Même le vieux chiffonnier se laissa entraîner : c'était trop tentant de se laisser griser, même si demain n'était qu'un jour ordinaire ! Fort, au milieu d'eux, Pelle répondait aux questions avec un sourire plein d'assurance. Il savait que tout serait à eux, même si cela n'arrivait pas tout de suite. Il faudrait de la patience et de la persévérance, mais c'était ce qu'ils ne pouvaient pas encore comprendre. C'est seulement quand ils auraient pris possession de toutes les richesses qu'ils sauraient se battre pour elles. Il ne doutait pas. Il réunissait en lui toutes leurs possibilités et prenait appui avec bonheur sur de profondes racines.

XIII

Un bruit caractéristique monta du fond de l'Arche : un pas trébuchant de paysan qui traînait sur le pavé des souliers trop lourds. Le sang de Pelle ne fit qu'un tour, il laissa tomber son ouvrage et, d'un bond, fut sur le palier, sûr que ce n'était qu'un rêve. Mais, tout en bas, le père Lasse en personne regardait les escaliers comme s'il n'en croyait pas ses yeux. Sur le dos, il portait un sac plein de bric-à-brac.

– Hello ! cria Pelle, en descendant les escaliers quatre à quatre. Hello !

– Bonjour, mon gars, dit Lasse d'une voix tremblante d'émotion et, de ses yeux dénués de cils, hésitant, il regardait son fils. Oui, voilà le père Lasse, si tu veux bien de lui ! Mais d'où viens-tu, je croyais que tu tombais du ciel ?

Pelle débarrassa le vieux de son sac.

– Tu n'as qu'à monter, dit-il. Tu peux avoir confiance, l'escalier est plus solide qu'il n'en a l'air.

– Alors, il ressemble à Lasse, répondit le vieux, en montant derrière lui.

Les tirants de ses bottes dépassaient sur les côtés, comme d'habitude. Il était toujours le même. À chaque palier, il s'arrêtait pour faire ses remarques. Pelle dut lui faire signe de se taire.

– Ici, on ne peut pas tout dire, dit-il. Ça peut être pris pour une critique.

– Tiens ? On apprend toute sa vie. Regarde donc, ils font la lessive, là-haut... Pour toute la smala !... Ah ! Oui, c'est vrai, je ne dirai plus rien... Et ils habitent les uns sur les autres, je le savais bien. Mais jamais je me serais figuré qu'ils avaient si peu de place et que les cours étaient suspendues devant la porte de la cuisine, l'une au-dessus de l'autre. C'est comme les oiseaux qui font tout sur la même branche. Et qui sait si tout ça ne flambera pas un jour !... Ah ! C'est ici que tu habites, s'exclama-t-il, déçu, en regardant la mansarde sombre. Je me suis souvent demandé comment tu étais installé. Il y a quelque temps, j'ai rencontré chez nous un homme qui m'a dit que tu faisais déjà parler de toi mais, à voir ton logement, on ne le dirait pas. Tu n'es pas loin du ciel, en tout cas !

Pelle gardait le silence. Il était content de sa piaule et satisfait de l'existence. Mais le père Lasse, qui continuait à espérer pour lui une réussite bourgeoise, se sentait tout défrisé.

– Tu t'es peut-être figuré que j'habitais le palais du roi, dit Pelle, avec une pointe d'amertume.

Pour toute réponse, Lasse le regarda tendrement, en posant ses mains sur les épaules de son fils.

– Comme tu es devenu grand et fort, mon gars, dit-il, plein d'admiration. Et me voilà ! Mais je ne viens pas pour vivre à ta charge. Seulement, après ce qui s'est passé chez les Due, la vie est devenue trop triste, là-bas, et c'est pour ça que je suis parti sans te prévenir. Et puis, j'ai trouvé l'occasion de voyager gratis, sur un caboteur.

– Que s'est-il passé chez les Due ? demanda Pelle. Rien de mal, j'espère.

– Ah ! Tu ne sais pas ? Il a châtié sa femme, quand il a découvert ce qui se passait entre elle et le consul. Il a toujours eu en elle une confiance aveugle, jusqu'au moment où il les a pris en flagrant délit. Alors, il l'a tuée, elle et les enfants qu'ils avaient eus ensemble, et puis il est allé se livrer à la police. Le plus petit, qui était visiblement du consul, il n'y a pas touché. Hélas ! Quel malheur ! Avant d'aller se dénoncer, il est venu chez moi. Probablement qu'il avait besoin de voir, une dernière fois, quelqu'un qui lui voulait du bien. « J'ai étranglé Anna, dit-il, il fallait que ce soit comme ça. Je ne le regrette pas, je ne le regrette pas ! Les enfants qui étaient à moi, j'ai pourvu à leurs besoins ! » Oui, il avait pourvu à leurs besoins, le malheureux ! « Je voulais seulement venir te dire adieu, Lasse. Voilà ma vie gâchée. J'aurais pu être si heureux, je n'en demandais pas trop. Mais Anna, elle, voulait s'élever et voilà que j'ai profité de sa honte sans le savoir. Je ne voulais rien de plus que l'humble bonheur du pauvre, une brave femme et quelques enfants. Et je vais aller au bagne. Je remercie Dieu qu'Anna ne soit plus là pour voir ça. Elle avait des goûts plus délicats que nous, elle n'a pu s'empêcher de me tromper pour arriver à ses fins. » Il était là à parler comme un zombi ; il avait l'air de ne rien sentir. Et je n'osais pas lui laisser voir qu'il me rendait malade. Il valait mieux pour lui que sa conscience dorme. « Tes yeux pleurent, Lasse, dit-il doucement, tu devrais les laver avec quelque chose. On dit que l'urine fait du bien ! » Oui, oh ! Oui, mes yeux pleuraient ! Enfin, il se leva : « Toi non plus, tu n'as plus beaucoup de raisons de vivre, Lasse, dit-il, en me prenant la main : tu te fais vieux ! Mais salue Pelle de ma part ; lui, il arrivera peut-être ! »

L'âme en deuil, Pelle avait écouté le triste récit, mais un frisson le secoua aux derniers mots. Il avait souvent entendu l'écho de cet espoir en son succès à lui, Pelle, et s'en était réjoui. Cela répondait à la conviction qu'il avait en lui. Mais maintenant, cela lui pesait comme un fardeau. C'étaient toujours ceux qui succombaient qui se cramponnaient à son bonheur ; au moment même de sombrer, ils reportaient leurs espoirs sur lui. C'était d'une bien triste manière que le bonheur lui était prédit : comme elle était lourde cette bénédiction donnée par le condamné à mort, juste au moment de monter sur l'échafaud ! Pelle regardait devant lui, sans donner signe de vie, mais avec une expression angoissée. Son âme frissonnait en pressentant des fardeaux surhumains et, pour lui, l'avenir s'éclaira d'une lumière subite : jamais plus il ne pourrait être question de bonheur pour lui seul. Ce conte de fées était mort ! Il était rivé à tous les autres, il devait rester solidaire de leur malheur ou de leur bonheur. Voilà pourquoi les victimes lui donnaient leur bénédiction !

En lui, il sentait le cheminement pénible de Due, comme si c'était lui qui portait le fardeau ! Et la belle Anna, qui aspirait à s'élever au-dessus des siens, et qui les avait foulés aux pieds ! Jamais plus il ne pourrait oublier cela et redevenir tout à fait heureux, comme avant ! Il avait déjà rencontré beaucoup de misère et il avait appris à en haïr la cause. Mais ici, il ne suffisait pas de haïr : c'était la souffrance elle-même.

– Hélas ! soupira Lasse, heureusement que mon frère Kalle n'a pas vécu assez longtemps pour voir ça. Il se tuait au travail pour ses enfants et, pour sa récompense, il repose maintenant dans la terre des pauvres. Albinus, qui voyage à l'étranger comme acrobate, a été le seul à penser à son père ; mais son argent est arrivé trop tard. Pourtant, il l'avait envoyé par télégraphe. As-tu jamais entendu parler d'un pareil prestidigitateur ? Envoyer de l'argent d'Angleterre à Bornholm par fil télégraphique ! Tu parles d'un acrobate ! Mon frère Kalle savait bien quelques tours de passe-passe, Albinus tient sans doute de lui. Alfred n'a pas donné de ses nouvelles au moment de l'enterrement ; depuis qu'il est devenu un monsieur, il a rompu toute relation avec sa famille. Il a été élu au conseil municipal et c'est un vrai chien policier pour les pauvres. On n'est jamais mieux trahi que par les siens. Mais les gens bien sont très contents de lui.

Pelle percevait les paroles du vieux comme un bruit confus et monotone. Due ! Due ! L'homme le meilleur, le plus brave qu'il ait jamais connu, lui qui avait défendu contre sa propre mère le premier enfant d'Anna, qui l'avait aimé autant que ses propres enfants, simplement parce que le petit être sans défense avait besoin de son amour – il allait maintenant tendre son cou au bourreau ! Il payait bien cher son ambition d'avoir des chevaux et de louer des voitures ! Il avait acheté chevaux et voitures à crédit et c'était lui qui avait tout payé, acomptes et intérêts – le consul s'était seulement porté garant ! Et c'était pour ce mince résultat qu'il suivait maintenant la route de l'ignominie. Ses pas résonnaient dans le cœur de Pelle. Il se demandait comment il supporterait le malheur de Due et regrettait son insouciance d'autrefois.

Lasse continuait son bavardage ; pour lui, c'était le destin, triste et terrible, mais qui ne pouvait être changé. De revoir son fils l'avait remué et il était de bonne humeur ; tout ce qu'il voyait l'amusait. Quelle drôle d'idée d'entasser les gens comme des harengs dans un tonneau ! Et pendant ce temps, là-bas, à Bornholm, il y avait des étendues immenses où personne n'habitait. Il ne se hasardait pas jusqu'à la fenêtre. Pour regarder par-dessus les toits, il se tenait prudemment au milieu de la pièce. C'était drôle, tout de même ! Autant se mettre à compter les épis dans un champ de blé que les maisons qu'on voyait là !

Pelle appela Marie, qui était restée discrètement chez elle.

– Voici ma mère adoptive, dit-il, en la prenant par les épaules, et voici le père Lasse que tu aimes déjà sans le connaître. Voudrais-tu nous acheter de quoi déjeuner ?

Il lui donna de l'argent.

– Comme elle est gentille, dit Lasse, en fouillant dans son sac ; il faut que je lui donne quelque chose !... Voici une pomme rouge, dit-il, lorsqu'elle fut de retour, mange-la et tu deviendras ma bonne amie.

Marie sourit gravement en regardant Pelle. Ils empruntèrent la voiture à bras de la marchande d'habits pour aller chercher les affaires de Lasse, à bord du caboteur. Il avait vendu la plus grande partie de ses biens, pour ne pas voyager dans le vaste monde avec trop de paquets ! Cependant, il avait bien fallu garder un lit, de la literie et quelques babioles encore.

– Et puis j'ai le bonjour pour toi de Sort et de Marie Nielsen, dit-il.

Pelle rougit :

– Je lui dois une lettre, mais je l'avais complètement oubliée. Et je lui avais presque promis mon portrait ! Il faudra que j'y pense.

– Oui, fais-le, dit Lasse. Je ne sais pas ce que vous avez été l'un pour l'autre, mais je sais que c'est une brave femme. Et ceux qui restent seuls souffrent de se sentir oubliés. Rappelle-toi ça.

Dès l'après-midi, Lasse fit un brin de toilette et brossa son couvre-chef.

– Que fais-tu ? demanda Pelle. Tu ne vas pourtant pas sortir tout seul ?

– Je veux seulement faire un petit tour en ville, dit Lasse, comme si c'était tout naturel. Et puis, j'ai l'intention de trouver du travail et peut-être bien que je tâcherai d'apercevoir le roi ! Tu n'as qu'à m'expliquer quelle direction je dois prendre.

– Tu ferais mieux d'attendre que je t'accompagne ; tu vas te perdre.

– Vraiment ? fit Lasse, froissé. Je croyais pourtant t'avoir trouvé tout seul.

– Je vais avec le vieux, dit Marie.

– Oui, viens avec le vieux, comme ça personne ne pourra dire qu'il a perdu sa jeunesse, plaisanta Lasse, en lui donnant la main. Nous allons devenir de grands amis, nous deux, j'en suis sûr.

Ils rentrèrent vers le soir.

– Y' a pas mal de gens ici, dit Lasse, tout essoufflé, mais le travail a l'air d'être plutôt rare. Je me suis renseigné, par-ci par-là, mais personne n'avait besoin de moi. Ça s'arrangera, sinon j'en serai quitte pour mettre une pointe à ma canne et ramasser les papiers dans les rues, comme les autres vieux. Ça, je suis sûr de pouvoir le faire.

– Jamais de la vie, répondit Pelle, avec feu. Je ne veux pas que mon père fasse le chiffonnier !

– Bon, bon ! Il faut bien que je trouve quelque chose, sans ça je m'en retournerai là-bas. Je ne veux pas rester ici les bras croisés, à te regarder trimer.

– Tu pourrais bien te reposer et prendre un peu de bon temps, maintenant que tu es vieux, père. Mais tu verras que tout s'arrangera.

– Me reposer ! Il faudrait peut-être que je reste couché sur le dos, comme un nourrisson qui se laisse gaver ? Je ne crois pas que mon dos supporterait ça !

Ils avaient réussi à caser le lit de Lasse, en glissant le pied sous la pente du toit. Il y avait juste la place. En se couchant, Pelle se retrouvait comme un enfant. Il y avait des années qu'il n'avait pas dormi dans la même chambre que son père. Mais, pendant la nuit, il fit des cauchemars : le sort terrible de Due le poursuivait dans son sommeil. L'ombre de cet homme fort et bon errait dans la grisaille infinie, courbée en deux, les mains liées derrière le dos, une lourde chaîne de fer au cou, les yeux à terre comme s'il cherchait l'abîme. Pelle se réveilla en sentant le père Lasse qui lui caressait le visage à tâtons, comme lorsqu'il était petit.

– Qu'est-ce qu'il y a, mon gars, demanda le vieux avec inquiétude. Tu n'es pas malade, au moins ?

XIV

Lasse n'aimait pas rester à ne rien faire et s'employait à courir çà et là, à la recherche du travail. Lorsqu'il en parlait à Pelle, il faisait contre mauvaise fortune bon cœur et il affectait d'avoir confiance. Mais la grande ville l'avait déjà déçu. Il ne s'y retrouvait pas dans ce chaos et il se sentait trop vieux pour essayer de comprendre ; d'ailleurs, il n'y avait peut-être rien à comprendre ! On aurait dit que chacun courait après son ombre, sans se soucier des autres. On ne saluait même pas les gens qu'on rencontrait dans la rue ; Lasse n'y comprenait rien. « J'aurais dû rester au pays », se disait-il souvent.

Quant à Pelle, n'est-ce pas, il était tout absorbé par ses affaires à lui ; on ne pouvait d'ailleurs que l'en louer. Il courait les réunions et faisait de la propagande ; il était pressé, il réfléchissait sans cesse et n'avait plus le temps des bavardages innocents d'autrefois. Et puis, il était fiancé et, le temps qu'il ne donnait pas à la cause, c'était la promise qui le prenait. Comme il avait grandi, tout de même, le gars, et comme il avait changé, au physique et au moral ; Lasse avait l'impression de lui arriver à la taille ! Il était devenu terriblement sérieux : c'était tout à fait un homme. On voyait qu'il avait déjà les rênes en mains ; à le voir, on ne l'aurait pas pris pour un simple compagnon cordonnier ; il avait le sens des responsabilités, peut-être même un peu trop !

Marie accompagnait volontiers Lasse un peu partout ; ils étaient devenus une paire d'amis et avaient beaucoup à se raconter. Un jour, elle l'emmena au bureau de placement du journal *Berlingeren*. Autour de la liste des offres d'emploi, il y avait foule : le porche était rempli de gens en quête de travail et on faisait la queue jusqu'en pleine rue.

– Nous n'y arriverons jamais, fit Lasse, découragé.

Mais la petite Marie se fraya un chemin à coups de coudes. Lorsque les gens se fâchaient, elle lançait une injure. Lasse était effaré d'entendre les gros mots de l'enfant, mais cela faisait son effet. Marie lut les offres et Lasse fit ses remarques à haute voix, à propos de chacune.

– Fermier ! Oui, je l'ai été déjà une fois, mais ça n'a pas marché ! Et ça ne te fait pas une recommandation ! Autrement, ce métier-là a toujours été le rêve de ma vie, si j'ose dire. C'est le métier le plus beau que le bon Dieu ait donné aux hommes !

Ceux qui l'entouraient se mirent à rire. Lasse les regarda sans comprendre, puis il rit, lui aussi, en secouant gaiement la tête. Il fallait toujours qu'il soit de la partie !

– Qu'est-ce que tu dis ? Cocher de voiture de maître ! Oui, je saurais bien conduire des chevaux, mais je ne suis pas assez beau pour les bourgeois, j'ai peur d'avoir la goutte au nez !

Il regarda autour de lui avec l'air important d'un enfant qu'on écoute.

– Mais, garçon de courses, ce n'est pas mal ; il faut retenir ça. Ce n'est pas très difficile d'être le chien de tout le monde ! Concierge ? Bon Dieu, oui, il n'y a qu'à s'asseoir et à regarder par la fenêtre d'un air renfrogné. Essayons donc ça.

Ils apprirent les adresses par cœur et se frayèrent un passage à travers la foule.

– Quel drôle de vieux bonhomme ! dirent les gens, amusés, en les regardant s'éloigner.

Lasse était tout gaillard. Ils allèrent d'une adresse à l'autre, mais personne ne voulait de lui. Les gens se contentaient de sourire à ce vieux au dos rond, avec ses gros godillots.

– Ils se moquent de moi, remarqua Lasse, découragé. Peut-être parce que j'ai l'air un peu paysan, mais ça passera.

– C'est plutôt parce que tu as l'air si vieux et que tu veux travailler, dit Marie.

– Tu crois que c'est pour ça ? Je viens pourtant seulement d'avoir mes soixante-dix, et du côté paternel comme du côté maternel, nous sommes toujours allés jusqu'à quatre-vingt-dix. Tiens, si j'avais l'occasion de mettre la main à l'ouvrage, ils verraient que le vieux Lasse vaut encore quelque chose ! Et plus d'un jeune gaillard en tomberait assis d'étonnement. Mais qu'est-ce que c'est que ce troupeau de gens qui ont l'air si triste et les mains dans les poches ?

– Ce sont les chômeurs. Le travail manque déjà et ils disent que ça sera encore pire.

– Et tous ceux-là qui se battaient autour des offres d'emploi, c'était aussi des chômeurs ?

Marie fit un signe affirmatif.

– Mais alors, c'est pire ici qu'au pays. Là-bas, du moins, on pouvait toujours casser de la pierre, si on n'avait rien d'autre. Et moi qui croyais que les temps prospères allaient commencer par ici.

– Pelle dit qu'ils viendront certainement, répondit Marie, pleine de confiance.

– Oui, Pelle, il peut dire : il est jeune et fort et il a le temps devant lui.

Lasse était de mauvaise humeur ; il ne trouvait plus rien à son goût. Pour l'égayer, Marie l'emmena voir la relève de la garde. Cela le ragaillardit un peu.

– Ce sont tout de même de beaux gars, dit-il. Regarde comme ils se redressent ; ils sont bien mis, mais ils le savent aussi. Oui ! Moi, je n'ai jamais pu être soldat du roi. Je me suis présenté pour m'engager, parce que j'étais jeune et que j'avais du courage. J'étais un gars solide dans ce temps-là ! Mais ils n'ont pas voulu de moi. Mon corps ne faisait pas l'affaire. C'est que j'avais travaillé dur, étant enfant ! Ils se sont mis dans la tête qu'il faut être fait de telle et telle façon – pour plaire aux belles dames, sans doute. J'aurais pu défendre mon pays tout aussi bien qu'un autre !

Près du canal de la Bourse, on avait enlevé des pavés. Une équipe de terrassiers était en train de mettre à nu des tuyaux. Vivement intéressé, Lasse se dépêcha d'aller voir.

– Voilà quelque chose pour moi, dit-il.

Et il se mit à songer, en les regardant travailler. Chaque fois que les ouvriers balançaient leur pioche, il imitait leur geste de la tête. Il s'approchait pas à pas.

– Dis donc, fit-il, en s'adressant à un des ouvriers qui soufflait, est-ce qu'on peut s'embaucher ?

L'homme le dévisagea longuement.

– S'embaucher ? répondit-il enfin, s'adressant plutôt à ses camarades qu'à Lasse. Ah ! ça ferait bien ton affaire, hein ? Vous voilà bien, vous autres provinciaux qui accourez de Fionie et de Middelfart pour nous prendre notre pain à nous, qui sommes nés ici. Fous le camp chez toi, espèce de Jutlandais !

En riant, il leva sa pioche au-dessus de sa tête. Lasse recula lentement.

– Il devient fou, par ma foi, dit-il à Marie, d'un air triste.

Tous les soirs, Pelle allait à ses affaires – Dieu savait quoi. Il était très occupé et, malgré tous ses efforts, ça n'allait pas mieux. Ça n'était pas si facile d'endiguer la misère !

– Mais fais ce que tu as à faire, disait Lasse, je reste ici à bavarder un peu avec les enfants, et puis j'irai me coucher. Je ne sais pas ce que c'est, mais mon corps se plaît de plus en plus au lit, bien que je n'aie jamais passé pour fainéant. C'est la tombe qui me fait signe, sans doute. Et puis, je ne supporte pas de chômer, j'en suis malade.

Ce n'était pas dans les habitudes de Lasse de parler de la tombe, mais il avait perdu un peu de sa confiance.

– La ville est si grande et si embrouillée, disait-il aux enfants. On dirait que le peu de vie qui vous reste va vous glisser entre les doigts.

À eux, il confiait plus facilement ses soucis. Pelle était devenu si grand, si sérieux, qu'avec lui il se sentait intimidé. Il n'avait nullement envie de l'ennuyer avec ses petites affaires. Au contraire, avec les enfants, il se sentait au diapason ; ils se débattaient au milieu de futilités semblables et ils pouvaient comprendre tous ses ennuis. Ils lui donnaient de bons conseils pratiques et, en échange, Lasse les faisait profiter de sa sagesse de vieillard.

– Je ne sais pas comment ça se fait, dit-il un jour, mais la grande ville me rend tout bête. Rien que de savoir que personne ne me connaît et ne regarde de quel côté je vais, ça me coupe les jambes. Là-bas, y' avait tout de même, de temps en temps, quelqu'un qui tournait la tête en disant : « Tiens, voilà le vieux Lasse qui s'en va au port casser les pierres. C'est étonnant, comme il tient le coup ! » Y' en avait aussi qui me saluaient et je connaissais bien une personne sur deux. Mais ici, je m'y perds ! Je ne comprends pas comment tu peux arriver à gagner de l'argent, Karl.

– Ça n'est pas bien malin, répondit le gosse. Le matin, à six heures, je vais au marché aux légumes : il y a toujours quelque chose à porter, pour les petits fruitiers qui ne peuvent pas se payer un homme de peine. Une fois le marché fini, je porte des fleurs en ville pour les jardiniers, mais là, c'est peu de chose ; je n'ai que des pourboires. Et puis, je cours partout où je pense qu'il y aura quelque chose à faire ; du côté d'Østerbro et à Frederiksberg. J'ai aussi deux places assurées où je vais une heure, chaque après-midi, pour livrer des marchandises. On trouve toujours quelque chose, si on sait se servir de ses jambes.

– Et tu arrives à gagner pas mal, tous les jours ? demanda Lasse, avec étonnement. Ça m'a tout de même l'air bien précaire. Tu ne peux jamais savoir le matin ce que tu auras gagné le soir ?

– Il est très débrouillard, dit Marie. En temps normal, il se fait régulièrement une couronne par jour.

Que cela procure un salaire régulier, voilà ce que Lasse ne pouvait comprendre.

– Naturellement, il y a des jours où c'est seulement le soir que j'arrive à gagner quelque chose ; mais alors, il faut faire vite. Il y a toujours quelque chose à faire. Il suffit de le trouver.

– Et si j'allais avec toi ? dit Lasse, pensif.

– Tu ne pourrais pas, parce que je cours tout le temps. Tu ferais bien mieux de te cacher un bras.

– Cacher un bras ? demanda Lasse, stupéfait.

– Oui, cacher un bras sous la veste, pour demander l'aumône. Ça ne serait pas bien difficile. Tu as tout à fait l'air d'un invalide.

– Tiens ? J'ai l'air d'un invalide ? dit Lasse, en clignant de l'œil. Je ne m'en serais jamais douté. Mais même si c'était vrai, je ne voudrais pas aller mendier aux portes. Personne ne ferait faire ça au vieux Lasse.

– Eh bien ! Alors, va aux fours à chaux ; ils cherchent des casseurs de pierre en ce moment, fit le gosse, toujours bien renseigné.

– Qu'est-ce que tu dis, s'exclama Lasse, ils ont des pierres par là ? Justement, j'ai apporté mes outils et si j'ai envie de quelque chose sur cette terre, c'est bien de recommencer à cogner sur de la pierre.

XV

Pelle était un homme maintenant : il savait s'occuper de ses affaires et apprécier les choses les unes par rapport aux autres. Il avait surmonté le chagrin qu'il avait eu du sort de Due et, de nouveau, il envisageait l'avenir avec optimisme. Mais le chagrin avait pénétré dans son cœur et y demeurait. Il colorait tout d'une teinte sombre et violente. Sur son front, un nuage menaçant pesait à son insu. Ellen le voyait et ses mains douces s'employaient à le dissiper à force de caresses. Ce front assombri faisait un contraste frappant avec le menton imberbe et les joues roses. Et cela faisait penser à une menace d'orage dans un clair ciel de printemps.

Il commençait à sentir la confiance que les autres avaient en lui, comme une force qui le soutenait. Ce n'était pas seulement ici, dans l'Arche, qu'on l'adorait. Ses camarades l'admiraient. Aussitôt qu'il y avait quelque chose d'important, leurs regards se tournaient vers lui. S'il avait, un peu imprudemment, risqué l'existence du syndicat pour frapper Meyer, il avait déjà tout réparé : le syndicat était plus fort que jamais, et c'était grâce à ses efforts. Il pouvait bien se permettre de redresser la tête et de s'occuper un peu de ses affaires.

Il leur tardait, à lui et à Ellen, de se marier et de s'installer chez eux. Il y avait pas mal d'objections, il s'en rendait bien compte. Pelle était un ouvrier habile, mais il ne gagnait pas assez pour nourrir une famille. D'ailleurs, c'était une vérité bien connue que même un ouvrier habile ne pouvait gagner assez pour nourrir convenablement une femme et des enfants. Les enfants étaient une conséquence inévitable et de plus il prévoyait le jour où le vieux père Lasse ne pourrait plus gagner sa vie. Mais ces choses-là étaient encore du domaine de l'avenir, et, d'autre part, ce n'était pas plus cher de vivre à deux que tout seul, si la femme était économe. Si l'on voulait avoir sa part du bonheur de la vie, il fallait bien fermer les yeux et passer par-dessus tous les obstacles, en se fiant, une fois de plus, à la chance.

– Bientôt, les temps seront meilleurs, disait le maçon Stolpe. Dans la plupart des métiers, les conditions sont encore dures, mais tu vois bien toi-même qu'il va y avoir un grand coup. Alors, nous botterons le derrière au progrès, en le priant de se dépêcher un peu, et la récompense sera là. On doit se marier pendant qu'on est jeune. À quoi ça sert, de languir comme ça ?

Comme toujours, Mme Stolpe était de son avis.

– Nous nous sommes mariés et nous avons goûté la douceur l'un de l'autre, pendant que le sang était encore jeune. Et, comme ça, nous avons des forces pour résister aux mauvais jours, dit-elle, avec un regard naïf vers Pelle.

Il fut donc décidé que le mariage aurait lieu au printemps. Au mois de mars, le fils cadet, Frederik, aurait fini son apprentissage, et on pourrait fêter en même temps le mariage et sa bienvenue dans la corporation. Un petit logement de deux pièces était libre, près du canal, en face de la Maison de Correction ; ils le louèrent. Stolpe aurait préféré voir les gosses s'établir dans le quartier de Nørrebro, « parmi les gens sérieux ». Mais Pelle s'était habitué à son quartier ; de plus, il avait là une partie de sa clientèle et il était bon de la garder pour les mauvais jours. Et puis, il y avait les canaux ! Pour Pelle, c'était une échappée, une impression de liberté, tandis qu'entre les hauts murs de brique de Nørrebro, il se sentait toujours oppressé. Ellen le laissa décider : ça lui était égal d'habiter ici ou là. Avec lui, elle était prête à aller au bout du monde.

Elle avait fait quelques économies dans sa place ; Pelle aussi avait mis de l'argent de côté ; il redoubla d'ardeur au travail et rogna encore sur les dépenses. Quand Ellen était libre, ils faisaient le tour des magasins pour monter leur ménage. Ils achetèrent bien des choses d'occasion, parce que c'était moins cher, mais pas la chambre à coucher. Là, tout devait être flambant neuf. Ce fut une période heureuse où chaque instant était plein à craquer et ne laissait aucune place aux soucis ni à l'inquiétude. Souvent, Ellen arrivait au milieu de son travail ; elle l'emmenait voir telle ou telle chose qu'on pouvait trouver pour presque rien, tout de suite, si on ne laissait pas échapper l'occasion. Ses dimanches de sortie, ils arrangeaient leur petit logement, puis ils se rendaient, bras dessus bras dessous, par la ville, jusque chez les vieux.

Pelle s'était tant occupé des autres et si peu de lui-même que c'était bon, pour une fois, de se reposer en pensant un peu à soi. Le vacarme du dehors passa au second plan. C'était tout juste s'il le percevait en bâtissant son nid. Il ne pensait pas plus aux questions sociales que les oiseaux au printemps.

Un jour, Pelle porta ses affaires dans le nouveau logement, et coucha pour la dernière fois dans l'Arche. Ici, on ne bâtissait pas d'avenir. Seuls les vaincus de la vie cherchaient dans ces murs un abri durable. Pelle devait aller plus loin. Pourtant, des loques de toute cette misère montait une voix qu'on n'entendait nulle part ailleurs, un gazouillis insouciant, un jacassement pareil à celui des pauvres oiseaux qui lissent leurs plumes dans le moindre rayon de soleil. C'est avec mélancolie qu'il se remémorait le temps passé ici. La nuit qui précéda la noce, il dormit d'un sommeil agité ; une inquiétude le poursuivait. Se réveillant enfin, il perçut, à de longs intervalles, une plainte étouffée, comme si l'Arche elle-même gémissait, en proie à de mauvais rêves. Il finit par se lever, alluma la lampe et se mit à cirer ses souliers de marié, qui étaient encore sur les formes pour garder leur cachet de neuf. Lasse dormait encore, et, dans le long couloir, tout n'était que sommeil.

Le bruit revint, plus fort et plus prolongé. Il rappelait en quelque chose la Ferme de pierre et faisait revivre les terreurs de son enfance. Penché sur son travail, il se sentait couvert de sueur. Tout à coup, il entendit des pas furtifs dans le couloir. Quelqu'un tâtonnait à sa porte. Il courut ouvrir ; il frissonnait d'anxiété. De l'autre côté de la porte, il trouva la mère d'Hanne, tremblant dans le froid de l'aube.

– Pelle, chuchota-t-elle avec angoisse. Ça y est ! Est-ce que tu pourrais aller chercher Mme Blom, dans Torvegade ? Je n'ose pas quitter Hanne. Et puis, je te transmets aussi tous ses vœux de bonheur.

Il n'aimait pas beaucoup cette mission ; cependant il y courut. Puis il épia les bruits venant d'en face, en travaillant aussi silencieusement que possible pour ne pas réveiller le père Lasse. Arriva l'heure où les enfants devaient se lever. Pour la dernière fois, il frappa contre la cloison et entendit la réponse de Marie, encore mal éveillée :

– Oui !

Du coup, le calme de la nuit fut rompu ; les locataires sortirent de leurs trous, courant pieds nus jusqu'à la fontaine et faisant claquer les portes.

– C'est la Princesse qui se plaint ! répétait-on. Elle pleure parce qu'elle a perdu ce qu'on ne retrouve jamais.

Enfin, cela explosa en un cri plus perçant que les autres et le silence se fit de l'autre côté de la cour. Pauvre Hanne ! Voilà qu'elle avait une bouche à nourrir, et le père, où était-il ? Elle allait avoir du mal, maintenant !

Bien que la noce ait lieu l'après-midi, Lasse n'alla pas travailler ce jour-là. Il était d'humeur solennelle : il employa toute la matinée à empêcher que Pelle mette des objets en croix ou fasse rien de semblable, ce qui faisait rire Pelle à chaque fois.

– Oui, tu ris, toi, disait Lasse. Mais ce jour-ci est un jour important, peut-être le jour le plus important de la vie. Alors, il faut bien faire attention à ce que tout ne soit pas gâché pour un rien !

Il cherchait des présages de tous côtés. Il était très content quand le soleil se levait dans une buée humide et se dégageait du brouillard peu à peu, en montant. Cela ne valait jamais rien, quand la journée commençait trop belle !

Marie regardait Pelle avec une expression de chagrin contenu – comme une mère qui envoie son enfant dans le monde et s'efforce d'avoir l'air gai, pensa-t-il. Oui, sous bien des rapports, elle s'était occupée de lui comme une mère, tout enfant qu'elle ait été. Ils l'avaient recueilli dans leur nid pareil à un oisillon abandonné et, avec étonnement, ils l'avaient vu grandir et les dépasser. En cachette, il les avait aidés tant qu'il avait pu, mais qu'était-ce auprès de l'encouragement donné par les trois orphelins, qui prenaient les choses comme elles étaient et bâtissaient eux-mêmes, à partir de rien, toute leur existence ? Qui allait maintenant les aider à surmonter les difficultés, sans qu'ils voient la main secourable ? Il se promit de ne pas les perdre de vue. Les joues de Marie étaient brûlantes et ses yeux brillaient, quand Pelle prit sa main rude pour la remercier de ce qu'elle avait fait pour lui. Un travail sourd s'accomplissait dans sa poitrine étroite ; elle était entourée d'un reflet de beauté cachée. C'était Pelle qui avait fait monter le sang à ses joues pâles. Quand il parlait de l'avenir, elle s'empourprait et gardait chaque fois un peu de sa rougeur passagère. On aurait dit que la sève montait en elle devant la bonté saine de Pelle et, maintenant, elle cherchait à faire éclater son enveloppe et à lui montrer ce qu'elle était capable de faire, mais elle n'y parvenait pas. Brusquement, elle se jeta à son cou.

– Pelle, Pelle, dit-elle, en cachant sa tête contre sa poitrine.

Puis elle courut à sa chambre.

Lasse et Pelle portèrent les dernières affaires dans le nouveau logement et les mirent en place, puis ils endossèrent leurs vêtements de fête et se rendirent chez les Stolpe. Pour la première fois de sa vie, Pelle portait un chapeau haut de forme ; il avait l'air imposant.

– Tu ressembles à un bourgeois, s'exclama Lasse, qui ne se lassait pas de l'admirer. Mais que crois-tu qu'ils diront du vieux Lasse ? Ce sont tout de même presque des gens chic et je ne sais pas faire des manières. Est-ce qu'il ne vaudrait pas mieux que je fasse demi-tour ?

– Ne dis donc pas de bêtises, père, répondit Pelle.

Lasse était très heureux d'assister à la noce, mais il faisait des difficultés. Les dernières années l'avaient rendu timide avec les étrangers ; il aimait à se tenir à l'écart. Ses habits de fête étaient usés. Ce qu'il portait était fait de pièces et de morceaux : la redingote était louée, le faux col appartenait à Peter. Ne se sentant pas à son aise, il avait l'air emprunté d'un premier communiant, gêné dans ses vêtements.

Chez les Stolpe, la maison était sens dessus dessous. Les invités qui allaient à l'église étaient déjà arrivés. Ils sifflotaient dans la salle à manger, jetant des coups d'œil par la fenêtre : ils s'ennuyaient. Le bureau de Stolpe était converti en buffet ; les frères débouchaient les bouteilles de bière et offraient à boire avec beaucoup d'entrain.

– Prenez donc encore un petit gâteau. On a la gorge sèche de rester si longtemps sans rien dire.

Dans le salon, Stolpe marchait en grommelant. Il était en bretelles et attendait son tour pour passer dans la chambre à coucher, où Ellen et la mère étaient enfermées. De temps en temps, la porte s'ouvrait, laissant apparaître le bras nu d'Ellen qui lançait un vêtement au père. Alors, le cœur de Pelle battait fortement. Près de la fenêtre, il y avait le myrte de Mme Stolpe, qu'on avait pillé pour la couronne de mariée. Enfin, Stolpe fut prêt. Il ne restait qu'à lui boutonner son faux col. Pelle s'en chargea. Stolpe prit Lasse par la main et alla chercher *L'Ouvrier*.

– Vous allez entendre ce qu'on dit de votre fils, dit-il, et il se mit à lire : « Notre jeune camarade Pelle se marie aujourd'hui avec la fille d'un des membres les plus anciens et les mieux connus de notre parti, le maçon Stolpe. Le jeune homme, qui a déjà rendu de grands services à notre cause a été, hier soir, à l'unanimité, élu président de son syndicat. Nous adressons au jeune couple nos meilleurs vœux ! » C'est envoyé, hein ?

Stolpe tendit le journal aux invités.

– Oui, c'est très bien, acquiescèrent-ils, en se passant le journal de main en main.

Lasse aussi remua les lèvres, comme s'il lisait l'entrefilet.

– Ils savent rudement bien tourner ça, s'exclama-t-il, ravi.

– Mais qu'est-ce qu'il arrive à Petersen ? Il veut donc se retirer ? demanda Stolpe.

– Il est malade, peut-être, répondit Pelle. D'ailleurs comme je n'y étais pas hier soir, je ne sais rien.

Mme Stolpe entraîna Pelle dans la chambre à coucher, où Ellen était comme une apparition éblouissante de blancheur, la couronne de myrte dans les cheveux et le long voile flottant autour d'elle.

– À vrai dire, vous ne devriez pas vous voir, mais je trouve que ce serait dommage, dit-elle, en les poussant l'un vers l'autre avec un regard plein de tendresse.

Frederik, qui était resté aux aguets à la fenêtre pour les prévenir de l'arrivée des voitures, vint frapper à la porte.

– La voiture est là, mes enfants, cria-t-il, plus fort que de raison. La voiture est là !

Ils franchirent en voiture les quelques pas qui les séparaient de l'église Sankt Hans, et Pelle n'avait pas encore eu le temps de se ressaisir qu'ils étaient de nouveau dans la voiture. Il fallait le pousser pour tout ce qu'il avait à faire ; il ne voyait qu'Ellen. Elle était son soleil, tout le reste lui était indifférent. Devant l'autel, il avait pris sa main et l'avait gardée dans la sienne pendant toute la cérémonie.

Frederik était resté à la maison pour recevoir les livreurs et les gens qui venaient apporter leurs vœux. Lorsqu'ils rentrèrent, il était penché à la fenêtre et jeta des pétards et des crapauds devant les chevaux, en guise de salut aux jeunes époux. On vida un verre de vin pour trinquer avec les nouveaux mariés et on admira les cadeaux. Stolpe regarda sa montre : on était en avance sur l'horaire !

– Allez faire un petit tour, dit Mme Stolpe, le dîner sera prêt dans deux heures.

Les hommes s'en furent donc au jardin de Ventegodts pour faire une partie de quilles, pendant que les femmes faisaient la cuisine. Pelle aurait préféré rester à la maison avec Ellen, mais il lui fallut aller avec les hommes. Lasse et lui marchaient côte à côte. Lasse ne l'avait pas encore dûment félicité. Il s'était réservé pour le moment où ils se trouveraient en tête à tête.

– Eh bien ! Ma bénédiction et mes vœux, mon gars ! dit-il, en serrant la main de Pelle avec émotion. Te voilà donc un homme avec une responsabilité. Et rappelle-toi que les femmes sont comme les enfants : il ne faut pas trop les consulter sur les choses sérieuses. Il faut dire sans ambages : ça sera comme ça ! C'est ce qui réussit le mieux avec elles. Car, si vous commencez à trop faire attention à leur avis, elles ne savent plus de quel côté se tourner. À part ça, elles sont bonnes et faciles à contenter, si seulement on les traite bien. Quant à moi, j'ai toujours réussi à les gouverner, car elles aiment sentir une main ferme. Tu n'as d'ailleurs qu'à te féliciter de tes beaux-parents. Ce sont de braves gens, même s'ils sont un peu fiers de leur savoir. Et Ellen te sera une femme dévouée, si je connais bien les femmes. Elle s'intéressera à son intérieur et elle saura joindre les deux bouts. Et puis elle est large, heureusement. Vous ne manquerez pas d'enfants !

Dans le jardin de l'auberge, on servit de l'eau-de-vie suédoise et Lasse se dérida. Il essaya de jouer aux quilles pour la première fois de sa vie, et il s'enhardit jusqu'à lancer des plaisanteries.

– Eh bien ! Père, c'est à toi de payer la casse, dit Pelle, au moment de régler les comptes.

Le vieux avait perdu.

– La casse ! Je m'y connais, j'en ai cassé des pierres dans ma jeunesse !

Les autres rirent et Lasse se redressa, sortant tout à fait de sa coquille.

– Ils sont épatants, les gens de Copenhague, murmura-t-il pour Pelle. Ils ont le cœur sur la main et toujours le mot drôle à la bouche.

Le temps avait passé bien vite et déjà la nuit commençait à tomber : il était temps d'aller dîner. À la maison, le couvert était dressé et les autres convives étaient là. Mme Stolpe s'était ennuyée de ne pas voir arriver les promeneurs.

– Faisons semblant de tituber un peu, chuchota Stolpe, dans l'entrée, la bourgeoise va nous attraper.

– Eh bien ! La mère, c'est chaud ? demanda Stolpe, qui entra dans la maison en chancelant.

– Eh ! Ne fais pas l'imbécile, tu sais bien que je te connais ! s'exclama Mme Stolpe, en riant. Non ! Dieu merci ! Mon homme n'est pas de ceux qu'on trouve au bistrot !

Pelle alla aussitôt rejoindre Ellen à la cuisine et il l'emmena avec lui : la main dans la main, ils allèrent voir les cadeaux qui venaient d'arriver. Il y avait une lampe, un plat à gâteaux en métal argenté et des ustensiles de cuisine émaillés. Quelqu'un avait fait cadeau d'un poupon en porcelaine, mais avait oublié de laisser son nom. Ellen l'entraîna dans l'entrée, pour l'embrasser, mais là, ils trouvèrent Morten qui enlevait son pardessus. Ils se sauvèrent du côté de la cuisine, mais là, c'était la cuisinière qui les gênait. Enfin, ils entrèrent dans la chambre à coucher, où il n'y avait personne pour les déranger. Ellen jeta les bras autour du cou de Pelle et le regarda, ivre de bonheur. Et Pelle pressa son corps aimé et souple de jeune fille contre lui, la regardant dans les yeux. Les yeux d'Ellen étaient sombres et chatoyants comme du velours : ils absorbaient la lumière des yeux de Pelle. Le cœur de Pelle débordait, il se sentait infiniment heureux, plus riche que quiconque, avec ce trésor qu'il tenait dans ses bras. Dans son for intérieur, il se promit de la choyer et de la protéger, et de n'avoir pas d'autre pensée que de la rendre heureuse. Venant des autres pièces, on entendait le piétinement de gens qui s'impatientaient :

– Les mariés ! Les mariés ! criait-on.

Ils s'empressèrent de rentrer, chacun par une porte. Tous s'étaient déjà rangés autour de la table, les attendant pour s'asseoir.

– Pas difficile de voir ce que vous faisiez ensemble !

s'exclama Stolpe, railleur. Il n'y a qu'à regarder les yeux de la petite. De vrais charbons ardents !

Otto Stolpe, le couvreur en ardoises, faisait l'échanson et commença le repas en offrant l'eau-de-vie.

– Un petit verre, dit-il à chacun, il faut voir si la gouttière est en pente. Sinon, elle se bouche facilement !

– Eh bien ! La compagnie, vous ne boudez pas à l'ouvrage, j'espère ? demanda du haut de la table Stolpe, qui était en train de découper le rôti. Posez solidement les fondations.

Il avait les mariés à sa droite et Frederik, le compagnon maçon frais émoulu, à sa gauche. Devant lui, sur la table, trônait un grand pot neuf avec une anse et un couvercle de bois blanc. Les invités le regardaient en riant.

– Qu'est-ce que vous regardez ? demanda-t-il sérieusement. Si quelqu'un a quelque chose à dire, qu'il le dise carrément !

– Ah ! C'est la terrine, là, répondit son frère, le charpentier pince-sans-rire. Ma femme voudrait bien s'en servir, à ce qu'elle dit.

Sa femme se leva, tout effrayée, et lui donna des coups dans le dos.

– Espèce de brute ! dit-elle en riant, un peu confuse. Ces hommes, ils veulent toujours se payer notre tête.

Puis on se remit à travailler de la mâchoire. De temps en temps, venait une réflexion gaie :

– Y en a qui se reposent pendant que les autres travaillent, dit le Saltimbanque, qui était du même chantier qu'Otto. Il voulait dire qu'il n'avait plus de viande.

– Passe-lui donc la bidoche, la mère ! dit Stolpe.

Une fois la faim calmée, l'hilarité devint générale. Le cadeau de Morten était un gâteau de macarons. C'était un véritable chef-d'œuvre en forme de pyramide ; à la cime s'enlaçait un jeune couple en sucre et, derrière eux, le soleil se levait sur un chromo. Sur les marches de la pyramide, des silhouettes tendaient les bras vers le sommet.

On offrit du vin avec le gâteau et Morten porta un petit toast à Pelle, parlant de la fidélité envers la nouvelle camarade qu'il s'était choisie. En apparence, le discours n'avait trait qu'à Ellen, mais Pelle comprit qu'il avait un sens plus profond, car les paroles de Morten avaient toujours plus de profondeur qu'il n'imaginait.

– Je te remercie, dit-il tout ému, en trinquant avec lui.

Puis Stolpe fit aux jeunes mariés un discours d'exhortation, plein de bons mots, qui fut accueilli avec enthousiasme.

– Oui, oui ! Père sait bien faire un discours. Quand ça n'a pas d'importance, il sait parler ! dit Mme Stolpe.

– Qu'est-ce que tu chantes là ? demanda Stolpe, stupéfait. – Il n'était pas habitué à la critique venant de ce côté. – Entendez-vous, jusqu'à votre femme qui démolit votre échafaudage !

– Oui, reprit-elle, en le dévisageant hardiment, le visage échauffé par le vin. Y a-t-il par hasard quelqu'un qui soit mieux placé dans le mouvement que le père ? Il était le premier et il a toujours été le plus énergique. Il a travaillé davantage que la plupart des autres. Il aurait pu être un des premiers aujourd'hui encore, un de ceux qui donnent le ton, sans ce maudit hoquet ! Il est habile et il est respecté de ses camarades, mais à quoi ça sert, quand on a le hoquet ? Chaque fois qu'il escalade une tribune, le hoquet le prend.

– Ce n'est pourtant pas le hoquet de l'eau-de-vie ? demanda le Saltimbanque, le petit et trapu Albert Olsen.

– Pour sûr que non, le père n'a jamais fait de propagande pour la bouteille, répondit Mme Stolpe.

– Eh bien ! C'est un beau discours que la mère a fait en mon honneur, dit Stolpe, en riant, et, ma foi, elle n'a pas eu le hoquet. C'est tout de même incroyable de voir qu'il y a des gens qui savent même pas hoqueter !... Mais c'est ton tour, Frederik. Maintenant, te voilà compagnon, et c'est à toi de veiller à ce que le mur soit bien d'aplomb et d'équerre. Nous nous sommes déjà rencontrés sur l'échafaudage, nous ne sommes pas des étrangers l'un pour l'autre. Quelquefois tu as fait le fou, et quelquefois tu as fait l'imbécile, et ton vieux t'a bien flanqué quelques taloches : mais tu étais à l'âge ingrat ! Et quand tu le voulais, ça allait tout seul ! Je dois dire à ton honneur que tu connais ton métier, t'as rien à envier à personne là-dessus. Montre-nous ce que tu peux faire, mon fils ! Tiens ta place dans ton équipe, que les camarades n'aient rien à redire, et paie la tournée quand c'est ton tour !

– Et ne trompe pas le marchand de bière sur le nombre des canettes ! ajouta Albert Olsen. Otto le poussa du coude.

– Non, ça non plus, acquiesça Stolpe, en riant. Et puis, je n'ai plus que deux choses à te dire, ajouta-t-il, d'un ton sérieux. N'aie jamais de fille au pied de l'échafaudage, aux heures de travail. Ça ne fait jamais bien ! Et tiens toujours la camaraderie en honneur ! Rappelle-toi qu'il n'y a pas de nom plus honteux que celui de « jaune » !

– Bravo ! s'exclamèrent-ils d'un bout à l'autre de la table, c'était bien envoyé.

Un sourire gêné sur les lèvres, Frederik écoutait. Il était vêtu d'un costume de maçon tout blanc et, sur son menton rond, il y avait quelques poils noirs qu'il tiraillait à chaque instant. Il attendait avec impatience le moment où le vieux aurait fini, pour pouvoir trinquer avec lui et lui dire enfin « tu ».

– Et maintenant, mon fils, dit Stolpe, en ôtant le couvercle du pot, maintenant tu es le bienvenu dans la corporation. À la tienne !

Avec un petit clignement d'œil, il porta le pot à ses lèvres et but.

– À la tienne ! répondit Frederik, les yeux pétillants, lorsque le père lui tendit le hanap.

Le pot fit le tour de la table. Les femmes poussaient des petits cris avant de boire : il était rempli de bière de Munich et des petites saucisses bavaroises nageaient dans le liquide brunâtre. Tandis que le hanap achevait sa promenade joyeuse autour de la table, Stolpe entonna la chanson des maçons et les autres reprirent en chœur le refrain :

L'homme en casquette, en veste blanche
Il est maçon, tout le monde sait ça !

Passez-lui la chaux et les briques,
Et ces maisons qu'il bâtira!
Les gens s'attroupent dans la rue:
Holà! Holà!
L'échafaudage se balance
Mais ça tiendra!

Dans la rue le maçon perd son assiette:
Il dégringole dans tous les cabarets.
Sa place à lui est par-dessus la ville,
À la hauteur du cinquième palier.
Holà! Holà!
L'échafaudage se balance,
Prends garde à toi!
Les oiseaux s'ébattent sur sa tête:

Car le maçon, que sait-il du vertige?
Pour ce qui est de lui, il ne s'arrête jamais:
Il travaille dur, il monte droit vers le ciel.
Et c'est la loi qui dit: arrête-toi!
Tu n'es pas fou, c'est le Bon Dieu qu'habite là!
Holà! Holà!
Puisqu'il y a une servitude,
Tant pis pour toi!

Si on lui dit: la semaine est faite,
Il prend la mesure, il sait ce qu'il faut.
Le salaire de la semaine en poche,
Il redescend bougrement prudemment:
Voyez tout l'argent qu'il emporte!
Holà! Holà!
L'échafaudage ploie sous la charge,
Mais ça ira!

Le petit couvreur en ardoises s'appuyait des deux bras sur la table et regardait droit devant lui, l'œil un peu trouble. Quand ils eurent fini de chanter, il redressa un peu la tête, le visage écarlate:

– C'est peut-être vrai, ce que dit la chanson. Mais le couvreur, il grimpe tout de même plus haut que le maçon !

– Voyons, camarade ! dit Stolpe avec rondeur, ce soir, ça n'a aucune importance de savoir qui grimpe le plus haut : ce qu'on veut, c'est s'amuser !

– Oui, peut-être bien, répondit Albert Olsen, d'une voix pâteuse, en baissant la tête. Mais c'est tout de même le couvreur qui grimpe le plus haut !

Et il continua à grommeler.

– Laissez-le, chuchota Otto, sans ça, il va voir tout rouge. Allons, ne fais pas la tête, vieux frère ! dit-il à Albert Olsen, en lui tapant sur l'épaule. Il n'y a personne au monde qui puisse te battre dans l'art de dégringoler.

Le Saltimbanque, c'était son sobriquet : au beau milieu de son travail, sur le toit, c'était dans ses habitudes de glisser et de disparaître dans le vide. Il était tombé plusieurs fois de la hauteur d'une maison, sans se faire de mal ; une fois, pourtant, il s'était cassé les deux jambes, et il boitait encore. Pour l'égayer, Otto, qui était de son équipe, se mit à raconter sa dernière chute :

– Nous voilà donc à plat ventre sur le toit, lui et moi, et il faisait un froid de canard. Bien entendu, il avait envoyé promener la corde et, tout à coup, comme nous étions en train de bavarder, le voilà disparu. « Bon Dieu, le Saltimbanque s'est encore envolé », que je crie aux autres, et nous dégringolons les escaliers quatre à quatre. Nous n'avions pas envie de rigoler, vous comprenez, mais il n'y avait pas d'Albert Olsen sur le pavé. « Où diable est-il passé ? » qu'on se dit, en se regardant tout bêtement. Alors, je jette un coup d'œil, par hasard, dans un bistrot en sous-sol, et qui est-ce que j'aperçois assis sous la fenêtre ? Albert Olsen qui, du doigt, nous fait signe de descendre pour boire un coup ! « J'avais tellement soif, dit-il simplement, que je n'avais pas le temps de prendre l'escalier. »

Le Saltimbanque avait retrouvé sa bonne humeur en entendant rire les autres.

– On peut avoir une bière ? demanda-t-il, en se levant pesamment.

On lui donna une bouteille et il alla s'asseoir dans un coin. Stolpe jouait avec le canari : il fallait bien aussi qu'il ait sa part du festin. L'oiseau se percha sur son oreille rouge, picora dans ses cheveux et enfin sautilla le long de son bras jusque sur la table. À chaque instant, Stolpe demandait :

– Qu'est-ce qu'il y a, petit Hans ?

– Pépie ! faisait à chaque fois le canari. Alors, tout le monde s'esclaffait : « Petit Hans a la pépie ».

– Non, ce qu'il est intelligent ! Il nous répond, disaient les femmes.

– Intelligent, non ; malin, voilà ce qu'il est ! Une fois, nous lui avions acheté une femelle : la mère disait que c'était dommage qu'il n'ait pas connu l'amour. Ils se marièrent donc gentiment et la dame pondit deux œufs ; mais lorsqu'elle se mit à les couver, le citoyen Hans fit une drôle de bobine. Il l'appelait, il la priait de venir le rejoindre sur le perchoir. Elle ne voulait pas. Alors, un beau jour qu'elle était allée manger un peu, il sauta dans le nid et fit dégringoler les œufs à travers le grillage. Il était jaloux, le mâtin ! Oui, les bêtes sont bigrement intelligentes. C'est formidable, les tours que peut vous jouer une si petite bête ! Vous allez voir !

Hans, de l'autre côté de la table, était en train de picorer les restes du gâteau. Il s'était installé sur le rebord du plat et basculait la queue en signe de satisfaction, tout en s'empiffrant ; tout à coup, il lâcha quelque chose sur la nappe.

– Eh là ! s'exclama Stolpe, d'un ton d'effroi. Heureusement que c'est pas nous. Vous auriez vu si la mère a du vocabulaire !

Le vieux Lasse se tordait de rire. Jamais de sa vie il ne s'était trouvé parmi des compères si joyeux.

– C'est comme si on était une douzaine de drôles comme mon frère Kalle, chuchota-t-il à Pelle.

Pelle sourit machinalement. Ellen tenait sa main sous la table et jouait avec ses doigts. Une dépêche arriva du syndicat, avec des vœux pour Pelle, ce qui ramena la conversation sur des sujets sérieux. Morten et Stolpe en vinrent à discuter du mouvement ouvrier. Morten était d'avis qu'on ne tenait pas assez compte de l'individu, et qu'on attachait trop d'importance aux masses électorales. Il voulait voir la révolution jaillir des cœurs.

– Non, reprenait Stolpe, nous n'arriverons à rien par cette voie-là. Mais si nous pouvons faire entrer les nôtres dans le Parlement et avoir la majorité, alors, nous pourrons transformer la société selon notre programme. Et c'est un moyen parfaitement légal.

– Oui, mais il s'agit de manger, dit Morten, avec fermeté. Des gens qui ont faim ne vont pas rester là à essayer de faire la majorité car, en attendant que l'herbe pousse, la vache meurt ! Ils devraient se servir eux-mêmes ; s'ils ne le font pas, c'est qu'ils n'ont pas encore le sentiment de leur dignité. Il faut donc éveiller en eux la conscience de leur valeur d'hommes. Si on promulguait une loi défendant au pauvre de respirer, croyez-vous qu'il s'y résignerait ? Il ne pourrait pas. C'est navrant qu'il puisse voir sa nourriture et se résigner à ne pas y toucher. Il y a quelque chose qui ne va pas dans son instinct de survie. Et la société se sert de sa faiblesse contre lui. Qu'est-ce que le pauvre a à voir avec la loi ? Il est mis au ban de la société. Un homme n'a pas le droit de faire crever de faim son cheval ou son chien, mais la société, qui le lui défend, fait crever de faim ses ouvriers, elle. Je crois qu'on le paiera cher, si on continue à prêcher le respect de la loi aux humbles : nous aurons de mauvais matériaux pour la nouvelle société, un jour.

– Possible, mais ce n'est pas par respect pour les lois de la société capitaliste que nous pratiquons l'obéissance, répondit Stolpe, un peu hésitant, c'est par égard pour nous. Que Dieu vienne en aide aux misérables qui se servent eux-mêmes !

– Du moins, ils tiennent la plaie ouverte – tous les autres, qui souffrent de la faim en silence, que font-ils ? Ceux qui se servent eux-mêmes sont trop peu nombreux, alors on a de la place pour eux dans les prisons. Mais si tous ceux qui ont faim passaient le bras par la vitrine des magasins, alors, le problème de la nourriture serait vite réglé : on ne coffre pas la moitié de la nation. Maintenant, la faim est une vertu sociale de plus, qu'on pratique tant parfois qu'on en meurt, au profit de ceux qui entassent. On tape sur l'épaule de ce bon Pauvre parce qu'il respecte les lois : que lui faut-il de plus ?

– Oui, Bon Dieu ! Le monde est à l'envers ! s'exclama Stolpe, et c'est justement pour ça que nous allons... Mais non, vous n'arriverez pas à m'entraîner, mon jeune ami. Vous êtes trop rouge pour moi, je ne marche pas ! J'ai fait partie du mouvement ouvrier depuis le premier jour et personne ne viendra dire que le vieux Stolpe craint pour sa peau ; mais je n'aime pas ces manières-là. Nous avons toujours suivi la même ligne de conduite, et tout ce que nous avons obtenu, c'est à ce titre.

– Oui, c'est vrai, confirma Mme Stolpe. Quand je pense aux premiers temps et que je compare, je ne peux en croire mes yeux. Autrefois, nous ne pouvions fréquenter personne, pas même les gens de notre condition : ils nous faisaient toutes les chicanes possibles et haïssaient le père parce qu'il n'était pas un vaurien comme eux et qu'il savait s'occuper de leurs affaires. Chaque fois que je sortais par ma porte de cuisine, je trouvais un torchon sale sur la poignée. Et ils barbouillaient la porte de saletés. Mais qui c'était, la saleté ? Je n'osais pas le dire au père, car, dans sa fureur, il aurait été capable de retourner toute la maison pour mettre la main sur le coupable, et il avait assez à faire comme ça. Maintenant, c'est : « Tiens, voilà Stolpe, vive Stolpe ! » Il faut le respecter, parce que c'est un vétéran.

– C'est peut-être bien vrai, grommela Albert Olsen, mais c'est tout de même le couvreur qui grimpe le plus haut !

Il était assis, tête baissée, une lueur mauvaise dans les yeux.

– Bien sûr que c'est lui qui grimpe le plus haut, dirent les femmes. Personne ne dit le contraire.

– Laissez-le donc en paix ! fit Stolpe, il a bu un coup de trop.

– Alors, il ferait mieux d'aller faire un tour à l'air, décida Mme Stolpe. Ça vaudrait mieux que de rester ici ronchonner.

Le Saltimbanque se leva avec difficulté.

– Vous avez dit : un tour à l'air, madame ? Eh bien ! S'il y a quelqu'un qui sait marcher en l'air, c'est bien Albert Olsen. Les maçons vantards, qu'est-ce qu'ils savent faire, eux ?

Il restait debout, la tête en avant, et grommelait :

– Eh bien ! On va faire un petit tour à l'air. Vous ne vous paierez pas ma tête !

En titubant, il alla vers la cuisine.

– Qu'est-ce qu'il va faire par là ? demanda Mme Stolpe avec frayeur.

– Bah ! Il veut sans doute descendre dans la cour, pour se vider les tripes, répondit Otto. C'est un as, mais il ne tient pas la boisson.

Pelle dessinait au crayon sur une feuille de papier, pendant que les autres discutaient. Ellen regardait, penchée sur son épaule, et lui soufflait dans l'oreille. Il souriait, heureux, tout en crayonnant. Quand il eut fini, Ellen prit le dessin et le passa aux autres : c'était un gros homme en sueur qui portait son ventre sur une brouette. « Le capitalisme, quand nous ne voudrons plus le servir », était-il écrit au-dessous. Le dessin eut beaucoup de succès.

– Tu es un as, dit Stolpe. J'envoie tout de suite le dessin à notre journal illustré, je connais le rédacteur en chef.

– Ce Pelle, s'exclama Lasse avec orgueil, il sait tout faire ! Le diable sait d'où ça lui vient, mais sûr que ce n'est pas de son père !

Tout le monde se mit à rire. La femme du charpentier Stolpe regardait le dessin d'un air étonné. Ses yeux allaient des doigts de Pelle à la feuille de papier.

– Je comprends bien qu'on puisse dire des choses drôles avec sa langue, dit-elle enfin. Mais avec ses doigts, ça, je ne comprends pas ! Le pauvre, comme il traîne son ventre ! C'est pire que moi quand je portais Victor.

– Le cousin Victor, c'est leur dernier-né, celui qui est si intelligent, expliqua Otto à Pelle, en clignant de l'œil.

– Oui, il est très intelligent, bien qu'il n'ait que six mois. L'autre jour, je l'ai descendu dans mes bras pour acheter du lait au marchand ambulant. Et, depuis, il ne voulait plus prendre le sein gauche de sa mère. Ma parole, le garçon avait vu que le robinet de gauche de la voiture donnait du lait écrémé, et celui de droite du lait entier. Une autre fois…

– Eh ! La mère, interrompit le charpentier, ça suffit. Tu vois bien qu'ils se moquent de toi. Et puis, il est temps de partir.

Il avait l'air un peu froissé.

– Comment ? Vous partez déjà ? s'exclama Stolpe. Bon Dieu ! C'est vrai qu'il est déjà tard ! Une chanson pour finir, tous en chaleur !

– *Frères, voici l'aurore…*, proposa Mme Stolpe. Elle était si fatiguée qu'elle dodelinait de la tête.

Quand on eut chanté la *Marche socialiste*, les invités commencèrent à partir. On bourra les poches de Lasse de sucreries pour *la petite famille*.

– Où est donc le Saltimbanque ? s'écria Otto, tout à coup.

– Il s'est peut-être trouvé mal dans la cour, dit Stolpe. Cours donc voir, Frederik !

Tout le monde avait oublié le Saltimbanque. Frederik revint annoncer qu'Albert Olsen n'était pas dans la cour et que la porte d'entrée était verrouillée.

– Il n'est pourtant pas monté sur le toit ? dit quelqu'un.

Ils prirent l'escalier de service. La porte du grenier était ouverte, une lucarne aussi. Otto ôta son veston et se hissa sur le toit. Tout au faîte, le Saltimbanque dormait à poings fermés. Il s'appuyait contre la crête du pignon, qui dépassait d'une cinquantaine de centimètres : derrière lui, c'était l'abîme.

– Ne criez pas ! recommanda le maçon Stolpe, à voix basse ; et saisis-le bien avant de le réveiller !

Mais Otto alla tout droit vers son camarade.

– Allons, vieux, cria-t-il, voilà la journée faite.

– Bon ! répondit le Saltimbanque, en se levant.

Un instant, il chancela au-dessus de l'abîme puis, se décidant pour la direction du toit, il suivit Otto pas à pas et rentra par la lucarne.

– Que diable as-tu fabriqué ? demanda Stolpe, en riant. Tu as été travailler ?

– Je suis seulement monté respirer un peu d'air frais. Vous avez de la bière ? Mais qu'est-ce qu'il y a ? On part déjà ?

– Oui, tu es resté là-haut, à admirer les étoiles, deux heures durant, dit Otto.

Tous les invités étaient partis. Lasse et le jeune couple attendaient pour dire au revoir. Mme Stolpe, les yeux pleins de larmes, s'occupait à emmitoufler Ellen.

– Fais attention, la nuit est froide, dit-elle, d'une voix étouffée, et elle restait là, penchée au-dessus d'eux, les yeux embués de larmes.

– Eh ! Il n'y a pas de quoi couler comme une fontaine, dit le maçon, en la forçant à rentrer. Va te coucher pendant que je vais bercer le Saltimbanque. Et merci pour aujourd'hui, la mère !

XVI

L'établi de Pelle tenait bien juste entre les deux fenêtres de la salle à manger. C'est à peine si l'on pouvait passer entre l'établi et la table ronde qui se dressait au milieu de la pièce. D'un côté il y avait un buffet, imitation chêne, qui faisait l'orgueil d'Ellen et, en face, sa commode de jeune fille, surmontée d'une glace et couverte d'une nappe blanche bordée de dentelles. Sur cette commode se trouvaient un petit coffret à ouvrage en laque, des photographies et quelques bibelots ; avec cette nappe blanche, elle ressemblait à un autel.

Pelle travaillait chez maître Beck un jour sur deux. Il passait le reste du temps chez lui à travailler pour son propre compte. Il connaissait beaucoup de gens dans le quartier, tous des gens pauvres qui usaient leurs chaussures jusqu'à l'empeigne avant de les donner à ressemeler. Mais il arrivait quand même à gagner sa journée. La famille d'Ellen et leurs relations lui apportaient aussi du travail. C'était une autre sorte de gens. Même s'ils étaient gênés, ils tenaient à sauver les apparences et affectaient une certaine désinvolture : ils gardaient pour eux leurs difficultés.

Pelle aurait pu trouver du travail comme compagnon, mais il tenait à cet arrangement qui lui donnait une certaine indépendance et qui était plus prometteur pour l'avenir. Et puis, le travail à la maison avait son charme. Cela lui réchauffait le cœur de laisser glisser son regard dans la pièce où tous les objets avaient l'air si familiers et rayonnaient le bien-être, comme s'ils avaient toujours été ainsi rassemblés. Lorsque le soleil levant pénétrait dans la pièce, tout riait et, parmi tout cela, Ellen s'affairait en chantant. Elle avait besoin d'être toujours près de lui, et elle était heureuse de chaque journée qu'il passait à la maison. Alors elle se débarrassait le plus vite possible du travail de la cuisine et venait s'asseoir auprès de lui. Il fallut qu'il lui apprenne à poser une pièce et à découdre une semelle, et elle l'aida dans son travail.

– C'est toi qui es le patron et moi, je suis ton compagnon, disait-elle, tout heureuse.

Elle lui amena des clients. Son désir était de le garder toujours à la maison.

– Je t'aiderai tant que je pourrai et puis, un beau jour, tu auras assez de travail pour prendre un apprenti, et puis un compagnon.

Alors, il la prenait dans ses bras, puis ils travaillaient à qui mieux mieux, tout en chantant. Pelle était parfaitement heureux : il avait laissé derrière lui tous les ennuis, tous les soucis. C'était son nid, et chaque brindille, chaque fétu, avait plus de valeur que tout au monde. Il y avait assez à faire pour le tenir en bon état et pour le rendre encore plus douillet. Pelle se vouait à ce travail avec joie, comme s'il venait seulement de trouver sa véritable vocation.

De temps à autre, les lourdes vagues des masses en mouvement venaient jusqu'à lui et faisaient des remous dans son cœur. Alors, il parlait avec une indignation enflammée, ou bien son bonheur lui suggérait de belles perspectives d'avenir, qu'il évoquait devant Ellen. C'était elle encore qui profitait de ce qu'il disait. Elle l'écoutait avec fierté et, sous son regard aimant, il se hasardait à des expressions et des images plus fortes qu'il ne l'aurait fait de lui-même. Et lorsqu'enfin il se taisait, elle continuait à le regarder de ses yeux sombres qui paraissaient toujours voir en lui quelque chose que lui-même ignorait.

– À quoi penses-tu en ce moment ? demandait Pelle, qui aurait bien voulu parler de ce qui le préoccupait.

Il n'existait plus personne pour lui en dehors d'Ellen, et il ressentait le besoin de parler de ses pensées nouvelles justement avec elle. Il voulait avoir le bonheur merveilleux de se sentir deux sur ce terrain-là aussi.

– Je pense à quel point ta bouche est rouge quand tu

parles ; on dirait qu'elle attend un baiser, répondait-elle, en se jetant à son cou.

Les événements extérieurs ne l'intéressaient pas ; elle ne pouvait parler que de son amour et de ce qui les concernait tous les deux. Mais son regard passionné donnait de la profondeur à leur existence. Il avait un effet troublant sur Pelle, comme s'il faisait monter du fond de lui des forces inconnues.

« Le Pelle qu'elle voit doit être un autre que celui que je connais », pensait-il avec bonheur. Ce devait être beau et fort, ce qui la retenait ainsi près de lui et la faisait souffrir, dès qu'elle s'éloignait un instant. Et, quand elle l'avait regardé longtemps, elle se serrait contre lui, toute confuse et se cachait la figure. Sans qu'il s'en aperçoive, elle ramenait toujours ses forces à lui vers ce qui les concernait tous deux. Il était capable de travailler comme deux lorsqu'elle était assise en face de lui, de l'autre côté de l'établi, et bavardait tout en l'aidant.

Pelle trouvait leur petit nid très confortable, mais elle était pleine d'idées d'amélioration et de progrès, sur ce terrain-là aussi. À l'atelier qu'elle bâtissait déjà, dans son imagination, elle ajoutait un intérieur bourgeois, aux sièges capitonnés, et bien d'autres choses. Leur logement actuel qui, pour lui, était comme un visage chéri qu'on n'imagine pas différent, n'était pour Ellen que du provisoire, des objets destinés à être peu à peu remplacés par quelque chose de plus beau et de mieux. Derrière son bavardage agréable sur les menus détails de la vie quotidienne, s'ouvrait une perspective grandiose : il faudrait trimer ferme pour répondre à tout ce qu'elle attendait de lui !

Ellen n'était pas femme à négliger son ménage ; elle ne laissait pas le temps lui glisser entre les doigts. Les jours où Pelle travaillait à l'atelier, elle en profitait pour tout nettoyer à fond, brossant et frottant, et, aux repas, il y avait toujours un bon morceau pour lui. Le soir, il la trouvait qui l'attendait à la porte de l'atelier. Alors, ils allaient faire un tour le long du canal et sur les anciens remparts verdoyants où jouaient les enfants. Ellen s'appuyait au bras de Pelle.

– Non, Pelle, tu ne sais pas comme j'ai langui après toi,

aujourd'hui, disait-elle. Maintenant, je t'ai à côté de moi et pourtant mes seins me font mal, ils ne savent pas encore que tu es là… Nous allons bien travailler un peu, ce soir, rien qu'un quart d'heure, avait-elle coutume de dire, après le dîner. Comme ça, tu deviendras patron plus tôt et tu pourras prendre un peu plus de bon temps.

Pelle aurait peut-être préféré faire un tour avec elle à travers la ville, ou aller voir le coucher de soleil. Mais les yeux sombres d'Ellen l'enveloppaient. Elle était pleine de volonté dans son amour et c'était toujours à lui qu'elle pensait. Elle avait en elle quelque chose qui lui interdisait de penser à soi. Lorsqu'il ne s'agissait que d'elle-même, tout lui était égal; ce n'était qu'avec lui et pour lui qu'elle avait de l'ambition. Elle était riche et généreuse comme une terre vierge. Pelle avait éveillé l'amour en elle, sous la forme d'un désir inlassable de donner. Il sentait avec humilité que tout ce qu'elle possédait, elle le lui offrait en présent, et il faisait son possible pour lui rendre la pareille.

Il avait refusé la présidence du syndicat. La vie commune avec Ellen et l'entretien du foyer nouvellement fondé ne lui laissaient pas de temps pour une activité fatigante à l'extérieur. Ellen ne se mêlait pas de ces questions, mais, lorsqu'il rentrait après avoir passé la soirée dans une réunion, il voyait qu'elle avait pleuré. C'était une faiblesse qu'il ne savait pas guérir autrement: alors, il restait à la maison avec elle. Et ce n'était pas un sacrifice: Ellen le dédommageait richement. Elle savait l'art de refermer sur lui les portes du foyer et d'en faire un monde de vie intime. Il n'y avait pas de plus grand bonheur que de se proposer un achat magnifique: un cache-pot en porcelaine, pour l'aspidistra qui poussait sur la fenêtre. Il fallut toute une semaine de prévoyance et d'économies pour l'acquérir et, lorsqu'ils l'eurent enfin acheté, ils allèrent se promener bras dessus, bras dessous, de l'autre côté du canal, pour voir l'effet qu'il faisait à la fenêtre. Et puis, il vint d'autres choses: un couteau à pain, une plaque gravée sur la porte d'entrée. Chaque samedi soir signifiait une nouvelle emplette.

L'Ouvrier n'était plus jamais lu: lorsque Pelle lâchait son travail un instant pour y jeter un coup d'œil, Ellen arrivait et lui mordillait l'oreille. Ses loisirs se devaient de n'être qu'à elle seule ! Et c'était une récréation délicieuse, au milieu du travail, que de jouer, insouciants comme deux petits chiens, – bien plus agréable que de traîner le fardeau de la misère des masses ! On ne renouvela pas l'abonnement et l'argent alla dans la tirelire d'Ellen. Elle avait déjà choisi, dans Torvegade, un coin où ils ouvriraient leur boutique, avec trois ou quatre compagnons. C'était pour cela qu'elle économisait. Pelle ne pouvait qu'admirer sa sagacité : elle avait bien choisi la rue.

Après le mariage, ils n'allèrent plus si souvent chez les beaux-parents. Stolpe trouvait que Pelle se ramollissait et il le chinait un peu, histoire de réveiller son énergie. Mais alors, Ellen se fâchait et elle se disputait avec le père : elle ne supportait pas qu'on critique Pelle. Ils n'allaient voir les parents que lorsque Pelle le proposait. Elle-même ne sentait pas le besoin de voir sa famille ; elle préférait de beaucoup rester chez elle. Et souvent, ils faisaient semblant de n'être pas là, lorsque la famille venait sonner chez eux. Ils aimaient mieux rester entre soi. Le dimanche, ils sortaient seuls, de préférence pour aller au parc de Dyrehaven ou à Kongens Lyngby.

Lasse non plus, ils ne le voyaient pas bien souvent. Ellen l'avait, une fois pour toutes, invité à venir prendre le repas du soir avec eux mais, en rentrant du travail, il était trop fatigué pour se changer et se laver. Et Ellen tenait à la propreté de son intérieur. Lasse avait un grand respect pour elle, mais il ne se sentait pas à son aise chez eux.

Il avait gardé l'ancienne chambre de Pelle et il avait pris pension chez les trois orphelins. Ils l'aimaient beaucoup, ayant reporté sur lui toute la sollicitude dont ils avaient entouré leur grand enfant trouvé, Pelle. Et, en l'occurrence, elle était mieux placée. Lasse était en train de redevenir enfant et il avait besoin de se faire dorloter. Il écoutait, avec grand sérieux, Marie lui raconter ses petits soucis et les garçons étaler leurs exploits. En échange, il leur racontait des souvenirs d'enfance ou du temps de la carrière et se vantait dûment, pour ne pas se laisser surpasser. Lorsque Pelle arrivait pour emmener le père chez lui, il les trouvait le plus souvent tous les quatre en train de s'amuser à quelque jeu enfantin ; ils se disputaient à propos des règles, car Lasse voulait passer pour le mieux renseigné. Le vieux s'excusait :

– Il ne faut pas m'en vouloir, mon gars, si je vous néglige un peu, mais je suis fatigué le soir et j'aime me coucher de bonne heure.

– Eh bien ! Viens donc déjeuner avec nous dimanche, et puis nous sortirons ensemble.

– Non, dimanche je suis déjà pris. J'ai un rendez-vous, répondit Lasse, plaisantant pour couper court aux questions. Profitez donc de votre jeune bonheur, il ne durera pas toujours, allez !

Jamais il ne voulait accepter d'aide.

– Je gagne de quoi manger et acheter quelques vêtements. Je n'ai pas besoin de grand-chose, du reste, et je suis content de mon sort. Tu as bien assez à faire comme ça, répondait-il toujours.

Lasse était toujours doux et aimable et faisait semblant d'être content, mais ses yeux étaient voilés, comme s'il était déçu dans son cœur. Et Pelle ne le comprenait que trop bien. Ç'avait été toujours chose entendue que Lasse passerait ses vieux jours chez son fils. Dans les rêves d'enfance de Pelle, si divers fussent-ils, le père Lasse avait toujours eu sa place, jouissant d'un repos bien mérité. C'était ainsi à la campagne. Dans chaque maison pauvre, un vieillard se tenait au coin du feu – les enfants sont la seule consolation de la vieillesse du pauvre. Pour le moment, c'était impossible : dans leurs deux petites pièces, il n'y avait pas assez de place. Ellen avait assurément le cœur assez grand et, bien souvent, elle pensait à faire plaisir au vieux, mais son amour passionné ne se serait pas accommodé de voir un tiers entrer dans leur vie. L'idée ne l'avait même jamais effleurée et Pelle sentait que s'il la persuadait de prendre chez eux le vieux Lasse, le côté merveilleux de leur vie commune disparaîtrait. Vivre à tous les instants d'une vie aussi riche que la leur, c'était un bonheur sacré qu'on n'avait pas le droit de sacrifier et qui exigeait au contraire tous les sacrifices ! Leur mariage ne reposait pas sur l'attachement terne et raisonnable, mais sur le grand amour lui-même qui, d'ordinaire, n'apparaît dans la vie quotidienne du pauvre que sous la forme des belles mélopées tragiques de l'amour malheureux. Tandis qu'ici, il leur était échu, tel un sort meilleur.

Et voilà qu'Ellen attendait un enfant. Ses formes devenaient plus arrondies, plus souples. Devant les autres, elle gardait son air distant et froid, mais devant Pelle elle s'épanouissait. La petite réserve qu'elle avait toujours gardée, comme une chose qu'il ne devait pas conquérir, disparut tout à fait. Elle ne le regardait plus d'un air interrogateur, elle était devenue calme et confiante. Elle rayonnait d'une sérénité étrange et douce, comme si elle était pleinement satisfaite. Et elle devenait plus belle, de jour en jour. Pelle se sentait fier de la voir ainsi s'épanouir sous ses caresses. Il avait la même impression de générosité féconde que celle que lui procurait la terre, dans son enfance. Il était rempli d'une tendresse infinie. Il y avait quelque chose de captivant dans cet état de faiblesse, riche de promesses. Avec joie, il sacrifiait le reste du monde pour la servir, elle et ce qu'elle portait si merveilleusement. Le matin, il se levait de bonne heure pour faire le ménage et préparer le café, avant d'aller travailler, et, lorsqu'en rentrant il s'apercevait qu'Ellen avait frotté et nettoyé la maison, il se fâchait. Il se dédoublait pour la protéger, prenant sur son sommeil et travaillant sans trêve. Son visage était figé dans une expression de bonheur qui lui donnait l'air un peu niais. Ses pensées n'allaient pas au-delà de leurs quatre murs : la forme bénie d'Ellen prenait toute la place.

Les nouvelles acquisitions cessèrent. Ellen faisait des achats mystérieux de toile, de flanelle et de langes. Il y eut entre elle et la mère des conciliabules secrets dont Pelle était écarté et, chaque fois qu'ils arrivaient chez les beaux parents, Mme Stolpe s'empressait de fouiller ses tiroirs et donnait à Ellen de petits paquets à emporter.

Le temps ne passa que trop vite. Bien que vivant exclusivement pour eux-mêmes, ils avaient l'impression de ne pouvoir tout embrasser. Et un jour survint où il sembla que tout allait s'écrouler autour d'eux. Ellen se tordait sur son lit et criait, comme si un mauvais esprit avait élu domicile en elle. Pelle se penchait sur elle, l'air désolé, tandis que Mme Blom, assise au pied du lit, continuait à tricoter son bas et à lire son journal, comme si de rien n'était.

– Mais criez donc, ma petite dame ! disait-elle de temps à autre, lorsque le silence lui semblait trop long, c'est ce qu'il faut !

Ellen la regardait d'un œil haineux, en pinçant rageusement les lèvres. Mais, l'instant d'après, elle ouvrait la bouche toute grande en poussant un hurlement désespéré. On avait attaché une corde au pied du lit, et elle tirait dessus tout en hurlant. Puis, elle s'affaissait, exténuée.

– Quelle petit brute, chuchotait-elle, avec un faible sourire.

Heureux, Pelle se pencha sur elle mais tout à coup, elle le repoussa, tout son beau corps se convulsa, la douleur terrible la déchira de nouveau. Soudain, à ses cris succéda un vagissement de nouveau-né qui remplit leur intérieur d'un son nouveau.

– Une bouche de plus à nourrir, dit Mme Blom, en soulevant le nouveau-né par une jambe...

C'était un garçon.

Pelle, tout rouge, était abasourdi comme s'il lui était arrivé quelque chose que jamais personne n'avait vécu. Les premiers temps, il apportait le travail de maître Beck à la maison et c'était lui qui soignait le petit la nuit. À chaque instant, il laissait là son travail pour aller les voir tous les deux.

– Tu es merveilleuse de me rendre un enfant pour un baiser, disait-il, rayonnant. Quel homme ça fera !

– Tiens ! C'est un garçon, dit la famille. Vous ne vous êtes pas trompés !

– Manquerait plus que ça ! répondait Pelle, d'un air important.

Les femmes se moquaient de Pelle parce c'était lui qui soignait le petit.

– Quel homme ! Pour un peu, il prendrait la place de l'accouchée ! disaient-elles par plaisanterie.

– Ce n'est pas ça qui est gênant, grommelait Stolpe. Le pire est qu'il va devenir idiot. Et ça me fait mal d'avoir à le reconnaître, mais c'est la faute à la gosse ! Elle a beau avoir passé tout son temps ici où elle n'a entendu que le bien ; les femmes sont comme les chats, elles n'ont pas de mémoire !

Pelle se contentait de rire de leurs moqueries. Il était parfaitement heureux. Et Lasse avait retrouvé le chemin de leur logement. À peine eut-il été informé de l'événement qu'il arriva, sans se changer. Il avait pris une belle assurance : il jeta son capuchon à terre, à côté de la porte, et s'élança dans la chambre à coucher, comme s'il avait craint qu'on le retienne.

– Ah ! Le petit être ! A-t-on jamais vu ange du Bon Dieu plus joli ? s'exclama-t-il.

Il ne tarissait pas d'éloges. Sa joie d'être grand-père était sans borne. Ellen rougissait d'orgueil maternel.

– Ça y est tout de même ! Ça y est tout de même ! répétait-il. Et moi qui avais peur d'entrer dans la tombe sans successeur ! Comme il est grassouillet ! C'est un bon début dans la vie. Il deviendra certainement un bourgeois, tu sais, Pelle, regarde comme il est gros ! Peut-être commerçant, ou fabricant, ou quelque chose comme ça. Pense donc, le voir un jour riche et puissant ! Mais ça ne sera pas donné au vieux Lasse ! – Il soupira. – Oui, oui, le voilà ! Et comme il vous regarde, déjà ! Ce numéro doit se dire : « Qu'est-ce que c'est que ce vieux débris tout ratatiné qui vient me dire bonjour dans ses vieux vêtements ? » C'est le père Lasse, tu sais. Regarde-le bien ! Il a fait fortune honnêtement.

Puis il alla vers Pelle et chercha sa main.

– Non, tu sais, je n'aurais jamais osé espérer ça. Comme il est beau, mon gars ! Mais comment l'appellerez-vous ?

Lasse en revenait toujours à cette question et regardait son fils avec inquiétude. Sa vieille tête branlait un peu maintenant, quand il était ému.

– Il s'appellera Lasse-Frederik, comme ses deux grands-pères, répondit Pelle, un beau jour.

Alors le vieux fut ravi et se paya une petite cuite pour fêter cet événement. Maintenant, il venait presque tous les jours.

Le dimanche matin, il faisait une toilette soignée, brossait ses vêtements, cirait ses chaussures pour être à peu près présentable et, lorsqu'il passait en rentrant du travail, il allait demander si le petit avait bien dormi. Il chantait les louanges d'Ellen, qui avait su mettre au monde un si bel enfant blond, et elle, de son coté, se prit d'affection pour ce vieux qui avait tant de joie à venir voir l'enfant !

Elle lui confia même quelquefois la garde du petit, et jamais Lasse n'était plus heureux que lorsqu'ils venaient le chercher parce qu'ils devaient sortir tous les deux.

Ainsi, dès son arrivée, le petit Lasse eut pour rôle de dissiper des malentendus, et Pelle le bénit. Quel drôle de petit bonhomme, tout de même ! N'avait-il pas un jour jeté le père Lasse et Ellen dans les bras l'un de l'autre ? Pelle suivait pas à pas les progrès du petit être : il vécut l'instant où, pour la première fois, le petit montra de l'intérêt pour un objet, en le suivant du regard, et l'instant où, pour la première fois, il tendit la main pour attraper quelque chose.

– Tiens, tiens ! Regarde-le donc ! Il commence à vouloir prendre avec ses mains ! s'écria Pelle, ravi.

C'était de sa moustache blonde qu'il s'agissait. Ah ! oui, il était en avance ! La petite main était forte, il était difficile de lui faire lâcher prise. Elle avait des fossettes à la naissance des doigts et au poignet ; sans aucun doute, il y avait de la force dans le lait d'Ellen !

Ils ne voyaient plus jamais Morten. Au début, il était venu les voir, mais, bientôt, ses visites avaient cessé. Ils étaient tellement absorbés l'un par l'autre, à ce moment-là ! Et peut-être la froideur d'Ellen l'avait-elle éloigné. Il ne pouvait pas savoir qu'elle était ainsi avec tout le monde ! Pelle n'avait jamais le temps d'aller le voir, et pourtant Morten lui manquait bien souvent.

– Qu'est-ce qu'il a donc ? disait-il, tout étonné, à Ellen. Nous avons eu tout en commun, lui et moi. Je me demande si je ne devrais pas faire un effort et aller le voir.

Ellen ne répondait pas, elle se contentait de l'embrasser. Elle voulait l'avoir tout à elle et l'entourait de son amour, dont la chaleur le rendait faible et heureux. Le cœur d'Ellen élevait un mur entre le monde et lui, il le sentait vaguement, mais ne faisait rien pour se dégager. Il se trouvait bien comme il était.

L'enfant entraîna de nouvelles dépenses et Ellen eut beaucoup à faire. Elle n'avait plus guère de temps pour aider Pelle. Il dut travailler ferme pour que sa famille soit bien au chaud tout l'hiver. Il n'avait pas un instant pour réfléchir. C'est un fait bien connu et confirmé par la vie de tous les jours que les gens du peuple ont tellement à faire qu'ils n'ont même pas le temps de prendre conscience ! Pelle ne pensait jamais plus à ce qui se passait à l'extérieur. C'est seulement machinalement qu'il regardait le journal qui avait servi à envelopper son déjeuner – de vieux exemplaires de *L'Ouvrier*. Alors, il sentait passer quelque chose dans l'air, quelque chose à quoi il ne participait nullement, et il levait la tête comme pour écouter. Mais Ellen savait ce que signifiait ce regard perdu au loin et elle le ramenait vers elle à force de caresses.

Un jour, il rencontra Morten dans la rue. Pelle en était tout heureux, mais Morten avait l'air un peu sceptique.

– Pourquoi est-ce qu'on ne te voit plus ? demanda Pelle. Je pense souvent à toi, mais je ne peux pas m'absenter facilement.

– Je suis fiancé, tu sais. Ça me prend tout mon temps.

– Ah ! Tiens, s'exclama Pelle. Parle-moi d'elle.

– Ah ! Il n'y a pas grand-chose à raconter, répondit Morten, avec un sourire triste, elle est tellement misérable et abandonnée que personne d'autre ne voulait d'elle, alors je l'ai choisie.

– Ça, c'est bien de toi ! Mais, sérieusement parlant, qu'est-ce qu'elle fait ? Où habite-t-elle ?

– Où elle habite ?

Morten dévisagea Pelle un instant, sans comprendre. Puis :

– Ah ! Oui, tu as raison au fond. Quand on sait où les gens habitent, on sait tout sur eux. La police vous pose toujours cette question-là.

Pelle ne savait pas si Morten se moquait de lui ou s'il parlait sérieusement, aujourd'hui, il était incompréhensible. Son visage pâle avait un air tourmenté et, dans ses yeux, brillait une lueur étrange.

– Il faut pourtant habiter quelque part, par un froid pareil, fit Pelle.

– Oui, tu as raison, et elle habite les terrains vagues, quand la police ne la chasse pas de là. Car c'est la police qui est gérante du propriétaire des pauvres ! On vient de faire le dénombrement de la population : as-tu remarqué de quelle façon on a procédé ? On a donné l'ordre à chacun de dire où il habitait telle nuit. Mais est-ce qu'on a fait des listes pour ceux qui couchent à la belle étoile ? Non, tous ceux qui logent dans les hangars, dans les terrains vagues, dans les maisons en construction et dans les fosses à fumier des écuries, ceux-là n'ont pas de domicile et, partant, ne comptent pas. C'est si simple, vois-tu ! Ils n'existent pas. Autrement, on aurait sur la conscience un nombre terrible : le nombre des gens sans asile. Il n'y a qu'un seul homme dans la ville qui connaisse ce chiffre-là, un missionnaire ; je l'ai accompagné quelques nuits et ce que nous avons vu était effroyable. Partout où il y a un trou, ils se faufilent pour trouver un abri. Sous les grands escaliers de fer, ils meurent de froid. Nous en avons trouvé un, un vieillard, et nous avons appelé un agent. Il approcha son nez rouge de la bouche du cadavre et dit : « Mort d'ivrognerie ! » – C'est ainsi que sera libellée la nécrologie tandis qu'il aurait fallu dire : « Mort de faim ! ». Il ne faut pas dire que n'importe qui souffre de la misère dans ce pays, tu comprends ? Ici, personne ne meurt de froid, s'il se donne du mouvement ! Et si quelqu'un meurt de faim, c'est qu'il l'a bien voulu. C'est ainsi qu'il faut présenter les choses, dans un des pays les plus civilisés du monde. On est devenu trop raffiné pour côtoyer la misère. Elle gâterait le plaisir et empêcherait de dormir. Il faut donc la tenir à distance – la faire disparaître étant un peu compliqué – mais la police est dressée à la repousser dans les coins. Va donc, là-bas, à Trangraven, voir ce qu'ils ramènent à terre, tous les jours, en ce moment ; le chemin n'est pas long à faire. Des accidents, n'est-ce pas ? Le sol gelé est si glissant, et il y a des gens qui s'approchent trop du bord du quai !

L'autre soir, une femme a accouché sous une porte cochère, dans Nørrebrogade, par dix degrés au-dessous de zéro. Les gens qui passaient étaient scandalisés : c'était fou de sa part de sortir, dans cet état-là ; elle aurait mieux fait de rester chez elle. À personne l'idée n'est venue qu'elle pouvait ne pas avoir de chez elle. Mais alors, elle aurait pu s'adresser à la police, qui est faite pour ça ! Elle a commencé à crier, au contraire, quand on l'a mise dans une voiture : « Pas à la maternité ! » gémit-elle, avec épouvante. Pourtant, elle y était déjà allé une fois. Elle avait sans doute ses raisons pour préférer la porte cochère, tout comme ceux qui préfèrent les canaux à l'hospice.

Morten continuait à parler, sans raison apparente. On aurait dit qu'il lui fallait donner libre cours à sa souffrance. Étonné, Pelle écoutait cette explosion de douleur déchirante avec confusion, comme s'il se sentait un cœur de pierre. Aux paroles de Morten, la misère reprenait son éclat vivant et cruel.

– Pourquoi me racontes-tu tout ça, comme si j'étais un bourgeois ? fit Pelle. Je le sais aussi bien que toi.

– Et encore, ce n'est même pas une année de crise. Ce sont les conditions normales, pour la saison. Hier, un pauvre homme a volé un pain à notre étalage et, maintenant, il sera déshonoré pour la vie. « Mon Dieu ! Se faire voleur pour si peu, dit la femme du patron, un pain de dix sous ! Peut-on comprendre ça, gâcher sa vie pour un bout de pain ? »

– Mais s'il avait faim, répliqua Pelle, tout bêtement.

– Il avait faim ? C'est entendu. Mais pour moi, c'est de la folie, je te dis. Je ne peux pas saisir ça et, pourtant, tout le monde a l'air de trouver ça facile à comprendre. Tu me demandes pourquoi je te raconte ça. Tu dis que tu connais tout ça. Non, tu ne le sais pas bien, sinon tu te creuserais la tête jusqu'à en devenir fou pour comprendre quel lien il peut y avoir entre les mots faim et crime ! N'est-il pas insensé que ces deux choses-là tendent l'une vers l'autre pour traquer la vie d'un homme ? N'est-ce pas fou qu'on puisse voler du pain, du pain, m'entends-tu ? On ne devrait pas pouvoir voler ça. Quel vol peut-il y avoir dans le fait de manger à sa faim ?

Le matin, longtemps avant six heures, les pauvres se rangent devant notre magasin pour être les premiers, lorsqu'on vendra à moitié prix le pain rassis. La police les oblige à faire la queue, comme devant le guichet d'un théâtre. Quelques-uns arrivent dès quatre heures et attendent deux heures dans le froid pour garder leur place. Mais, à côté de ceux qui achètent, il y en a toujours d'autres, encore plus pauvres. Ils n'ont pas de quoi acheter et ils restent là à regarder, comme si ça les intéressait beaucoup de voir les autres acheter du pain à si bon compte. Ils restent là, à attendre le miracle, sous la forme d'une tranche de pain ! On peut le voir à la façon dont leurs yeux suivent chacun de vos mouvements : il y a dans leur regard le même espoir insensé que dans le regard des chiens qui entourent la voiture du boucher, en implorant le ciel que le boucher laisse tomber quelque chose. Ils ne comprennent pas que le sort n'ait pas pitié d'eux. Je ne veux pas dire les hommes – si tu voyais leur stupeur lorsque nous leur donnons quelque chose ! – mais l'occasion, le hasard ! – Mon Dieu, le pain est si bon marché : il n'y a rien d'important au monde qui soit aussi bon marché et ils ne peuvent même pas en avoir à leur faim. Ce matin, j'ai donné un pain à une pauvre femme : elle l'a embrassé en pleurant de joie. Tu crois qu'on peut supporter ça ?

Il regardait Pelle fixement ; il avait l'air égaré.

– Tu me fais injure, si tu crois que ça ne me fait rien, dit Pelle avec calme. Mais comment sortir de là rapidement ? Il faut être patients, nous organiser et espérer en l'avenir. Prendre ce qui nous est dû, comme ils font ailleurs, nous en sommes incapables.

– Précisément ! On sait que nous en sommes incapables et c'est pourquoi la justice n'existe pas ! Le peuple n'obtient son dû que si les gouvernements savent qu'au pis-aller, il le prendra lui-même.

– Je ne crois pas qu'il puisse sortir quelque chose de bon d'une révolte, dit Pelle, l'esprit en éveil.

Il se sentait à nouveau prêt à la lutte.

– Tu n'en sais rien, puisque tu ne l'as pas sentie en toi ! répondit Morten, avec feu. La révolution est la voie de Dieu qui établit la justice et ne se laisse pas discuter. Si les pauvres se dressaient et se servaient, ce serait le Jugement de Dieu, et c'est un jugement sans appel. Le temps a bien le droit de rattraper son retard, sur un point aussi important, et ça ne peut se faire que par un bond en avant. Mais ils ne se dressent pas. Ils sont pareils à de la poudre humide... Il t'est bien arrivé de descendre dans le sous-sol du marchand de bric-à-brac de l'Arche voir son stock de chiffons, d'os et de ferrailles ? Ce ne sont que des ordures ramassées au dépotoir, des choses que la société a usées et rejetées. Il va les chercher et les pauvres payent pour ça. Il achète aussi le pain des soldats, quand ils vont faire la bombe et le jettent sur le fumier : il prétend qu'il le vend pour les chevaux, mais ce sont les pauvres qui le lui achètent et qui le mangent. Le dépotoir est le garde-manger du pauvre – enfin quand les cochons ont pris ce qui leur plaît. Les paysans de la banlieue y engraissent leurs porcs et la commission de l'hygiène pense à l'interdire ; mais les pauvres de Copenhague, personne ne s'en soucie !

Pelle frissonna. Il y avait quelque chose de diabolique dans la science terrible de Morten. Il en savait donc plus sur l'Arche que Pelle en personne.

– Tu as donc été voir dans le sous-sol dégoûtant du chiffonnier ? interrogea-t-il. Ou alors, comment le sais-tu ?

– Non, je n'y suis pas allé, mais je le sais et c'est ma malédiction. Demande-leur toi-même s'ils ne font pas la soupe avec les os pourris qui reviennent de là-bas. Et même les poisons du dépotoir ne les poussent pas à la révolte : ils mangent et tendent leurs assiettes pour qu'on leur en donne davantage. Je ne pourrai supporter ça, si ça continue maintenant, tu t'es dérobé et c'est comme ça que font tous ceux qui pourraient faire quelque chose, l'un après l'autre, parce qu'ils trouvent que ça va bien comme ça, ou parce qu'ils s'occupent de leurs petites affaires. Ceux qui sont capables se défilent, les plus misérables restent seuls !

– Je n'ai pas trahi, dit Pelle, avec ardeur. Tu verras que ce n'est pas vrai.

– D'ailleurs, est-ce étonnant qu'ils se lassent ? continua

Morten. Dieu lui-même perd patience envers ceux qui se laissent fouler aux pieds. J'ai rêvé cette nuit que j'étais dc ceux qui ont faim ; je descendais la rue et j'étais à me désoler de ma condition, quand je rencontrai Dieu. Il était en officier cosaque, le knout sur l'encolure : « Aide-moi, cher Bon Dieu ! criai-je, en m'agenouillant devant lui. Mes frères ne veulent pas m'aider. – Qu'est-ce qui ne va pas ? demanda-t-il ; qui es-tu ? – Je suis un de tes élus, les pauvres, répondis-je, et je meurs de faim. – Tu meurs de faim ? Et tu viens accuser tes frères qui ont étalé tant de victuailles devant toi ? demanda-t-il, dans une colère terrible, en me montrant tous les riches magasins. Tu n'es pas de mes élus, fous le camp ! » Et il me frappa de son knout sur le dos.

Morten continuait son chemin en silence. Il semblait ne rien voir et ne rien entendre ; il était comme écrasé. Tout à coup, il s'éloigna sans dire adieu.

Pelle rentra. La violence de Morten l'irritait : il sentait que c'était une attaque dirigée contre lui. Il avait la conviction de n'être pas un traître ; personne n'aurait dû lui envier le bonheur que c'était de se mettre en ménage. Pour la première fois depuis longtemps, il était colère. Ils venaient l'attaquer, lui qui avait fait plus que beaucoup d'autres pour le Mouvement, simplement parce qu'il s'était occupé un moment de ses affaires. Une force indomptable s'ébranla en lui. Il sentit, tout à coup, le besoin de frapper, de prendre sa part d'un vrai combat et de s'arracher à la tiédeur du foyer.

En bas, dans le canal, on était en train de casser la glace pour donner libre cours à l'eau qui, déjà, commençait à se ressentir du printemps et charriait les glaçons vers la mer avec une lenteur incroyable. « Ce serait un travail pour toi, au fond », se dit-il, pour esquiver ses pensées. Il sentait bien, en lui, le courant profond, mais il ne le laissait pas venir à la surface.

Aussitôt chez lui, le calme revint. Ellen, près du feu, changeait le petit Lasse qui, couché sur le ventre, gigotait sur les genoux de sa mère.

– Regarde-moi donc ce petit derrière, dit Ellen, c'est comme du pain blanc !

XVII

De sa place, près de la fenêtre, Pelle pouvait voir le canal et le pont de la Maison de Correction où les détenus étaient en train de laver de la laine, sur le ponton. Il reconnaissait la grande et forte silhouette de Ferdinand. Peu après Noël, on l'avait pris dans un caveau d'Assistens Kirkegård, où il s'était installé : la neige avait trahi sa cachette. Et maintenant il était ici, si près de l'Arche et de sa mère ! De temps à autre, il levait sa tête tondue pour jeter un regard de ce côté-là.

De l'autre côté du pont, près de la place, le marchand de poteries avait amarré son caboteur ; il avait couvert le quai de ses poteries jutlandaises et les ménagères du faubourg de Kristianshavn venaient marchander. À l'arrière-plan se dressait la masse de l'Arche.

Si énorme soit-elle, elle ne rappelait aucunement la cité ouvrière ; elle avait plutôt l'air d'avoir poussé arbitrairement, comme un village, comme cent villages entassés en désordre l'un sur l'autre. Pour commencer, il n'y avait sans doute qu'une bicoque en pans de bois d'un étage avec mansarde. Et puis, elle s'était mise à se reproduire et à pousser en grande ville, elle avait bourgeonné de toutes parts, comme un kaléidoscope, jusqu'à former une énorme masse avec de petits bouts de façade, un toit pointu, des recoins profonds et des pignons affaissés dans un chaos sans fin, atteignant le cinquième étage en son milieu. Au-dessus de la fourmilière flottait toujours une vapeur bleue qui marquait la prise d'air commune. La mansarde de Mme Frandsen était facile à reconnaître, à cause de son chapeau de cheminée et, plus bas, dans une ouverture qui pénétrait profondément dans la masse du bâtiment, Pelle pouvait distinguer la fenêtre d'Hanne. À part cela, il lui était difficile d'identifier les petites fenêtres qui regardaient fixement, comme des yeux éteints. Le charbonnier lui-même, tout gérant qu'il était, n'avait qu'une connaissance des plus imparfaites des coins et recoins de l'Arche.

Pelle voyait les locataires aller et venir sur le pont, gens insouciants ; ils étaient toujours prêts à la dernière minute et partaient en courant. Il y avait quelque chose de touchant dans cette légèreté née de la misère. Dans l'Arche, on s'occupait de ce qu'on allait manger quand, au moment de se mettre à table, on s'apercevait qu'il n'y avait rien. Parmi eux, sur le pont, passaient de petits groupes d'ouvriers. Il entendait maintenant jusqu'ici leur pas cadencé dans Nørrebro – ce bruit semblait le poursuivre.

Les masses n'étaient plus soumises à une fermentation désordonnée, une sourde détermination commençait à en prendre la place. De la confusion et du chaos surgissaient des lignes directrices, une conscience commune se décantait, une orientation était donnée. Chose merveilleuse, les masses avaient trouvé leur voie commune ; elles avançaient lentement et posément, avec l'union pour idée maîtresse. Pour une oreille peu attentive, il ne se passait rien – les masses étaient retombées à leur destin. Mais Pelle savait ce qui se passait. Il avait lui-même donné un coup d'épaule et, au fond, il était toujours dans le Mouvement.

Il acceptait avec joie l'amour toujours grandissant d'Ellen et tout ce qu'il faisait, c'était pour elle et l'enfant. Mais au fond de lui recommençait à résonner le bruit des pas et il ne pouvait le faire taire. C'était si profond en lui qu'il ne pouvait l'atteindre… C'était comme si l'on avait enlevé tout à coup l'étouffoir : qu'il le veuille ou non, il entendait chaque pas en avant que faisait le Mouvement. Les temps difficiles obligeaient à marcher sans faire trop de bruit mais, en sourdine, un travail se faisait. Les idées nouvelles devenaient à la mode, le journal ouvrier les apportait dans les maisons, elles étaient prêchées du haut des tribunes populaires et discutées sur les chantiers, au casse-croûte. La contagion gagnait de porte en porte, d'étage en étage. Des syndicats qui avaient été fondés et s'étaient dissous plusieurs fois se reformaient, et cette fois pour durer. Les patrons les combattaient sans pouvoir les abattre. Les syndicats étaient comme une loi inhérente aux masses, une structure qu'il leur *fallait* se donner.

On cotisait et on rognait sur la nourriture pour renforcer la caisse syndicale, dans la conviction aveugle que, de tous ces efforts, il sortirait bien un miracle ou un autre. Les pauvres réunirent de grosses sommes à force de privations et de larmes ; en échange, ils eurent la satisfaction de se sentir riches dans leur syndicat. En se groupant nombreux, ils purent goûter la douceur de la richesse et, dans leur gratitude, ils virent là un premier résultat. Cette impression d'aisance les mit au-dessus de ceux qui restaient inorganisés : socialement, ils se sentaient supérieurs à eux. Le fait d'adhérer au syndicat prit le sens d'une ascension sur l'échelle sociale. Cela gagna beaucoup d'adhérents à la cause ; d'autres furent amenés au syndicat par la traque par trop sévère qui se faisait dans les cités. Peu à peu, les grandes cités ouvrières s'imprégnaient des idées nouvelles : ceux qui ne voulaient pas y adhérer furent obligés de s'en aller. Ils furent considérés comme de la racaille et contraints de se réfugier dans certains quartiers.

À ce moment, il n'aurait pas été impossible de consolider le syndicat et de faire quelque chose pour la corporation ; il n'aurait fallu qu'un homme énergique à la tête du Mouvement. Le fait que la plupart des cordonniers travaillaient en chambre ne suffisait plus pour les mettre à l'abri : le Mouvement avait les yeux sur tout. Pelle se surprenait à dresser des plans pour l'avenir de la corporation. Mais il chassait ces idées et portait toute son attention à Ellen et à l'enfant. Que pouvait-il faire à la misère des autres, quand ces deux êtres avaient besoin de toutes ses forces et de toutes ses facultés pour ne pas manquer du nécessaire ? N'avait-il pas lui-même assez souffert, sans aucune utilité, sous le fardeau écrasant de la misère ? Maintenant, il avait trouvé comme une délivrance dans un travail béni qu'il pouvait mener à bonne fin, à condition de ne pas gaspiller son temps ! Que voulait donc cette voix intérieure qui l'admonestait, comme s'il avait failli à un devoir ?

Il la faisait taire en s'abandonnant aux joies familiales, mais elle revenait insidieusement et hantait son esprit sans se laisser reconnaître. Souvent, quelque chose l'appelait au milieu de son travail : Pelle, Pelle ! – ou bien il entendait frapper des coups au milieu de la nuit. Alors, il se dressait dans son lit, épiant les bruits : Ellen et l'enfant dormaient tranquillement – mais il percevait dans la respiration du petit Lasse comme un léger sifflement. Il allait ouvrir la porte et secouait la tête. C'était évidemment un présage : quelqu'un de ceux qui lui tenaient à cœur devait être en danger !

Durant cette période, il s'accrocha passionnément à la vie commune avec Ellen et le petit. Il vivait si fortement uni avec eux qu'on aurait dit qu'il se sentait à la veille d'une séparation. Ils avaient acheté une voiture d'enfant à crédit et, chaque dimanche, ils mettaient leurs provisions dans la voiture pour aller en balade sur le champ de manœuvres ou dans quelque guinguette des alentours, où ils mangeaient et prenaient le café. Souvent, ils suivaient le rivage jusqu'au bois, par le Strandvej. Lasse-Frederik, comme Ellen l'appelait, trônait majestueusement dans la voiture, telle une petite idole, tandis que Pelle et Ellen poussaient à tour de rôle. Ellen protestait :

– Ce n'est pas le travail d'un homme de pousser une voiture d'enfant, disait-elle. Tu vois bien que les autres ne le font pas ! Ils laissent gentiment leurs femmes se débrouiller avec la guimbarde.

– Est-ce que ça me regarde, ce que font les autres ? répondait Pelle. Je ne veux pas que ma femme soit une bête de somme.

Elle lui lançait un regard plein de reconnaissance ; néanmoins, elle n'aimait pas ça.

Au grand air, ils passaient des heures délicieuses. Le petit Lasse avait la permission de ramper à sa guise et c'était merveilleux de voir comme il savait prendre ses ébats ; on aurait dit un ourson folâtre.

– Je crois qu'il sent la terre sous lui, disait Pelle, qui retrouvait les joies de son enfance. C'est quand même moche, ces cités, là-bas !

Ellen le regardait sans comprendre. Ils ne bougeaient guère, étant suffisamment occupés à regarder s'amuser le gosse, jusqu'au moment où, tout à coup, il se mettait sur son séant et les dévisageait de ses grands yeux étonnés, comme s'il venait seulement de découvrir leur présence.

– Tiens, le voilà qui commence à réfléchir, s'écriait Pelle en riant. Alors, tu peux être sûre qu'il a faim.

Et en effet, le petit Lasse rampait vers sa mère, posait sa petite main sur son sein et disait : « Mam, mam ! » Pelle et la voiture servaient de paravent à Ellen pendant la tétée. Lorsqu'ils rentraient, c'était le soir. Si le tapis-brosse avait été déplacé, ils savaient que quelqu'un était venu les voir. Ellen devinait le nom du visiteur rien qu'en regardant la position du tapis. Il était debout contre le mur :

– C'est ton oncle, le charpentier, chuchota Pelle, pendant que le petit Lasse dormait sur son bras, la tête reposant contre son épaule.

– Non, c'est ma cousine Anna avec sa famille, répondit Ellen, en ouvrant la porte. Dieu soit loué que nous n'ayons pas été là, sinon nous aurions eu toute la bande à souper. Ils ne mangent jamais rien chez eux, le dimanche ; c'est tout juste s'ils prennent un bol de café et puis ils font le tour de la famille pour tout rafler.

XVIII

Souvent il arrivait à Pelle de penser avec inquiétude aux trois orphelins de l'Arche. Ils n'apprenaient rien qui puisse leur servir plus tard : ils avaient déjà assez à faire pour arriver à se débrouiller. Les temps difficiles se faisaient sentir chez eux aussi et Karl en pâtissait particulièrement, car les gens étaient chiches de pourboires. Ces temps-là, ils n'avaient jamais plus d'une journée d'avance sur la misère ; la moindre malchance et elle fondait sur eux. Pourtant, ils n'en laissaient rien voir ; peut-être étaient-ils seulement un peu plus sérieux et un peu plus taciturnes qu'auparavant. Pelle avait fait des démarches de plusieurs côtés pour leur trouver du secours, mais on ne pouvait rien faire sans risquer de les séparer. Ceux qui étaient en état de les aider auraient voulu disperser le petit foyer et c'était le pire qui puisse arriver aux enfants.

Lorsque Pelle venait la voir, Marie avait toujours une foule de choses à lui raconter et à lui demander. Il restait toujours son seul confident et il fallait qu'il écoute le récit de ses soucis de ménagère, pour la conseiller. Elle avait commencé à grandir et paraissait mieux portante qu'autrefois ; la présence de Pelle illuminait ses yeux de joie et colorait ses joues. Elle faisait l'éloge du père Lasse avec émotion, comme s'il était un petit enfant ; mais lorsqu'elle demandait des nouvelles d'Ellen, une petite lueur maligne brillait dans ses yeux.

Un matin, comme il travaillait à la maison pendant qu'Ellen était sortie avec le petit, il entendit sonner. Il alla ouvrir et trouva dans la petite boîte à lettres un numéro de

L'Ouvrier avec une formule d'abonnement. Avidement, il déplia le journal en reprenant sa place devant son établi. Une impulsion irrésistible lui fit parcourir d'abord la rubrique des faits divers. Cela lui fit un coup. En tête de la rubrique, un entrefilet parlait d'un garçon de quatorze ans qui travaillait dans une ferblanterie et avait eu les doigts de la main droite coupés par une machine. Un pressentiment lui dit que c'était sur ses petits amis que le malheur s'était abattu ; il endossa une veste et courut à l'Arche.

Marie vint à sa rencontre tout anxieuse :

– Comprends-tu ce qui a pu arriver à Peter ? Il n'est pas rentré, cette nuit ! dit-elle avec angoisse. Il y a tant de gosses qui font des leurs dans les rues, la nuit, mais Peter n'a jamais été comme ça. Et j'ai gardé son manger chaud jusqu'à minuit. Je me suis dit qu'il avait peut-être fait une mauvaise rencontre.

Pelle lui montra le journal. Avant peu, les habitants de l'Arche, ayant découvert l'entrefilet, seraient venus lui crier la nouvelle ; il aimait mieux la prévenir tout doucement.

– Mais ce n'est pas sûr, dit-il, pour la remonter. Peut-être que ce n'est pas lui !

Marie éclata en sanglots :

– Ah ! Si, c'est lui ! J'ai eu peur si souvent quand il me parlait de ces couteaux aiguisés, qui tournent toujours autour de leurs doigts. Et ils ne peuvent pas bien se protéger, car il faut que ça marche vite, ou alors on les renvoie. Ah ! Mon petit Peter, mon petit Peter, tout de même !

Elle s'était affalée sur la chaise et balançait son corps, comme une mère malheureuse.

– Tâche d'être une grande fille raisonnable, Marie, dit Pelle, en lui posant la main sur l'épaule. Ce n'est peut-être pas si terrible ! Les journaux exagèrent toujours. Je cours tout de suite à sa recherche.

– Commence par l'usine, cria Marie, en se redressant avec courage ; c'est là que tu sauras le plus facilement ce qui s'est passé. Mais ne dis pas où nous habitons, tu entends ! Pense à l'école, pense qu'il ne s'est pas inscrit pour la première communion. Nous pouvons être punis si on découvre ça !

– N'aie pas peur, je ferai bien attention ! répondit Pelle en partant.

À l'usine, on lui apprit que Peter était à l'hôpital. Il y courut et arriva juste à temps pour l'heure des visites. Peter était assis dans son lit, la main bandée. Elle semblait étrangement mutilée, sous le pansement. Et sur le visage du gosse, la douleur avait déjà tracé les sillons ineffaçables qui caractérisent si tristement les invalides du travail. Toute la terrible étendue de son malheur se reflétait dans son regard d'enfant.

À la vue de Pelle, sa figure s'éclaira et il fit un mouvement instinctif de la main droite mais, se reprenant aussitôt, il tendit la gauche.

– Oui, maintenant, il faut apprendre à tendre la patte gauche, dit-il, avec un sourire triste. Ça fait tout drôle. Pourvu que je puisse tout de même faire quelque chose, sinon… – Il fit de la tête un mouvement de menace. – Je ne veux pas être à la charge de Karl et de Marie toute ma vie. Crois-tu que je vais pouvoir travailler de nouveau ?

– Nous trouverons toujours quelque chose, répondit Pelle et, tu sais, il y a de braves gens. Quelqu'un t'aidera peut-être à faire des études.

Pelle ne comprenait pas lui-même d'où lui était venue cette idée-là, car il n'avait jamais vu ça. C'étaient probablement les rêves de bonheur de son enfance qui enfantaient de pareilles idées ; elles avaient été cultivées par les histoires d'enfants pauvres dans les livres de lecture. Ici, il se trouvait face à l'improbable et alors il s'y jetait à corps perdu. Mais Peter, lui, n'avait derrière lui aucun livre de lecture.

– De braves gens ! s'écria-t-il, en sifflant de dédain. Mais ceux-là ne possèdent jamais rien ! Et moi qui ne sais même pas lire, comment pourrais-je arriver à faire des études ? Karl, lui, sait lire, il a appris en regardant les écriteaux dans la rue, lorsqu'il courait faire ses livraisons ; il sait même écrire ! Et Hanne a donné quelques leçons à

Marie. Tandis que moi, je n'ai jamais été ailleurs qu'à l'usine !

Il regardait avec amertume devant lui ; c'était terrible de voir combien son visage était ravagé, tout émacié déjà.

– Pour le moment, ne te tourmente pas, quand même ! répondit Pelle, avec confiance. Nous finirons par te trouver quelque chose.

– Oui, mais pas à l'Assistance publique, et ne cours pas mendier pour moi, dit Peter, avec colère. Et puis, Pelle : ce n'est pas amusant ici, dit-il à voix basse pour que personne ne l'entende. Cette nuit, un vieil homme est mort ici, à côté de moi ; il est mort d'un cancer et ils n'ont même pas mis un paravent devant lui. Et tout le temps, il est resté à me regarder de ses yeux fixes. Mais, dans quelques jours, je vais pouvoir partir. Et alors, il faudra payer. Sinon, ce sera l'Assistance publique et ils mettront leur nez chez nous ! Je leur ai monté un bateau, tu sais ! Ne pourrais-tu pas venir me chercher ? Marie a mis de côté l'argent pour le loyer. Tu n'as qu'à le prendre.

Pelle promit et se hâta de retourner à son travail. Ellen était rentrée. Elle avait l'air tout étonnée. Il la mit au courant de ce qui s'était passé.

– Et c'est un brave garçon, tu sais, fit-il, prêt à pleurer. Un peu trop sérieux, mais c'est d'avoir tant travaillé ; et maintenant, le voilà estropié ! Encore tout enfant et déjà invalide du travail ! C'est affreux de penser à ça !

Ellen prit la tête de Pelle dans ses mains et lui caressa doucement les cheveux.

– Il faut que nous fassions quelque chose pour lui, Ellen, dit-il sourdement.

– Tu es si bon, Pelle, tu ne demanderais pas mieux que d'aider tout le monde. Mais qu'est-ce que nous pouvons ? Toutes nos économies sont parties au moment de l'accouchement.

– Alors, nous vendrons quelque chose ou bien nous mettrons au clou !

Elle le regarda avec stupeur.

– Pelle, nos meubles ! Mais nous n'avons que juste le

nécessaire ! Et toi qui aimes tant nos pauvres affaires ! Mais si tu trouves qu'il le faut… Tu fais déjà bien quelque chose pour lui, en lui sacrifiant ton temps.

Pelle se tut. Plusieurs fois, Ellen ramena la conversation sur ce sujet : il fallait bien peser le pour et le contre, n'est-ce pas ? Mais lui ne répondait rien. Son bavardage lui était pénible. Dans ces cas-là, on agissait ou on se taisait. L'après-midi, il prétexta une course en ville et se rendit à l'usine. Il s'adressa aux bureaux et put voir le patron en personne. Le patron était très ému de ce qui venait d'arriver, mais il fallait bien se rendre compte que c'était dû exclusivement à l'imprudence. Il conseilla à Pelle d'entreprendre une collecte parmi les ouvriers de l'usine et il ouvrit personnellement la souscription en donnant vingt couronnes. En outre, il laissa espérer qu'après guérison, Peter, qui était un garçon de confiance, aurait une place de livreur encaisseur.

Peter était aimé de ses camarades de travail. Aussi, on collecta une somme rondelette. Pelle paya ses frais d'hôpital et il resta encore assez d'argent pour que le garçon puisse se reposer à la maison, en attendant que sa main guérisse et qu'il ait sa place de livreur. Sachant son avenir assuré, le petit invalide était tout heureux ; il occupa son temps à flâner par la ville, là où il y avait de la musique, et à apprendre les dernières chansons.

– Ce sont mes premières vacances depuis que je suis à l'usine, dit-il à Pelle.

Il n'eut pas la place de livreur : un autre l'avait déjà prise. Mais on voulut bien lui permettre de reprendre son ancien travail. Ce qui restait de sa main droite suffisait pour pousser la feuille de fer-blanc sur la table et la gauche s'exercerait à la faire tourner entre les couteaux. C'était une affaire de temps et d'un peu plus d'attention encore.

L'accident marqua au fer rouge le cœur de Pelle et réveilla son indignation endormie. Les circonstances avaient fait de lui le frère des trois orphelins et il souffrait de l'accident survenu à Peter aussi vivement que s'il s'était agi de lui-même. N'était-ce pas honteux que des gosses soient forcés de risquer leur vie à un travail dangereux, rien que pour éviter la honte d'être à l'Assistance publique ? Qu'est-ce que c'était que cette société ? Pelle sentait en lui le besoin impérieux de se battre. Il s'était remis à porter le poids du sort de Due, augmenté de ce nouveau fardeau. Cela se voyait sur son visage et les caresses d'Ellen ne pouvaient l'effacer.

– Ne prends donc pas cet air terrible ! Tu fais peur au petit, disait-elle, en lui tendant le petit Lasse.

Pelle s'efforçait de rire, mais son rire se changeait en grimace. Il n'avait aucune envie de laisser voir à Ellen ce qui se passait dans son cœur meurtri et il ne lui parlait plus que de choses sans importance. Le reste du temps, il regardait autour de lui, attendant le signal décisif. Le sentiment d'être prédestiné l'envahissait de nouveau et il était sûr qu'un message allait bientôt lui parvenir. Survint alors la mort du président Petersen et, de nouveau, on lui demanda de prendre la direction du syndicat.

– Qu'en dis-tu ? demanda-t-il à Ellen, bien que sa décision soit déjà irrévocable.

– Mais tu dois bien savoir toi-même ce que tu veux, répondit-elle, évasive. Si ça t'amuse…

– Ce n'est pas pour moi que je le fais, dit Pelle, d'un air sombre. Je ne suis pas une femme.

Il regretta aussitôt ses paroles et alla l'embrasser. Les yeux remplis de larmes, elle le regardait avec stupéfaction.

XIX

Le travail ne manquait pas. Il fallait, de gré ou de force, faire rentrer dans le syndicat tous ceux qui s'étaient défilés. Pelle commença par les plus convaincus. Le nombre ne pourrait manquer d'impressionner les autres. Il laissa les plus rebelles continuer leur petit bonhomme de chemin pour le moment : isolés et repérés, ils ne pouvaient plus faire de mal. Il était bien reposé et procéda avec méthode. Le sentiment d'avoir assez de forces pour aller jusqu'au bout lui donnait une assurance calme, qui inspirait confiance. Sans se presser, il recommença par le commencement. Délibérément, il mettait de côté les grosses questions, jusqu'à ce que soient remplies les conditions indispensables à leur solution. Il savait par sa propre expérience que si l'on n'était pas en rangs serrés, il n'y avait rien à faire.

Le reste de l'été y passa. Mais alors, le syndicat était solide et paraissait capable de soutenir une lutte. La question la plus pressante était celle du barème, qui était ancien et bas, en retard sur presque tous les chapitres. La corporation étouffait sous des salaires bas, qui n'avaient pas suivi le cours et le renchérissement de toutes choses. Mais Pelle se laissa guider par son sens pratique. Le moment n'était pas favorable pour revendiquer des augmentations de salaires. Le syndicat n'aurait pas eu la force nécessaire pour soutenir une telle revendication. Pour le moment, il fallait se contenter de faire respecter le barème en vigueur. Plusieurs des grands patrons n'en tenaient pas compte, bien qu'ils aient été de ceux qui l'avaient établi.

Le pire, c'était Meyer, le bottier du Roi : tous les prétextes lui étaient bons pour réduire les taux les plus justifiés.

Journellement, les plaintes arrivaient, si bien qu'un jour Pelle alla le voir pour discuter de la situation et trouver une issue. Il était décidé à engager la lutte sur la base du respect absolu du barème. Autrement, tout le monde pourrait faire de belles promesses et ne pas les tenir. Il s'attendait à se voir mettre à la porte par le bottier du Roi. Mais il n'en fut rien. Meyer se contenta de le traiter avec une sorte d'insolence polie. La haine contre le vieil ennemi se réveilla en Pelle ; il avait de la peine à se dominer :

– Vous aurez le boycott si, d'ici huit jours, vous n'avez pas réglé la question avec vos ouvriers, dit-il, d'un ton menaçant.

Meyer ricana.

– Vraiment ? On le connaît, votre boycott ! Alors, le syndicat patronal déclare le lock-out pour toute la corporation. Qu'est-ce que vous dites de ça ? Alors, qui bouffera de la vache enragée ?

Pelle garda le silence et s'en alla. C'était pour lui la seule manière de garder son sang-froid. Maintenant, il avait dit ce qu'il avait à dire ; il n'était pas de ces diplomates qui savent sourire tranquillement, une lueur diabolique dans les yeux. Meyer l'accompagna jusqu'à la porte avec force courbettes.

– À part ça, y a-t-il quelque chose que je puisse faire pour vous ? Voulez-vous du travail ? J'ai du travail de débutant, en ce moment.

Une fois dans la rue, Pelle respira profondément. Pouah ! L'épreuve avait été dure ! Quelques gros mots et une paire de gifles auraient été la réponse la plus naturelle aux insolences de ce monsieur. Enfin, ç'avait été une épreuve pour son caractère emporté et il s'en était bien tiré ! S'il savait se taire, il saurait aussi dominer une situation ! « Nous allons boycotter Meyer, pensa-t-il, en descendant la rue, et ensuite ? Il va riposter par le lock-out. Est-ce qu'on peut tenir le coup ? Pas bien longtemps, mais les patrons non plus, ça ruinerait leur commerce. Alors, ils vont faire venir des ouvriers de l'étranger. Si nous arrivons à empêcher ça, ils feront faire le travail ailleurs. Ils feront venir des chaussures fabriquées en usine sur une grande échelle et ils importeront des machines – comme ils ont déjà commencé à le faire ! »

Pelle s'arrêta au milieu de la rue : Diable ! Ça ne marcherait pas comme ça. Il fallait faire attention à ne pas faire une omelette avec toute cette histoire. Si tout ça arrivait, les machines et le reste, une masse de gens seraient aussitôt privés de leur gagne-pain. Mais le bottier du Roi, il voulait lui porter un coup : il y aurait bien moyen d'envoyer à cette sangsue une telle gifle que son porte-monnaie s'en ressente !

Le lendemain matin, il arriva chez maître Beck à l'heure habituelle. Beck le regarda longuement, par-dessus ses lunettes.

– Je n'ai plus de travail à te donner, Pelle, dit-il enfin, d'une voix étouffée.

– Qu'est-ce que vous dites ? s'écria Pelle, effrayé. Mais il y a du travail pressé, patron !

– Oui, mais il m'est impossible de t'employer plus longtemps. Ce n'est pas de mon plein gré : j'ai toujours été très content de toi, mais les circonstances m'y obligent ! Il y a tant de choses dont il faut tenir compte. Un cordonnier ne peut travailler sans matériaux et il ne peut pas non plus se passer de crédit chez le marchand de cuir.

Il ne voulait pas en dire davantage, mais Pelle avait bien compris ce qui se passait. En sa qualité de président de l'Association patronale, Meyer avait forcé Beck à congédier Pelle en le menaçant de lui couper les vivres. Il était frappé parce qu'il était à la tête de son syndicat, bien que le syndicat soit reconnu. C'était là une violation flagrante du droit d'association. Pourtant, il n'y avait pas moyen d'en faire état. On avait le droit de congédier un homme, lorsqu'on n'avait plus besoin de lui. Meyer était un homme rusé.

Pelle se mit à marcher, la tête basse. Peu pressé de rentrer pour rapporter la triste nouvelle à Ellen, il fit le tour des ateliers afin de trouver du travail. Mais, aussitôt qu'un patron entendait son nom, il se ravisait : non, il n'avait rien en ce moment. Il comprit qu'il leur avait été signalé. Il ne restait donc qu'à tirer le maximum de son travail à domicile et à racoler autant d'ouvrage que possible, chez les amis des amis. Et puis, il fallait rester prêt nuit et jour pour le cas où un petit patron, qui bricolait sans aide, aurait tout à coup plus de travail qu'il n'en pouvait faire.

Ellen accepta sans se plaindre les choses comme elles étaient. Mais, à l'égard de leur cause, elle usa d'une hostilité muette. Pelle ne trouva chez elle aucun soutien dans sa lutte. Sur ce terrain, elle ne le suivait pas. Cela ne le faisait pas dévier de sa route mais, au contraire, lui donnait davantage de ténacité. Il y avait une partie de lui-même qu'Ellen ne pouvait comprendre ; tant pis, après tout, c'était une femme et il fallait lui passer cela. Pelle était bon pour elle et, dans ses pensées, il l'associait toujours davantage au petit Lasse. Ce faisant, il retrouva, vis-à-vis d'elle, sa liberté d'action pour les choses sérieuses et il se sentit davantage un homme.

Grâce à son petit salaire de président de syndicat, ils n'eurent pas à souffrir de la faim. Au fond, Pelle aurait mieux aimé renoncer à ces deux cents couronnes : dans ses veines, il ne coulait pas une goutte de sang de bureaucrate et il ne pouvait se faire à l'idée qu'on puisse être dédommagé en argent, pour le travail qu'on faisait pour le bien de tous. Mais, pour l'heure, cet argent venait à propos et Pelle avait autre chose à penser qu'à faire des histoires pour des vétilles. Il avait abandonné l'idée du boycott, mais il ne cessait de se creuser la tête pour découvrir un moyen d'avoir barre sur le bottier du Roi. Cela l'obsédait jour et nuit.

Un jour, sa pensée s'arrêta sur la tactique qu'avait employée Meyer lui-même. Sans qu'on puisse y trouver à redire, il avait enlevé à Pelle son travail – et si Pelle agissait de même et raflait, en sous-main, ses ouvriers au bottier du Roi ? Meyer était le mauvais esprit de la corporation ; il siégeait, pareil à un tyran dans sa toute-puissance, et maintenait tout le monde dans la misère. En revanche, il ne serait peut-être pas impossible de le mettre sur la liste noire ! Et, cette fois, Pelle n'était pas d'humeur à se montrer difficile sur le choix des moyens.

Il discuta de la question avec son beau-père, qui lui faisait de nouveau confiance. En vieux tacticien expérimenté, Stolpe lui conseilla de ne faire aucune réunion à ce sujet, mais de tout arranger en tête à tête avec chacun, afin que, le cas échéant, il n'y ait pas moyen de mettre le syndicat en cause.

– Tu as bien le temps, maintenant. Commence donc par aller voir les gens sûrs et explique-leur quel homme est ce Meyer. Enlève-lui, avant tout, ses meilleurs ouvriers : il n'a pas grand avantage à garder les autres. Tu sais bien chauffer les camarades, quand tu veux ! Agis assez adroitement pour que personne ne trouve prudent d'aller remplacer ceux qui partent. Il faudra lui faire, d'homme à homme, la réputation qu'il mérite.

Pelle se dépensa sans compter, allant de camarade en camarade, plein d'ardeur et d'enthousiasme. Et, ce qui trois ans auparavant avait été impossible, il parvint à le réaliser, car l'indignation contre l'injustice s'était enracinée dans les esprits.

Meyer avait l'habitude de laisser les ouvriers courir en vain chercher leur travail : on n'avait pas fini de préparer l'ouvrage, il fallait revenir le prendre ! Et, lorsqu'enfin ils l'obtenaient, il fallait absolument le faire *illico* et le rapporter d'urgence. Cette méthode avait pour but de rendre les gens humbles et soumis.

Mais la situation se renversa. Les ouvriers ne vinrent plus livrer le travail pressé au moment promis. Meyer fut obligé de l'envoyer chercher et on lui retourna son propre langage : l'ouvrage n'était pas tout à fait prêt, mais on allait voir ce qu'on allait pouvoir faire pour lui. Afin de ne pas mécontenter sa riche clientèle, le bottier du Roi fut obligé de courir frapper aux portes de ses propres ouvriers. Les premières fois, il riposta par un congé, sans autre forme ; mais cela ne servit à rien ; on aurait dit que le démon de l'orgueil s'était emparé de ces simples compagnons cordonniers : ils avaient tout l'air de mettre sens dessus dessous la hiérarchie des maîtres et des employés ! Il fallait abandonner la manière forte et essayer l'effet de la persuasion. Ayant pour clientèle toute la haute société, la maison avait besoin d'un personnel d'élite. Mais l'amabilité elle-même se montra bientôt sans effet : aussitôt qu'il avait réussi à trouver un bon ouvrier, le voilà qui partait. Et lorsqu'il demandait la cause de ce départ, il recevait invariablement la même réponse narquoise : son travail ne faisait pas leur affaire. Il avait beau offrir des salaires élevés et faire venir, à grands frais, d'habiles ouvriers étrangers : Pelle se tenait au courant et allait les trouver. Lorsqu'ils avaient été travailler quelques jours, ils s'en retournaient chez eux ou bien se faisaient embaucher chez les autres patrons, qui voyaient leur commerce prospérer à mesure que celui de Meyer périclitait. Ceux qui allaient au magasin racontaient qu'il marchait rageusement de long en large, injuriant ceux qui n'y étaient pour rien et les renvoyant aussi.

Meyer sentait une main derrière tout cela. Il voulait faire déclarer le lock-out par l'association patronale. Mais les autres patrons le voyaient venir : le commerce de Meyer traversant une période de crise, il voulait arrêter aussi le leur. Ils n'avaient rien contre le nouvel état de choses ; en tout cas, ils ne voyaient aucune raison de déclarer le lock-out. Enfin, Meyer s'était décidé à écrire à Pelle et à lui offrir d'entamer des négociations pour que cessent les troubles dans la corporation. Pelle, novice encore dans l'art des pourparlers, fit une lettre où il disait quelque chose comme « Vous voulez me faire marcher ». Pourtant, avant de l'envoyer, il la montra à son beau-père.

– Non, ça ne va pas du tout ! s'écria Stolpe. Tu sais, mon gars, il faut y mettre les formes, lorsqu'on veut faire de la politique syndicale ! Ceux de la haute attachent tant d'importance à la forme ! J'étais tout comme toi, moi aussi, quand j'étais jeune : la vérité avant tout, et je ne craignais pas de la leur envoyer au visage ! Mais ça ne réussissait pas : on était trop grossier, on ne pouvait négocier avec vous ! Un tantinet de roublardise fait bien mieux ! Il faut être diplomate et savoir attraper les renards à leurs propres pièges. Tu n'as qu'à écrire, je vais te dicter la lettre. Voyons...

Marchant de long en large dans la pièce, Stolpe prit une mine songeuse. Il était en bras de chemise et en pantoufles, les pouces enfoncés dans les goussets.

– Tu es prêt, mon gendre ? Voilà :

À M. Meyer, président de l'Association patronale de la Cordonnerie, bottier du Roi,

En accusant réception de votre honorée datée d'hier, je me permets de vous faire observer que, pour autant que je sache, l'ordre parfait et la tranquillité la plus absolue règnent partout dans la corporation en ce moment. Toute raison pour engager des pourparlers quelconques fait donc entièrement défaut.

Pour le Syndicat des ouvriers cordonniers, respectueusement.

PELLE.

– Ça vaut son poids d'or, hein ? Napoléon lui-même n'aurait pas eu honte de signer ça. Et c'est malicieux à souhait, dit Stolpe, avec satisfaction. Tu n'as qu'à recopier proprement et mettre dans une grande enveloppe.

L'ayant transcrite sur une grande feuille, Pelle se sentit impressionné par la missive : elle ressemblait à une convocation du préfet ou du maire. Seulement, la malice, il ne la comprit pas très bien ce jour-là.

Un matin, quelques jours plus tard, il était resté travailler à la maison. Les jours précédents, il avait été obligé de se faire embaucher comme débardeur sur le port ; maintenant, il ressemelait une paire de bottes pour un marin du charbonnier. De l'autre côté de l'établi se tenait le petit Lasse, qui imitait chacun de ses mouvements, tout en babillant. Chaque fois que Pelle enfonçait une pointe, le gosse frappait de son hochet le coin de la table. Pelle riait avec lui. Ellen allait d'une pièce à l'autre, silencieuse et sérieuse. On sonna. Avant d'aller ouvrir, Ellen ramassa en hâte quelques couches qui séchaient près du poêle. Un gros monsieur, en manteau de fourrure, entra en s'inclinant ; devant lui, avec ses gants et sa channe, il tenait son haut de forme. Pelle ne put en croire ses yeux : c'était le bottier du Roi en personne.

« Il vient pour régler les comptes », se dit-il, prévoyant une lutte acharnée. Son cœur battit fortement et il eut la sensation que quelque chose en lui s'écroulait. L'antique soumission allait se réveiller et le dominer. Mais, l'instant d'après, il était maître de lui, comme avant, et c'est avec calme qu'il offrit une chaise à son visiteur. Meyer regardait autour de lui dans la pièce simple, mais agréable, comme s'il était désireux de comparer les ressources de l'ennemi aux siennes, avant d'entreprendre quelque chose. Découvrant une certaine lueur dans ce coup d'œil circulaire, Pelle acquit d'un seul coup une connaissance plus approfondie des hommes.

« Mais il est en train de regarder s'il n'y a encore rien de parti pour le mont-de-piété », se dit-il à lui-même, avec colère.

– Hum ! J'ai reçu votre honorée lettre, commença enfin Meyer. Vous êtes d'avis qu'il n'y a pas de raison pour discuter de la situation. Il me semble pourtant…

– Non, il n'y a pas de raison, à mon avis, répondit Pelle, décidé à garder le ton de la lettre. Il me semble au contraire qu'il règne un ordre parfait. En principe tout devrait bien marcher, maintenant que nous avons chacun notre syndicat et que nous pouvons traiter d'égal à égal.

Il lança à Meyer un regard innocent.

– Ah ! Vous trouvez ? Vous ne devez pourtant pas ignorer que mes ouvriers me quittent les uns après les autres, pour ne pas dire qu'on me les prend les uns après les autres. Je ne peux donc pas vous faire le plaisir de dire « qu'il règne un ordre parfait ».

Au fond, Pelle était furieux du langage choisi de Meyer.

Pourquoi diable ne pouvait-il pas dire son affaire comme un homme ordinaire, au lieu de rester là à glisser des insinuations ! Mais puisqu'il fallait faire des manières, pourquoi pas ?

– Vos ouvriers vous quittent ? interrogea-t-il, visiblement intéressé.

– Oui, précisément ! répondit Meyer, en le regardant avec étonnement. – Le ton de Pelle le rendait perplexe. – Et ils me font des chicanes, ils manquent à leur parole et font courir mes livreurs pour rien. Autrefois, chacun venait chercher et livrer son travail ; maintenant, je suis obligé d'avoir des garçons livreurs : mon commerce ne peut supporter ça.

– Les compagnons aussi ont dû courir pour rien plus d'une fois. Je le sais, j'ai travaillé pour vous, rétorqua Pelle. Mais, autrement dit, vous êtes d'avis que nous pouvons mieux supporter que vous cette perte de temps ?

Meyer haussa les épaules.

– Pour les ouvriers, cela fait partie intégrante de leur travail. C'est dans l'ordre des choses. Mais enfin si, en cédant sur ce point, j'étais au moins sûr d'avoir des ouvriers... Non, ça ne va pas, hurla-t-il tout à coup ; ça ne se passera pas comme ça, ou le diable m'emporte. Ce n'est pas honnête !

Le petit Lasse sursauta et se mit à crier. Ellen entra en courant et l'emporta dans la chambre à coucher. Pelle pinça les lèvres :

– Si vos hommes vous quittent, c'est probablement qu'ils ont des raisons pour le faire, répondit-il, brûlant d'envie de jeter à la face de Meyer qu'il n'était qu'un exploiteur. – Le syndicat ne peut pas obliger ses adhérents à travailler chez un homme avec lequel ils ne peuvent sans doute pas s'accorder. Je viens moi-même d'être congédié de mon atelier, on ne peut pourtant pas alerter les deux syndicats pour une pareille affaire !

En lui décochant cette flèche, Pelle regarda son adversaire bien en face. Les traits de son visage tremblèrent légèrement.

– Ah ! s'écria Meyer, avec une expression de satisfaction, comme s'il sentait enfin la terre ferme sous ses pieds. Tiens, tiens ! Voilà enfin la clef de l'énigme ! Mais vous êtes donc diplomate aussi, et un grand diplomate ! Vous avez un mari intelligent, ma petite dame, fit-il en s'adressant à Ellen qui s'affairait près du buffet. Dites donc, monsieur Pelle, vous êtes un homme selon mon goût et il faut que nous arrivions à un accord. Quand deux hommes capables causent ensemble, il en sort toujours quelque chose. Ça ne peut pas être autrement. J'ai besoin d'un homme du métier, intelligent et capable, pour prendre les mesures et diriger la coupe ; la place est bien payée et je peux vous signer un contrat pour plusieurs années. Qu'en dites-vous ?

Avec un sursaut, Pelle avait levé la tête. Les yeux d'Ellen lançaient des éclairs ; ils devinrent étrangement sombres et se rivèrent sur lui, comme pour imprimer leur volonté dans la sienne. Un instant, il regarda devant lui avec stupeur. Il ne s'attendait pas à une offre pareille. Puis il se mit à sourire. Hé ! Là. Est-ce qu'il allait se laisser acheter et devenir le bras droit de l'exploiteur ?

– Ce n'est pas un travail pour moi, répondit-il.

– Évidemment, je vous laisse le temps de réfléchir à mon offre, conclut Meyer, en se levant. Mettons trois jours.

Le bottier du Roi parti, Ellen vint poser son bras sur l'épaule de Pelle.

– Comme tu es intelligent et habile, dit-elle doucement, en jouant avec ses cheveux.

Toute son attitude avait l'air de demander pardon. Elle ne fit pas une allusion à l'offre de Meyer et elle se remit au travail en chantonnant. Il y avait beau temps que Pelle ne l'avait entendue chanter et la chanson lui inspira le sentiment joyeux que, cette fois-ci, il allait vaincre.

XX

Sans relâche, Pelle continua la lutte, se débattant contre la misère et les défections. Bien des fois, au cours de la bataille, il se retrouva à son point de départ. Meyer avait trouvé, à l'étranger, une nouvelle équipe d'ouvriers et il fallait tout recommencer : les travailler jusqu'à ce qu'ils partent ou leur rendre la vie impossible. La fin de l'hiver fut dure et vint en aide à Meyer. Il payait maintenant des salaires élevés et il avait réussi à racoler quelques jaunes. Un moment, son commerce eut l'air de vouloir remonter la pente. Mais c'était seulement parce que, faute de temps, Pelle avait laissé les jaunes en paix.

Il retourna les voir : son prestige avait grandi. On parlait déjà de la force de sa volonté ; la plupart se rendaient d'avance : « Personne ne peut lui résister », disaient-ils. Il ne doutait pas de la victoire un seul instant et continuait ses démarches ; sans spéculer sur les conséquences lointaines, il jetait tout dans la balance pour atteindre le but. Des forces se levaient en lui et le conduisaient sur le bon chemin. Ses camarades le suivaient de bon gré, acceptant les sacrifices qu'imposaient les licenciements : leur confiance lui était acquise. Au fond, ils trouvaient admirable ce renversement de situation : pour une fois, le coup se retournait contre celui qui l'avait porté. Ils avaient fait l'amère expérience des courses vaines pour mendier du travail et pour réclamer leur dû, eux, les petites gens. C'était amusant de renverser les rôles. Maintenant, c'étaient les souris qui jouaient avec le chat et elles s'amusaient bien, en dépit de quelques coups de griffes.

Pelle sentait la confiance qu'on lui portait, d'homme à homme, à l'empressement avec lequel tous lui obéissaient, comme s'il ne faisait que traduire leur propre volonté. Quand il paraissait dans les assemblées générales et les meetings pour un compte rendu ou une intervention et qu'il était accueilli par les applaudissements des camarades, il sentait de grandes forces se rassembler en lui. Il était comme l'éperon que toute la puissance du navire pousse en avant. Il commençait à se trouver à l'aise dans ce rôle plus grand que lui. Il avait une mission à remplir.

Le Pelle qui avait négocié avec tant de sang-froid et d'habileté et qui avait dit à Meyer ce qu'il avait à dire, sans un mot déplacé, n'était pas celui de tous les jours. Une conscience qui le dépassait travaillait en lui et portait une responsabilité plus lourde. Il lui obéissait pour en faire sa propre conscience. Il sentait que la force était là. Cette conscience plus haute avait un lien mystérieux avec tant de choses : en remontant jusqu'à sa plus tendre enfance, il la retrouvait partout comme une riche promesse. Tant de gens s'étaient attendus à le voir devenir quelqu'un ; il les avait écoutés avec étonnement, mais voilà que cela prenait figure de prophétie. Il faisait plus attention à ce qu'il disait en privé, maintenant qu'il avait compris la portée de ses paroles. Mais, dans les réunions, les expressions les plus fortes lui venaient tout naturellement, comme l'écho d'une nef immense. Il s'occupait à former sa personnalité : tout ce qui avait pu se développer librement, du temps de son insouciance, devait maintenant se plier au service de la cause. Il révisa aussi son attitude vis-à-vis d'Ellen : il lui trouva des excuses et fit tous ses efforts pour comprendre ses exigences de bonheur. Il était doux et bon envers elle, mais inflexible sur l'essentiel.

Au sujet du bottier du Roi, il ne se faisait aucun scrupule. L'homme avait assez longtemps abusé de sa force dans tous les domaines. Grâce à son énorme chiffre d'affaires, c'était lui qui dominait la situation et qui était responsable des mauvaises conditions de travail. Avec l'été, la bonne saison était venue pour les ouvriers, et le commerce de Meyer continua à péricliter. Pelle prévoyait sa chute comme une juste vengeance. La lutte suffit à l'absorber pendant plus d'une année. Il était toujours à droite et à gauche ; il accourait à la maison pour expédier au plus vite le travail qui attendait, puis il repartait. Il ne voyait plus guère Ellen et le petit Lasse, qui vivaient leur vie sans lui.

Il n'osait se reposer sur l'idée que désormais l'unité était solide. Sans relâche, il la renforçait et la consolidait. Il ne voulait pas être pris au dépourvu. Sa ténacité infatigable se communiqua aux camarades : à mesure que se prolongeait la lutte, leur ardeur grandissait. Pour eux, la bataille prenait plus d'importance, à mesure qu'elle demandait plus de sacrifices et que la résistance augmentait. Peu à peu, Meyer leur apparut comme un colosse pour la chute duquel tout le monde devait risquer son bien-être ; des foyers furent ruinés mais, plus les victimes de la lutte étaient nombreuses, plus les combattants s'y jetaient avec une ardeur insouciante. Le jour où, enfin, le colosse tomba, en écrasant quelques-uns sous sa masse, ils poussèrent des cris de joie.

De toute évidence, la victoire revenait à Pelle : les ouvriers cordonniers avaient abattu le plus gros patron de la corporation. Ils ne demandèrent pas ce que cela avait coûté, mais ils couvrirent de gloire le nom de Pelle. Ils criaient « Hourra ! » aussitôt qu'ils l'apercevaient ou que son nom était prononcé. Autrefois, pareil triomphe aurait pu lui tourner la tête. Maintenant, le résultat lui semblait simplement naturel, comme la manifestation d'une volonté plus grande que la sienne.

Quelques jours plus tard, il convoqua les membres du syndicat, leur soumit un projet de barème mis à jour et proposa de lutter pour le faire adopter.

– Le moment choisi ne peut être plus favorable, commença-t-il ; ils viennent de voir ce dont nous sommes capables ! Et c'est sur la question des barèmes que nous avons fait tomber Meyer. Il faut battre le fer pendant qu'il est chaud.

Il comptait trouver les camarades d'humeur belliqueuse, en dépit des sacrifices que leur avait imposés la lutte, et il ne s'était pas trompé. Sa proposition fut votée à l'unanimité.

Il n'y eut pas de lutte. Meyer était devenu représentant d'une grande maison de cuir et allait visiter les patrons. La vue de cet homme hier si puissant les refroidissait un peu. L'association patronale désigna deux ou trois patrons pour traiter avec le syndicat de l'augmentation des salaires.

XXI

Il arrivait souvent à Pelle de regretter la vie calme et intime qu'il partageait naguère avec Ellen et le petit Lasse. Il sentait avec tristesse qu'ils vivaient contents dans un monde à eux et commençaient à se passer de lui facilement. « Quand tu seras débarrassé de cette histoire, tu vivras bien heureux avec eux », se disait-il. Mais une chose entraînait l'autre : la solution d'un problème en posait un nouveau et le monde des pauvres se révélait une affaire compliquée. Sa réputation d'avoir la main heureuse en matière d'organisation se propageait et, partout, on travaillait à répandre l'idée d'unité. Les masses commençaient à regarder vers lui, remplies d'espérance.

Sans cesse des travailleurs venaient lui demander de les aider à s'organiser – personne ne savait s'y prendre comme lui. Alors, ils convoquaient des réunions et Pelle leur faisait un exposé. Ses discours commençaient à prendre un tour oratoire, mais ils le comprenaient parfaitement.

– Il parle si bien que les oreilles vous démangent, disait-on.

On élisait les responsables et Pelle les mettait au courant du côté pratique de l'organisation.

– Mais il vous faut de l'argent, répétait-il, sans se lasser. Il vous faut une caisse, car sans argent nous ne pouvons rien. Rappelez-vous que notre ennemi est le capital lui-même.

– Faudra-t-il des fusils ? demanda un jour, naïvement, un ouvrier.

– Non, des tirelires ! répondit vivement Pelle.

Alors, ils s'esclaffèrent et retournèrent leurs poches mal garnies. Ils regardaient à deux fois leurs sous avant de les donner.

– Merde ! Ça ne servira jamais à rien, disaient-ils.

– Mais si, le jour viendra bientôt où ça servira, si nous restons unis, disait Pelle avec confiance.

C'était le beurre qu'ils enlevaient de leur pain, Pelle ne le savait que trop bien. Mais on n'y pouvait rien ! À ce moment-là, Pelle avait moins de ressources que n'importe lequel d'entre eux.

Son activité s'étendait de plus en plus, de sorte qu'un jour il se sentit au milieu des masses. Leur nombre ne l'étonna pas. Il lui était familier, à lui qui grandissait avec le Mouvement et qui fixait au Mouvement, comme à lui-même, un but toujours plus grand.

Ces temps-là, Pelle changeait profondément. Son front portait toujours les rides qui, chez les jeunes gens, sont généralement le signe d'une enfance malheureuse. C'était le seul témoin amer de ce qu'il avait enduré – ce front semblable à une nuée d'orage. Par contre, il était toujours bien portant, il ne se laissait pas abattre par la misère, il vivait pour la solidarité et il était presque toujours de bonne humeur. Ses joues s'arrondissaient comme celles d'un trompette, ses narines se dilataient, comme pour souligner sa fougue. Il respirait largement. Il portait toujours ses vêtements ouverts sur la poitrine. Sa démarche était ferme et souple : tout son être allait de l'avant. Quand il parlait dans les réunions, chaque mot portait, le sang lui montait à la tête et il était couvert de sœur. Son visage et son cou restaient colorés et il y avait toujours en lui un élan impétueux. Quand il arrivait, on aurait dit un clairon à la tête d'une colonne.

Les masses étaient son élément. Que de choses il fallait rassembler dans une seule tête ! La plupart ne voyaient pas encore très clair et la méfiance d'autrefois se réveillait par sursauts. Tant de doutes les envahissaient. Les uns croyaient aveuglément, d'autres disaient : peu importe que nous soyons tondus par les uns ou par les autres ! Il n'arrivait rien de frappant qui puisse dessiller les yeux de tout le monde : les masses sentaient le besoin d'être guidées comme l'aveugle et d'entendre toujours la voix de Pelle. Il était devenu leur orateur préféré. Se sentant porté par leur confiance entière, il voyait leur avenir par-delà la mêlée. Il s'était toujours soucié du bonheur et maintenant il l'apercevait distinctement au bout de la route et communiquait à chacun son enthousiasme.

Un soir, on l'appela pour ranimer une corporation qui dormait. Il s'agissait des vidangeurs. Pour réveiller le sentiment de leur dignité, il leur montra quelle force ils détenaient, dans leur profession méprisée. Il imagina qu'ils arrêtaient le travail et en dépeignit les conséquences pour la bonne société, avec beaucoup d'humour. Son discours produisit sur l'assemblée une impression irrésistible. Tous se regardaient comme s'ils se découvraient eux-mêmes pour la première fois et ils éclatèrent de rire comme un seul homme. Pour pousser son avantage, Pelle continua en démontrant comment tout se tenait, de corporation en corporation, et il en arriva à parler d'une grève générale qui paralyserait toute la ville. C'était une fantaisie de son imagination ! Pelle ne connaissait pas les théories du mouvement ouvrier, mais son esprit tendu arrivait à soulever le voile qui cachait les perspectives lointaines. Les travailleurs rentrèrent chez eux, désormais réveillés et comme effrayés de la puissance formidable qu'ils avaient en main.

Il y avait quelque chose, dans cette idée, qui ne satisfaisait pas Pelle : sa nature était de produire et non de détruire. Si les pauvres voulaient, ils n'avaient qu'à se servir, avait dit un jour Morten. Ces mots lui revenaient sans cesse à l'esprit. Mais il n'aimait pas les révolutions violentes et il venait de trouver un bon moyen de s'en passer. Il était convaincu qu'une union indissoluble était invincible et pouvait réorganiser la société par des moyens pacifiques.

Les camarades de sa corporation, ne les avait-il pas, pour ainsi dire, soudés ensemble de telle sorte qu'ils ne formaient plus qu'un seul bloc ? C'était déjà un petit résultat, mais, pour bien faire, il fallait travailler de concert avec les ouvriers des villes de province. C'est ce qui s'ébauchait déjà dans certaines corporations. Et toutes ces fédérations de métier devaient, à leur tour, former une unité imposante, de sorte que le pays tout entier soit mû par une seule pensée. Et, puisqu'il en était de même dans les autres pays, pourquoi ne réunirait-on pas tous les pays en une seule grande fédération, pour couronner l'édifice ? Avant même de s'en rendre compte, Pelle avait fait faire le tour de la terre à la solidarité. Il savait maintenant que la misère est internationale. Que le peuple sente de même partout, il n'en doutait pas.

L'envergure du projet ne lui tourna pas la tête ; elle sortait tout naturellement des principes de son propre syndicat. L'idée était la même. Il continua à la tourner et à la retourner, jusqu'à ce qu'elle ait pris forme. Puis, il alla voir le beau-père, qui était membre de la direction du Parti, et lui soumit son plan. Stolpe l'engagea à venir l'exposer aux dirigeants du Parti.

Bien qu'ayant déjà l'habitude de la parole, Pelle avait le trac, lorsqu'il se trouva en face de ceux qui étaient le cœur vigoureux du Mouvement. Sa parole savait empoigner les masses, mais allait-il parvenir à gagner ces hommes éprouvés qui dirigeaient le tout, sans cesser pour cela d'accomplir tranquillement leur besogne quotidienne ? Il considérait ce jour comme le plus important de sa vie.

C'étaient des hommes d'un tempérament plus pondéré que le sien. Ils l'écoutaient sans un geste, les yeux mi-clos ; les paroles violentes de Pelle leur faisaient esquisser un sourire ; elles n'avaient pas prise sur eux. C'étaient des artisans et des ouvriers qui travaillaient dur pour leur famille, comme lui, mais plusieurs d'entre eux avaient des années d'étude derrière eux et méritaient le nom d'hommes cultivés. Le soir et le dimanche, ils travaillaient pour le mouvement ouvrier, dressaient des plans de bataille politique et travaillaient à régler les affaires de la comptabilité et d'une administration qui prenait chaque jour plus d'extension. Ils étaient lourds de ce fardeau inhabituel, jusque-là réservé aux autres classes de la société : il leur fallait tout apprendre, depuis les rudiments ; leurs têtes étaient grisonnantes et leurs visages ridés.

Pelle sentit qu'il ne faisait que débuter. Son impression fut que ces hommes formaient un puissant conseil secret ; dans la rue, ils étaient comme tout le monde, mais ici, autour de cette table verte, ils construisaient l'immense édifice où lui ne faisait que pousser les masses. La ligne politique naissait ici. Elle lançait une sorte de défi au Créateur, comme si des fourmis faisaient des plans pour déplacer une montagne. C'était ici qu'il lui fallait venir, s'il voulait faire œuvre durable. Mais, ici, on demandait autre chose que des traits d'éloquence. Malgré lui, il baissa le ton et se mit à exposer les faits.

Il n'y eut pas d'applaudissements quand il se tut ; les hommes continuaient à regarder d'un air pensif, droit devant eux. Le silence l'impressionna, comme l'aurait fait un vide immense, et lui donna le vertige. Tout en lui était tourné vers le dehors ; toute son énergie, il la puisait dans l'écho que lui renvoyaient les masses qui l'avaient formé. Mais ici, au moment décisif, tout se taisait et on le laissait flotter, sans le moindre point d'appui. Tout ce plan grandiose d'action commune n'était donc que balivernes ? Ou bien l'avait-il présenté avec maladresse ? Personne ne répondit. Les dirigeants l'interrogèrent tranquillement sur certains détails de son projet et promirent de le mettre en délibération.

Pelle entra dans une attente fiévreuse. Il avait l'impression d'avoir touché à une question décisive et il avait besoin qu'on lui confirme qu'il avait visé juste. Dans son incertitude, il se replia sur lui-même. Ce n'était pas dans sa nature de s'interroger, mais personne d'autre ne répondait. Il lui fallait donc chercher en lui une approbation. C'était la première fois que Pelle avait recours pour de bon à son moi et il se rendit compte qu'il pouvait y trouver appui, aux moments décisifs. Mais il n'aimait pas l'isolement et il ne l'acceptait que contraint et forcé. Son cœur bondit de joie lorsqu'il reçut la nouvelle que son projet avait été approuvé. Un comité fut institué pour le mettre en application et Pelle en fut membre.

La Confédération du Travail créa, d'un seul coup, une armée en réunissant les multiples groupements et, rien que par sa masse, elle exerça une attraction. Ce fut un rude travail que d'organiser les groupes qui affluèrent, comme l'eau afflue à la mer – en vertu d'une loi de la nature. Il fallait avoir un grand talent stratégique pour les préparer à la lutte décisive et les mener au feu.

Tout naturellement, Pelle fut porté au premier rang dans cette grande œuvre d'organisation. C'est à lui surtout que revint le travail de mise en route et d'agitation : personne n'était écouté des masses comme lui. Il avait été embauché dans un atelier, chez un des gros patrons, ce qui prouvait que le syndicat était reconnu, et l'augmentation des salaires faisait qu'il gagnait assez bien sa vie. Cela ne le gênait pas de travailler au dehors, car l'atmosphère du foyer n'était plus aussi joyeuse. Certes, Ellen ne manquait pas de tendresse, mais elle avait toujours une arrière-pensée et il ne voulait plus se laisser paralyser !

Le plus souvent, il ne rentrait à la maison que pour prendre ses repas et faire un brin de toilette, puis il partait en coup de vent à des meetings ou à des réunions de comités. D'habitude, le père Lasse était là le soir ; il le suivait d'un long regard, quand il le voyait ainsi délaisser femme et enfant pour courir à droite et à gauche. Il n'y comprenait rien, mais il n'osait rien dire. Il avait beaucoup de respect pour les occupations de son fils. Le vieux et Ellen étaient devenus deux inséparables : cela donnait confiance à Pelle.

Il se sentait comme enivré des forces grandissantes du Mouvement. Il les personnifiait, en quelque sorte, et, de nouveau, il entendait les ouvriers marcher sur ses traces. C'était naturel que le Mouvement prenne pareille ampleur. Pelle était le produit d'une vieille culture, mais d'une culture qui avait toujours vécu dans l'ombre et qui reposait sur quelques dictons lourds de sens, dont chacun contenait l'expérience amère d'une vie entière. Le besoin de soleil et de lumière n'avait jamais été satisfait : il était réprimé depuis des temps immémoriaux et s'était exacerbé. Voilà que cela éclatait, et Pelle était jeté en avant à une vitesse vertigineuse : son imagination chancelait sur les hauteurs, dans un brouillard aveuglant de lumière.

Mais, au fond, il restait avant tout solidement réaliste et il gardait les pieds par terre. Les générations qui l'avaient engendré, contraintes par la misère à s'en tenir à l'essentiel, lui avaient transmis une façon de voir simple et droite, qui ne coupait pas les cheveux en quatre. Dans son monde, les réactions étaient spontanées et immédiates, on ne se formalisait pas d'une odeur importune en prenant un air pincé. On savait qu'il n'y a pas de fumée sans feu, mais on savait aussi qu'une petite allumette peut provoquer un grand incendie. Là était la force de son imagination : si simple que soit son bagage, il savait concevoir l'ensemble.

Il n'était pas inquiet sur le sort des masses. Quand il ne pouvait prévoir l'avenir, l'ancien fatalisme lui venait en aide. Il parlait quand même avec autant de feu et réussissait à entretenir l'espérance au cœur des multitudes, qui ne voyaient pas le sens profond du Mouvement et pensaient que, si le nombre des adhérents augmentait, on n'en était pas plus avancé. Quand lui-même ne voyait pas clair, Pelle jouait le rôle de la lentille qui concentre les rayons épars pour en faire la lumière.

Il évitait Morten autant que possible. Il avait absorbé peu à peu les principes du Mouvement et cela suffisait à le rassasier : que pouvait-on demander de plus que d'avoir tout le monde avec soi ? Morten avait cette manie stérile de jeter le doute dans votre esprit. Il allait toujours chercher ce qu'il disait au fond de lui-même, dans des recoins où personne n'était jamais descendu. Et, pareille à la voix du Dieu de la Bible, sa voix s'élevait toujours devant vous, pour vous arrêter net dans vos projets. Pelle avait un grand respect pour la personnalité de Morten, qui ne suivait jamais la foule, mais il se passait volontiers de lui.

Toutefois, il y pensait souvent. Morten avait jeté la première lueur sur le chaos des expériences que Pelle avait du monde de la misère et, quand il y avait une décision à prendre, Pelle se demandait malgré lui ce que Morten aurait fait à sa place. Parfois, il leur arrivait de se rencontrer, dans des réunions organisées par les ouvriers et auxquelles tous deux participaient. Morten n'avait aucun respect des lois existantes et n'en aurait pas davantage pour des lois nouvelles. Il n'avait pris qu'une part minime à la formation du Parti et les dirigeants le tenaient un peu à l'écart. Mais, avec le peuple, il était en contact intime. Il travaillait seul, intervenant, comme personne d'autre n'aurait su le faire, dans les cas individuels de misère ou d'injustice, et s'évertuant à faire penser les gens par eux-mêmes.

Tout le monde l'aimait. Ils admiraient Pelle et les autres dirigeants et leur faisaient place, les yeux brillants ; mais, devant Morten, ils barraient la route en souriant pour lui serrer la main et, dans les réunions, il avait toujours du mal à arriver jusqu'à la tribune. Son visage pâle les remplissait de joie, les femmes et les enfants s'accrochaient à lui. Lorsque, dans ses vêtements usagés, il passait par les rues des quartiers pauvres, les femmes lui souriaient.

– Le voilà, le compagnon boulanger qui est si instruit et qui a si bon cœur, se chuchotaient-elles les unes aux autres. Il vient de vendre tous ses livres pour venir en aide à un pauvre enfant.

Elles se poussaient du coude et les enfants rattrapaient Morten et lui donnaient la main, pour l'accompagner jusqu'au bout de la rue.

XXII

Quand Pelle, de temps à autre, passait par l'Arche pour voir *la petite famille*, la nouvelle faisait rapidement le tour de la maison. « Pelle est là ! » criait-on d'étage en étage, et partout, on s'empressait de sortir sur le palier, pour lui faire un petit signe d'amitié et lui offrir une tasse de café. La vieille Frandsen avait quitté l'Arche. Personne ne savait où elle était allée ; elle avait disparu le jour même où Ferdinand était sorti de prison. À part cela, il n'y avait pas grand changement. De temps en temps, quelque ouvrière déménageait à la cloche de bois et une autre venait prendre sa place. De temps en temps, un pauvre corps usé était emporté par la voiture noire – comme toujours. Dans l'Arche, rien ne changeait.

Quelquefois, Pelle rendait visite à la veuve Johnsen. Tristement, elle raccommodait de vieux pantalons de soldats, tout en surveillant l'enfant d'Hanne qui promettait de devenir une belle petite fille. Elle avait bien vieilli et passait son temps à ronchonner après la petite. Seules, les visites de Pelle amenaient un souffle d'air frais dans son existence sans joie. Alors, elle se rappelait les promenades en forêt et les belles soirées sous la lampe et elle soupirait. Hanne semblait ne pas voir Pelle. Quand elle arrivait en courant de l'usine, elle n'avait d'yeux que pour sa petite fille qui s'élançait vers elle et voulait jouer tout de suite. Les yeux de l'enfant disaient toute la désolation de la journée, et il fallait que sa mère lui donne la main sans plus attendre et danse la ronde avec elle et la poupée.

– *Je m'en allai par les grandes montagnes…*, chantait

Hanne, et la petite l'accompagnait : elle savait déjà chanter !

Le regard d'Hanne se posait sur l'enfant, limpide et calme, avec une expression de satisfaction, comme si elle avait trouvé le bonheur. Elle faisait penser à une jeune veuve, qui aurait déjà pris sa part des joies et des douleurs de la vie, et, dans l'Arche, tout le monde l'appelait la veuve, la veuve Hanne. C'était une sorte d'hommage qu'on lui rendait ; on jetait le voile du veuvage sur son sort, à cause de la dignité avec laquelle elle le subissait. Elle avait attendu tant de belles choses et, maintenant, elle se tournait vers son enfant avec tendresse, comme si l'étranger ne pouvait lui avoir fait de plus beau cadeau !

L'accident de Peter avait porté un coup sérieux à *la petite famille*. Ils avaient toujours eu de la difficulté à joindre les deux bouts et, maintenant, avec sa main estropiée, Peter gagnait moins qu'avant. Karl voulait avoir un métier et il commençait à prendre des leçons chez le pasteur. Cela lui prenait du temps et il lui fallait des vêtements propres. Ils avaient compensé la diminution du salaire de Peter en donnant congé pour la chambre de Lasse et en transportant son lit dans leur propre chambre. Seulement, comme les trois enfants grandissaient, la nourriture et les vêtements coûtaient cher.

Le caractère de Peter avait changé ; il n'aimait plus tant le travail : souvent, il lui arrivait de s'y dérober et de courir les rues, au lieu d'aller à l'usine. Quelquefois, il était impossible de le faire lever le matin : il se blottissait avec entêtement sous les couvertures.

– Je ne peux pas, avec ma mauvaise main, sanglotait-il, lorsque Marie le secouait un peu. À chaque instant, les couteaux sont prêts à me happer.

– Alors, reste ici, s'écriait enfin Marie. Tu n'as qu'à tenir la maison en ordre. Je vais tâcher de gagner quelques sous. Je peux trouver des ménages, dans la maison neuve, dans Torvegade.

Mais alors, il se levait et partait : il ne voulait pas se faire entretenir par une femme.

Karl était un gars solide, un gavroche à qui on ne la faisait pas. La rue l'avait élevé, l'avait marqué de son empreinte et avait allumé une étincelle toujours vivante dans ses yeux. Il était comme les moineaux de la capitale, noirs de fumée et les yeux brillants de l'intelligence de la ville, qui se faufilent entre les lourdes roues des voitures et sont au courant de tout. Tous les jours, il jouait avec le danger, mais il ne lui arrivait jamais rien. Il avait la bougeotte et n'était jamais en repos. Il avait trouvé plus d'un truc pour remédier à l'insécurité de son gain et *la petite famille* subsistait surtout grâce à lui. Maintenant, il en avait assez de chercher son pain dans la rue ; il avait de l'ambition et il voulait devenir marchand. La seule chose qui le retenait, c'était la pensée de son frère et de sa sœur.

Pelle avait compris que, maintenant, il fallait dissoudre le petit foyer. Marie, qui grandissait, désirait s'évader de l'Arche et si Karl, au lieu de suivre sa voie, était forcé de se sacrifier pour sa famille, il finirait en petite frappe. Habile comme il l'était, maintenant, à agir sans demander conseil à personne, Pelle réussit à trouver pour Karl le trousseau et l'argent nécessaires dans une société de secours mutuels et il le fit embaucher comme apprenti, chez un commerçant pour lequel le garçon avait fait des courses.

Un dimanche matin, il se rendit à l'Arche, un gros paquet sous le bras. Il tenait le petit Lasse par la main et, à chaque instant, le mioche se baissait avec peine pour ramasser un caillou, entraînait son père jusqu'au bord du canal et jetait la pierre dans l'eau. Il babillait sans arrêt. Machinalement, Pelle se laissait entraîner, tout en répondant à tort et à travers. Il pensait à ce petit foyer d'enfants qui jadis s'était ouvert devant lui, si accueillant, et qui maintenant allait être dispersé. C'était sans doute le salut pour Karl et Marie ; bien portants et énergiques comme ils l'étaient, ils avaient l'avenir devant eux. Le père Lasse pouvait venir habiter chez lui : il n'y avait qu'à mettre son lit dans la salle à manger, pour la nuit, et à l'enlever le jour. Ellen n'était plus si difficile. Mais Peter, qu'allait-il devenir ? Son foyer était la seule chose qui puisse le soutenir.

Quand le petit Lasse, à l'entrée du porche, vit l'obscurité de l'Arche, il refusa d'y entrer.

– C'est vilain ! criait-il, et il ne voulait plus avancer d'un pas.

Pelle dut le prendre dans ses bras.

– Lasse aime pas ça ! hurlait-il, en se débattant. Lasse veut descendre !

– Ah ! Tiens, s'écria Pelle en riant, le petit Lasse n'aime pas l'Arche ? Papa trouve que c'est épatant ici.

– Pourquoi ? demanda le gosse, grincheux.

Pourquoi ? À vrai dire, Pelle ne le savait pas au juste lui-même.

– Parce que j'ai habité ici autrefois, répondit-il enfin.

– Et où était le petit Lasse ?

– Tu étais dans les yeux de maman et tu riais à papa.

Le gamin oublia sa crainte de l'obscurité et des lourdes masses de bois. Il mit son petit nez rond sur celui de son père et le regarda dans les yeux, pour voir s'il y avait encore un petit garçon caché là-dedans, et il rit lorsqu'il aperçut son image.

– Et qui est-ce qui se cache dans les yeux de maman, maintenant ? demanda-t-il.

– C'est une petite sœur, qui se réjouit de pouvoir jouer bientôt avec Lasse-Frederik, dit Pelle. Mais, à présent, tu vas marcher tout seul, un homme ne se fait pas porter comme ça.

Les trois orphelins l'attendaient avec impatience. Karl bondit de joie quand il aperçut le paquet.

– Où est le père Lasse ? demanda Pelle.

– Il est parti avec la voiture de la revendeuse, pour aller chercher un canapé, répondit Marie.

Elle avait pris le petit Lasse sur ses genoux et le dévorait des yeux. Karl essaya les vêtements ; son visage ouvert brillait de joie. Les jambes du pantalon étaient bien un peu longues, mais c'était le grand chic de les porter retroussées : cela n'avait donc aucune importance.

– Maintenant, tu as l'air d'un vrai commis, dit Pelle en riant.

Karl courut dans le couloir et revint peu après, les cheveux mouillés et séparés par une raie au milieu.

– Espèce d'imbécile, veux-tu pas faire ça ! cria Marie, en lui ébouriffant les cheveux.

Ils en vinrent aux mains. Dans un coin, Peter se tenait à l'écart, regardant par la fenêtre d'un air maussade.

– Eh ! Peter ! Relève la tête ! dit Pelle, en lui tapant sur l'épaule. Aussitôt que nous aurons réussi à faire marcher la Confédération, je te trouverai quelque chose. Tu pourras devenir livreur, par exemple.

Sans mot dire, Peter tourna la tête de l'autre côté.

– Il est toujours comme ça ! Il est tellement grincheux ! dit Marie, d'un ton de réprimande. Tu pourrais être poli, Peter !

Il attrapa sa casquette et disparut.

– Le voilà qui s'en va à Nørrebro, voir sa bonne amie, et nous ne le reverrons pas de sitôt, s'écria Marie avec un long regard dans la direction de Peter. C'est une ouvrière ; elle a un enfant d'un homme qui l'a plaquée.

– Il a déjà une bonne amie ? dit Pelle.

– Oui, et puis après ? Il a dix-sept ans. Seulement, elle est bien moche.

– Elle est rousse, et puis elle tire la patte comme si elle traînait un pavé, dit Karl. Et elle pourrait aussi bien être sa mère.

– Ce n'est pas bien de se moquer, dit Pelle, sérieux.

– On ne se moque pas de lui, dit Marie, mais ça lui est bien égal qu'on soit gentil avec lui. Il ne peut supporter de nous voir gais. Lasse dit qu'on a dû lui jeter un sort.

– Je t'ai trouvé une place, Marie, ajouta Pelle. C'est chez les anciens patrons d'Ellen, dans Holbergsgade, tu y seras très bien. Mais il faudra que tu y entres au mois d'octobre.

– Ah ! C'est chouette ! Comme ça, Karl et moi nous serons placés le même jour, cria-t-elle, en battant des mains. Mais Peter ! s'interrompit-elle, tout à coup. Qui est-ce qui s'occupera de lui ? Non, je ne peux pas, Pelle.

– Nous trouverons bien une bonne pension pour lui. Il faut te placer maintenant. Tu ne peux pas rester ici plus longtemps.

De l'autre bout du couloir, une musique étrange arrivait jusqu'à eux. On aurait dit un psaume mêlé à des sanglots. Le petit Lasse, qui était assis par terre, près de la porte ouverte, bégaya :

– Ça ç'ante !

– C'est la cartonnière et le grand Jutlandais, dit Marie. Il y a un enterrement chez eux, aujourd'hui. Le pauvre gosse vient de mourir, heureusement.

– Ce sont des nouveaux ? demanda Pelle.

– Non, ce sont des gens qui ont emménagé au printemps. Lui n'habite pas ici mais, chaque samedi, il vient chercher le salaire de la femme. « Quelle idiote tu fais de lui donner ta paye, puisqu'il n'habite pas avec toi, qu'on lui disait. C'est une volée que tu devrais lui donner et pas de l'argent ! – Mais c'est pourtant le père du petit », répondait-elle, et elle continuait à lui donner son argent. Le dimanche, lorsqu'il avait tout bu, il avait des regrets ; il venait la battre parce qu'elle n'aurait pas dû lui donner ses sous, qu'elle disait. Elle était bien bête, elle n'avait qu'à s'en aller quand il arrivait. Mais elle l'aime, et elle se moque des calottes qu'elle reçoit : elle portait simplement le gosse chez moi, le temps que durait la dispute. Seulement, elle n'avait jamais rien à lui donner à manger et maintenant, il est mort.

La porte, là-bas, s'ouvrit, laissant apparaître le grand Jutlandais, un petit cercueil sous le bras. En attendant, il chantait des psaumes d'une grosse voix et une moqueuse voix de jeune homme chantait les répons tout de travers, derrière la cloison. L'homme avait le visage rouge et gonflé de larmes. La cuite de la nuit lui donnait des jambes de plomb. Derrière lui parut enfin la mère et, d'un pas accablé, ils s'en furent le long du couloir. Un mince châle de laine noire l'enveloppait tristement ; elle tenait son mouchoir devant sa bouche et pleurait doucement. Son visage blême était couvert de taches brunes.

C'était l'heure de partir, pour Pelle et le petit Lasse.

– Tu es toujours tellement pressé, depuis quelque temps, dit Marie, mécontente. J'aurais voulu te faire du café.

– J'ai une foule de choses à faire, aujourd'hui. Autrement, nous serions bien restés chez toi un moment.

– Sais-tu que tu deviens célèbre ? dit Marie en le regardant avec admiration. Les gens parlent de toi presque autant que du grand ferblantier ; ils disent que tu as abattu l'un des hommes les plus forts de la ville.

– En tout cas, j'ai abattu son commerce, répondit Pelle en riant. Mais où est donc passé notre commerçant ?

– Il a dû descendre dans la rue pour se faire admirer.

En effet, Karl sc pavanait dans la rue devant les garçons et les filles du quartier ; il y en avait toute une bande autour de lui.

– Et puis, tu sais, nous irons à la boutique, quand l'épicier n'y sera pas, et alors tu nous donneras quelque chose, entendit Pelle au passage.

– Bon Dieu ! Non, ou alors je vous fous sur la gueule, répondit Karl. Vous croyez que je supporterai de vous avoir à mes trousses ?

Tout au bout de la rue, le grand Jutlandais s'en allait en chancelant, le cercueil sous le bras. La pauvre fille le suivait de près et ils tenaient le milieu de la chaussée, comme s'ils avaient formé un cortège funèbre. Le spectacle était navrant : la rue grise et déserte ressemblait à une prison. À toutes les fenêtres des sous-sols, sauf à celle de la boulangère, les volets étaient clos. Devant la boulangerie ouverte, une bande de gosses malpropres étaient en train de se barbouiller de sucreries. À chaque instant, l'un ou l'autre descendait dans le sous-sol acheter pour un sou de bonbons. Une petite fille endimanchée, la natte trop serrée sur la tête, se dandinait au bord du caniveau, un bol de crème à la main, et, de l'autre côté de la rue, sous une porte cochère, quelques voyous préparaient un vilain tour.

– Sortons-nous, aujourd'hui ? demanda Ellen, lorsque Pelle et le petit Lasse rentrèrent. La belle saison sera bientôt passée.

– Je suis forcé d'aller à une réunion de comité, répondit Pelle, d'une voix hésitante. Il avait pitié d'elle. Elle était enceinte et avait l'air abandonné. Mais lui ne pouvait pas rester à la maison aujourd'hui.

– Quand penses-tu être de retour ?

– Je n'en sais rien. Il se peut très bien que ça me prenne toute la journée.

Sans mot dire, elle dressa le couvert.

XXIII

L'année était, si possible, plus mauvaise encore que les précédentes. Dès le mois de septembre les chômeurs se rangeaient le long des canaux et des places, les pieds pataugeant dans l'eau. Leurs poignets saillaient, bleuâtres, promettant un hiver rigoureux, que les vieilles gens avaient bien senti plus tôt à leurs oignons, et, sous le fond de la marmite du pauvre, dansaient des étoiles de feu.

– Le Grand Hiver va venir et en finir avec la misère, disaient les gens. Et puis après, les temps prospères reviendront.

Au mois d'octobre la gelée s'annonça et les entreprises que la crise avait épargnées commencèrent à fermer leurs portes. Dans la ville des pauvres, on vit au jour le jour ; si un jour on n'a pas de travail, cela se voit dans les assiettes, le lendemain matin. La misère se tient toujours blottie sous la table, dans les dix mille foyers : pareille à un ours dans son trou, elle y reste tout l'été, le ventre creux, et gronde en de mauvais rêves. Mais les pauvres, habitués à sa compagnie, ne font attention à elle que lorsqu'elle pose sur la table sa lourde patte. Un jour de maladie ou de chômage et la voilà.

– Ces temps-ci, ce serait bon d'avoir chez soi un baquet de salaisons, disaient ceux qui gardaient encore un souvenir de la campagne. Mais le Seigneur nous a pris nos saloirs et, miracle, les a transformés en reçus du mont-de-piété.

On commença à mettre ses affaires au clou. C'était étonnant comme les gens se serraient les uns contre les autres. La ville qui, durant l'été, se dispersait aux quatre vents, se ramassait sur elle-même ; ceux qui couchaient à la belle étoile, sur les champs de manœuvres, rentraient dans les faubourgs, et les gros propriétaires venaient s'installer dans leurs palais d'hiver. Mme Rasmussen, qui habitait la mansarde, apparaissait tout à coup au bras de son homme ; Valde l'Ivrogne était rentré au logis, le froid l'ayant pour ainsi dire jeté dans les bras de sa femme. La première pluie printanière le pousserait à nouveau dans les bras de sa maîtresse d'été, Mme Græsmejer. Mais, tant qu'il restait ici, il y était bien ! Du matin au soir, il se tenait en bas, sous la porte cochère, des plumes d'oreiller dans ses cheveux sales et raides et des brins de paille sur son large dos. Ses souliers étaient toujours bien cirés ; Mme Rasmussen les faisait le matin avant d'aller à son travail. Et elle redoublait d'ardeur : elle aurait voulu épargner à son grand vaurien de pacha adoré jusqu'à la peine de se gratter.

Le froid, plus vif de semaine en semaine, empêchait tout travail – même le terrassement qui occupait tant de pauvres ! Aux portes de la capitale, il avait déjà fermé les passes. Le trafic avec l'étranger était réduit à rien : les ouvriers du port n'avaient plus qu'à rentrer chez eux. Les esprits se fermaient sous la morsure du froid – et aussi les gros porte-monnaie qui faisaient tout marcher. Les industries qui ne connaissaient pas de morte-saison réduisaient leur temps de travail, les industries saisonnières fermaient tout à fait. Le commerce allait au ralenti, on ne fondait plus d'entreprises et on ne faisait plus de stocks : c'était la déconfiture. Tous ceux qui avaient jeté des filets les ramenaient – le froid semblait les chasser. La sève s'était retirée dans les profondeurs de la terre ; sous une croûte glacée. À cet exemple, les pauvres tiraient vers leur cœur le peu de sang qu'ils avaient, pour y garder la flamme de la vie. Leurs membres étaient froids et exsangues, leur teint gris. Ils se ramassaient sur eux-mêmes, dans le coin le plus obscur, serrés les uns contre les autres. Ils ne consommaient rien. Beaucoup, de ceux mêmes qui avaient de quoi, mangeaient à peine. C'était comme si le froid paralysait leurs fonctions vitales et faisait naître la peur en eux. La consommation n'était pas loin du point mort.

À en croire le thermomètre, on avait eu des hivers bien plus rigoureux.

– Tiens ! Il ne fait pas plus froid que ça ! s'écriaient les gens, stupéfaits.

Mais ils se sentaient quand même épuisés et abattus. Le thermomètre, que comprend-il au Grand Hiver ? Le Grand Hiver est le compagnon des années de crise et il va son chemin, droit devant lui, qu'il neige ou qu'il fasse sec ! Et, cette année, il gelait dur !

Dans les quartiers pauvres, les rues étaient comme dépeuplées. Une chute de neige faisait sortir les habitants de leur cachette : l'air était plus doux et on gagnait quelques sous à balayer. Après quoi, ils disparaissaient de nouveau, retombant dans un état végétatif et vivant de rien. C'est seulement le matin, de bonne heure, que les rues s'animaient, au moment où les hommes s'en allaient chercher du travail. Partout où l'on avait besoin d'un homme, il s'en présentait cent ; le jour les voyait rentrer, la tête basse, découragés ; ils passaient leur temps à dormir ou restaient assis toute la journée, les coudes sur la table, à regarder devant eux, sans un mot.

Le froid qui fermait tout le reste avait sur les cœurs un effet contraire : la compassion était grande. Beaucoup, dont les affaires avaient souffert du froid et qui avaient dû fermer boutique, gardaient le cœur intact et s'employaient à faire du bien. De braves gens appelaient les pauvres et se mettaient à leur recherche. Il n'était pas facile de les trouver. Mais le Seigneur a créé des êtres pour vivre sur la terre, d'autres pour vivre sous la terre, pour vivre dans l'air et dans l'eau ; même dans le feu, il est des êtres qui se multiplient et se forment. Il en est qui se développent aussi dans le froid : toute une tribu de créatures qui vivent en parasites. Les temps de prospérité sont leurs temps de crise ! Alors, ils se terrent et sont en fâcheuse posture. Mais, sitôt que le froid et la misère apparaissent, ils sortent en masse de leurs trous. C'est eux qui en appellent à la charité publique et qui encaissent la plus large part. Ils flairent la mauvaise année et inondent les quartiers riches de la ville. « Voyez combien de miséreux viennent frapper à notre porte cette année, disent les gens en ouvrant leur bourse. Les temps sont durs pour les pauvres. »

À l'automne, Pelle était venu habiter le quartier de Nørrebro : un petit logement de deux pièces, dans Kapelvej. Il avait ses points d'attache par ici, désormais, et, en outre, il était heureux de voir Ellen plus près de ses parents, maintenant qu'elle était sur le point d'accoucher. Lasse n'avait pas voulu les suivre : il préférait ne pas quitter l'Arche. Il était connu des habitants et il arrivait à gagner sa vie en bricolant dans tout le quartier.

Pelle lutta vaillamment pour empêcher l'hiver d'entrer chez lui. À l'atelier, il n'y avait pas de travail et il fallait rester en éveil du matin au soir, se présenter partout où il y avait un coup de main à donner et se frayer un chemin à coups de coudes. Plus que jamais, ses clients avaient besoin de chaussures, mais pas d'argent pour payer.

Cet hiver-là, lui et Ellen se rapprochèrent l'un de l'autre et apprirent à se connaître sous un jour nouveau. La dureté des temps les poussait l'un vers l'autre, et il eut l'occasion d'admirer la force de caractère d'Ellen. Elle acceptait la situation avec courage et réussissait à faire beaucoup avec peu. Il n'y avait que le poêle dont elle ne pouvait venir à bout.

– Il mange tout ce que nous pouvons ramasser, dit-elle un jour, découragée ; ça ronfle dans le tuyau, mais ça ne chauffe pas. Aujourd'hui, j'ai mis deux seaux de charbon et il fait toujours aussi froid. Là où j'étais placée, nous arrivions à chauffer deux grandes pièces avec un seau de charbon ! il faut que je sois une imbécile, veux-tu regarder ce qui ne va pas ?

– Ne te fais pas de mauvais sang pour ça, répondit Pelle, d'un air sombre. Les poêles des pauvres gens sont tous comme ça. C'est un vieux modèle depuis longtemps abandonné et les propriétaires l'achètent à la ferraille, pour l'installer dans les logements ouvriers. C'est comme ça pour tout. À nous autres, les pauvres, tous les rebuts, au prix à fort ! Et pourtant, c'est nous qui fabriquons tous ces biens. La pauvreté est une passoire, tu sais !

– C'est terrible, répondit Ellen, avec un regard plein de souffrance. Et comme je te comprends, maintenant !

La misère menaçante l'avait amenée à se fier à lui pour tout. Ayant renoncé à toute initiative, elle acceptait tout de sa main.

Un jour, peu de temps après son accouchement, elle engagea Pelle à aller voir le père Lasse.

– Essaie donc de l'amener ici, veux-tu, dit-elle. Nous pouvons très bien le loger en nous serrant un peu. J'ai bien peur qu'il ne soit dans la misère.

Heureux de cette proposition, Pelle se hâta vers l'Arche. C'était beau de la part d'Ellen d'ouvrir son cœur au vieux, juste au moment où leur propre subsistance n'était pas assurée.

L'Arche avait un air de désolation. Partout, sauf chez les Olsen, les rideaux avaient disparu – avec leur tringle dorée, on en donnait toujours bien dix sous – et il n'y avait plus de plantes aux fenêtres. On pouvait voir à l'intérieur et les pièces n'en paraissaient que plus vides. C'était une honte, cet hiver, qui vous obligeait à vous dépouiller au lieu de vous couvrir et, pour commencer, vous enlevait votre paravent ! Les cabinets, dans la cour, avaient perdu porte et couvercle et Pelle eut du mal à monter jusqu'à la mansarde. La plus grande partie des rampes et des garde-fous avait disparu, et l'escalier avait perdu une marche sur deux : l'Arche se tirait d'affaire comme elle pouvait. De l'autre côté, chez Mme Johnsen, le baquet de chêne n'était plus là, le seul que l'Arche ait jamais possédé et qui était toujours dans le coin du palier lorsqu'on ne l'avait pas prêté. Maintenant, il avait été vendu ou brûlé. Pelle jeta un coup d'œil de ce côté, il ne se sentit pas le courage d'aller les voir. Hanne était sans travail, il le savait.

Au troisième, une femme sortit furtivement et arracha un morceau de bois à l'escalier ; elle le salua amicalement.

– C'est pour une goutte de café, expliqua-t-elle ; béni soit le café ! Bien sûr, c'est du vrai jus de chaussette, mais c'est bien chaud !

Le logement était vide. Lasse n'était pas chez lui. En se renseignant auprès des locataires du long couloir, Pelle apprit qu'il devait être au sous-sol, chez la marchande d'habits. Des visages gris et maigres se montrèrent un moment sur le seuil des portes, pour dévisager le visiteur, puis s'effacèrent sans bruit. Le sous-sol de la revendeuse regorgeait de marchandises : l'hiver y refoulait les biens des pauvres. Dans un coin, Lasse était en train de raccommoder un matelas. Il était seul.

– Elle est allée voir des meubles, expliqua-t-il. Par le temps qui court, elle a de quoi employer son argent… Non, je ne veux pas manger votre pain, je suis nourri ici, pour l'aide que j'apporte, et combien d'autres peuvent se vanter d'avoir leur pain assuré, cet hiver ? Et j'ai un coin pour coucher. Mais peux-tu me dire ce qu'est devenu Peter ? Un beau jour, il a disparu de notre chambre, là-haut, et depuis, je ne l'ai plus revu.

– Il s'est probablement mis en ménage avec son amie, répondit Pelle. En tout cas, je tâcherai de le savoir.

– Oui, merci, si tu veux bien. C'étaient de braves enfants tous les trois, et c'est dommage ce qui est arrivé à l'un d'eux.

Pelle ne voulut pas arracher le père à son gagne-pain assuré.

– Nous ne savons même pas ce que nous pourrions t'offrir en échange. Mais rappelle-toi que tu seras toujours le bienvenu. C'est Ellen elle-même qui m'envoie.

– Bon ! Bon ! Tu la remercieras beaucoup de ma part ! Et puis, sauve-toi avant que la marchande d'habits ne rentre, ajouta Lasse, avec anxiété. Elle n'aime pas voir du monde ici. Elle a peur, à cause de son argent…

La première chose qui partit fut le pardessus d'hiver de Pelle. Il l'engagea un jour, sans qu'Ellen en sache rien, et il lui fit une surprise en jetant gaiement sur la table les piécettes d'argent, l'une après l'autre.

– Tu entends comme ça chante ! dit-il au petit Lasse.

Le gosse sautillait et cherchait à attraper l'argent pour jouer avec.

– Que veux-tu que je fasse de mon pardessus d'hiver ? répondit-il aux reproches amicaux d'Ellen. Je n'ai pas froid et il reste toujours accroché ici. Et puis, je me suis payé le luxe de le garder tout l'été !

– Dieu ! Comme il chauffe bien, dit-il au gosse, lorsqu'Ellen eut rapporté du charbon, c'est tout de même un bon pardessus, le pardessus de papa ! Il chauffe maman et la petite sœur et le petit Lasse aussi !

Le petit se pencha, les mains sur les genoux, pour tâcher de voir dans le feu le pardessus de papa. Le feu allumait des flammes dans ses grands yeux d'enfant et jouait sur ses joues roses.

– Bon pardessus, répéta-t-il, en riant de tout son petit visage.

Ils ne voyaient pas souvent les autres locataires et leur famille pas davantage. Les gens faisaient peu de bruit : ils préféraient se débrouiller chacun de son côté. Le dimanche, Ellen et Pelle confiaient la petite à la garde chez des voisins et s'en allaient vers le centre de la ville geler pendant une heure devant quelque salle de concert, histoire d'écouter un peu de musique. Puis ils rentraient s'asseoir et se calfeutrer sans allumer la lampe, à la lueur du poêle.

Un dimanche, tout allait mal :

– Ce qui nous reste de charbon sera brûlé à midi, dit Ellen. Il faudra aller en ville. Pour le dîner, je n'ai pas grand-chose non plus. Mais nous pourrons aller voir les vieux, ils nous inviteront peut-être à souper.

Juste au moment où ils allaient sortir, arrivèrent Otto, le frère d'Ellen, sa femme et leurs deux enfants. Ellen échangea avec Pelle un regard désespéré. L'hiver les avait marqués aussi. Ils avaient des mines longues et soucieuses, mais au moins étaient-ils encore chaudement vêtus.

– Je crois que vous ferez bien de garder vos pardessus, dit Ellen : je n'ai plus de charbon. J'avais tant de choses à faire hier, que j'ai remis cette course à aujourd'hui, mais, par malheur, il n'y a personne chez le charbonnier.

– L'essentiel, c'est que les petits n'aient pas froid, nous autres, on saura bien se tenir chaud, dit Pelle.

– Bah ! Tant que les glaçons ne leur pendront pas au nez, eux aussi se tireront bien d'affaire, plaisanta Otto Stolpe, avec une lueur de sa bonne humeur d'autrefois.

Tout en marchant de long en large, ils parlaient de la crise et de la misère grandissante.

– Oui, c'est terrible qu'il n'y ait pas assez pour tout le monde, dit la femme d'Otto. Mais le dur hiver viendra bientôt à bout de la misère et tout ira bien de nouveau.

– Tu veux dire que l'hiver nous fera d'abord manger les pissenlits par la racine ? dit son mari, avec un rire de désespoir.

– Non, pas nous. C'est la misère qu'il enterrera, bien sûr. Ah ! Tu comprends bien ce que je veux dire. Mais il est toujours comme ça, dit-elle, en se tournant vers Pelle.

– C'est tout de même drôle que vous autres femmes en soyez encore à croire à cette vieille superstition qu'il n'y a pas assez de marchandises, dit Pelle. Près du port, les tas de charbon ne manquent pourtant pas et les magasins ne manquent pas non plus de vivres. Il y en a même beaucoup plus que d'habitude, du fait que tant de gens ne peuvent pas acheter. Tu peux t'en rendre compte à ceci que tout est bon marché en ville. Mais à quoi ça sert, quand on n'a pas d'argent ? C'est la répartition qui est mal faite.

Otto Stolpe acquiesça :

– Oui, tu as raison. Mais Bon Dieu ! Pourquoi n'a-t-on pas le courage de se servir ?

Pelle entendit Ellen ouvrir la porte de la cuisine : peu après, elle revint avec du bois dans son tablier ; elle avait été en emprunter.

– Voilà ce que j'ai tout de même réussi à racler dans la cave, dit-elle, en s'agenouillant devant le poêle. Ça suffira toujours pour nous faire une tasse de café.

Sa belle-sœur la pria instamment de ne point se déranger ; ils venaient de prendre une tasse de café, après un bon déjeuner. Et elle ajouta :

– Le dimanche, nous faisons toujours un bon déjeuner. C'est si agréable !

Tout en parlant, elle suivait des yeux les mouvements d'Ellen, comme si elle se demandait dans combien de temps le café serait prêt. Ellen ne cessait de bavarder tout en allumant le feu. Mais si ! Mais si ! Il fallait absolument qu'ils acceptent une tasse de café, jamais elle ne leur permettrait de s'en aller comme ça, sans avoir rien pris. Avec étonnement et tristesse, Pelle les écoutait – leur affectation inutile rendait la misère encore plus amère à ses yeux. À la mine d'Ellen, il comprenait qu'elle devait se trouver dans un cruel embarras, et il la suivit dans la cuisine.

– Pelle, Pelle, dit-elle désespérée, ils comptent souper ici et je n'ai rien. Qu'allons-nous faire ?

– Dire la vérité, bien entendu !

– Ce n'est pas possible ! Et ils n'ont certainement rien mangé aujourd'hui, ça se voit bien ! Elle se mit à pleurer.

– Laisse-moi arranger ça, dit-il, d'un ton consolant. Qu'est-ce que tu nous donnes avec le café ?

– Je ne sais pas ! Je n'ai que du pain de seigle et un peu de beurre.

Il l'embrassa et se mit à rire.

– Mon Dieu ! Quelle bête tu fais ! Et tu te plains encore ! Veux-tu bien te dépêcher de préparer les tartines !

Non sans hésitation, Ellen se mit à l'œuvre. Mais avant qu'elle n'apporte le festin, ils l'entendirent sortir à grand fracas et descendre l'escalier. Peu après, elle revint en s'écriant :

– Non, c'est tout de même trop fort, voilà que le boulanger a vendu tout son pain blanc ! Vous allez être obligés de vous contenter de pain de seigle avec du beurre.

– Mais c'est merveilleux, répondirent-ils, y' a rien de meilleur que des tartines de pain de seigle, avec le café ! Seulement, nous sommes désolés d'être venus vous déranger comme ça !

– Dites donc, vous autres, dit enfin Pelle, je ne sais pas si ça vous amuse de jouer à cache-cache, moi pas ! Pour parler franc, ici ça va mal, et je suppose que chez vous ça ne va pas beaucoup mieux. Comment est-ce que ça marche chez les vieux ?

– Ils doivent bien se tirer d'affaire, dit Otto. Ils ont toujours du crédit et, de plus, je crois qu'ils avaient mis quelques sous de côté.

– Et si nous allions dîner chez eux ? Sinon, j'ai bien peur que nous n'ayons rien à manger !

– D'accord ! À vrai dire, les vieux nous ont déjà invités à souper avant-hier, mais tant pis. Il faut bien prendre où on trouve, et ça ne sort pas de la famille.

Le froid n'avait aucune prise sur Pelle. Son sang était vif et il avait toujours chaud. Pour lui, la misère était un stimulant et il se sentait plus fort qu'auparavant : son chômage forcé, il le mettait au service de la cause.

Ce n'était pas l'heure des meetings populaires et des paroles ronflantes, beaucoup n'avaient même rien à se mettre pour aller à une réunion. À cause du froid, le Mouvement avait perdu de son élan ; on avait déjà assez à faire pour conserver ce qui était acquis. S'étant donné pour mission d'entretenir l'espoir au cœur des exploités, Pelle prenait contact avec quantité de gens. La misère les montrait tels qu'ils étaient ; il enrichissait ainsi son expérience des hommes.

Dès que le travail s'arrêtait dans une corporation et que la gêne s'y installait, les camarades et lui s'employaient à lutter contre la démoralisation et à faire de l'agitation, en partant de la situation actuelle. Pareille à la peste, la misère gagnait de proche en proche : elle était en train de conquérir peu à peu le peuple entier. La solidarité des masses, hélas, se manifestait là aussi. En l'espace de huit à quinze jours, le chômage pouvait enlever à un foyer tout le petit bien-être qu'avaient apporté des années d'économie et de prévoyance, révoltante disproportion ! C'était de quoi vous graver au cœur une conviction que rien ne pourrait effacer et vous fournir des arguments pour la propagande. Tous ceux qui n'étaient pas complètement bouchés devaient bien comprendre, aujourd'hui, ce qu'il y avait à faire !

Ici aussi, il y avait des gens comme à Bornholm : la misère les rendait encore plus humbles ; ils ne comprenaient pas la grâce qu'on leur faisait de les laisser mourir de faim sur cette terre. Avec ceux-là, il n'y avait rien à faire ! Ils étaient nés esclaves et ils étaient si profondément marqués qu'ils avaient l'air de pauvres chiens. C'étaient des gens d'un certain âge, de la génération qui précédait celle de Pelle. Les jeunes étaient d'une autre étoffe, plus rude, et souvent, il lui arrivait de les écouter avec stupéfaction, tant ses paroles éveillaient dans leurs esprits des échos puissants. Ils étaient prêts à tout oser, à rendre coup pour coup. Eux, il fallait les retenir, les empêcher de nuire au Mouvement : les choses n'allaient jamais assez vite.

Son cerveau était neuf et indemne, et travaillait bien dans le froid. Sans trêve, il établissait des comparaisons et tirait des conclusions de tout ce qui se présentait à lui. Il semblait que, pris séparément, les individus ne se remuaient guère. Au fond, la propagande consistait à tenir en éveil ce qui existait déjà. Il fallait laisser les vieux mourir dans leur croyance et attendre qu'ils soient remplacés par une jeune génération qui, elle, avait toujours la revendication à la bouche. Pour autant qu'il pouvait en juger, les idées n'évoluaient pas progressivement, d'une génération à l'autre ; elles germaient d'une façon mystérieuse, dans l'intervalle entre deux générations. La jeunesse pouvait donc partir de bien plus avant que le point où les vieux avaient lâché prise.

Le mécanisme de l'esprit lui apparaissait aussi caché et mystérieux que, dans son enfance, le mouvement du sang. Il restait frappé d'une stupéfaction secrète et troublante devant son être même, et il commençait à comprendre ce que Morten avait voulu dire, en prétendant que l'homme était sacré. C'était alors d'autant plus terrible de voir l'homme en proie à la misère, et la colère de Pelle s'en trouvait grandie.

Dans ses contacts avec chacun, il comprit que Morten n'était pas tout à fait seul de son opinion. Nombreux étaient les esprits qui, frémissant de la même impatience, refusaient de comprendre que celui qui meurt de faim doit patienter et s'organiser. Il y avait, dans les esprits, les éléments d'une révolution : le ton devint si dur que les bourgeois évitaient de passer près des chômeurs et que les vieilles gens prédisaient la fin du monde. Le ton que prenait maintenant la misère, personne ne l'avait entendu auparavant.

Un jour, Pelle était avec d'autres jeunes gens sous une porte cochère, et ils discutaient de la situation. C'était un lieu de réunion plutôt frisquet, mais on ne pouvait plus se payer le luxe de se réunir dans le café habituel. La discussion se poursuivait à voix basse, avec un accent farouche. Un monsieur bien mis vint à passer.

– Regardez-moi ce chic pardessus, s'écria un des camarades. Ça ferait bien mon affaire ! Si on le coinçait sous le porche et qu'on lui fauchait son pardessus ?

Il parlait haut et faisait mine de sortir dans la rue.

– Pas de bêtises, dit Pelle, sévère, en le prenant par le bras. Nous nous ferions du tort ! Rappelle-toi que la police a l'œil sur nous !

– Merde ! Un peu de prison ! Comme ça, on aurait au moins et le gîte et le couvert, par le temps qui court, répondit le garçon.

Il y avait une lueur menaçante dans son regard, naguère si intelligent et si calme.

XXIV

Le bruit courait que la ville allait faire quelque chose pour pallier au chômage et, en effet, vers Noël, des travaux de terrassement furent entrepris. On devait démolir une partie des vieux remparts pour en faire un parc et un boulevard. Pelle se présenta avec des milliers d'autres et eut la chance d'être embauché : l'entrepreneur choisissait de préférence ceux qui étaient jeunes et vigoureux.

Chaque matin, les ouvriers se rassemblaient en masse et les chefs d'équipe retenaient ceux dont ils avaient besoin ; les autres n'avaient qu'à s'en retourner. Mais comme on savait qu'à la maison femme et enfants se réjouissaient, on ne tenait pas à rentrer avec de mauvaises nouvelles, et on restait aux alentours. On se rangeait sur le chantier, longtemps avant le jour, pour être les premiers – même si l'on n'avait aucun espoir. C'était toujours un prétexte pour quitter le lit : l'oisiveté brûlait le dos, comme le feu de l'enfer. Quand arrivaient les chefs d'équipe, on s'approchait d'eux sans rien dire, les yeux suppliants.

Une femme accompagnait son homme qui la suivait docilement, sans la quitter des yeux, en imitant tous ses gestes. C'était un grand et fort gaillard, mais il ne faisait rien par lui-même : il ne savait se moucher le nez que si elle lui donnait une bourrade.

– Par ici, Thorvald ! commanda-t-elle, en se frayant passage à coups de coudes. Suis-moi bien !

Comme pour expliquer sa conduite aux autres, elle parlait d'une voix dure et forte, mais sans regarder personne :

– C'est qu'il ne sait pas parler pour lui, et alors ! lança-t-elle.

Sa voix pressante fit sursauter Pelle. Elle était de Bornholm. Ah ! Elles étaient décidées, les filles du pays ! De vrais anges gardiens pour leurs hommes.

– Et les enfants, faut bien qu'ils vivent, continua-t-elle. Il y en a huit !

– Alors, il est tout de même bon à quelque chose, dit en esquissant un sourire un ouvrier au visage émacié.

La femme se démena tant et si bien qu'elle réussit à caser son homme.

– Et puis, tu vas faire gentiment ce qu'on te dira, sans faire de bêtises ! dit-elle, en le poussant d'une bourrade sur le chantier.

Elle releva la tête d'un air de défi, sous les rires.

L'endroit ressemblait à un marché aux esclaves ; les chefs d'équipe faisaient le tour, cherchant les plus forts, les appréciant du regard, et arrêtant leur choix d'après les muscles et la largeur du dos. L'entrepreneur courait çà et là, aboyant des ordres.

– En voilà un grand seigneur ! maugréaient les ouvriers entre leurs dents. Ici, tous les hommes de la ville doivent se présenter pour qu'il puisse choisir les meilleurs ; et en plus, il a réduit les salaires de moitié. Avec ça, il a été terrassier lui-même, mais maintenant, il pèse ses cent mille couronnes par an. C'est un vrai vampire !

Du matin au soir, les hommes restaient là, en masse, dans l'espoir que quelqu'un allait quitter le chantier, tomber malade ou Dieu sait quoi, pour qu'on puisse prendre sa place. Il leur était impossible de s'arracher de là : le seul fait qu'il y ait du travail en train les captivait. Ils avaient l'air prêts à prendre d'assaut le chantier d'un instant à l'autre, mais la police veillait. Attirés de plus en plus près par le désir de travailler, ils s'approchaient, le regard plein d'une attente maladive. De temps à autre, lorsqu'elle s'était par trop avancée, la masse se laissait refouler, de mauvais gré. Parfois, un trou se creusait dans les rangs serrés, un homme sautait par-dessus la palissade et empoignait une pelle. Deux agents lui arrachaient l'outil et l'entraînaient.

Parmi ceux qui traînaient là grandissait une sorte de fureur, non seulement contre la misère, mais contre tout cet état de choses scandaleux. Cela se traduisait par un grognement de haine à demi étouffé. Ils suivaient l'entrepreneur avec des yeux étranges, comme s'ils voyaient en lui quelque chose qu'ils n'arrivaient pas à comprendre. Lui, rendu fou d'insolence par cette offre inouïe de force de travail, voulut aller encore plus loin en ajoutant une heure à la journée de travail. La nouvelle fut communiquée aux ouvriers du matin, juste après le commencement du travail, comme une mise en demeure.

Mais, à part deux ou trois, les quatre cents bonshommes lâchèrent leurs outils au même instant et rejoignirent leurs camarades. Les chefs d'équipe vinrent appeler de nouveaux ouvriers. Personne ne répondit. Tous continuaient à parler de l'événement, le visage rouge de colère : leur misère allait-elle servir à enrichir l'entrepreneur de cent mille couronnes de plus ?

– Allons à l'hôtel de ville ! crièrent les uns.

– Non ! Au journal ! répondirent les autres. Le journal, c'est mieux.

– Aller à l'hôtel de ville ne sert à rien, cria Pelle, tant que nous n'aurons pas nos élus ! Rappelez-vous bien ça aux élections, camarades ! Il nous faut faire passer les nôtres partout, sinon les injustices des patrons ne cesseront jamais. Et maintenant, restons unis et allons jusqu'au bout ! S'il faut quand même en passer par là, mieux vaut mourir de faim d'un seul coup que lentement.

Ils ne répondaient pas, mais se groupaient autour de lui et l'écoutaient gravement, trop profondément accablés. Au milieu des privations et de la misère de l'hiver, ces hommes venaient de décider la grève contre leur seule ressource : que pouvaient-ils bien penser en ce moment ? En promenant son regard à la ronde, Pelle eut peur de leur courage muet. Ce silence menaçant ne devait pas durer. Que ne pourrait-il engendrer ? Quelque chose de terrible et qui ne se laisserait pas maîtriser semblait vouloir sortir de leur mutisme farouche.

Pelle sauta sur un tas de pierres.

– Camarades ! appela sa voix puissante. Ce n'est qu'un mauvais moment à passer, comme dit le renard quand on lui prend sa fourrure ! Ils nous ont déjà pris nos vêtements, notre pain et le bien-être de nos foyers : maintenant, ils essaient de nous arracher la peau. C'est le moment de choisir : avancer ou reculer ! Le temps des épreuves commence peut-être, c'est le moment d'être à la hauteur ! Tous unis, camarades, ne vous emportez pas et tenez bon ! C'est dur, ce qui arrive, mais rappelez-vous que c'est le Grand Hiver qui présage des temps prospères ! La nuit est toujours plus froide avant l'aube ! Aurions-nous peur de souffrir un peu, nous qui avons patienté et souffert durant des siècles ! À la maison, nos femmes se font du mauvais sang ; peut-être nous feront-elles des reproches. Nous aurions pu prendre au moins ce qu'on nous offrait, diront-elles peut-être. Mais nous ne pouvons pas continuer à voir les nôtres s'étioler, en dépit de notre labeur. Jusqu'ici, le travail du pauvre a été comme une prière impuissante vers le ciel : « Préserve-nous de la faim et de la crasse, de la misère et du froid ! Donne-nous du pain et encore du pain ! Préserve nos enfants de notre sort, ne laisse pas leurs membres se dessécher, ni leur esprit devenir idiot ! » Telle a été notre prière, mais il n'y a qu'une prière qui tienne, et c'est de défier le mal ! Nous sommes le peuple élu et c'est pourquoi nous devons dire : halte-là ! Nous ne voulons plus continuer de la sorte – par amour pour nos femmes et nos enfants et les enfants de nos enfants… Oui, mais l'avenir nous regarde-t-il ? Bien sûr qu'il nous regarde, nous, justement ! Vos parents étaient-ils comme vous ? Non, ils se laissaient fouler aux pieds par la misère et ils rampaient devant les grands et les puissants. D'où nous vient donc cette force en nous, qui nous pousse à nous unir ? Le temps s'est arrêté, camarades, et, posant son doigt sur notre poitrine, il a dit : « C'est vous qui ferez cela ! » Au point où nous sommes, l'ancien temps finit et le nouveau commence : voilà pourquoi, la détresse dans le regard, nous avons jeté là nos outils ; ça ne s'est jamais vu ! Nous voulons renverser le cours de l'existence et la rendre heureuse pour les pauvres, à tout jamais. Vous qui avez si souvent risqué votre vie et votre santé pour une pièce de quarante sous, maintenant vous tenez tout l'avenir en vos mains. Tenez bon, calmes et fermes, vous dis-je, et on ne vous oubliera jamais, tant qu'il y aura des ouvriers sur terre ! Cet hiver sera le dernier, si nous tenons bon ; sur l'autre versant est le pays vers lequel nous marchons. Camarades ! C'est par nous que le jour se lèvera !

Pelle ne savait pas lui-même quels mots il lançait ; il sentait seulement qu'il était le porte-parole de quelque chose de puissant qui ne mentait jamais. Il y avait dans sa voix un ton de prophétie et d'optimisme qui les enivrait tous et ses yeux jetaient des éclairs. Sous leur regard, une silhouette s'arrachait à l'étreinte de l'hiver et surgissait dans la lumière, une silhouette qui était la leur et pourtant celle d'un jeune dieu. Il naissait de la misère elle-même, il rejetait la croyance accablante dans le destin et apportait une foi nouvelle – la foi lumineuse en ses propres forces. On l'applaudit d'abord çà et là, puis de toutes parts. Il fit de leurs acclamations un seul puissant vivat pour le temps nouveau...

Chaque jour, on les voyait revenir, non pas pour travailler, mais pour protester silencieusement. Lorsque les chefs d'équipe faisaient l'appel, les ouvriers ne bougeaient pas, muets et menaçants comme une nuée d'orage. De temps à autre, ils lançaient une malédiction à ceux qui avaient trahi. La municipalité n'intervint pas : on avait tendu une main secourable aux nécessiteux, et ils la dédaignaient ; à eux d'en subir les conséquences. L'entrepreneur avait reçu l'autorisation d'arrêter les travaux complètement, mais pour narguer les ouvriers, il tenait le chantier ouvert avec une vingtaine de jaunes.

Un silence de mort régnait sur tout le terrain, sauf dans le coin où travaillait le petit groupe, gardé par un agent comme un peloton de prisonniers. Les brouettes étaient renversées. On aurait dit que la peste avait dévasté le chantier.

Les jaunes étaient des gens de toutes corporations ; des chômeurs prirent leurs noms et leurs adresses pour les publier dans *L'Ouvrier*. Parmi eux se trouvait un des membres du syndicat de Stolpe, un père de famille respectable, qui était dans le mouvement ouvrier depuis les premiers jours.

– Ça me fait de la peine, dit Stolpe. C'est un de mes vieux copains et il a toujours été bon camarade jusqu'ici. Pourtant, il aura son paquet dans le journal ; nous y sommes bien obligés. Notre corporation serait mal servie si on laissait sans rien dire un de ses membres jouer les jaunes.

Mme Stolpe était désolée :

– C'est une famille tellement bien ! dit-elle. Nous les avons toujours fréquentés et je sais qu'ils meurent de faim depuis longtemps. Et puis, il a une jeune femme, beau-père, c'est dur pour lui de la voir souffrir !

– Ça m'ennuie, tu peux en être sûre ! répondit Stolpe. Mais nous sommes obligés, sous peine d'être accusés de partialité. Et chez nous, personne ne viendra dire qu'il y a deux poids, deux mesures !

– Laisse-moi aller lui parler, proposa Pelle. Il se rendra peut-être.

Il s'enquit de l'adresse et alla voir l'homme, un soir. Il trouva un foyer dévasté, avec quatre enfants en bas âge ; l'atmosphère était pénible. L'homme, qui était d'un certain âge, mais encore robuste, était en train de manger, le visage tourmenté. Les enfants s'appuyaient du menton au bord de la table et suivaient du regard chaque bouchée. La jeune femme allait et venait, lui servant, d'un air affectueux, son pauvre repas.

Pelle mit la question sur le tapis. Il ne se sentait pas très à l'aise devant ce vétéran. Mais il fallait parler. Avec un signe de tête affirmatif, l'homme répondit :

– Oui, je sais bien. Tu n'as pas besoin de débiter ton sermon. J'ai fait partie du syndicat depuis le premier jour et j'ai tenu tous mes engagements jusqu'à maintenant. Mais aujourd'hui, j'en ai assez. Qu'est-ce que tu viens faire ici, gamin ? As-tu une femme et des enfants qui ont faim et qui réclament du pain ? Alors, pense aux tiens !

– Nous ne réclamons rien, Hans, dit doucement la femme.

– Non, c'est vrai, mais c'est bien pire ! Est-ce que je peux rester là à vous regarder maigrir et grelotter ? Au diable les camarades et leurs phrases ronflantes ! À quoi ça nous a conduits ? Avant, nous avions faim, maintenant nous crevons de faim ! Voilà toute la différence. Laisse-moi en paix !

Comme il prenait une gorgée d'eau-de-vie à même la bouteille, la femme posa un verre devant lui, mais il le repoussa brutalement.

– Ils veulent publier ton nom dans le journal demain, dit Pelle avec douceur. Je voulais seulement t'en avertir.

– Oui, bien sûr, et écrire que je suis un cochon et un mauvais camarade, hein ? Peut-être aussi que je bats ma femme ? Mais ils savent eux-mêmes que c'est un mensonge. Alors, qu'est-ce que ça peut bien me faire ? Veux-tu un petit verre ?

Non, Pelle n'avait besoin de rien.

– Eh bien ! Moi, je veux bien, dit l'homme, avec un mauvais rire. Maintenant, tu pourras dire que je suis un cochon, tu m'as vu me saouler, mon vieux ! Et un autre soir, quand tu viendras écouter à la porte, tu m'entendras peut-être battre ma femme.

La femme se mit à pleurer.

– Merde après tout ! Ils n'ont qu'à me foutre la paix, cria l'homme rageusement.

Pelle dut s'en aller sans avoir rien obtenu.

XXV

L'Arche frissonnait sous le vent du nord, dépouillée de tout ce qui la rendait vivante. Le vacarme qui, tout l'été, bouillonnait à déborder dans la cour étroite, s'était tu. L'écoulement incessant de cent gargouilles, qui faisaient de la cour un puits aux parois gluantes et verdoyantes, s'était arrêté également. Le froid avait fermé tous les robinets et, de là où gîtaient les crapauds, des trous du mur, des grottes fantastiques que faisait la mousse verte et gluante, à l'embouchure des tuyaux, pendait maintenant une croûte de glace, un glacier malpropre qui descendait des mansardes jusqu'au fond de la cour.

Où étaient-ils, les gosses crasseux et gais ? Et le cocher des pompes funèbres qui prenait une telle cuite tous les soirs que sa femme devait le battre pour le réveiller, le lendemain ? Et ces voix aiguës de femmes qui, par intervalles, glapissaient d'étage en étage leurs invectives, tranchantes comme le fil d'un rasoir ? Le froid coupait encore mieux. Il avait tout chassé, tout barricadé. Le joueur d'orgue de Barbarie s'était blotti dans son sous-sol où l'ami intime du vent du nord, le rhumatisme, venait lui rendre visite. Et, dans la cour abandonnée, le courant d'air rôdait le long des murs humides. Chaque fois qu'un être humain passait sous le porche, il sentait l'étreinte de ses doigts de glace ; elle était si forte que le cœur lui manquait. La vieille bâtisse regardait d'un œil vide par ses fenêtres noires. Le froid avait enlevé la dernière paire de rideaux fleuris et l'avait mise au clou. Il avait échangé le canari contre une vingtaine de bûchettes. Il avait fait taire la plainte journalière des nourrissons, seuls derrière les portes closes – cet hymne au travail qui ne s'arrêtait que le soir, quand les mères rentraient de l'usine. Maintenant, les mères restaient auprès de leurs petits : c'était le froid qui leur faisait cette joie. Lui et la faim, sa sœur, venaient tous les jours leur rendre visite.

Au troisième, sur la cour, la veuve Johnsen était assise près du poêle. La petite fille d'Hanne s'était recroquevillée par terre, sur un vieux tapis rapiécé. Par la fenêtre sans rideaux, on ne voyait que de la glace, comme si l'univers entier était gelé. Chaque fois que la petite se mettait au carreau, son souffle faisait des trous dans le givre, mais ils se bouchaient aussitôt. La vieille regardait fixement devant elle, avec de grands yeux ronds ; sa tête amaigrie branlait tout le temps et elle ressemblait à un oiseau de mauvais augure, porteur d'un trop lourd secret.

– J'ai encore froid, grand-mère, dit timidement la petite.

– Tremble un peu, ça te réchauffera, répondit Mme Johnsen.

– Tu trembles, toi ?

– Non, je suis trop vieille et trop rouillée, je ne peux même plus trembler. Mais le froid me coupe bras et jambes. Alors je ne le sens pas. Ça irait, s'il n'y avait pas le dos !

– Mais tu l'appuies contre le poêle, qui est tout froid !

– Le froid m'entre si profond dans le dos !

– Mais pourquoi tu l'appuies contre le poêle, puisqu'il n'y a pas de feu ?

– J'ai tellement froid au dos, insista la vieille, d'une voix suppliante.

Alors, l'enfant se tut et tourna la tête de l'autre côté.

Des petits cristaux scintillaient sur toute la surface du mur et, de temps à autre, le papier crissait.

– Grand-mère, qu'est-ce que c'est que ce drôle de bruit ?

– Ce sont les punaises qui déménagent, répondit la vieille. Il fait trop froid pour elles dans les mansardes et elles ne peuvent plus rester. Tu verras, elles descendront chez les Olsen, là où les murs sont chauds ; c'est là qu'elles se nichent, quand il fait froid.

– Chez les Olsen, il fait donc toujours chaud ?

– Oui, le charbon va dans leur poêle comme l'eau va au moulin.

La petite se tut un instant ; elle tourna lentement la tête de côté et d'autre : son visage exprimait un profond ennui. Puis elle gémit :

– J'ai froid !

– Tremble un peu !

– Et si je courais un peu ?

– Non, tu aurais trop froid, l'air devient comme de la glace... T'as qu'à pas bouger ! Ta mère viendra bientôt t'apporter quelque chose.

– Mais elle n'aura rien ; tous les jours, la distribution est finie avant son tour.

– Je sais ! Mais ce n'est pas vrai, répondit durement Mme Johnsen, la marmite de la charité est assez pleine pour ceux qui savent s'y prendre. Le pauvre doit faire taire sa honte et, aujourd'hui, elle apportera quelque chose.

La petite se leva et alla souffler sur le carreau.

– Si seulement il pouvait tomber un peu de neige ! Cela donnerait du travail aux pauvres, soupira la vieille.

Mais le vent était toujours au nord. D'habitude, il longeait les canaux, lourd d'humidité. Mais depuis des semaines, il soufflait de l'église Sankt Nikolaj et jouait de la flûte dans les os creux de la pauvreté. Les canaux étaient couverts de glace et la terre paraissait terriblement dure ; l'aigre bise chassait les gens comme des feuilles mortes. Avec un léger bruissement, ils étaient balayés d'un bout à l'autre du pont et disparaissaient.

Une grande voiture jaune arriva au galop et le large portail de la Maison de Correction s'ouvrit lentement pour se refermer sur elle. C'était celle qui apportait la tambouille des prisonniers ; la petite la regardait d'un air découragé.

– Maman ne vient pas, dit-elle avec désespoir. Et j'ai si grand faim !

– Oh ! Patiente un peu, elle va arriver. Et ne reste pas là dans la lumière ; viens ici dans le coin. Il fait bien plus froid dans la lumière.

– Moi, je trouve qu'il fait plus froid dans le noir.

– C'est parce que tu ne comprends rien encore. Moi, je n'attends que la vraie, la grande nuit.

– Et moi, j'attends le soleil, répondit la petite, fâchée.

L'escalier se mit à craquer et l'enfant courut ouvrir la porte. Mais c'était seulement ceux d'en face qui enlevaient une marche.

Cette fois, c'était la mère ; une gamelle de fer-blanc à la main et un paquet sous le bras ! Ah ! Il y avait quelque chose dans la gamelle. Elle avait l'air si lourde ! Youpie ! Et le paquet, le paquet, qu'est-ce qu'il y avait dedans ?

– Maman, maman ! chantonnait-elle, penchée sur la rampe délabrée.

La bouche ouverte et les joues roses, Hanne montait vivement l'escalier. Derrière chaque fenêtre, un visage apparut.

« La veuve Hanne vient de faire le pas qui coûte le plus », se dirent-ils, chacun de son côté. Tout le monde savait qu'elle avait mis un point d'honneur à gagner la vie de sa mère et de son enfant. C'était une bonne fille, pour sûr ! Et la veuve Hanne leur faisait un petit salut, comme pour dire :

– Maintenant, ça y est, Dieu soit loué !

Sur la table, elle ôta le couvercle du seau.

– Regardez, fit-elle, en remuant la soupe avec une grande cuillère, il y a de la semoule dedans et un bouquet garni. Si seulement nous avions de quoi la réchauffer.

– Nous pouvons bien prendre un peu de bois à l'escalier, comme les autres, dit la mère.

– Oui, répondit Hanne, en respirant difficilement, oui, pourquoi pas ? Quand on peut mendier, on peut bien aussi…

Elle courut sur le palier et arracha quelques morceaux de bois avec une telle violence que le bruit s'entendit par toute la cour. Du moindre recoin, on pouvait la voir faire. La veuve Hanne avait abdiqué sa fierté !

Enfin, elles purent manger, la vieille et l'enfant.

– Mangez donc, dit Hanne qui les regardait, les yeux

brillants. Ses joues étaient brûlantes : elle était si belle, ce jour-là.

– Tu ressembles à une fleur, par ce froid, dit la mère. Mange donc, toi aussi, tu en as bien besoin.

Mais Hanne ne voulait pas manger.

– Je me sens si légère, répondit-elle, je n'ai pas besoin de manger.

Ses mains palpaient nerveusement le paquet ; elle ne tenait pas en place et elle bavardait, comme on fait quand on a la fièvre.

– Qu'as-tu là ? interrogea la mère.

– Des vêtements pour toi et la petite : vous avez tellement froid. Je viens d'acheter ça chez la marchande d'habits ; c'était si bon marché !

– Tu viens de l'acheter ?

– À crédit, bien entendu.

– Oui, oui, pourvu que tu ne te mettes pas trop de dettes sur le dos ! En attendant, ça nous fera du bien d'avoir quelque chose de chaud à nous mettre.

Hanne défit le paquet : les autres attendaient avec curiosité. Elle en sortit une robe d'été, plissée et décolletée, bleue comme les yeux de la petite, de jolis sous-vêtements de dame et une paire de fins souliers de chevreau. L'enfant et la vieille regardaient avec stupéfaction.

– Oh ! Comme c'est beau ! s'écrièrent-elles.

Elles avaient oublié le reste et regardaient avec admiration.

Hanne, par contre, se tenait immobile, comme terrifiée. Tout à coup, elle s'affaissa en sanglotant.

– Eh bien ! Ma fille, tu t'es acheté des fanfreluches, pour une fois, dit la mère en la caressant. Il n'y a pas de quoi pleurer, la jeunesse a ses droits !

– Non, mère, non ! Je n'ai rien acheté de tout ça ! Je voyais que vous aviez tant besoin de vêtements que je me suis décidée à monter dans une belle maison et à demander des vieux habits. C'est une jeune demoiselle qui m'a donné ça, elle était si gentille ! Non, je ne savais pas ce qu'il y avait dans le paquet, petite mère, je ne le savais pas !

– Enfin, ce n'est pas mal, dit la vieille tranquillement, en étalant devant elle ces beaux atours. Ce sont de belles affaires !

Mais, en un tour de main, Hanne ramassa tout le paquet et le jeta dans le coin, près du poêle.

– Tu es malade, dit la mère, en l'examinant avec attention. Tes yeux brillent comme des charbons ardents.

Comme la nuit tombait, elles allèrent se coucher pour ne pas brûler de chandelle. D'ailleurs, c'était au lit qu'on était le mieux. En mettant l'édredon de travers, elles arrivaient facilement à se couvrir toutes les trois ; elles posaient leurs vêtements sur leurs pieds. Placée au milieu, la petite était bien protégée. Elles parlaient de choses insignifiantes. La voix d'Hanne était claire et gaie comme si le bonheur était en elle.

– Comme tu es agitée ! dit la mère. Tu ferais mieux d'essayer de dormir un peu ! Même d'ici, je te sens toute brûlante.

– Je me sens si légère, répondit Hanne. Je ne peux pas rester en place.

Elle resta immobile cependant. Elle regardait fixement devant elle et chantonnait à mi-voix, tandis que la fièvre la consumait.

Plus tard, la vieille se réveilla en frissonnant. Au milieu de la pièce, éclairée par un bout de bougie, Hanne, la bouche ouverte, était occupée à se parer de tout le beau linge ; son haleine laissait de petites bouffées blanches dans la pièce.

– Tu es là, toute nue, par ce froid ! lui reprocha sa mère. Tu devrais faire un peu plus attention à toi.

– Ah ! J'étouffe de chaleur, on dirait l'été.

– Qu'est-ce que tu fabriques ?

– Mais je me fais belle un petit peu, mère.

– Oui, oui, danse, ma poupée ! Tu as perdu ta jeunesse, ma pauvre fille. Pourquoi aussi n'as-tu pas pêché un mari, là où tu as pêché l'enfant ?

Tout en fredonnant, Hanne revêtait la robe bleu clair. Elle était un peu large à la poitrine, mais lui faisait un joli décolleté. Pareille aux brouillards de chaleur de l'été, une buée légère montait de son corps. Il fallut que sa mère lui agrafe la robe dans le dos.

– Il ne faut pas réveiller la gosse, chuchota-t-elle, tout absorbée par la toilette. Laisse dépasser par-dessus la robe les belles dentelles de la chemise, ça fait si bien. Maintenant, tu ressembles tout à fait à une mariée, en été.

– Je descends vite au second la montrer à Mme Olsen, dit Hanne, en portant ses mains à ses joues brûlantes.

– Oui, va, va, ma fille... Il faut bien que le pauvre prenne un peu de plaisir ! répondit la vieille, en se tournant vers le mur.

Hanne descendit les escaliers en courant. Elle traversa la cour et sortit dans la rue. La terre était dure et sonore sous l'emprise du gel ; le froid mordait tout avec fureur, mais il brûlait les pieds d'Hanne, à travers les souliers légers. Toujours en courant, elle franchit la place, traversa le pont et arriva dans les quartiers éclairés pour tomber dans les bras de Pelle qui allait voir le père Lasse.

Pelle était fatigué et étourdi par la lutte quotidienne et la dureté des temps. La profondeur de la misère entamait son courage. Cela valait-il la peine de préserver l'unité des masses ? Cela ne pouvait que leur rendre la vie encore plus dure ! À cette heure, pourtant, Pelle se sentait plus optimiste. Il était dans un état de rêverie heureuse qui, depuis quelque temps, l'envahissait souvent. Au milieu des difficultés les plus terribles, il arrivait à son âme de s'échapper et de rêver, comme par magie, aux temps de bonheur à venir. Les cruelles privations le jetaient en rêve dans les bras de l'abondance ! Il était dans cet état d'âme à ce moment-là : il ne sentait pas le froid, la grande misère n'existait plus. La tension d'esprit, jointe aux effets de la sous-alimentation, faisait bourdonner ses oreilles. Il croyait entendre les joyeuses rumeurs d'un monde heureux. Il ne fut donc point étonné de rencontrer Hanne en robe d'été, parée pour le bal.

– Pelle, mon chéri, dit-elle en lui prenant la main, tu viens danser ?

« C'est Hanne, telle qu'elle était autrefois, pensa Pelle tout heureux, la Princesse insouciante de l'Arche. Ellc a la fièvre aujourd'hui comme jadis. » Lui aussi avait la fièvre, et lorsque leurs yeux se rencontrèrent, de froides étincelles en jaillirent. Il oublia complètement le père Lasse et ce qu'il avait à faire et il l'accompagna.

L'entrée du « Septième Ciel » baignait dans la lumière et le froid de la rue en paraissait plus inhospitalier. Dehors, dans l'océan de clarté, les enfants du Grand Hiver se serraient les uns contre les autres, épuisés et grelottants. Ils fouillaient leurs poches et les retournaient pour y trouver un sou. Quand ils en trouvaient un, ils entraient sous le tunnel rouge qui conduisait à la salle de danse.

Mais, là aussi, il faisait froid, les haleines faisaient une buée qui flottait dans l'air, pareille à une poussière blanche, et sur le parquet scintillaient des cristaux de glace. Qui aurait pensé à chauffer cette salle où la joie de vivre se devait de brûler dans mille lampes fumantes ? C'est là que, d'habitude, l'insouciance déversait son trop-plein, dans la vaste salle noyée de vapeur où l'orchestre suait.

Mais cette fois, le froid l'avait envahie. Assis autour des tables, les chômeurs de l'hiver n'avaient même pas le courage de remuer : les plus pauvres n'avaient même plus un brin de gaieté de reste. Olsen, le « Cerbère », aurait pu s'épargner la peine d'aller, ses grands bras étendus, stimuler les deux ou trois couples qui dansaient pour un sou – tout comme s'il y avait eu foule. On n'usait les planches que pour avoir le droit de rester là. Plus d'un avait, Dieu merci, une montre ou un anneau d'or : le Cerbère donnerait de l'argent en échange. Mais à quoi bon ? Ils étaient assis là, sous le plafond en stuc et les glaces dorées, ils se laissaient aller, à deux pour une bière, et laissaient grelotter les filles. Même Elvira ne trouvait plus de danseur.

– Mazurka ! hurla le Cerbère, allant de table en table, l'air menaçant. Ils se laissèrent entraîner en rechignant, comme des chiens, ils firent un tour de danse d'un air boudeur et payèrent.

Mais qu'est-ce que c'est ? N'est-ce pas l'été même qui entre dans la salle, rougissante et légèrement vêtue de bleu myosotis – une rose dans les cheveux ? La chaleur joue et folâtre comme le soleil sur ses épaules nues et cependant elle vient tout droit du Grand Hiver. Elle tend la jambe, provocante comme une fille de joie. Elle cambre fièrement le buste, comme si elle était la fiancée du bonheur, et comme elle brûle ! Qui est-ce donc ? Personne ne la connaît ?

– Mais c'est la veuve Hanne, une fille honnête, qui depuis sept ans n'a pas dévié de son chemin, allant tout droit de la maison à l'usine gagner la vie de sa vieille mère et de son enfant ! Mais c'est le sage Pelle qui est à son bras ! Lui qui a vendu sa jeunesse au diable pour adoucir la misère, que vient-il faire dans un bal ? Et Hanne, où a-t-elle pris ces beaux atours ? Elle est sans travail ! Et comment diable est-elle devenue si belle ?

Sur son passage, on chuchote. Au milieu de la salle, elle s'arrête en souriant. Ses yeux sont pareils à des volcans. Un jeune homme s'approche en chancelant et la prend par la taille. Une danse avec Hanne, une danse avec Hanne ! C'est avec une sorte de langueur qu'Hanne danse. On dirait qu'elle va chercher sa joie bien loin, au plus profond d'elle-même. Elle pèse doucement au bras de son danseur et, de sa gorge, la chaleur monte, dissipant le froid du Grand Hiver. Ne dirait-on pas qu'elle brûle ? Comme il serait bon de se réchauffer contre elle !

Maintenant, il ne fait plus froid dans la salle, Hanne est comme une boule de feu qui tournoie et enflamme. Partout où elle passe, le feu jaillit. Un sang jeune coule dans les veines. On renverse les chaises pour entrer dans la danse.

– Hé ! Musicien ! Cent sous pour ma montre ! Mais dégrouillez-vous !

– Hanne ! Une danse avec moi ; rappelle-toi que nous étions ensemble à l'usine !

– Et moi, j'ai été à l'école avec toi !

Sans rien répondre, Hanne quitte Pelle et pose son bras

nu sur l'épaule de l'un, puis de l'autre et quand leur joue effleure son bras, ils se sentent comme embrasés. Ils ne veulent plus la lâcher, ils l'entraînent jusqu'à l'orchestre, pour payer encore une danse. Pas un mot ne sort de ses lèvres, mais le feu qui la brûle est pour chacun d'eux la plus riche promesse.

– Je peux t'accompagner ce soir ? murmurent-ils, en implorant ses lèvres muettes.

Mais c'est à Pelle qu'elle parle, quand ils tourbillonnent ensemble.

– Pelle, comme tu es fort ! Pourquoi n'as-tu pas voulu de moi ? Est-ce que tu m'aimes ?

Sa main serre convulsivement l'épaule de Pelle, elle l'entraîne, son haleine lui brûle l'oreille.

– Je ne sais pas ! répond-il avec angoisse. Mais arrête-toi, tu es malade !

– Alors, arrête-moi ! Pourquoi n'as-tu jamais su être plus fort que moi ? Veux-tu de moi, Pelle ? Veux-tu que je sois à toi ?

En souriant, Pelle fait non de la tête.

– Non, maintenant, je t'aime seulement comme une sœur.

– Et moi, je t'aime maintenant ! Vois-tu, tu es devenu pour moi un étranger. Je ne te comprends pas ! Tes mains sont dures comme si tu venais d'une autre terre. Tu pèses, Pelle, tu es lourd ! Apportes-tu le bonheur des pays lointains ?

– Hanne, tu es malade, arrête-toi et laisse-moi te reconduire.

– Pelle, tu n'as jamais été celui qu'il me fallait. Où est ce que tu apportes ? Tu n'apportes rien. Alors, laisse-moi, je veux avoir le droit de danser aussi avec les autres.

Hanne n'a pas encore quitté le bal un seul instant. Les hommes sont là qui l'attendent. Quand un la laisse, il y en a dix qui s'élancent. Hanne veut danser avec tous ce soir, tous auront le droit de se réchauffer auprès d'elle ! Les regards qu'elle lance sont pareils à des étincelles dans l'obscurité. Son mutisme les enflamme : ils tournoient de plus en plus follement. Ceux qui ne peuvent arriver jusqu'à elle éteignent dans la boisson le feu qui les dévore. Chassé, le Grand Hiver : il fait chaud ici comme en enfer ! Le sang monte à la tête et colore le blanc des yeux ! Il vous prend une envie irrésistible de danser ou de tourbillonner à perdre pied.

– Hanne est folle ce soir ! C'est le démon de midi ! disent méchamment Elvira et les autres filles.

– Taisez-vous ! Personne ne doit dire du mal d'elle ! C'est merveilleux de la toucher, comme si elle n'était pas faite de chair et d'os, mais avec le feu du ciel. Ça fait mal de l'effleurer ! On dit qu'elle n'a rien mangé depuis huit jours. Elle laissait tout à la vieille et à l'enfant. Et pourtant, elle brûle ! Regardez ! Il y a deux heures qu'elle n'a pas quitté les planches. N'est-ce pas extraordinaire ? Hanne danse comme une messagère d'un autre monde, où l'on se nourrirait de feu et non de froid. Voilà pourquoi, dès qu'elle est libre, chacun quitte sa danseuse. Comme elle danse légèrement ! Danser avec elle, c'est comme monter très haut, hors de l'atteinte du froid. Dans ses bras, toute souffrance est oubliée…

À vrai dire, elle est de plus en plus pâle. Elle éteint en dansant le feu qui la brûle, tandis qu'en dansant les autres s'embrasent ! Maintenant, elle est toute blanche et Elvira, la fille des Olsen, vient la tirer par la jupe, tout effrayée :

– Hanne, dis donc, Hanne !

Mais elle ne la voit pas : les yeux fermés, elle n'attend rien que la prochaine étreinte. Elle a tant à faire ce soir !

– Elle qui a la renommée d'être si pure ! Elle ne s'aperçoit donc pas qu'elle gâte le plaisir des autres ! Aurait-elle attrapé la danse de Saint-Guy ? Ou c'est son veuvage qui lui pèse trop lourd ?

– Taisez-vous ! Comme elle est belle ! La voilà qui rougit de nouveau.

Elle ouvre des yeux qui lancent des flammes. Elle vient de tirer Pelle du coin où il s'était réfugié et, en rougissant, elle lui chuchote quelque chose à l'oreille – peut-être la riche promesse que personne n'a su tirer d'elle ? C'est toujours Pelle qui a de la chance.

– Pelle, pourquoi est-ce que tu ne danses plus avec moi ? Pourquoi restes-tu dans un coin à bouder ? Tu es fâché, comme autrefois ? Pourquoi es-tu si dur et si froid ? Tes vêtements sont glacés !

– Je viens tout droit du Grand Hiver, Hanne. Les enfants pleurent pour avoir du pain et les femmes se privent pour eux. Les hommes vont, les bras inutiles, avec de mauvais regards ; ils ont honte de ne rien faire !

– Où donc ? Regarde ! Nous sommes en été. Tout le monde est si heureux ! Prends-moi, Pelle !

Hanne devient rouge, plus rouge que le sang et pose sa tête contre lui. Regardez-la donc s'abandonner dans son ivresse sans honte ! Elle se renverse dans les bras de Pelle et, entre ses lèvres, une grande rose couleur de sang jaillit et retombe sur sa robe bleue.

Comme cloué sur place, avec son fardeau terrible, Pelle ne peut faire un pas. Il regarde Hanne fixement, jusqu'à ce que le Cerbère l'emporte dans ses bras de géant. Elle est si légère dans sa robe d'été, elle ne pèse rien !

– Mazurka ! hurle l'homme en revenant et il fait sa ronde, invitant à la danse.

XXVI

Vers la fin de janvier, Pelle réussit à se faire embaucher comme manœuvre à la fabrique de machines Danmark. C'était mal payé, mais Ellen était contente : avec rien, on ne pouvait que pleurer ; avec quelque chose, si peu que ce soit, elle se sentait du courage. Elle restait un peu pâle encore de ses couches, mais elle était vaillante. Dès qu'il fut question de ce travail inespéré, elle se remit à faire de beaux projets. Elle commença par dégager quelques objets qu'on avait mis chez le prêteur et se libéra de ses dettes, suivant fidèlement le plan qu'elle s'était tracé.

La petite sœur était toute une affaire pour le petit Lasse. Il comprit tout de suite qu'elle était venue pour le distraire de sa solitude. Il avait été passer quelque temps chez les grands-parents pour que la cigogne, en apportant la petite sœur, n'aille pas le remporter, car on l'aimait bien. Quand on le ramena à la maison, elle était dans son berceau et dormait. Il commença par lui appuyer sur les paupières, pour voir si elle avait des yeux comme lui. On lui tapa sur les doigts et l'angoissant problème ne fut pas résolu ce jour-là.

Des yeux, la petite sœur en avait, de grands yeux noirs qui le suivaient à travers la pièce, derrière le lit comme à l'autre bout de la chambre, avec le même air attentif, tandis que les joues rondes remuaient comme pour téter. Le petit Lasse sentait bien que cela vous créait des obligations d'être ainsi regardé. C'était déjà un petit homme qui avait envie de se faire remarquer. Aussi se faisait-il aussi gros que possible, en balançant le corps comme un clown et il jouait à l'homme fort avec son petit banc, tandis que la petite le suivait des yeux, d'un air impassible. Il était d'avis qu'elle aurait pu manifester un peu plus d'admiration, quand il se donnait tant de mal pour elle !

Un jour, il souffla dans un sac de papier et le fit claquer juste devant son nez ; cela réussit. La petite sœur oublia son impassibilité, sursauta et se mit à hurler. Cela valut une fessée au gamin mais, maintenant, il avait ce qu'il voulait : il n'avait qu'à s'approcher pour lui montrer quelque chose, elle se mettait à crier avant même que le tour ne soit fait.

– Laisse la petite sœur, Lasse-Frederik, disait la mère ; tu lui fais peur !

Mais il suffit d'un mois pour que tout change. Personne alors ne comprenait mieux que la petite sœur les façons de Lasse. Il n'avait qu'à remuer son petit corps rond ou à ouvrir la bouche pour qu'elle se mette à gazouiller comme un pinson.

La réserve d'Ellen s'était dissipée, maintenant qu'elle avait fort à faire. Le froid lui avait fait renoncer à certains projets, les enfants en avaient réalisé d'autres. Ils suffisaient à l'absorber complètement et Pelle ne lui manquait plus. Comme elle était habituée à le voir sans cesse absent de la maison, elle lui faisait une place à part dans ses pensées. En vaquant à ses occupations, elle lui parlait au dedans d'elle-même, et c'était sa joie de lui rendre agréables les instants qu'il passait à la maison.

Pour Pelle, son intérieur était devenu un petit monde tiède, où il pouvait se réfugier lorsqu'il était fatigué. Il avait comblé l'espoir secret qui était dans le regard d'Ellen – avec deux petits êtres bénis qui lui donnaient assez à faire. C'était maintenant de tout son être qu'elle venait à sa rencontre. Il y avait en elle une loyauté singulière, qui allait droit au cœur ; elle ne se plaignait jamais de son maigre salaire ; elle ne lui reprochait pas d'être un simple manœuvre.

Il avait abandonné la présidence du syndicat pour une responsabilité plus grande. D'ailleurs, il n'y avait pas d'espoir pour lui de reprendre de sitôt son ancien métier, et le travail de force ne lui déplaisait pas. Pour pallier un peu l'insuffisance de son gain, il faisait, le soir, du ressemelage. Ellen l'aidait et ils causaient de tout et de rien. Jamais ils ne parlaient du Mouvement, qui n'intéressait pas Ellen, et Pelle n'était pas mécontent d'avoir la paix un moment, au contraire. Le petit Lasse était assis à la table ; il dessinait et mettait son grain de sel. Souvent, quand Pelle prenait son ouvrage, il découvrait qu'Ellen en avait fait le plus clair dans la journée, ne laissant que ce qu'elle ne savait pas faire. Pour sa part, il lui rendait de petits services pour lui faire plaisir.

À partir du nouvel an, l'hiver ne fut plus aussi rigoureux ; dès le mois de février, le printemps commença à s'annoncer. Ellen y était sensible.

– Si nous allions déjeuner à la campagne, dimanche ? Les enfants ont besoin de prendre l'air, dit-elle.

Pelle ne demandait pas mieux. Mais dimanche, il y avait réunion de la direction du Parti et réunion sur l'entreprise ; il fallait absolument qu'il y soit. Et, pour le soir, il avait promis de prendre la parole dans un syndicat.

– Alors, nous sortirons tout seuls, les gosses et moi, répondit tranquillement Ellen.

Le soir, ils avaient passé une bonne journée ; Pelle n'était plus indispensable.

Enfin, le Grand Hiver était fini ; il gelait encore, surtout la nuit, mais les gens savaient tout de même que c'était fini. Et la glace des canaux le savait : elle craquait de toutes parts et entamait sa marche vers la mer.

Les maisons sentaient aussi venir le printemps et devenaient plus gaies et, là-haut, le soleil brillait. En levant les yeux vers le ciel, on apercevait ses reflets sur les toits. Au fond des venelles et des cours profondes comme des puits, les enfants pataugeaient dans la neige fondante et sale, chantant des hymnes au soleil qu'ils ne pouvaient voir.

Les gens commençaient à s'étirer : ils avaient eu si longtemps pieds et poings liés. D'un instant à l'autre, le froid pouvait revenir, mais tout invitait à croire au printemps. Les moineaux commençaient à se montrer ; la sève remontait vers la surface de la terrc, formant des taches sombres sur la croûte dure, et l'activité commerciale se hasardait à reprendre. Une volonté unique semblait se manifester partout. Au cœur de la terre, les germes poussaient, malgré la gelée et la neige, et levaient, tout nouveaux, comme s'ils naissaient du froid. Au cœur de ceux qui avaient été terrassés par l'hiver, l'espérance germait en dépit de tout. Les quartiers ouvriers se mettaient à revivre ; cela recommençait à valoir la peine de chercher du travail. S'il faisait bon sortir et se remuer un peu dans la lumière, il ferait meilleur encore trouver de quoi se remplir la panse tous les jours et dégager les effets qu'on avait mis au clou, afin de les aérer un peu avant le prochain coup dur.

Mais la reprise du travail ne se fit pas aussi vite qu'il aurait fallu. On aurait dit que le froid avait paralysé ceux qui se trouvaient à la tête de la vie industrielle du pays. Le printemps approchait, le soleil montait de jour en jour plus haut à l'horizon et prenait de la force, mais les industries n'arrivaient toujours pas à reprendre une activité en rapport avec la demande. Il n'y avait pas le même ressort que d'habitude. En cette saison, on avait coutume de stocker pour faire face aux besoins de l'été. C'était la saison où les activités que l'hiver avait paralysées reprenaient à plein rendement, avec des heures supplémentaires.

L'inquiétude se manifestait de toutes parts. On se demandait : qu'y a-t-il donc ? Pour le moment, *L'Ouvrier* ne donnait pas d'explication, mais seulement des avertissements à mots couverts : que certaines gens n'aillent pas se faire les complices de la famine.

Peu à peu les idées s'orientèrent dans une direction déterminée : les patrons préparaient quelque chose ; c'était la vraie raison de cette torpeur des affaires. Malgré les souffrances endurées pendant l'hiver, les ouvriers avaient réussi à faire entrer au Parlement quelques-uns des leurs et ils prenaient leurs mesures en vue des élections municipales. C'était la difficulté ! Mais surtout, il y avait l'organisation toujours grandissante qui, désormais répandue dans tout le pays et englobant toutes les corporations, voulait avoir voix au chapitre. On entendait faire sentir aux pauvres combien ils étaient faibles, sans le secours de ceux qui dirigeaient les affaires.

Le bruit courait, entre autres, qu'on était en train de préparer la fermeture de toutes les entreprises, pour briser d'un seul coup toutes les organisations ouvrières ; mais cela était trop invraisemblable. On n'avait jamais vu que des lock-outs partiels, dus à des conflits sur des points déterminés. Qu'il y ait des gens prêts, en dépit de la volonté de la nature, à faire durer la misère de l'hiver quand chacun était prêt à travailler aux conditions en vigueur, non, c'était trop diabolique !

Cependant, une tendance commença à se dessiner. Les gens qui s'étaient plus spécialement dévoués au Mouvement éprouvaient plus que les autres de la difficulté à se faire embaucher : on les reprenait au rabais, ou bien on les avait tout bonnement remplacés, quand ils voulaient rentrer, après le chômage de l'hiver. C'était surtout dans les métiers les plus organisés que régnait l'insécurité. Il était impossible d'interpréter le fait autrement que comme une persécution dirigée contre la Confédération. L'incertitude en résultait : tout le monde sentait que cet état de choses ne pouvait pas durer, et on n'en attendait rien de bon. C'était surtout dans la métallurgie que les relations étaient tendues : les maîtres de forges avaient toujours eu la main dure et c'est là qu'on découvrit d'abord ce qui se préparait.

Pelle vit avec inquiétude s'ourdir le complot. Si l'on en venait aux prises maintenant, ce serait la défaite pour les ouvriers sans ressources, saignés à blanc. L'hiver avait balayé leurs pauvres défenses et un assaut général aurait évidemment pour résultat de briser leur unité. Il ne leur dit pas son angoisse ; ils étaient un peu comme de grands enfants, cela ne servirait à rien de trop les inquiéter. Mais, devant les dirigeants du Parti, il fut d'avis qu'il fallait avant tout éviter la lutte, même au prix de concessions. Pour la première fois de sa vie, Pelle proposa de reculer.

D'une semaine à l'autre, la tension augmentait, mais il ne se produisait rien. Les patrons hésitaient devant l'opinion publique. L'hiver avait laissé de profondes blessures, ils n'osaient prendre la responsabilité d'une déclaration de guerre…

Dans la fabrique de machines Danmark, la tension ne datait pas d'hier. Au moment où, du fait de la concurrence mondiale, l'agriculture danoise s'était vue contrainte à restreindre la culture du blé et à intensifier la production laitière, les dirigeants de l'usine avaient compris que là était l'avenir : ils lancèrent la fabrication des centrifugeuses. L'usine réussit à construire une centrifugeuse qui eut beaucoup de succès et cette nouvelle branche d'industrie employait toujours plus d'ouvriers. On choisissait les hommes les plus capables, ils amélioraient sans cesse la production et la vente augmentait sur le marché extérieur aussi bien que sur le marché national. Peu à peu, les ouvriers s'étaient si bien entraînés à la nouvelle fabrication, que l'usine se vit dans l'obligation d'abaisser le taux du salaire aux pièces : autrement, ils gagnaient trop ! C'était arrivé deux fois au cours des dernières années – on avait pris prétexte de la concurrence étrangère. Dans le même temps, devant la demande grandissante, le prix des centrifugeuses augmentait sans cesse. Les ouvriers avaient accepté les diminutions comme une chose inévitable, mais ils avaient perfectionné leur technique et étaient parvenus, une fois de plus, à se faire un salaire convenable.

Cependant, dès que le travail eut repris, après l'hiver, de nouveaux bruits commencèrent à circuler : on allait encore abaisser le taux. Mais cette fois, les ouvriers n'étaient pas décidés à accepter sans rien dire. L'indignation contre une façon d'agir aussi inique leur monta à la tête et peu s'en fallut qu'ils ne manifestent contre le bruit qui courait. Cependant, Pelle parvint à leur faire comprendre qu'il ne s'agissait que de rumeurs, dont personne n'avait la responsabilité. La peur une fois passée, comme rien n'était changé, ils vinrent le remercier.

Mais à la paye suivante, on les informa, de la part de la

direction, que le barème en vigueur n'était plus en rapport avec les conditions actuelles et qu'il allait être révisé. Cela avait l'air tout à fait innocent, mais chacun savait ce que cela voulait dire. C'était une des premières journées de printemps. Dans le grand atelier, le soleil dressait de larges poutres de lumière et, dans la brume de chaleur, courroies et volants tournoyaient. Les ouvriers sifflaient pour accompagner la musique des rouages et du métal. Le bruit des machines étouffait tout le reste, mais, à leur visage, on pouvait voir qu'ils sifflaient et fredonnaient. Ils ressemblaient à une bande d'oiseaux insouciants qui viennent de se poser sur un rivage familier et chantent pour saluer le printemps.

Pelle était en train d'apporter des matériaux, quand la nouvelle vint couper court à la joie. Un billet passa de main en main, bref et brutal ; la direction ne voulait pas traiter avec le syndicat et faisait semblant de l'ignorer. À chacun était accordé un délai de quinze jours pour souscrire à ce nouveau barème truqué. Pas de pourparlers : il fallait signer, ou bien... au revoir et merci ! Lorsque la feuille parvint à Pelle, tous les regards se tournèrent vers lui, comme si l'on avait attendu un signal. Les outils s'arrêtèrent et, pour un moment, les machines continuèrent toutes seules leur vacarme. Pelle lut la feuille et se pencha sur son travail. À la pause de midi, ils l'entourèrent :

– Eh bien ? demandèrent-ils, en le dévorant du regard. Leurs poings frémissaient. – On se met en grève tout de suite ? Ça, c'est trop fort ! On est tondu dès qu'on a un peu de laine sur le dos.

– Du calme ! répondit Pelle, patience ! Laissez-les faire, on va voir jusqu'où ils iront. Faites comme si de rien n'était et allez au travail. Rappelez-vous que vous avez femme et enfants.

En grommelant, ils suivirent son conseil et retournèrent au travail. Leur mécontentement ne l'étonna pas : il y avait eu un temps où lui aussi aimait mieux lâcher le travail que de se laisser marcher sur le pied – même au risque de tout casser. Mais aujourd'hui, il avait la responsabilité de diriger les masses et il lui fallait de la prudence.

– Patience ! leur répondait-il, demain nous en saurons plus long qu'aujourd'hui ! Il faut voir les conséquences avant d'agir.

Ils laissèrent de côté le nouveau barème et se remirent au travail, comme si de rien n'était. La direction de l'usine tint l'affaire pour réglée. Les chefs avaient l'air satisfaits. Pelle admirait le sang-froid de ses camarades ; après deux ou trois jours, ils retrouvèrent leur bonne humeur habituelle : ils plaisantaient joyeusement pendant la pause. Dès la sirène de midi, les machines s'arrêtaient et tous les hommes lâchaient leurs outils. Quelques-uns endossaient leur veste pour courir manger quelque chose de chaud à la maison ; d'autres cassaient la croûte dans un bistrot, tout près de l'usine. Ceux qui habitaient trop loin s'installaient, pour le repas, sur les tours et les enclumes. Le repas fini, ils formaient de petits groupes : ils bavardaient ou se taquinaient l'un l'autre. Pelle profitait souvent de l'heure du déjeuner pour aller jusqu'à l'Arche voir le père Lasse, qui avait réussi à se faire embaucher dans un entrepôt et se tirait très bien d'affaire.

Un jour, avec de la craie, Pelle avait dessiné sur une plaque de tôle un contremaître bouffi d'orgueil. Le dessin fit bien rire les autres. Dans le même temps, quelques camarades en étaient venus à discuter du crénage de la machine dans un bateau de plongée. Pelle effaça aussitôt la caricature et fit, sans rien dire, un croquis de la machine. Il en avait vu bien souvent de semblables dans le port, à Bornholm. Les autres durent reconnaître que c'était bien ça. Au même moment, un ingénieur traversa le grand atelier. Il aperçut le dessin et demanda qui en était l'auteur. Pelle dut monter avec lui jusqu'à son bureau. L'ingénieur lui posa plusieurs questions et s'étonna d'apprendre qu'il n'avait jamais pris de cours de dessin :

– Nous pourrions peut-être vous employer ici, au bureau d'études, dit-il. Voulez-vous essayer ?

Pelle fut pris de vertige. C'était donc enfin la chance, la chance tant espérée qu'il avait sacrifiée au progrès du Mouvement, la chance qui venait à l'improviste et vous entraînait rapidement vers les couches supérieures de la société.

– Oui, dit-il d'une voix étouffée, je vous remercie ! L'émotion lui coupait la respiration.

– Alors, venez demain matin à sept heures au bureau de dessin, dit l'ingénieur. Voyons, quel jour sommes-nous ? Samedi. Donc, à lundi matin !

L'affaire était réglée sans formalité aucune ; c'était un homme comme les aimait Pelle !

Lorsqu'il revint, les camarades l'entourèrent pour savoir ce qui s'était passé.

– Maintenant, ta fortune est faite, dirent-ils ; ils vont te mettre à dessiner et, si tu sais t'y prendre, ils te donneront des problèmes à résoudre et tu pourras devenir projeteur. C'est le chemin qu'a pris le directeur Jeppesen. Il a commencé ici, à la fonderie. Maintenant, c'est un gros bonnet.

Les visages s'illuminaient de joie, à voir la chance qu'il avait. Il vit qu'ils le jugeaient capable de mener à bien n'importe quoi. Le reste de la journée, il travailla comme en rêve : il avait hâte d'annoncer la nouvelle à Ellen. Il était tout abasourdi ; ses oreilles bourdonnaient comme dans son enfance.

Ellen l'entoura de ses bras, elle ne voulait pas le lâcher, le dévorant du regard et l'admirant comme au premier jour.

– J'ai toujours pensé que tu arriverais à quelque chose, s'écria-t-elle, avec fierté. Tu n'es pas comme les autres ! Maintenant, ça y est ! Mais les enfants, Pelle, il faut qu'ils le sachent, tout de suite.

Et, tirant brusquement Petite Sœur de son berceau, elle lui raconta la nouvelle. L'enfant se mit à pleurer.

– Tu lui fais peur, dit Pelle en riant de tout son visage.

– Mais alors, il faudra voir des gens comme il faut ! dit Ellen tout à coup, en mettant la table. Pourvu que je puisse m'y faire ! Et le petit ira à l'école payante !

Le dîner fini, Pelle voulut se mettre au travail.

– Non, dit Ellen d'un ton péremptoire, en lui prenant son ouvrage des mains. Ce n'est plus ton travail !

– Mais il faut pourtant le finir. Nous ne pouvons pas livrer du travail à moitié fait.

– Je m'en occuperai, pourvu que tu veuilles bien te changer. Tu ressembles à un…

– Un ouvrier. Évidemment, dit Pelle en riant.

Il se changea et partit pour l'Arche annoncer la bonne nouvelle au père Lasse. Ensuite, il rejoindrait les autres chez les parents d'Ellen. Lasse était chez lui et prenait son maigre repas : il avait fait cuire un œuf sur le poêle et, sur la table, il y avait de la bière et de l'eau-de-vie. Il avait loué un petit réduit donnant sur le long couloir, près de chez Vinslev le Fou. La pièce n'avait pas de fenêtre : rien qu'un carreau au-dessus de la porte ; la chaux tombait du mur par plaques, laissant le mortier à nu.

– Tiens ! Tiens ! s'écria Lasse ravi, ça vient tout de même ! Je me suis souvent demandé pourquoi tu possédais ce don inutile. Pourquoi un pauvre fils de journalier, comme toi, se mettait-il à griffonner sur les murs et sur des bouts de papier ? Il faut pourtant qu'il y ait un sens là-dedans, que je me disais, en mon for intérieur. Peut-être que c'est ça, le don de Dieu qui le fera réussir. Alors, maintenant, il paraît que ça va servir à quelque chose ?

– Tu n'es pas bien, ici, père, dit Pelle. Mais je t'en sortirai un de ces jours, que tu le veuilles ou non. Sitôt que nous aurons payé les dettes de cet hiver, nous prendrons un logement de trois pièces et il y en aura une pour toi. Mais alors, on ne te permettra plus d'aller trimer, il faut t'attendre à ça.

– Bon ! Bon ! Je ne vois pas d'inconvénient à aller habiter avec vous, si je ne vous arrache pas le pain de la bouche. Mais tu sais, ça ne sera pas bien difficile de m'empêcher de travailler. Je travaille depuis que j'ai su marcher à quatre pattes ; voilà tantôt soixante-dix ans que je travaille pour gagner ma vie, et, maintenant, je suis fatigué. Je te remercie de ton bon cœur ; les gosses me feront bien passer le temps. Tu n'as qu'à me faire signe quand tu voudras.

La nouvelle était déjà connue dans l'Arche et, quand il sortit, tout le monde vint lui souhaiter bonne chance.

– Il ne faudra plus venir bavarder avec nous, maintenant que tu vas être de la haute ! disaient-ils. Ça ne se fait pas ! Mais ne nous oublie pas tout à fait, nous autres pauvres diables !

– Sûr que non ! Pelle a partagé tant de misères avec nous ! Il n'est pas de ceux qui laissent tomber les vieux amis, se répondaient-ils.

C'est seulement au moment où il quittait l'Arche que Pelle se rendit compte qu'il avait d'autres adieux à faire. Il fallait dire adieu à cette profonde camaraderie avec ceux de sa classe, à la confiance qu'ils avaient en lui, à la mission qu'il avait parmi eux. Il avait trouvé sa joie dans cette insouciance, dans la camaraderie et la lutte. N'était-il pas, en quelque sorte, le prince des pauvres, vénéré d'eux tous et qui devait les conduire au pays du miracle ? Pouvait-il se justifier de cette trahison envers les masses, qu'il sacrifiait à sa propre fortune ? Il était peut-être réellement destiné à faire triompher le mouvement ouvrier, peut-être même le seul qui puisse le faire.

Vaguement, Pelle avait toujours senti grandir en lui cette conviction et c'était elle qui lui avait donné la ténacité dans la lutte et la patience avec laquelle il avait enduré tous les sacrifices. Maintenant qu'il en prenait conscience, il la combattait en la taxant d'orgueil. Non, il n'était pas vaniteux à ce point-là ! Il y avait bien des hommes capables de faire triompher la cause sans lui, et le bonheur venait de frapper à sa porte. « Avance, Pelle, disait une voix en lui. Pourquoi te creuser la tête ? Tu n'as pas le droit de repousser le bonheur ! Veux-tu donc sacrifier ta propre vie sans profit pour personne ? Tu as été bon camarade, mais ici tu es à la croisée des chemins. C'est un don de Dieu, tu l'avais dès l'enfance. Si tu restes dans la misère, cela ne fera de bien à personne. Choisis ta route à toi. »

Oui, Pelle avait déjà choisi ! Il savait bien qu'il acceptait l'occasion inespérée, quoi qu'on en puisse dire, mais cela faisait mal au cœur de laisser les autres en arrière. Il avait été trop intimement lié aux pauvres, son sens de la solidarité était trop puissant pour qu'il ne lui soit pas douloureux de se séparer d'eux. C'est en pensant aux autres qu'il était devenu un homme et la lutte elle-même lui avait conféré une énergie pleine de joie. Et maintenant, il n'irait plus aux réunions ! C'était extraordinaire : il n'aurait plus rien à faire de ce côté-ci de la barricade, puisqu'il serait maintenant de l'autre côté, lui, Pelle, qui avait toujours été le flambeau. En tout cas, il savait qu'il ne les trahirait jamais, même au cas où il parviendrait très haut. Il n'avait aucun doute à ce sujet : il aurait toujours de l'amitié pour ses anciens camarades et il montrerait la voie des bonnes relations entre ouvriers et patrons.

Ellen remarqua son sérieux ; peut-être aussi se douta-t-elle des scrupules de Pelle et voulut-elle l'aider à les vaincre :

– Veux-tu que nous fassions venir ton père dès demain ? demanda-t-elle. Il pourra coucher sur la chaise longue de la salle à manger jusqu'à ce que nous ayons le nouveau logement. Ça me fait de la peine de le voir ainsi sans feu ni lieu. Et tu ne peux pas avouer ça non plus, dans ta nouvelle situation.

XXVII

L'inquiétude gagnait, l'une après l'autre, toutes les entreprises. Aucun de ceux qui avaient quelque chose à voir avec le syndicat n'était tranquille. Il était évident que l'intention patronale était de pousser à bout les ouvriers pour qu'ils déclarent eux-mêmes la guerre. « Ils veulent briser les syndicats pour nous priver de beurre encore une fois, disaient les ouvriers. Ils pensent sans doute que ça sera plus facile, maintenant que l'hiver nous a appris à nous contenter d'un bout de pain sec. Mais ils ne nous tiennent pas encore ! »

La colère bouillonnait chaque jour plus fort dans les masses : on était prêt à la lutte, on ne demandait qu'à se battre. Les femmes pleuraient et se tourmentaient ; la plupart d'entre elles ne comprenaient qu'une chose : il faudrait vivre, une nouvelle fois, toutes les misères de l'hiver. Elles firent des démarches désespérées, jetèrent leur fichu sur leurs épaules et coururent dans les bureaux supplier les patrons de détourner le malheur. De la direction centrale ne venaient qu'appels au calme et à la vigilance ; il fallait avant tout que, vis-à-vis de l'opinion publique, les ouvriers aient le droit pour eux.

Pelle n'avait pas de mal à suivre les événements, mais il se tenait à l'écart maintenant. Il allait travailler en costume de ville et souliers à lacets et ne commençait sa journée qu'à sept heures, tandis que les autres commençaient à six. Cela changeait tout.

Il ne lui fallut que peu de temps pour apprendre à manier le compas et la règle et, en ce moment, il était occupé à copier ou à compléter des dessins à demi effacés. Il se sentait étrangement heureux, comme sous l'effet d'une légère ivresse. C'était la première fois de sa vie qu'il se trouvait en face d'un travail propre, qui lui permettait de garder ses vêtements de ville. C'était étrange de voir la vie sous ce nouvel angle. Cela ouvrait des horizons. Tandis que sa position ancienne ne laissait espérer qu'une vieillesse misérable, celle-ci permettait de s'élever. Il pouvait prétendre à tout, jusqu'aux situations les plus hautes ! Qui sait si un beau jour il n'arriverait pas au sommet ! Il pourrait faire passer la journée de huit heures et de bons salaires. Ainsi, il leur montrerait que l'on pouvait très bien venir du bas de l'échelle et s'élever sans oublier son passé et sans devenir un exploiteur. Alors, ils pourraient encore crier « Vive Pelle, le bon camarade ! » bien qu'il ait quitté leurs rangs.

À la maison, les occupations étaient multiples. À peine rentré, il était assailli par les centaines de projets d'Ellen. Il lui fallait encore un beau complet, un costume de bureau gris et davantage de linge. Et puis, il fallait aller chez le barbier au moins deux fois par semaine : il ne pouvait tout de même pas se taillader lui-même le visage, avec sa vieille râpe de rasoir. Pelle eut tôt fait de découvrir que ce n'était pas si facile d'être un bourgeois, comme il disait. Pour tout cela, il fallait de l'argent. Les mêmes combinaisons, la même chasse aux sous recommencèrent, comme l'hiver précédent. Seulement, cette fois, c'était amusant – les emprunts avaient un but agréable et devaient servir seulement à les tirer plus vite d'affaire.

Le père Lasse promenait une figure épanouie : il était vêtu du complet de tous les jours, à demi usé, de Pelle, qu'Ellen avait remis à neuf ; il avait un col noir ouatiné, à bord blanc et, aux pieds, des souliers reluisants. C'étaient les gros souliers en cuir graissés, ceux que portait Pelle en quittant la Ferme de pierre ; ils existaient encore, seulement, la tige avait été coupée : on s'en était servi pour brider des sabots. Il aimait tenir compagnie aux enfants et faisait tout à fait vieux grand-père, avec son visage ridé et ses doux yeux qui ne voyaient plus très bien. Quand le petit Lasse se cachait dans le coin de la pièce opposé à celui où se trouvait le vieux, Lasse ne pouvait plus le voir, ce dont l'enfant savait profiter. Le petit ne comprenait pas comment les yeux pouvaient ne pas voir plus loin que l'autre côté de la table et il demandait toujours pourquoi.

– C'est parce que j'ai vu trop de misère durant ma vie, répondait toujours le vieux.

Au demeurant, il était tout heureux. Et cela se voyait à son vieux corps usé. Il prenait de l'embonpoint et ses joues s'arrondissaient. Il savait garder les enfants ! Pelle et Ellen purent tranquillement s'adonner à leurs nombreuses occupations. Il y avait cent choses à faire pour être à la hauteur de la nouvelle situation. Ils envisagèrent d'emprunter deux ou trois cents couronnes.

– Père se portera garant, disait Ellen.

– Oui, et ainsi je pourrai me payer quelques bonnes leçons de dessin, répondait Pelle, j'ai besoin d'avoir des bases solides.

Le samedi, le délai accordé pour signer le nouveau contrat expira. Parmi les ouvriers, l'effervescence était grande, mais ils continuaient le travail et attendaient les événements. À l'heure du déjeuner, les chefs d'atelier passèrent dans les rangs demander à chacun sa réponse. Suivant la consigne qu'ils s'étaient donnée, tous répondirent évasivement ; mais, un peu plus tard, dans l'après-midi, trois ouvriers allèrent aux bureaux en délégation et demandèrent à parler au directeur. En entrant, le forgeron Munck, qui était le chef de la délégation, s'avança en disant :

– Nous venons au nom des camarades…

Il n'alla pas plus loin : le directeur fit un bond en avant et lui montra la porte :

– Je ne discute pas avec mes ouvriers !

Ils retournèrent à l'atelier. Les camarades étaient étonnés de les voir revenir si vite. Le gros Munck remua les lèvres, signe qu'il parlait, mais personne ne put rien entendre, avec le vacarme assourdissant des machines. D'un pas lent et puissant, il traversa l'atelier, saisit un marteau et frappa trois coups sur l'énorme tambour d'acier d'une turbine. Ils résonnèrent comme l'annonce du Jugement dernier à travers toute l'usine. Au même instant, tous les bras nus et noircis se levèrent, faisant sauter les courroies des roues motrices, grandes et petites; les machines ralentirent peu à peu, puis le grondement cessa d'un seul coup. Tout devint silencieux comme si la mort était passée par là. Seul, le réseau de courroies qui, dans toutes les directions, sillonnait le grand hall, tremblait encore. La vaste salle, plongée dans l'immobilité et le silence, était comme une bouche ouverte de stupéfaction.

Les chefs d'atelier couraient d'un établi à l'autre, ils criaient et ne savaient plus à quel saint se vouer. On envoya chercher le directeur, tandis que les ouvriers allaient se laver dans leurs seaux, sombres et calmes comme s'ils portaient un corps en terre. Leurs visages s'étaient fermés. Comprenaient-ils que les trois coups étaient le signal d'une lutte formidable? Ou bien suivaient-ils seulement le premier mouvement de colère? N'importe. Ils en savaient assez; leurs visages disaient clairement que telle était la destinée, l'inévitable. Ils avaient rappelé le Grand Hiver, parce qu'on les y avait forcés; et maintenant, il allait revenir pour rançonner encore une fois sa victime.

Lavés, leur paquet sous le bras, ils allèrent se ranger pour attendre la paye, en silence. Énervés, les chefs d'atelier couraient comparer les livrets et arrêter les comptes de chacun. Le directeur descendit par l'escalier des bureaux; important et hautain, il traversa la salle. Les ouvriers s'écartèrent pour lui faire place. Il jetait sur chacun un coup d'œil pénétrant, comme s'il voulait graver leurs visages dans sa mémoire. Il posa la main sur l'épaule d'un des contremaîtres et, parlant assez haut, pour que chacun puisse entendre:

– Dépêchez-vous, Jakobsen, que nous puissions mettre ces gens dehors le plus vite possible.

Lentement, les ouvriers tournèrent vers lui leurs visages

graves ; des poings se serrèrent nerveusement. Un à un, ils quittèrent l'usine, à mesure qu'ils avaient reçu leur paie. Dehors, ils se rassemblaient par petits groupes et leur émotion fusait en exclamations embarrassées :

– Vous avez vu le vieux ? Il était mauvais. Il se passera peut-être un moment avant qu'on rentre ici.

Pelle se sentait d'étrange humeur. Il savait que, désormais, la guerre était déclarée. La brèche était ouverte, une chose entraînerait l'autre... Reconnaissant ses pas dans l'escalier, le petit Lasse vint se jeter dans ses bras, mais Pelle ne fit pas attention à l'enfant.

– Comme te voilà sérieux, dit Ellen. Il est donc arrivé quelque chose ?

Tristement, il lui raconta la nouvelle.

– Mon Dieu ! s'écria-t-elle en frissonnant. Ils vont encore chômer ! Dieu soit loué : cette fois-ci, ça ne nous regarde pas !

Pelle ne répondit pas. Il se mit à table et se pencha sur son assiette, comme s'il avait honte.

XXVIII

Les jours qui suivirent furent durs et mouvementés. Depuis des années, la lutte s'était pour ainsi dire préparée d'elle-même. Les ouvriers s'étaient armés, ils l'avaient attendue, provoquée même, afin de savoir une fois pour toutes s'ils étaient à tout jamais condamnés à rester des esclaves et à piétiner sur place, ou bien s'il y avait un avenir pour eux aussi. Maintenant que la bataille était là, elle les prenait par surprise, et ils n'auraient pas demandé mieux que de faire la paix tout de suite.

Mais il n'y avait plus à espérer de solution pacifique : les patrons trouvaient le moment favorable pour mettre de l'ordre. C'était maintenant qu'il fallait se battre. Pendant les dernières années, les syndicats avaient réussi à imposer un certain nombre d'améliorations. Les patrons les rejetaient maintenant en bloc : « Faites-moi le plaisir de ravaler ça ! » Autant dire : « Allez-vous en ! » Chaque matin apportait la nouvelle d'un groupe d'ouvriers qu'on jetait à la rue, ou qui partaient d'eux-mêmes.

Une chose entraîna l'autre. La métallurgie fit cause commune avec la fabrique Danmark : on congédia les ouvriers des forges. Puis, les fondeurs partirent à leur tour, les ébénistes et d'autres corporations cessèrent le travail : tout se tenait.

De sa place, Pelle avait une vue d'ensemble de la situation. De vieux souvenirs de bataille lui revinrent. Son sang s'échauffa et il se surprit, là-haut dans le bureau d'études, à dresser des plans de campagne pour les ouvriers, comme ceci et comme cela. Il avait le cœur ardent du lutteur, l'esprit à l'offensive – et il voyait leurs erreurs : ils n'opposaient pas une résistance assez énergique. Ils étaient encore las et se faisaient difficilement à l'idée d'un nouveau chômage ; ils ne lançaient pas les contre-attaques qui auraient pu nuire à l'adversaire. Les patrons, sous la direction des maîtres de forges, se jetèrent avec énergie dans la bataille et prirent un sérieux avantage au début.

L'usine Danmark ne ferma pas ses portes mais tourna au ralenti, agonisante. L'entreprise se maintenait, grâce à quelques briseurs de grève, et ceux des cols blancs qui savaient comment s'y prendre furent mis à l'atelier ; le directeur de l'atelier de constructions mécaniques, en personne, avait endossé la blouse et travaillait à un tour. On voulait décourager les grévistes, en leur démontrant que tout pouvait marcher sans eux.

Il régnait pas mal de désordre au bureau d'études et à l'administration : il fallait racoler des jaunes à l'étranger et il y en avait qui partaient et qu'il fallait remplacer séance tenante. Pelle, abandonné à lui-même, apprenait comme il pouvait. Il ne s'en réjouissait pas, car il y avait du chemin à parcourir pour arriver en haut de l'échelle et on n'apprenait jamais trop vite. Un jour, on lui transmit l'ordre de venir donner un coup de main dans l'atelier des centrifugeuses : les ouvriers avaient fait cause commune avec ceux des forges. L'ordre vint le frapper au milieu d'un beau rêve d'avenir. Il se réveilla en sursaut :

– Je ne suis pas un jaune, répondit-il, blessé.

Alors l'ingénieur vint en personne.

– Savez-vous, dit-il, que vous refusez de faire votre devoir ?

– Je ne peux pas prendre la place de mes camarades, dit Pelle, d'une voix étouffée.

– Ce sentiment vous honore, mais maintenant ceux d'en bas ne sont plus vos camarades. Vous êtes un col blanc et, comme tel, vous devez servir l'entreprise là où c'est nécessaire.

– Mais je ne peux pas, je ne peux pas leur arracher le pain de la bouche.

– C’est tout votre avenir qui est en jeu. Réfléchissez-y ! Je le regrette pour vous, car vous auriez pu aller loin, mais je ne saurais vous sauver malgré vous et, sur ce point, nous exigeons une obéissance absolue.

L’ingénieur attendit un instant la réponse ; mais Pelle n’avait rien à dire.

– Eh bien ! Je vous donne jusqu’à demain matin pour vous décider, bien que ce soit là une infraction aux principes de l’entreprise. Réfléchissez bien et ne vous laissez pas retenir par des niaiseries sentimentales. Il faut avant tout défendre ses propres intérêts. À demain donc !

Pelle s’en alla. Il ne voulait pas rentrer chez lui avant l’heure habituelle, pour éviter les questions inutiles. Il donnerait la nouvelle bien assez tôt. Il se dirigea vers le port à travers les quartiers commerçants et contempla les navires. Son rêve de bonheur était par terre. Ça n’avait pas été long ! Il imagina l’air déçu d’Ellen et cela l’attrista. Cela lui faisait mal au cœur, surtout pour elle ; pour lui, rien à dire : c’était la destinée. Pas un instant, l’idée ne lui vint qu’il pouvait choisir entre ses camarades et son avenir : il avait complètement oublié que l’ingénieur lui avait donné le temps de la réflexion. Il rentra à l’heure habituelle. Ellen était gaie et joyeuse. Elle était dans un état de joie perpétuelle ; c’était touchant de voir la peine qu’elle se donnait pour s’adapter à sa nouvelle position sociale. Ses mouvements avaient acquis une grâce nouvelle et elle pinçait un peu les lèvres, pour avoir l’air distingué. Cela lui allait à ravir et Pelle avait toujours envie de l’embrasser et de déranger cette moue distinguée.

Mais, ce jour-là, il se mit à table en silence. Au déjeuner, Ellen mettait de côté sa part pour la réchauffer le soir. À midi, il mangeait froid à son bureau.

– Quand nous serons bien à l’aise, nous prendrons le *middag* tous ensemble, à six heures. Ce sera plus agréable.

– C’est ce que font les gens bien, à ce qu’on m’a raconté, dit Lasse. Ce sera amusant d’essayer.

Son petit-fils sur les genoux, Lasse racontait des histoires drôles. Le petit Lasse s’esclaffait et, à chaque fois, la petite sœur dans le berceau criait de joie comme si elle comprenait tout.

– Que faut-il raconter ? L'histoire de la bonne femme ? Écoute bien, si tu veux que tes oreilles poussent ! Donc, la bonne femme !

– Bonne femme ! fit le petit, en imitant l'accent du grand-père.

– Oui, la bonne femme, répéta Lasse et ils se mirent à rire tous les trois.

– Par quoi vais-je commencer ? demanda la bonne femme qui venait en journée. Manger ou travailler ? Je crois que je vais manger d'abord. Par quoi vais-je commencer, demanda la bonne femme quand elle eut mangé ? Dormir ou travailler ? Je crois que je vais commencer par dormir. Alors elle dormit jusqu'au soir, puis elle retourna chez elle se coucher.

Ellen vint poser son bras sur l'épaule de Pelle :

– Je suis allée voir mon ancienne patronne et elle veut bien m'aider à transformer ma robe de mariée en toilette de soirée. Ainsi, nous n'aurons besoin que d'un habit pour toi.

Lentement, Pelle leva la tête, les traits tirés. Pauvre fille ! Elle pensait aux toilettes de soirée !

– Ce n'est pas la peine, dit-il avec douceur. Je ne suis plus dessinateur. Ils m'ont demandé de jouer les jaunes, et alors je suis parti.

– Mon Dieu ! Mon Dieu ! gémit Lasse qui faillit laisser tomber le petit, et dont les mains desséchées se mirent à trembler.

Pétrifiée, Ellen regarda Pelle : elle devint toute blanche. Pas un mot ne sortit de ses lèvres. On aurait dit qu'elle allait tomber à la renverse.

XXIX

Pelle se retrouva parmi les siens. Il ne regrettait pas que le bonheur soit revenu sur sa promesse ; au fond, il était heureux. C'est ici qu'était sa place ! Il avait contribué largement à ce puissant soulèvement ; il ne fallait pas qu'il soit tenu à l'écart de la lutte. Parmi les dirigeants, il fut le bienvenu. Il était le meilleur soutien dans les difficultés et il n'avait qu'à paraître pour donner confiance, pour encourager les hommes à tenir bon et à se lancer hardiment à l'attaque. Et puis, il n'avait pas son pareil pour dresser un plan de bataille.

Tous les matins, de bonne heure, il allait à la permanence du comité de lock-out, qui assumait la direction de toute la lutte. C'était là que tous les fils convergeaient. On y relevait la situation heure par heure, on y convoquait pour renseignements des hommes qui pouvaient situer les positions les plus fortes de l'ennemi. On put ainsi dresser un vaste plan de campagne. Aux réunions de bureau auxquelles prenaient part des camarades sûrs, représentant les diverses branches d'industrie, on rassemblait tout ce qu'il fallait pour bloquer les entreprises et pour la campagne de presse. Il s'agissait de mettre hors d'état de nuire les plus féroces et ceux qui étaient faciles à désarçonner. Il y avait, par exemple, des entreprises que les patrons laissaient tourner pour des raisons de tactique : il fallait savoir lesquelles et les arrêter, même si le nombre des chômeurs s'en trouvait augmenté. On s'armait avec énergie, on n'avait pas le temps de se montrer trop difficile sur le choix des armes. Pelle était à son affaire : c'était autre chose que d'abattre un unique cordonnier, même si c'était le plus important de la ville. Riche d'idées, il n'hésitait jamais à les réaliser : à la guerre comme à la guerre !

Cela, c'était l'offensive. Mais, pénétré comme il était de l'idée de solidarité, il vit clairement que l'aspect essentiel de la lutte était la défensive. Il faudrait de la prévoyance et une solide tactique pour que les masses puissent tenir le coup jusqu'au bout. En dernier ressort, ce serait une question de persévérance ! Il fallait tenir à l'écart les briseurs de grève étrangers, non seulement en informant rapidement les journaux du Parti dans les autres pays, mais aussi en surveillant activement les arrivées de trains et de bateaux. Pour la première fois, les ouvriers firent usage du télégraphe. En outre, il fallait par tous les moyens limiter le plus possible le nombre des jaunes dans le pays et, avant tout, réunir des fonds pour défendre les masses en chômage contre la famine.

Pelle avait eu la vision de la solidarité naturelle de la classe ouvrière du monde entier. Cela devenait utile, maintenant. Les dirigeants publièrent un manifeste vigoureux, adressé aux ouvriers du Danemark, leur montrant encore une fois l'abîme d'où ils émergeaient à peine et les sommets lumineux vers lesquels ils tendaient. Ils les engageaient à s'unir, en termes émouvants. On imprima un rapport sur les causes du lock-out, sur son but caché, et on le diffusa dans tout le pays, avec un appel à la solidarité nationale. Dans les adresses aux partis ouvriers de l'étranger, on en appela à la grande fraternité. C'était un mécanisme gigantesque qu'il fallait tenir en état de marche : d'un petit syndicat d'atelier, à l'origine, l'organisation ouvrière s'était bientôt étendue au pays tout entier, et maintenant, on faisait appel à la population ouvrière du monde entier, pour s'en faire une alliée dans la lutte.

Mais ces hommes, qui avaient émergé des masses et continuaient pourtant à en partager les conditions de vie, étaient à la hauteur de la tâche. Ils avaient grandi avec l'essor vigoureux du mouvement et grandissaient encore. Le sentiment d'être bien préparés leur donnait du courage et leur faisait envisager l'issue avec confiance. Des campagnes, le comité recevait journellement des offres de travail pour les lock-outés ; les paysans envoyaient aussi de l'argent et des dons en nature et beaucoup de familles de province demandaient à recevoir les enfants des victimes du lock-out. De l'étranger, on reçut de l'argent ; les milieux radicaux de la capitale exprimèrent leur sympathie pour les ouvriers et, dans les quartiers ouvriers, commerçants et cafés ouvrirent des souscriptions pour les lock-outés.

Les ouvriers répondirent à l'appel avec un grand esprit de sacrifice. Dans toutes les entreprises circulaient des listes de souscription et des milliers d'ouvriers donnaient, chaque semaine, un quart de leur maigre salaire. Les lock-outés faisaient face au chômage avec beaucoup de courage ; la solidarité les rendait héroïques. Dépouillés comme ils l'étaient après le dur hiver, ils convinrent de renoncer à tout secours les deux premières semaines. Beaucoup ne s'adressèrent jamais à la caisse, se tirant d'affaire comme ils pouvaient en bricolant chez des particuliers ou en allant travailler à la campagne. Les jeunes célibataires partirent pour l'étranger.

Les patrons faisaient l'impossible pour boucher toutes ces issues. Ils défendirent aux fournisseurs de livrer des matières premières aux lock-outés qui s'étaient mis à leur compte. On envoya des agents dans tout le pays pour monter les paysans et les petits patrons contre les lock-outés, qu'on poursuivit par des lettres de dénonciation jusqu'au-delà des frontières. L'intention n'était que trop visible : on voulait entourer les ouvriers d'un cercle de fer et les obliger à souffrir de la faim jusqu'au moment où, à bout de forces, ils en rabattraient.

La résistance des ouvriers grandit de le comprendre. Ils étaient maigres, après la traversée du désert sans fin, mais bien préparés à la lutte. Jusque-là, ils n'avaient pas compris grand-chose au Mouvement. Les idées nouvelles avaient pénétré en eux par pièces et morceaux, formant un puzzle où se lisait le vague sentiment que la terre promise était proche. Souvent, un seul mot s'était gravé en eux et suffisait à tout dire. On pouvait venir détruire leur construction à force d'arguments ; alors étaient mises en pièces les formules auxquelles ils s'étaient accrochés, les tenant pour si précieuses. Mais restait la foi elle-même, la grande intelligence. Tout au fond de leur cœur résidait la certitude inébranlable qu'ils étaient destinés à faire leur entrée au pays du bonheur.

Et maintenant tout s'éclairait pour eux : cette lutte inondait de lumière le passé et l'avenir. Elle dévoilait leur existence entière dans toute sa dureté. C'était, au fond, ce qu'ils enduraient depuis toujours. Mais leur misère devenait si évidente maintenant que tout le monde pouvait s'en rendre compte. On avait tressé toutes les étrivières en un seul grand fouet, le fouet de la faim, pour les refouler au beau milieu de la misère. On lâchait le besoin à leurs trousses sous son aspect le plus terrible. C'était le moyen suprême, et cela les confirmait dans l'idée qu'ils avaient choisi la bonne route et approchaient du but. La nuit se fait toujours plus froide, juste avant le lever du soleil.

Il y avait aussi tant d'idées fausses dont il fallait se débarrasser. On leur avait toujours mis dans la tête que l'Allemand était l'ennemi héréditaire et que la patrie passait avant tout. Or, maintenant, les patrons n'hésitaient pas à appeler des mercenaires allemands pour tenir dans la misère leurs propres compatriotes. Le patriotisme et tout le reste n'étaient que de grands mots ! Il n'existait que deux nations, les exploiteurs et les exploités !

Oui, à y regarder de près, c'était bien cela ! Il ne fallait pas trop se fier à ce qui venait d'en haut, et c'était d'en haut que venait l'instruction ! Les pasteurs aussi étaient bien bons, ma foi, ils savaient bien quel seigneur ils servaient ! Non, on aurait dû avoir ses propres écoles où les enfants, au lieu de religion et de patriotisme, auraient appris à connaître l'esprit nouveau. De cette façon, on en aurait fini depuis longtemps avec la malédiction de la misère ! C'est ainsi qu'ils mettaient à profit la lutte et le chômage pour réfléchir sur la vie et étayer telle ou telle conviction.

Le spectre de la famine ne tarda pas à hanter les maisons, mais le résultat ne fut pas celui qu'on avait escompté : il ne fit que réveiller en eux la haine et l'obstination. C'était précisément sur ce terrain qu'ils étaient invincibles. À travers les siècles, ils avaient appris à souffrir ; ils n'avaient rien appris d'autre. Mais, à présent, cela leur servait à quelque chose. Leur force de résistance s'alimentait à des réserves inépuisables, et rien ne pourrait l'abattre. N'allaient-ils pas bientôt se rendre ? Eh bien ! Jetons-en donc encore un millier à la rue ! Cependant, la misère n'avait pas l'air de grandir pour cela : ils avaient appris à se conduire en gens bien élevés qui savent cacher leur détresse ; c'était leur part de la bonne éducation qui se répandait. La misère ne s'étalait pas ; on avait soin de se débattre avec elle en famille et de faire bonne figure, au dehors. On faisait perdre ainsi aux adversaires leur foi dans l'infaillibilité de leurs moyens d'action.

Les ouvriers firent de la faim elle-même une arme de combat, en boycottant les patrons et leurs proches et en frappant partout où ils pouvaient. Plus d'une porte fut marquée d'une croix par la grande armée ouvrière et ceux qui habitaient derrière ces portes, condamnés à la ruine.

On aurait dit que le courage des masses augmentait à mesure que la misère menaçante resserrait son cercle autour d'elles. Personne ne pouvait savoir quand ce serait fini. Il fallait s'amuser pendant qu'on en avait encore la force. On avait encore quelque chose à se mettre sur le dos et on allait faire des promenades au bois, dans le premier printemps, on partait derrière les drapeaux déployés, et on rentrait en chantant. C'était la première fois qu'on était libre, bien que le travail ne manquât pas. Bref, c'étaient les premières vacances !

Tout comme des matadors pleins aux as, les ouvriers boycottèrent ceux des commerçants qui ne firent pas cause commune avec eux. La haine était vive ; il fallait être pour ou contre, on exigeait que tout le monde prenne parti. Les épiciers cachaient leur opinion, ceux du moins qui en avaient une, et rivalisaient de générosité. Ils posaient sur leur comptoir des listes de souscription et certains d'entre eux versèrent aux caisses de secours un pourcentage sur leurs bénéfices. On avait largement le temps de surveiller les gens de près, et la haine, toujours en éveil, devint de jour en jour plus amère.

Les dirigeants durent intervenir pour recommander le calme. Mais, dans cette lutte pour la vie et le bonheur, il y avait quelque chose d'enivrant, quelque chose qui montait à la tête et donnait envie de jouer à pile ou face. Le comité de lock-out mit tous ses efforts à limiter le nombre des bras croisés, par crainte que les ressources deviennent insuffisantes. Mais, de leur côté, n'écoutant que la voix de la solidarité, les ouvriers qui travaillaient encore quittaient le travail, pour rejoindre leurs camarades jetés à la rue. Il leur semblait que c'était là leur place.

Un beau jour, les masses exigèrent une chose inattendue : qu'on diminue d'une heure la journée de travail. On refusa, mais, le soir, tous les ouvriers cessèrent le travail à six heures au lieu de sept. C'était le monde à l'envers ! Au milieu du chômage, qui succédait à un hiver terrible, on osait demander une réduction de la journée de travail !

Le fait surprit autant les dirigeants que leurs adversaires. Ils craignaient que cela ne fasse du tort aux ouvriers auprès du public. Ce qui étonnait surtout, c'est que le maçon Stolpe, un vétéran éprouvé et réfléchi, ne se soit pas opposé à cette résolution. Comme président de son syndicat, il avait une grande influence sur les maçons ; il fallait qu'il essaye de leur faire reprendre le travail. Pelle alla le trouver.

– Ce n'est pas mon affaire, répondit Stolpe. Ce n'est pas moi qui ai proposé l'arrêt du travail. À la réunion plénière, la proposition a réuni la majorité : dans ces conditions, il n'y a plus à y revenir. D'ailleurs, ce n'est pas moi qui irai contre les camarades.

– Mais c'est fou de votre part, dit Pelle, et c'est toi qui en as pris la responsabilité ! Vous avez de loin les meilleurs salaires et vous devriez penser à la lutte que nous avons à soutenir.

– Eh bien ! La lutte, c'est précisément à elle que nous avons pensé. C'est bien vrai que j'ai du confort et du bien-être. C'est parce que chez nous, ça marche bien ! Nous, les maçons, nous avons réussi à obtenir de bonnes conditions de travail et un salaire convenable. Mais est-ce que c'est une raison pour nous la couler douce, pendant que vous menez la lutte pour le pain ? Non, notre place est là où l'on se bat !

– Mais la subvention que vous nous donnez, c'est dix mille couronnes par semaine dont il faudra nous passer, maintenant ! Et votre action peut avoir des conséquences irréparables pour nous. Il faut que tu arranges ça, beau-père ; il faut faire revenir la majorité sur sa décision.

– Ça serait de la diplomatie, hein ? Laisse donc ces procédés à nos adversaires ! Chez nous, on tient le vote en honneur, c'est lui qui doit réformer la société entière. Si on commence à fausser les résultats, alors…

– Mais rien ne t'oblige à ça ! Les gens ne savent pas toujours ce qu'ils font, on ne peut pas leur demander d'imaginer toutes les conséquences. Tu pourras donc très bien demander un nouveau vote, quand je leur aurai parlé de notre plan de bataille !

– Ah ! Nous ne savons pas ce que nous faisons ? s'écria Stolpe, froissé. Mais nous savons du moins en accepter les conséquences. Oui ! bien sûr, tu viendrais les enjôler et puis ils voteraient le contraire. Non ! Non ! Pas de manigances là-dedans ! Ils ont voté selon leurs convictions et il n'y a rien à y changer, que ça soit juste ou non. Nous ne remettons pas ça !

Comme le vieux ne se laissait pas ébranler, Pelle dut se résigner : les maçons augmentèrent de quelques milliers d'hommes le nombre de ceux qui étaient sur le pavé. Les patrons profitèrent de cet excès, qui leur donnait avantage aux yeux de l'opinion, pour porter le coup décisif. Le lock-out général fut déclaré.

XXX

Pelle et les siens étaient dans la gêne. Ils se ressentaient encore de l'hiver quand il fut entraîné dans la lutte ; et les dépenses occasionnées par la nouvelle position sociale les avaient endettés. Pelle recevait le même secours que les autres lock-outés, dix à douze couronnes par semaine. Avec cette somme, Ellen devait les chauffer et les nourrir. Elle trouvait que, puisque son mari était un dirigeant, il aurait dû toucher un peu plus. Mais Pelle voulait être sur le même pied que les autres. Quand il rentrait, brisé de fatigue, il rencontrait son regard interrogateur. Elle ne demandait rien, mais, tous les jours, ses yeux posaient la même question. C'était comme s'ils disaient : « Eh bien ! Tu as trouvé du travail ? » Cela contrariait Pelle : elle savait parfaitement qu'il ne cherchait pas de travail et que, s'il en avait cherché, il n'en aurait pas trouvé. Bien qu'elle connaisse la situation aussi bien que lui, elle s'entêtait à faire semblant de ne pas se douter des difficultés dans lesquelles ils se débattaient, lui et les camarades. Quand il amenait la conversation là-dessus, elle se taisait avec obstination : elle ne voulait rien savoir de tout cela.

L'ardeur de la lutte occupait le cœur de Pelle ; Ellen était celle avec qui il aurait aimé partager ses espérances, communiquer ses plans de bataille. Quand elle l'avait encouragé sur d'autres terrains, il s'était senti plus fort, plus convaincu. Mais sur ce terrain, elle se taisait. Elle ne s'intéressait qu'à lui, à son intérieur, à ses enfants : le reste ne la concernait pas. La misère de l'hiver, elle l'avait partagée avec lui, sans amertume : ce n'était pas leur faute.

Mais maintenant, il ne tenait qu'à lui de trouver du travail. De nouveau, elle s'était armée de résistance muette, ce qui paralysait Pelle et lui retirait un peu de sa joie d'être dans le combat. Quand il rentrait, le soir, tout échauffé, et voulait raconter ce qui avait été fait et ce qui s'était passé, c'est au père Lasse qu'il s'adressait. Ellen vaquait à ses occupations comme une sourde et, tout à coup, il lui arrivait de couper le récit de Pelle en faisant remarquer que ceci ou cela leur manquait. Alors Pelle renonça aux confidences et fit tout son travail hors de la maison. S'il avait à écrire ou à donner des rendez-vous, il choisissait un café ou un autre, pour ne point subir la présence déprimante d'Ellen. Il évitait de lui parler des postes de confiance auxquels on l'appelait et, bien que, de son côté, elle soit au courant par ce qu'elle apprenait au dehors, elle faisait semblant de tout ignorer. Pour elle, il continuait à n'être rien de plus que l'ouvrier Pelle qui se soustrayait à l'obligation de gagner la vie de sa femme et de ses enfants. Une façon de voir aussi injuste le faisait souffrir et l'amertume qu'il en gardait lui donnait davantage d'énergie dans la lutte et la main dure.

Lasse souffrait de les voir ainsi. Il aurait bien voulu tâcher de les réconcilier, mais il ne savait comment s'y prendre : il se sentait de trop. Chaque matin, il mettait ses vieux vêtements de travail et s'en allait offrir ses services pour des bricolages. Mais il ne manquait pas de bras plus jeunes que les siens. Et puis, il avait toujours peur de faire du tort aux autres. Il ne comprenait rien à la lutte et il avait du mal à délimiter les terrains défendus. Mais il avait pour Pelle un respect absolu. Si le gars avait dit ceci ou cela, c'était juste, même s'il fallait mourir de faim pour s'y conformer, car le gars était destiné à devenir quelqu'un.

Un jour, il disparut sans bruit. Occupé comme il l'était. Pelle le remarqua à peine. « Il a dû retourner chez la marchande d'habits de l'Arche, pensa-t-il. Ce n'est pas gai, ici, bien sûr ! »

Pelle était chargé de la direction politique de la lutte. La comptabilité et l'administration n'étaient pas son fort : il était à l'aise sur le champ de bataille. À huit ans, déjà, il avait dû se rendre maître de ses moyens et apprendre à mener sa tâche à bien: cela lui servait maintenant. Il avait la confiance des masses; sa parole leur était si familière qu'elles croyaient en lui, même sans le comprendre. Et si certains ne voulaient pas suivre le chemin qu'il indiquait, il savait les y obliger.

On n'avait pas beaucoup le temps de parlementer. Là où les bonnes paroles ne suffisaient pas, il n'y allait pas par quatre chemins. Avant tout, il fallait préserver l'union des masses et il était toujours dans la rue; partout où il arrivait quelque chose, il survenait. Il avait organisé un contrôle à grande échelle: chaque matin, les lock-outés allaient pointer dans différents endroits de la ville, chacun à son syndicat. Par cette revue monstre de près de quarante mille hommes, il était facile de repérer les jaunes. Il y avait toujours quelques hommes qui manquaient à l'appel et ceux qui avaient des raisons de force majeure étaient tenus de le prouver pour toucher leur allocation.

Pelle surveillait, tantôt ici, tantôt là, toujours inattendu, car il agissait sans préméditation. Ils l'avaient surnommé l'Éclair à cause de ses apparitions subites. Il ne réfléchissait pas longtemps avant d'agir, mais il avait pourtant des racines solides: une chose engendrait l'autre d'une façon toute naturelle, jusqu'à des proportions que l'entendement n'aurait pas suffi à embrasser. Pelle grandissait en même temps que le Mouvement, et il en avait la vue d'ensemble dans l'instant même de l'action.

Il y avait pas mal à faire. Il fallait noter les noms de ceux qui ne répondaient pas à l'appel, et quiconque avait des renseignements à fournir sur leur compte devait les donner. Celui-ci était parti pour l'étranger, un autre était allé chercher du travail en province: alors, rien à dire. Mais chaque fois que quelqu'un était porté jaune, on prenait aussitôt des mesures contre lui. C'est ainsi que Pelle réussissait à tenir les rangs serrés. Il y avait beaucoup d'éléments instables, de pauvres hères ignorants et misérables qui ne comprenaient pas la grandeur de cette lutte, mais le contrôle et la sévérité des représailles leur rendaient la défection dangereuse.

Outre cela, il avait organisé avec Stolpe des piquets de grève composés des meilleurs militants. Ces hommes, tout dévoués au Parti, appartenaient aux différentes corporations et, comme ils avaient contribué à la formation des syndicats, ils connaissaient chaque membre individuellement. De bon matin, ils venaient se poster devant les chantiers et les usines ; ils notaient les noms de ceux qui allaient travailler et cherchaient à les en détourner. Ils étaient toujours en lutte avec la police qui leur créait toutes les difficultés possibles.

Pelle rencontrait souvent Morten que la misère avait fait sortir de sa réserve. Il ne croyait pas que la lutte pourrait améliorer la situation, aussi n'y prenait-il aucune part. Mais la misère, il la connaissait mieux que quiconque ; sa compétence en la matière était grande et la répartition des vivres ne pouvait être en de meilleures mains. Il s'occupait de toute la distribution, mais ce qu'il préférait, c'était répartir la viande aux familles des lock-outés. Les rations étaient maigres ; pourtant, les femmes se bousculaient pour arriver jusqu'à Morten. Son sourire pâle portait bonheur ; les morceaux qui venaient de sa main étaient plus gros, leur semblait-il.

Sur presque tous les points, Pelle et Morten étaient d'un avis opposé. Même ici, où tout cependant dépendait d'une solidarité rigoureuse, Morten ne pouvait se faire à la manière forte. « Rappelle-toi qu'ils ne sont pas majeurs ! » répétait-il constamment. C'était la vérité même, il y avait dans le nombre beaucoup d'hommes qui étaient restés étrangers au Mouvement et qui ne comprenaient rien à ce qui se passait. C'était surtout le cas de ceux qui avaient quitté la campagne, déjà vieux ; certains avaient même été petits patrons, au pays. Pour eux, le syndicat prenait l'aspect d'un tribunal privé et, candidement, ils mettaient la grève à profit pour s'assurer du travail bien payé. Lorsqu'on les traitait de briseurs de grève ou de jaunes, ils souriaient comme des petits enfants qu'on menace d'un revolver. D'esprit lent, ils prenaient la persécution à cœur, sans en comprendre la raison. Mais il fallait bien qu'ils marchent avec les autres !

Les maîtres de forges mettaient tous leurs efforts à faire marcher un certain nombre d'entreprises : là où ils étaient obligés par contrat de livrer du travail et là où la concurrence étrangère aurait profité de la fermeture. Il fallait, autant que possible, arrêter ces entreprises : les piquets de grève s'y employaient, et *L'Ouvrier* insérait les noms et adresses des jaunes. Quand ils sortaient de l'usine, la foule les accueillait par des sarcasmes et des injures, et la police devait les escorter jusqu'à leur domicile. Mais l'indignation provoquée par leur trahison les poursuivait jusque dans les cités ouvrières où les femmes et les enfants des lock-outés continuaient la lutte contre les femmes et les enfants des briseurs de grève, les contraignant à partir. La nuit, on pouvait les voir déménager avec une voiture à bras pour trouver, à la faveur de l'obscurité, un autre logement. Mais, le lendemain, on les découvrait, et il ne leur restait plus qu'à repartir, comme des fugitifs. Finalement, la police s'occupait d'eux et leur procurait un gîte.

Un jour, un grand atelier de construction du quartier de Nørrebro rouvrit ses portes à l'aide d'ouvriers étrangers et de jaunes. Pelle prit des mesures pour qu'on les accueille comme il fallait, à la sortie. Seulement, au cours de la journée, un agent qui était de cœur avec les ouvriers vint l'avertir que deux cents agents étaient massés dans une école voisine, prêts à charger la foule. Dans l'après-midi, les gens commencèrent à arriver : des hommes sans travail, des femmes et des enfants pauvres. Ils venaient de bonne heure, car il n'était pas rare qu'on fasse sortir les ouvriers une heure plus tôt, pour éviter des heurts ; d'ailleurs, leur temps n'était pas précieux. Bref, il y avait au moins deux mille personnes massées devant la porte de l'usine. La police allait et venait, fendant la foule à plusieurs de front, mais dut renoncer à les disperser. Les gamins commencèrent à faire la nique aux agents, les autres les imitèrent : on avait besoin de se réchauffer un peu.

– Les amis ! s'écria tout à coup une voix jeune et forte. Dans l'école à côté, il y a deux cents flics qui n'attendent qu'un peu de chahut pour jouer de la matraque. Sommes-nous d'accord pour les laisser là où ils sont ? Ça ne peut pas leur faire de mal d'aller un peu à l'école !

– Hourra ! répondit-on, vive l'Éclair !

Un mouvement parcourut la foule.

– C'est Pelle ! chuchota-t-on, de proche en proche, et les femmes se dressèrent sur la pointe des pieds pour le voir.

Pelle et Stolpe étaient adossés à un mur, entourés d'une vingtaine d'hommes du piquet de grève. Les agents les surveillaient du coin de l'œil ; ils avaient reçu l'ordre d'empêcher le piquet de grève de monter la garde, mais ils ne tenaient pas à avoir affaire à Pelle. Sortis des rangs du peuple, ils habitaient les quartiers ouvriers, et une parole de Pelle pouvait leur rendre la vie impossible dans la ville.

L'heure habituelle de la sortie des ateliers était passée et pourtant, les ouvriers n'étaient pas encore lâchés. La foule entretenait sa bonne humeur en lançant des mots d'esprit : les quolibets pleuvaient, à l'adresse des jaunes et des capitalistes. Mais, subitement, il y eut un remous dans la masse et les gamins de la rue, toujours les premiers à savoir ce qui se passe, filèrent par une rue latérale, en sifflant entre leurs doigts. La foule s'ébranla et la police l'escorta, tenant le milieu de la rue. L'entreprise avait fait sortir ses ouvriers par une porte dérobée. Tout en bas de Guldbergsgade, les jaunes s'en allaient, tête basse et sans regarder autour d'eux, accompagnés par toute une cohorte d'agents. La foule eut tôt fait de les rattraper et leur fit un beau concert, en les accompagnant jusque chez eux. De temps à autre, on entendait : « Vive les gens d'honneur, hourra ! » Le piquet de grève s'était échelonné le long de la colonne pour identifier chacun, tandis que Pelle veillait au milieu de la foule, pour prévenir tout acte inconsidéré. Il fallait être prudent. Plusieurs étaient encore sous les verrous pour en être venus aux mains avec les jaunes, durant la grève de l'hiver, et la police avait des ordres formels. Tous les jours, la presse bourgeoise réclamait des mesures sévères, exigeant notamment que tout attroupement dans la rue, et surtout devant les usines, soit dispersé à la matraque.

De temps à autre, un briseur de grève quittait la colonne pour rentrer chez lui en courant, sous les huées. Il y avait, dans le groupe, un homme d'un certain âge, mais vigoureux encore, et que Pelle avait reconnu. Apparemment honteux de se trouver sous la garde de la police, il se tenait à l'écart, sur le trottoir et, rasant les murs, il marchait d'un pas lourd et la tête basse. Ses cheveux étaient devenus gris et ses gestes gauches. C'était le maçon Hansen, un vieux compagnon de Stolpe, un vieux camarade du syndicat, le même à qui Pelle avait rendu visite, dans l'espoir de l'arracher au métier de jaune : « En voilà un qui n'est pas heureux », se dit Pelle, en le suivant des yeux. L'homme était las d'être pourchassé.

Arrivé sur Sankt Hansgade, il se sépara du groupe et fit un signe de refus à l'agent qui voulait le suivre. Il continua seul, sans regarder autour de lui et baissant la tête. Chaque fois qu'il entendait un cri d'enfant, il sursautait. Au bout de la rue, il s'arrêta, cloué sur place : devant sa porte, un pauvre mobilier était en tas, dans le ruisseau, une bande de gosses curieux faisaient cercle et, au milieu, se tenait une femme, jeune encore, avec quatre enfants : elle gardait ses pauvres affaires en pleurant. L'homme se fraya un passage et échangea quelques mots avec la femme, puis, fermant les poings, il les brandit vers l'immeuble, dans un geste de menace.

Pelle s'approcha :

– Ça ne marche pas, camarade, dit-il, en lui posant la main sur l'épaule. Tu vaux mieux que ça : tu ferais bien mieux de venir avec moi et de rentrer au syndicat.

Lentement, l'homme tourna la tête vers Pelle :

– Tiens, c'est toi ! dit-il, et d'une secousse, il fit retomber la main de Pelle. Tu as toujours l'air aussi beau et aussi hardi. La misère ne t'a pas fait trop de mal. Ce n'est pas dur de gagner son pain en faisant de la politique, hein ?

Pelle devint rouge de colère, mais il se maîtrisa.

– Tes injures ne me touchent pas, dit-il. J'ai souffert pour la cause pendant que toi, tu te défilais. Mais c'est oublié si tu nous reviens.

L'homme rit amèrement et montra l'immeuble :

– Va plutôt porter la médaille à ceux de là-haut. Voilà trois mois qu'ils me cherchent noise et qu'ils font une vie d'enfer à ma femme et aux enfants pour nous faire déguerpir. Comme ça ne servait à rien, ils sont allés voir le propriétaire pour qu'il me donne congé. Mais Hansen est têtu, il ne se laisse pas mettre à la porte. Et maintenant, ils me font expulser. (Il eut un rire étouffé.) Mais on peut bien remonter ces bricoles-là tout seul, bon Dieu ! On s'y met, la mère ?

– Je vais parler au propriétaire. Mais n'oublie pas que tu es un vétéran du syndicat.

– Vétéran ? Oui, j'y suis depuis le commencement. – L'homme se redressa avec fierté… – Mais ce n'est pas une raison pour laisser crever de faim la femme et les gosses. Ah ! Tu veux mendier pour moi ? Fous le camp ! Fous le camp, je te dis, ou je te casse la tête avec ça !

Il saisit un pied de table ; ses yeux étaient injectés de sang. La jeune femme s'approcha et lui prit la main :

– Hans ! dit-elle doucement.

Alors, il laissa retomber son arme. Pelle sentit peser sur lui le regard suppliant de la femme et il s'en alla.

XXXI

Quand Pelle rentrait le soir, mort de fatigue, il perdait le sentiment de son invincibilité et alors, ses pensées se tournaient vers Ellen. Dans la journée, il n'avait ni doute ni incertitude. Quand il allait prendre sa place au combat, il avait toujours les masses derrière lui. Il sentait sur ses traces la grande armée ouvrière, quand il attaquait à visage découvert et quand il allait parlementer, l'air impénétrable, avec l'adversaire. Mais auprès d'Ellen il venait seul, sans autre appui que lui-même. Et il ne pouvait se passer d'elle. Si grande que soit la cause qui le portait en avant, Ellen restait liée au plus profond de son être. Elle était forte et ne se laissait pas mettre à l'écart. Pelle ne pouvait s'empêcher de réfléchir sur son cas et d'en chercher la solution.

Il avait affaire dans d'innombrables familles et ce qu'il voyait n'était pas toujours réconfortant. L'idée du foyer, qui venait des classes moyennes, commençait seulement à se répandre parmi les ouvriers : même dans les périodes de travail normal, seul le plus petit nombre gagnait assez pour avoir un peu de confort et les femmes ne savaient pas encore le créer. L'homme était souvent propre et bien vêtu, quand on le rencontrait dans la rue, mais si on l'accompagnait chez lui, c'était toujours la même chose : un réduit sombre et sale et une pauvre femme qui ronchonnait, au milieu d'une bande de gosses. Le salaire ne permettait qu'à un seul de vivre convenablement. L'homme travaillait au dehors ; il fallait qu'il emporte une bonne gamelle au chantier ou à l'usine et il avait besoin d'un repas solide quand il rentrait, le soir. Les autres se débrouillaient avec un peu de café et de pain. Le dîner en famille, il ne pouvait en être question. Il fallait aussi à l'homme des vêtements propres: il était la façade, tout dépendait de lui.

Ces femmes-là ne comprenaient pas, elles ne voyaient que ce à quoi elles se heurtaient: le chômage et les privations et, quand l'homme se montrait, elles le faisaient fuir à force de récriminations: «Tu te mêles de toutes sortes de choses qui ne te regardent pas… la politique et les belles paroles, au lieu de t'occuper de ton travail et de laisser ça aux nigauds». Alors, ils allaient au café pour faire leur travail syndical. Plusieurs étaient des militants, et c'était là que Pelle allait les consulter. Quand ils arrivaient, ils étaient découragés et il fallait, pour commencer, leur remonter le moral. Pelle leur parlait avec optimisme et, quand ils disaient leur découragement, il leur ouvrait de grandes perspectives d'avenir:

– Les femmes finiront par nous donner raison. Nous aurons bientôt un bon salaire et il y aura assez pour tous, à la maison.

– Et si ça ne vient pas? objectaient-ils parfois.

– Ça viendra, à condition de tenir bon! criait-il en tapant sur la table.

Bien sûr, ce n'était pas difficile pour lui d'être optimiste. Il avait la chance d'avoir une femme qui avait grandi dans une famille d'élite, une femme qui savait tenir la maison propre et tirer le meilleur parti de tout. La fille d'un vieux président de syndicat, élevée au cœur même du Mouvement. Une femme qui comprenait son mari – avec elle, bien sûr, ce n'était pas difficile. Sur ce dernier point, Pelle se taisait. Sous ce rapport, Ellen ne tenait pas de la famille. Elle était restée pareille à elle-même et ne changerait pas, quoi qu'il arrive. Pelle sacrifiait femme et enfants pour une chimère, pour ne pas trahir de quelconques camarades! Cette histoire de grève et la condamnation sévère de ceux qui ne marchaient pas, c'était du boniment: les ouvriers s'étaient mis ces idées-là dans la tête, un jour qu'ils avaient bu un coup de trop. C'était ainsi : elle était douloureusement froissée d'être sacrifiée, elle et les siens, à des étrangers. Sa douleur la rendait belle et mettait, à ses yeux, la raison de son côté.

Elle ne se plaignait jamais et veillait à utiliser au mieux ses ressources. Rien ne manquait jamais à la maison et il comprenait quels efforts cela devait lui coûter, avec les faibles moyens qu'elle avait. Elle ne lui donnait jamais prétexte au moindre reproche et cela rendait la situation plus intenable encore : on ne pouvait en venir à un éclat qui aurait détendu l'atmosphère ; pas moyen de se quereller pour redevenir bons amis. Souvent, Pelle en venait à désirer qu'Ellen soit négligente, comme tant d'autres femmes, mais elle tenait bon. Et, plus ses affaires à lui prenaient un tour qu'elle ne pouvait que blâmer, plus elle se montrait irréprochable.

Encore, s'il avait pu s'expliquer son incompréhension par l'indifférence ou l'égoïsme ! Mais il avait toujours eu l'impression qu'elle était simple et droite et, pourtant, elle était toujours pour lui une énigme. Vis-à-vis des autres, elle n'était pas d'une générosité ni d'une charité excessive, c'est vrai, mais jamais non plus elle ne demandait rien pour elle ; c'était à lui et aux enfants qu'elle pensait toujours. Et il était bien obligé de reconnaître que, pour lui, elle avait, sans marchander, tout sacrifié... la famille, le monde entier. Elle avait bien le droit de demander quelque chose en retour.

Mais là-dessus non plus, elle n'avait pas changé : peu lui importait d'avoir sa part ; pourvu que lui et les enfants aient assez, cela suffisait. Elle avait besoin de si peu pour elle-même qu'elle semblait rassasiée rien que de les voir manger. Plus d'une fois Pelle s'étonna de la voir si bien portante, à manger si peu. Bien sûr, elle pouvait se servir en cachette, mais Pelle repoussait cette idée, dont il avait honte. Elle prêtait si peu d'attention à ce qu'elle mangeait ! Elle aimait à gâter son mari et ses enfants, surtout son mari ; on aurait dit que cela suffisait à la nourrir. Oui ! Elle le gâtait encore ! Comme si elle obéissait à une loi qui ne supposait pas la réciprocité. Sur ce point non plus, rien ne pouvait la faire changer. Elle lui faisait penser à une belle grande chienne qui veille sur le repas de ses petits. À voir son calme superbe, personne ne pouvait deviner qu'elle était tenaillée par la faim.

Quand il y avait des restes, elle les pressait : « J'ai mangé », disait-elle, si tranquillement qu'elle réussissait à le leur faire croire. Ah ! C'était si terrible d'y penser, et plus il se perdait dans ses réflexions, plus la situation lui semblait intolérable. Elle se sacrifiait pour lui, tout en condamnant sa conduite ! Elle savait faire face à la misère bien mieux que lui et sans même comprendre pourquoi ils étaient dans la misère !

Au sortir de ces réflexions douloureuses, elle grandissait toujours à ses yeux, plus forte et plus énigmatique, belle dans sa singularité. Et il se hâtait de rentrer, plein d'un brûlant désir, espérant toujours que, cette fois, elle allait venir à sa rencontre, rougissante d'amour et, dans sa confusion, se cacherait le visage contre son épaule. Mais la déception le rejetait plus âprement dans la bataille, le désir qu'il avait de sentir dans sa vie une main douce et délicate lui donnait, dans la lutte, une main de fer.

Sans cesse, Pelle cherchait de nouveaux expédients. Mais comme il savait d'avance qu'il n'y en avait pas et comme il était accaparé par la lutte, cela n'occupait pas sa pensée. C'était à l'arrière-plan de sa conscience comme un désir voluptueux d'étreindre la vie quotidienne. Ses dons artistiques en étaient comme possédés : de beaux billets de banque se dessinaient et s'imprimaient dans son imagination.

Un jour, en rentrant, il trouva la veuve Rasmussen qui gardait les enfants, tout en confectionnant des chaussons. Valde l'Ivrogne, son amant, s'était envolé avec le printemps. Ellen était allée quelque part, en journée. Pelle eut un mouvement de colère : la façon dont elle avait agi, sans souffler mot, le cingla comme une gifle. Sur le moment, il se fâcha. Mais la violence était contraire à sa nature ; il dut reconnaître qu'elle avait raison, de son point de vue, et sa colère se dissipa. Il ne lui resta qu'un sentiment de désolation. Quelque chose en lui s'écroulait : c'était le monde à l'envers ! « Je n'ai plus qu'à rester à la maison pour garder les petits », pensa-t-il avec amertume.

– Maintenant, je vais rester avec les enfants, madame Rasmussen, dit-il.

La femme se mit à plier son ouvrage.

– Oui, vous vous occupez de beaucoup de choses, dit-elle en s'arrêtant près de la porte. Je n'y comprends rien, mais allez-y hardiment ! Telle est ma devise. Jamais ça ne pourra être pire que c'est maintenant. Madame veuve Rasmussen ?... Allons donc ! Il ne faut pas faire de simagrées ! C'est tout juste si un homme arrive à gagner sa vie, dans ce monde maudit. Encore moins celle d'une famille. Et pour avoir des enfants, il n'y a pas besoin de s'appeler « madame ». Pendant vingt ans, j'ai turbiné à en perdre la vie et la santé, et croyez-vous que j'aie jamais pu payer mes frusques ? Non ! Il a fallu que je les mendie là où j'allais faire des lessives. On est écorché vif, voilà ce qu'on est, la veuve Rasmussen le sait par expérience. Et voilà pourquoi je dis : cognez donc, à votre tour ! L'autre jour, le gamin arrive : maman, ils ont encore augmenté le prix des bûchettes ! Un sou les deux fagots... Qu'est-ce que ça peut nous faire, mon gars, que je dis, puisqu'on ne peut jamais en acheter deux à la fois... Oui, mais, mère, ça fait aussi un sou sur un fagot ! Et les œufs ! La douzaine est à trente sous dans les beaux quartiers, mais ici... Oui, madame, si vous prenez les deux, je vous les laisse à trois sous. Ça met l'œuf à huit centimes, car, nous, on prend toujours la plus petite mesure : on n'a jamais assez de sous. C'est dur d'être pauvre ! Si ça ne va pas mieux un jour, que le diable emporte Celui qui a tout fabriqué... ça, c'est ce qui s'appelle blasphémer !

Pelle jouait avec le petit Lasse. Les paroles de madame Rasmussen avaient réveillé quelque chose en lui. C'était la plainte éternelle, et, chaque fois qu'il l'entendait, le monde de la misère s'ouvrait toujours plus profond à ses yeux, qui pourtant devaient bien le connaître. C'était un abîme, effrayant à sonder, sans limite. Jamais, pensait-il, on n'en toucherait le fond. Et pourtant il avait raison, il avait raison !

Machinalement, il fit un dessin pour le gosse, sur un bout de papier, en pensant à autre chose. Et, sans qu'il en ait conscience, le dessin prit la forme de son rêve.

– Mais c'est de l'argent ! C'est de l'argent ! s'écria le petit Lasse, en battant des mains.

Pelle regarda le dessin. Mais oui ! C'était l'esquisse d'un billet de dix couronnes. Son cœur de père fut flatté que le petit l'ait reconnu et la curiosité lui vint de voir si c'était ressemblant. Mais où trouver un billet bleu ? Pelle, qui aidait à collecter et à répartir des millions, ne possédait pas dix couronnes. Mais la pipe, la pipe ! C'était là-dessus que le petit avait vu l'image du billet de banque. La vieille pipe de Noël avait justement dix couronnes sur son fourneau, c'était presque providentiel. Il alla la chercher et compara. Il ne l'avait pas fumée depuis longtemps : il n'en avait pas les moyens. Avec application, il se mit à compléter le dessin, cependant que le petit Lasse s'enthousiasmait à suivre les sauts du crayon.

– Papa est rudement adroit ! Papa sait y faire, s'écria-t-il, et il voulut réveiller la petite sœur pour qu'elle prenne sa part du jeu.

Non, le résultat n'était pas satisfaisant. Il aurait fallu graver l'image dans le bois et la tirer en trois couleurs, pour que la ressemblance soit bonne. Comme Ellen rentrait, il mit tout cela de côté.

– Tu n'as pas besoin d'aller travailler, dit-il, je ferai mon possible pour t'assurer le nécessaire.

– Pourquoi ça ? demanda-t-elle, d'un air peu engageant. Je ne suis pas une grande dame, je peux bien travailler.

Rien dans sa voix ne laissait espérer qu'elle s'attendrirait. Alors, il partit pour une réunion.

Maintenant qu'il savait Ellen absente, il accourait à la maison aussi souvent qu'il pouvait, pour s'assurer que tout allait bien. Il s'était procuré un morceau de bois dur et un billet de dix couronnes. Avec beaucoup de soin, il reproduisit la vignette sur le bois qu'il se mit à graver, tout en bavardant avec les enfants. Cette occupation développait en lui de nouvelles aptitudes, elle l'absorbait, comme s'il s'était agi d'une œuvre d'art qui, toujours présente à l'arrière-plan de sa pensée, s'élaborait sans cesse, même quand il était au dehors. Tout le temps qu'il s'y livrait, ce travail rayonnait en lui sa beauté singulière.

Un monde accueillant et rassasié de bonheur montait de cette image qui se dégageait toujours plus distinctement du fond sombre et faisait oublier les privations. Quand Pelle était occupé à cet ouvrage, son cœur ne sentait plus le poids qui l'oppressait ; il était comme ivre, le mal n'était rien. Il retrouvait l'optimisme et faisait, en imagination, de riches promesses à Ellen.

Tout était si simple, au fond ! Ce n'était qu'un malentendu, rien de plus ! Il n'avait qu'à parler et elle comprendrait tout de suite quelle vie heureuse on avait en perspective, pour peu qu'on tienne bon. C'était le silence qui avait fait tout le mal. Le bonheur, le bonheur ! Il était plus proche que jamais, il était plus grand et plus beau que la dernière fois où il était venu frapper à leur porte. Pourquoi ? Il n'en savait rien, il ne se l'expliquait pas.

Mais dès qu'il entendait Ellen monter l'escalier, ses rêves pâlissaient. Il revenait à la réalité et mettait de côté son ouvrage : il aurait eu honte qu'en rentrant du travail, Ellen le prenne à s'amuser.

Parfois, il était accablé de sentir entre elle et lui un obstacle insurmontable. Il ne pouvait résoudre la contradiction entre son désir constant d'une position plus forte et plus solide au dehors – de victoire en victoire – et son impuissance au foyer, où le bonheur marchait à reculons. Il se lassait d'y réfléchir et souhaitait être indifférent à tout. Il n'avait pas envie de boire : il se sentait pourtant déchoir en quelque chose. Miné par cette sorte d'indifférence, il se laissait aller et il allait trop loin : peu lui importaient les gaffes qui pouvaient lui nuire.

Mais alors cela criait en lui, surtout quand il se trouvait face à face avec les conséquences terribles de la misère.

« C'est mon infirmité qui me reprend », se disait-il, et il se tenait sur ses gardes. Dans son enfance, c'était des convulsions ; maintenant, c'était ce cri.

XXXII

Un matin de bonne heure, Pelle errait à travers la ville. Il s'était levé avant Ellen pour éviter la torture du petit déjeuner. Ellen usait de toutes les ruses pour le forcer à faire un repas substantiel et l'estomac de Pelle était facile à convaincre ; mais, après coup, il avait honte de s'être nourri aux dépens des autres. Si adroit qu'il soit, il ne pouvait lui résister qu'en sortant pendant qu'elle dormait.

Son état de jeûne donnait à la ville et à l'existence tout entière une transparence singulière. Il avait une longue journée devant lui et un gros travail à faire ; derrière lui, il avait la victoire toute fraîche de la veille. Il était arrivé que les maîtres de forges avaient eu l'idée lumineuse de créer un syndicat de diversion et de lui donner un nom presque identique à celui du syndicat des métallurgistes. Ils publièrent les tracts portant que le travail reprendrait le lendemain dans la corporation. Ceux qui ne savaient pas très bien lire prirent cela pour un communiqué de leur syndicat. D'autres se disaient qu'un syndicat était un syndicat et quelques-uns se laissaient séduire par les avantages plus grands qu'offrait le nouveau syndicat. Il y avait eu un grand désarroi dans la corporation. Aussitôt le pot aux roses découvert, tous les gens honnêtes s'étaient retirés de l'affaire. Mais c'était quand même un échec et un sale coup, aux yeux de tous les camarades.

Pelle était furieux de cette ruse de guerre qui, en fin de compte, l'atteignait dans son honneur à lui, dirigeant de la lutte ouverte. Il avait essuyé une défaite et il pensait à prendre sa revanche. Malgré tous les efforts du piquet de grève, il n'avait pas été possible d'avoir la liste complète des jaunes ; le dépit le rongeait comme le sentiment humiliant d'une impuissance. Il avait la réputation d'aller jusqu'au bout, quand il entreprenait quelque chose. Alors, il décida de répondre à la ruse par la ruse et de tendre un piège aux adversaires pour leur faire livrer eux-mêmes les noms des jaunes. Un matin, il publia sa liste dans *L'Ouvrier*, avec un triomphant : « Regardez, ils n'ont pas plus d'hommes que cela ! » Les patrons s'y laissèrent-ils prendre ou bien le sort des jaunes leur était-il, au fond, indifférent ? Le matin suivant, leur organe de presse protesta et donna le nombre et les noms des autres. Ça, c'était une gifle soignée, qui dérida les visages maigres et impassibles ! On leur rendait la politesse. Pelle, c'était un as ! Vive *l'Éclair* !

Oui, c'était un as, ce Pelle qui suivait sa route d'un pas pressé, dispos et fonçant droit devant lui, faisant résonner de son pas alerte l'écho des ruelles et des cités ouvrières. Les rues et les maisons étaient saupoudrées de givre, un scintillement propre à la capitale flottait dans l'air, la lumière venait de sources cachées. Tous ses soucis, il les avait laissés derrière lui, à la maison. Ici, les ouvriers le saluaient de tous côtés et le salut qu'il leur rendait chantait comme un refrain. Lui ne les connaissait pas, tandis qu'eux le connaissaient. Le sentiment que son travail – si dures que fussent les conséquences de la lutte – éveillait de la reconnaissance, le portait en avant.

La ville avait perdu son humeur matinale. Le lock-out posait sur tout sa main paralysante ; le commerce languissait et les classes moyennes soupiraient. Mais il n'y avait toujours aucun espoir de réconciliation : les deux adversaires étaient irréductibles. Les ouvriers n'avaient rien perdu du fait de la grève un peu irréfléchie des maçons : la sympathie pour le prolétariat avait une raison politique et, des campagnes, les secours continuaient à affluer. Des sommes considérables arrivaient aussi de l'étranger. Mais à ce moment, la lutte coûtait à peu près un demi-million par semaine aux ouvriers, et les secours qui venaient du dehors étaient comme une goutte d'eau dans la mer.

Cependant ils constituaient un soutien moral, ils servaient de stimulant aux cotisations, sur quoi tout reposait. Les cent mille foyers de la misère sacrifiaient leurs dernières ressources pour mener la lutte à bonne fin. Ils voulaient être fixés sur l'avenir. Les patrons cherchèrent à empêcher les grandes souscriptions nationales, en attirant l'attention des autorités sur de vieilles dispositions oubliées concernant la mendicité. Mais cela ne fit qu'exciter l'hilarité générale. On pouvait encore se payer le luxe de rire.

Les ouvriers avaient composé avec la misère. Ils n'allaient plus se promener au bois, mais ils se promenaient par les rues, posément, comme des gens qui ont du temps à perdre, et cela donnait à la ville un aspect de pauvreté réfléchie. Leurs pas étaient trop lents pour résonner et, à la maison, on avait assez de calme pour réfléchir. Les enfants, toujours affamés et turbulents, étaient dispersés aux quatre coins du pays ; ils étaient bien nourris, mais ils avaient laissé un grand vide derrière eux. Pelle croisa des groupes d'ouvriers qui allaient pointer. Ils levaient la tête quand il les dépassait ; ses pas à lui résonnaient pour les leurs. Ils étaient quarante mille, et c'était lui, Pelle, qui exprimait leur espoir, leur volonté à tous. Ils suivaient du regard sa fière silhouette et se redressaient.

« Quel type, tout de même ! se disaient-ils joyeusement. À le voir, on dirait qu'il va tout démolir ! Regardez-le ! C'est tout juste s'il prend la peine de se garer des voitures. On lui crie un hourra, camarades ? »

Les patrons des bistrots se tenaient à l'entrée de leur sous-sol, et regardaient le ciel matinal en bâillant : c'était une mauvaise période pour eux. Aux fenêtres de leurs boutiques, des écriteaux pendaient avec cette inscription : « Ici, on souscrit pour les lock-outés ».

Sur le pont de la Reine-Louise, Pelle croisa un petit homme blafard, vêtu d'une redingote élimée. Il avait les traits tirés et le nez rouge.

– Bonjour, mon général ! cria Pelle gaiement.

L'homme eut un geste de condescendance. C'était le prête-nom de *L'Ouvrier*, un ancien capitaliste qui, pour une petite rétribution hebdomadaire, avait la responsabilité du journal devant les autorités. C'était lui qui purgeait les condamnations, moyennant un supplément de cinq couronnes par semaine. Quand il n'était pas en prison, il passait son temps à boire. Il souffraït de la folie des grandeurs et il se figurait que c'était lui qui dirigeait tout le mouvement ouvrier et, pour cette raison, il ne pouvait souffrir Pelle.

Dans la grande cour de la maison des syndicats, les ouvriers du port étaient en train de pointer, au moment où Pelle arriva. Le président vint au-devant de lui jusqu'à la porte. C'était l'ouvrier qu'un soir Pelle et Per le Pleurnichard avaient tiré d'affaire sur le port. À présent, il s'y retrouvait, dans le nouveau cours des choses !

– Eh bien ! Comment ça marche ? demanda Pelle, en lui serrant la main.

– Épatant ! Sur mille hommes, il ne nous en manque que sept.

– Mais, Jakob le Joyeux, où est-il ? Il est malade ?

– Ils l'ont coffré, répondit d'une voix sourde le président. Il ne pouvait supporter de voir mourir de faim ses vieux parents et alors, avec l'aide de son frère, il a cambriolé l'épicier. Maintenant, ils sont à l'ombre, tous les deux.

Un instant, les rides se creusèrent terriblement sur le front de Pelle. Il regardait fixement devant lui. La lumière s'évanouit de son visage qui se figea en une expression douloureuse. Les ouvriers le regardaient avec stupeur. Quoi ? Allait-il se mettre à dormir debout ? Mais il se ressaisit :

– Eh bien ? Les gars, on fait passer le temps ? demanda-t-il avec bonne humeur.

– Ah ! Pour ça oui ! C'est la première fois qu'on a le temps d'apprendre à bien connaître sa femme et ses enfants. N'empêche que ça serait chouette de se remettre au boulot !

Il était visible que le chômage commençait à leur peser. Leurs visages impassibles avaient un air méditatif : ils l'interrogeaient sans cesse du regard. Ils semblaient attendre de lui une action décisive, dans un sens ou dans l'autre. Ils ne se dégonflaient pas, pourtant, et votaient toujours pour qu'on aille plus loin. Là-bas, tout au bout de la lutte, il y avait ce qu'ils cherchaient, et ils épiaient sur le visage de Pelle le signe que c'était bien le bonheur.

Il fallait qu'il réponde à bien des questions : la misère faisait naître des idées folles, qui montraient bien que leur attitude calme et mesurée était le fruit de la vigilance des dirigeants.

– Allons-nous prendre le pouvoir et la richesse aux bourgeois ? demanda un ouvrier, après avoir longuement regardé Pelle, d'un air pensif. La lutte l'avait amaigri mais, par contre, elle avait mis une flamme dans ses yeux.

– Oui, nous allons faire valoir nos droits et exiger qu'on respecte la classe ouvrière, répondit Pelle. Il n'y aura plus ni seigneurs ni petites gens.

– Oui ! Mais s'ils se relèvent ? Il faut vite leur faire leur affaire, pour qu'ils ne nous remontent pas sur le dos.

– Tu veux peut-être qu'on les fusille sur le champ de manœuvres, mais ce n'est pas nécessaire, dit son voisin. Quand cette histoire-là sera finie, personne n'osera plus nous retirer le pain de la bouche.

– Alors, y' aura plus de pauvres du tout ? demanda encore le premier, en se tournant vers Pelle.

– Non, quand on aura bien avancé, il fera bon vivre dans tous les foyers. Tu lis donc pas ton journal ?

Bien sûr que si, il le lisait. Mais il était bon d'entendre Pelle confirmer la grande nouvelle. Et cela, il pouvait le faire, car lui-même ne doutait jamais. Les masses avaient eu bien du mal à voir les choses sous ce nouvel aspect – autant de mal qu'on en aurait eu à faire tourner une planète ! Il fallait qu'il arrive quelque chose de grand, pour la peine.

Quelques-uns avaient tiré le casse-croûte de leur sac et mangeaient tout en discutant. « Bon appétit ! » dit Pelle et il leur fit un signe de tête en s'éloignant. L'eau lui venait à la bouche et il se rappela qu'il n'avait encore rien mangé ni bu. Mais il n'avait pas le temps d'y penser. Il fallait aller tout de suite chez Stolpe pour s'entendre avec lui sur l'emplacement des piquets de grève.

En chemin, il rencontra Marie qui, un bonnet blanc sur la tête, un panier au bras, lui fit un signe de tête, toute rougissante. La transplantation lui avait fait du bien. Chaque fois qu'il la voyait, elle avait grandi et embelli.

Les beaux-parents étaient dans la gêne. Pas mal de choses avaient disparu de cet intérieur autrefois si bien pourvu. Mais le moral n'était pas atteint. Stolpe attendait son déjeuner, lui aussi avait commencé sa journée de bonne heure :

– Comment va la petite ? demanda-t-il. On ne la voit pas souvent.

– Elle est très occupée, répondit Pelle, pour l'excuser. Maintenant elle fait des journées.

– Bon ! Elle peut bien donner un coup de main, en ce moment ! Mais on sait quelle mouche la pique : elle est toujours dans l'opposition. Dieu merci, ce n'est pas un homme ! Sans ça, elle aurait mis la pagaille.

Au déjeuner, il y avait du porridge, du *smørrebrød* et du café. Mme Stolpe ne pouvait mettre la main sur sa belle cafetière en métal argenté, un cadeau des enfants pour ses noces d'argent.

– J'ai dû la changer de place, dit-elle.

– Oui, oui, la mère, elle reviendra bien, dit Stolpe. Bientôt, les temps seront meilleurs et alors, on retrouvera beaucoup de belles choses, tu verras !

– Es-tu passé à l'atelier de construction ce matin, beau-père ? demanda Pelle.

– Oui, j'y suis allé. Mais il n'y a plus rien à faire pour le piquet de grève. Les patrons ont logé tous les hommes à l'usine. Ils y ont pris pension. Il paraît qu'il y a une masse d'ouvriers étrangers. Le travail marche à plein.

C'était une mauvaise nouvelle. Les maîtres de forges avaient remporté leur première victoire. Ce serait vite démoralisant pour les camarades de voir que le travail marchait sans eux.

– Il faut arrêter ça, dit Pelle, sinon ils continueront dans cette voie-là et ce sera la débâcle pour nous. Il faut secouer les puces aux gars qui sont dans l'usine !

– Comment faire ? Ils sont barricadés là-dedans et la police monte la garde, nuit et jour. Nous ne pouvons même pas leur parler.

Stolpe eut un rire désolé.

– Alors, il faut qu'un homme s'introduise, comme s'il voulait s'embaucher.

Stolpe sursauta.

– Comme briseur de grève ? Jamais tu ne trouveras un homme honnête pour faire ça, même pour jouer la comédie ! Je ne le ferais pas moi-même. Un jaune est toujours un jaune, qu'on tourne ça comme on voudra !

– Un jaune, c'est bien quelqu'un qui fait du tort aux camarades ? Celui qui risque sa peau pour eux mérite un autre nom.

– J'aime mieux ne pas me mêler de ça, dit Stolpe. Ça me dépasse un peu et je me garde de discuter avec toi. Mais dans mon catéchisme, il est dit qu'un jaune est celui qui s'embauche où c'est interdit. Je m'en tiens à ça.

Pelle eut beau déployer toute son éloquence, le vieux ne voulut pas en démordre.

– Évidemment, c'est une autre affaire si tu y vas toi-même, reprit Stolpe. Toi qui n'as à rendre de comptes à personne, tu peux agir à ta guise.

– J'ai à rendre des comptes au Mouvement, répondit fermement Pelle. Et je vais justement y aller moi-même.

Stolpe remuait les bras et s'étirait.

– Ce serait bien agréable de se remettre au travail, dit-il tout à coup. Le chômage vous ronge le corps comme un poison. Maintenant, il s'agit de trouver l'argent du loyer. La mère, où diable va-t-on le prendre, dis ? Il faut que l'argent soit sur la table samedi, sinon le propriétaire nous fait expulser, à ce qu'il dit.

– On trouvera bien moyen de s'en tirer, dit Mme Stolpe. Ne te fais pas de mauvais sang pour ça.

– Oui, évidemment, dit Stolpe, en regardant autour de lui. Il reste toujours quelque chose, comme dit la Faim quand elle s'en prend aux entrailles. Écoute bien, Pelle ! Aussi vrai que je suis ton beau-père, tu n'as pas une femme comme la mienne.

– Je suis content d'Ellen telle qu'elle est, répondit Pelle.

On sonna. C'était le frère de Stolpe, le charpentier. Il avait l'air épuisé. Il était maigre et pauvrement vêtu, les yeux cernés. Il leur serra la main, sans les regarder.

– Assieds-toi, frère, dit Stolpe, en lui avançant une chaise.

– Merci. Je m'en vais tout de suite ; j'avais seulement, comme ça, quelque chose à te dire… Il regarda par la fenêtre.

– Quelque chose qui ne va pas à la maison ?

– Non, non, c'est pas ça. Je voulais seulement te dire… te dire que… je donne ma démission du syndicat ! s'exclama-t-il tout à coup.

Stolpe se leva : il devint blême.

– Réfléchis à ce que tu fais ! dit-il menaçant.

– J'ai eu tout le temps de réfléchir. On meurt de faim, tu sais, et il faut que ça finisse ! J'ai pensé seulement que c'était mon devoir de t'avertir le premier afin que la nouvelle ne te vienne pas d'un autre. Après tout, tu es mon frère…

– Ton frère ? Je ne suis plus ton frère ! Si tu fais ça, tout est fini entre nous ! hurla Stolpe, en donnant un coup de poing sur la table. Dieu me damne ! Aurais-tu jamais pensé vivre cette honte, de voir les camarades conspuer mon propre frère dans la rue ! Tu sais, je cognerai moi aussi, et pas le dernier, justement parce que je suis ton frère !

Il était hors de lui.

– Oui, oui, nous en reparlerons, répondit doucement le charpentier. Mais l'essentiel, c'est que tu le saches : je ne t'aurai pas pris en traître.

Il s'en alla.

Stolpe se mit à marcher de long en large dans le salon. Il saisissait une chose, puis une autre et les reposait machinalement ; ses mains tremblaient. Puis il quitta la pièce et ferma la porte derrière lui. Peu après, sa femme revint :

– Tu feras mieux de t'en aller, Pelle ; je ne crois pas que

le père soit en état de voir personne aujourd'hui. Il s'est couché ; son visage est tout décomposé. Si seulement il pouvait pleurer ! Ah ! Deux frères qui s'aimaient tant ! Ils étaient d'accord sur tout !

Pelle sortit. Il était grave. Il prévoyait qu'avec son farouche esprit de justice, Stolpe allait traquer son frère avec plus d'acharnement qu'aucun autre ; il l'aimait tant ! Peut-être voudrait-il être du piquet de grève, là où le frère irait travailler.

Près des lacs, Pelle rencontra un piquet de grève qui se rendait à son poste. Il les accompagna un moment pour se mettre d'accord avec eux sur deux ou trois points. De l'autre côté de la rue, un jeune homme sortit d'une porte cochère et tourna furtivement le coin de la rue :

– Arrêtez-le ! s'écria un des camarades. Le voilà, notre « homme d'honneur ».

Quelques ouvriers le poursuivirent dans Slotsgade et le ramenèrent : toute la troupe l'entoura, des femmes et des enfants accoururent.

– Il ne faut pas lui faire du mal, ordonna Pelle, d'une voix ferme.

– N'aie pas peur, personne ne voudrait le toucher, répondirent-ils.

Un instant, tous le regardèrent en silence, comme pour le soupeser en pensée, puis ils crachèrent sur lui et s'en allèrent.

Sans rien dire, l'homme entra sous une porte cochère pour s'essuyer le visage avec sa manche. Pelle l'avait suivi pour lui dire une bonne parole et le ramener au syndicat. L'autre se redressa vivement en le voyant s'approcher.

– Tu viens cracher sur moi ? demanda-t-il avec mépris. Tu as oublié tout à l'heure. Pourquoi n'as-tu pas craché ?

– Je ne crache sur personne, répondit Pelle ; mais tes camarades ont le droit de te mépriser : tu les as trahis. Viens avec moi, je vais te faire rentrer dans ton syndicat et personne ne te fera plus de mal.

– Il faudrait peut-être que j'y aille en pêcheur repentant, et que j'avale leurs plaisanteries. Non, merci !

– Tu aimes mieux faire du tort aux tiens ?

– Je veux avoir le droit de gagner la vie de ma vieille mère. Que les autres aillent au diable ! Ma mère n'ira pas chanter dans les cours et fouiller les boîtes à ordures pendant que son fils ferait le grand seigneur dans le Parti. Je laisse ça à d'autres.

Le visage de Pelle s'empourpra : il sentit que cela visait le père Lasse. Le sort du vieux lui était comme un remords caché que cela réveillait.

– T'oses répéter ce que tu viens de dire ? gronda-t-il, en marchant sur l'autre.

– Et si j'étais marié, je ne permettrais pas que ma femme aille gagner ma vie. Je laisserais ça aux maquereaux.

Tiens ! Cela avait le goût de ces commérages qu'on colportait dans le dos des gens pour les noircir. Ils étaient en train de le calomnier, tandis qu'il sacrifiait tout pour eux. Il devint furieux et envoya au diable les devoirs du dirigeant : il allongea au type une paire de claques bien appliquées et lui demanda ce qu'il préférait : la fermer ou écoper ?

Morten apparut sur le seuil de la porte :

– Ce n'est pas juste, ce que tu fais là, murmura-t-il en entraînant Pelle chez lui.

Pelle était incapable de répondre. Il se jeta sur le lit : son regard brûlait encore de colère. Il haletait :

– On n'y va pas de main morte, en ce moment, dit Morten, qui le dévisageait avec un drôle de sourire.

– Je sais bien que tu n'aimes pas ça, mais il faut qu'ils restent dans les rangs !

– Et s'ils ne comprennent pas ?

– Alors, ils n'ont qu'à en subir les conséquences. Ça vaut mieux que de tout laisser retomber à zéro.

– C'est ça, le changement, d'après toi ? Subir les conséquences, c'est ce que les innocents ont toujours fait, à ce qu'il me semble. Et il y en a toujours eu pour cracher sur eux, ajouta Morten avec tristesse.

– Non, écoute. Tu ne vas tout de même pas m'accuser d'avoir craché sur quelqu'un. C'étaient les autres. La colère allait le reprendre, mais le calme de Morten l'emporta :

– Les autres ? Ça n'existe pas. C'est toi qui as craché sept fois sur le pauvre type, en plein visage. Je l'ai vu de la boutique.

Pelle le regardait, sans un mot. Morten, qui aimait tant la vérité, le voilà qui mentait !

– Tu dis que t'as vu ça ? J'ai craché, moi ?

Morten fit signe que oui :

– Tu voudrais peut-être prendre pour toi les « hourra » et toute la gloire et t'en laver les mains, des vilenies et des existences brisées ? Tu as pris sur toi une lourde responsabilité, Pelle. Regarde comme ils te suivent aveuglément – pour tes beaux yeux, si j'ose dire. Parce que je ne suis pas sûr que tu aies pris ta part. Il y a du sang sur tes mains. Y en a-t-il seulement une goutte du tien ?

Pelle réfléchissait profondément ; les paroles de Morten faisaient toujours prendre un cours nouveau à ses pensées. Il comprit bien vite, cette fois, ce que Morten voulait dire ; une ombre passa sur son visage et s'y attarda :

– J'y ai perdu mon foyer, dit-il calmement. Ellen ne m'aime plus, mes enfants sont à l'abandon et se détachent de moi. J'ai renoncé à une belle situation d'avenir, je souffre la faim tous les jours et je suis obligé de laisser mon vieux père vivre sans feu ni lieu. Je doute que personne puisse se sentir aussi seul et abandonné. Je crois bien que j'ai pris ma part, puisque tu me forces à le dire !

Pelle sourit, mais il avait les larmes aux yeux.

– Pardon, ami, dit Morten. J'avais peur que tu ne te rendes pas compte de ce que tu es en train de faire. Beaucoup sont déjà restés sur le champ de bataille et c'est pénible de voir ça, surtout si la lutte ne doit mener à rien.

– Alors, tu condamnes la lutte ? Je ne sais jamais ce que tu veux dire.

– Je ne condamne pas la lutte, si elle mène au but ! Moi aussi, j'ai rêvé de les mener jusqu'au pays du bonheur, par une autre voie. Mais les cœurs n'y sont pas préparés. Toi, tu as pouvoir sur eux : ils te suivent aveuglément. Tu n'as qu'à les mener plus loin. Mais il faut que chaque blessure qu'ils reçoivent dans la lutte t'atteigne, toi aussi. Sinon, tu n'es pas celui qu'il faut. Et puis, sais-tu bien où tu vas ?

Oui, Pelle le savait.

– Nous atteindrons le but, s'écria-t-il avec enthousiasme. Regarde de quel cœur léger ils acceptent tout et vont toujours de l'avant.

– Mais, Pelle, reprit Morten avec un sourire imperceptible, en lui posant la main sur l'épaule, un dirigeant n'est pas un bourreau. De plus, le Parti lutte contre la peine du fouet.

– Ah ! C'est à l'histoire de tout à l'heure que tu penses ! dit Pelle. Mais ça n'a aucun rapport avec le Mouvement. Il m'a dit que mon père allait chanter dans les cours et fouiller dans les boîtes à ordures. Alors, je lui ai flanqué une rouste. J'ai bien le droit de rendre la monnaie de sa pièce à qui m'injurie, comme tout le monde.

Il passa sous silence les injures à l'adresse d'Ellen. Il ne pouvait se décider à en parler.

– Mais c'est malheureusement vrai, répondit Morten avec calme.

– Pourquoi ne me l'as-tu pas dit ? demanda Pelle, livide.

– Je croyais que tu le savais. Et puis, tu as tant à faire, tu n'as rien à te reprocher.

– Sais-tu où il peut être ? demanda Pelle, d'une voix sourde.

– On le voit souvent par ici.

Pelle sortit. Il était accablé. Cette journée avait travaillé à entasser sur ses épaules des responsabilités trop lourdes à porter pour un seul. Devait-il prendre la responsabilité de tout ce que le Mouvement brisait dans sa marche en avant, sous prétexte qu'il lui consacrait ses forces et son bien-être ? Et voilà que le père Lasse était devenu un bouffon public. Il rougit de honte, il n'avait pu empêcher cela. La situation actuelle, en était-il responsable ? Et voilà qu'ils crachaient sur Ellen, pour le remercier. Il ne savait par où commencer ses recherches. Il entra ici et là, dans les cours, pour se renseigner. Dans une cour de Blågårdsgade, il y avait un attroupement. Pelle entra. C'était un prédicateur qui parlait le dialecte chantant de Bornholm : il avait dans les yeux cette expression étrange que Pelle se rappelait avoir vue aux « Saints » de son enfance. Il chantait et prêchait tour à tour. Pelle le regardait, les yeux voilés par le souvenir. Dans son désespoir, il se sentait prêt à tout abandonner pour hurler de douleur, comme au temps de ses chagrins d'enfant.

Mais c'était le garçon qui avait injurié grossièrement le père Lasse et que Pelle, tout enfant qu'il était, avait blessé à coups de pied. En ce temps-là, il savait bien défendre son père !

Il tendit la main à l'homme :

– Peter Kure, n'est-ce pas ?

L'homme lui jeta un regard qui venait d'un autre monde :

– Oui, il fallait que je vienne, Pelle, dit-il d'un air important. J'ai vu les pauvres quitter la campagne pour la ville, je les ai suivis afin qu'il ne leur arrive rien de mal. Car vous autres, pauvres hères, vous êtes les élus du Seigneur et il vous faut marcher encore et encore pour trouver la Terre Promise. Voici que la mer vous arrête et vous ne pouvez aller plus loin. Alors, vous vous figurez que la Terre Promise est ici. Dieu m'a envoyé pour vous dire que vous vous trompez. Et toi, Pelle, veux-tu devenir un des nôtres ? Dieu t'attend avec impatience ; il a besoin de toi pour avoir soin de tous ses enfants.

Il gardait la main de Pelle dans la sienne et le regardait au fond des yeux. Il croyait peut-être que Pelle venait se convertir. Lui aussi avait son plan pour conduire les pauvres au pays du bonheur ! Seulement, Pelle avait déjà les pauvres avec lui.

– J'ai fait pour eux ce que j'ai pu, dit-il avec dignité.

– Je le sais, mais ce n'est pas la bonne voie. Tu ne leur donnes pas le pain de la vie.

– Je crois que du simple pain ferait mieux leur affaire. Regarde-les. Tu trouves qu'ils ont trop à manger ?

– Mais toi, tu peux leur donner à manger ? Moi, je peux leur donner la joie dans le Seigneur qui leur fait oublier un instant qu'ils ont faim. Toi, tu le leur fais sentir davantage. Tu ne peux guère faire autre chose, n'est-ce pas ?

– Je crois bien que si. Mais je n'ai pas le temps de discuter, en ce moment. Je cherche mon vieux père.

– Ton père ? Je viens de le croiser dans Stengade, un sac sur le dos. Il n'avait pas l'air trop heureux. Je me souviens de l'avoir rencontré un jour au pays, chez le cordonnier Sort : il voulait aller à Copenhague pour passer ses vieux jours chez son fils.

Pelle ne répondit pas. Il s'en fut. Il pressait le pas, serrant les poings de rage impuissante. Tous rivalisaient de sous-entendus, mais la vérité était toute simple : jeune, robuste et actif comme il était, il n'avait pu gagner la vie de sa femme, de ses enfants et de son vieux père, même quand il avait un travail assuré. Oui, sous ce régime maudit, un homme dans la force de l'âge ne pouvait obéir aux commandements de la nature et fonder une famille sans voir les siens dépérir à force de privations et de misère ! Bon Dieu ! Il faudrait se battre contre le système tout entier ! Puisqu'il avait pouvoir sur les masses, il voulait aussi avoir le droit de s'en servir pour leur bien.

Dans Stengade, il entendit une voix cassée et chevrotante qui chantait au fond d'une cour. C'était le père Lasse, son sac et son crochet posés près de lui. D'une main, il tenait le sac, de l'autre, il faisait de grands gestes vers les fenêtres, en chantant. La chanson éveillait le rire, et Lasse cherchait à la rendre plus drôle avec des pitreries qui donnaient une triste allure à sa silhouette misérable. À ce spectacle lamentable, Pelle eut un coup au cœur. Il se cacha sous la voûte et attendit que le père ait fini. À certains moments, Lasse soulevait son bonnet et se frappait le front en levant la jambe. Il manquait perdre l'équilibre, les gosses autour de lui tiraient les pans de son habit déchiré et le bousculaient en se poussant. Alors, il s'interrompait, il les grondait de sa voix tremblante et reprenait sa chanson :

Voulez-vous ouïr mes malheurs ?
En ce bas monde je suis venu, comme tant d'autres,
Sans père, car ma mère m'a conçu
Entre deux portes, au courant d'air.

J'ai fidèlement caché sa honte
Mais ça fait bien dans ma chanson.
Donnez-moi un sou pour du pain !
Quand je mourrai, vous vous battrez pour l'héritage !

J'ai fait mon chemin sans déloyauté,
C'est pourquoi je vais sans chaussettes.
Mais Lasse n'est pas va-nu-pieds
Il a un frère dans la richesse.
Entre lui et moi, jamais de querelle :
Moi, je trimais, il entassait !
Il a de l'or et de la grosse galette
Je jure, enfants, que c'est la vérité !

Mon frère habite un palais magnifique
Et ses chevaux ont des harnais d'argent.
Il peut gagner dix-douze écus de l'heure,
Rien qu'à dormir et à manger !...
Il a du bien autant que j'ai de crasse
Où qu'il regarde, il voit de l'or.
J'aurai son héritage un jour – d'ici longtemps !
En attendant, secourez-moi un peu !

Un jour, j'ai vu le bonheur en personne
Quand j'eus fini de sécher à la peine !
Et quand le Bon Dieu fit pleuvoir de la soupe
Moi, malheureux, je n'avais pas de cuiller.
Le ciel voyait ce qui manquait au pauvre
Las, j'étais là à ne pouvoir rien faire
Et mon frère le riche mangeait à en crever
La soupe claire du malheureux.

Bien des choses ont mal tourné
Faut prendre le temps comme il vient,
La récompense, elle t'attend dans l'autre monde
Où tu pourras te la couler douce !
Les choses vont comme elles vont,
Donnez pour le cercueil du vieux !

Quand il aura un coup dans le nez – la dernière fois –
Il aura pitié de vous dans ses songes.

Un fils, pour sûr que j'en ai un
Les enfants sont la richesse du pauvre.
Je suis avec joie sa carrière !
Mais pense-t-il jamais à son père ?
Chacun son lot, le vieux est las
De fouiller les ordures pour trouver des chiffons.
Un jour, tout ça aura une fin. – Jetez un sou dans ma casquette !

Quand Lasse eut fini, on applaudit et on lui jeta des sous dans du papier. Il fit le tour de la cour pour les ramasser, puis il chargea le sac sur son dos et de son pas chancelant sortit par la porte, la tête basse.

– Père ! appela Pelle d'une voix étranglée. Père !

Avec un sursaut, Lasse se redressa, tâchant de percer de ses yeux faibles la pénombre de la voûte.

– Tu es là, mon gars ? On aurait dit ta voix d'autrefois, quand on voulait te faire du mal et que tu m'appelais.

Le vieux s'était mis à trembler.

– Et maintenant, tu as tout entendu et tu as honte de ton vieux père ?

Il n'osait plus regarder Pelle.

– Père, il faut que tu rentres à la maison avec moi, tu entends ! dit Pelle, une fois dans la rue.

– Non, tu sais, je ne peux pas ! Tu n'as même pas assez pour les tiens. Non, il faut que tu me laisses suivre ma route et m'arranger à mon idée. Ça va très bien, en ce moment.

– Mais il faut que tu viennes avec moi. Les petits te regrettent, tu sais. Et Ellen demande de tes nouvelles tous les jours.

– Oui, ça se peut bien. Mais je sais bien ce qu'elle pense, que je mange le pain de ses enfants ! Et puis, maintenant, un chiffonnier ! Non, il ne faut pas me tenter !

– N'importe ! Il faut que tu viennes. Je ne peux pas supporter ça plus longtemps, père.

– Eh bien, mon gars, Dieu me pardonne, je vais être obligé de te dévoiler ma honte, puisque tu ne veux pas me lâcher sans ça. Tu sais, je vis avec quelqu'un, avec une bonne femme. Je l'ai rencontrée un jour, au dépotoir. Elle ramassait des chiffons, comme moi. Je m'étais arrangé un petit coin, là-bas, pour la nuit, en attendant de trouver un logis. Et alors, elle m'a dit que je devrais venir chez elle. À deux, on a moins froid. Et nous deux, pauvres vieux, nous nous sommes mis en ménage. Viens donc voir où j'habite, puisqu'on s'est rencontrés. C'est à deux pas...

Ils tournèrent dans une ruelle étroite et franchirent une porte cochère. Au fond d'une cour, sous une sorte de hangar qui devait être tout ce qui restait d'une ancienne ferme, Lasse avait son gîte. La cabane devait avoir servi de bûcher. Le sol était de terre battue, le plafond constitué de poutres mal jointes. Sous le plafond étaient tendues des cordes, et des chiffons, des papiers et d'autres débris tirés des poubelles y étaient mis à sécher. Dans un coin, sur un petit fourneau très bas, ronronnait la bouilloire, et le parfum appétissant du café se mêlait à l'odeur de moisi des rebuts. Lasse s'épanouit :

– Oh ! Oh ! Je suis tout engourdi et j'ai un peu froid. Tiens ! Voilà la petite mère et voici mon fils, Pelle.

Tout heureux, il caressa la joue de sa nouvelle compagne. C'était une vieille femme, toute voûtée, sale et vêtue de haillons. Son visage était couvert de gourme – elle avait dû attraper ça au dépotoir – mais il était éclairé par deux bons yeux qui faisaient oublier tout le reste.

– Alors, c'est Pelle ? dit-elle en le dévisageant. C'est comme ça qu'il est fait ? Oui, bien sûr qu'on a entendu son nom, il est de ceux qui se font remarquer, bien qu'il ne soit pas rouquin.

Pelle dut accepter une tasse de café.

– Tu n'auras que du *smørrebrød* avec le café ; nous autres, vieux, c'est tout notre souper, expliqua Lasse. Nous nous couchons de bonne heure et on ne dort pas bien quand on se charge l'estomac.

– Et comment trouves-tu notre logement ? demanda

Lasse, en promenant autour de lui un regard plein de satisfaction. Nous ne payons que quatre couronnes par mois et tous les meubles sont gratis. C'est la mère et moi qui les avons ramenés du dépotoir. Voilà une paillasse qui n'est pas trop mal ; dire qu'il y a des gens pour jeter ça ! Et le lit de fer vient aussi de là-bas, je n'ai eu qu'à rafistoler un pied. Et hier, la mère nous a rapporté des rideaux. Heureusement qu'il y a des gens qui ont tant qu'ils sont obligés d'en jeter sur le fumier !

Lasse était de bonne humeur ; il semblait avoir la vie douce. La vieille le dorlotait comme son premier amour. Elle l'aida à quitter ses bottes et lui enfila une paire de savates, puis elle prit sa longue pipe et la lui mit dans la bouche. Il riait et se prélassait.

– Regarde-moi cette pipe, mon gars. C'est la mère qui a mis des sous de côté sans que je le sache, et puis, elle l'a achetée si longue que je ne peux pas l'allumer tout seul. Comme ça, je ressemble à un pacha, à ce qu'elle dit.

Lasse se renversa en arrière, pendant qu'elle allumait la pipe. Lorsque Pelle partit, Lasse traversa la cour avec lui :

– Eh bien, qu'en dis-tu ? demanda-t-il.

– Je peux m'estimer heureux que tu t'en sois tiré comme ça, répondit Pelle humblement.

Lasse pressa la main de son fils :

– Je te remercie de cette parole-là, mon gars ! J'avais peur que tu ne me juges sévèrement. Étant gosse, tu n'admettais pas la plaisanterie sur ce chapitre. Nous pourrions, bien sûr, nous marier. Ni l'un ni l'autre, nous n'avons d'empêchement. Mais ça coûte cher de se marier, et les temps sont durs. Et comme il n'y a pas de danger que nous ayons des enfants, ça n'a pas d'importance.

Bien qu'accablé de tristesse, Pelle ne put s'empêcher de sourire.

– Tu viendras nous voir bientôt, pas vrai, tu es toujours le bienvenu, dit Lasse. Mais tu n'as pas besoin de parler de ça à Ellen, elle le verrait peut-être d'un mauvais œil.

XXXIII

Non, en général, Pelle ne racontait plus rien à Ellen : elle l'écoutait avec trop de froideur. Elle était comme le soleil en hiver : la face des choses qui ne la regardait pas ne recevait aucune chaleur. Pelle n'espérait plus rien de ce côté ; il s'était rendu compte depuis longtemps qu'elle était incapable de comprendre ce qui était au plus profond de lui. Il s'était habitué à le garder pour soi. Il en était devenu plus dur, mais aussi plus homme. À la maison, le gamin dépérissait – on ne le soignait pas assez – et la petite était agitée, surtout la nuit. Les gémissements et la toux des enfants créaient un malaise. Ellen ne disait rien : elle s'occupait d'eux, grave et menaçante comme une énigme. Son regard éloquent ne croisait plus jamais celui de Pelle mais, souvent, il le sentait peser sur lui. Elle avait maigri ces derniers temps, et cela donnait à sa beauté un éclat farouche, quelque chose de vénéneux, à ce qu'il lui semblait parfois. Il y avait des moments où il aurait donné sa vie pour une caresse passionnée et sincère de cette femme.

Il la comprenait de moins en moins, et il était souvent pris d'une angoisse inexplicable quand il pensait à elle. Elle souffrait terriblement de voir les enfants dans cet état. Quand elle leur parlait avec tendresse, pour les calmer, sa voix prenait parfois un ton de mauvais présage qui le faisait frissonner. De temps à autre, à l'idée qu'elle avait pu attenter à sa vie et à celle de ses enfants, il courait chez lui.

Un jour qu'il rentrait ainsi précipitamment, plein de

cette crainte, elle vint en souriant au-devant de lui et mit vingt-cinq couronnes sur la table :

– Qu'est-ce que c'est ? demanda Pelle, tout étonné.

– J'ai gagné ça à la loterie, dit-elle.

Voilà donc pourquoi elle avait fait tant de mystères, ces derniers jours, comme s'il y avait quelque chose qu'elle voulait lui cacher à tout prix ! Elle avait risqué les derniers sous et elle avait peur qu'il ne s'en aperçoive.

– Mais où as-tu trouvé l'argent du billet ? demanda-t-il.

– J'ai emprunté à ma vieille amie Anna, nous jouons ensemble. Maintenant, nous avons de quoi payer le docteur et acheter des remèdes aux enfants et nous ne manquerons plus de tout, dit-elle.

Cet argent la transfigurait et les rapprochait l'un de l'autre. Ellen devint plus tendre que jamais et chercha à lui faire plaisir. Il y avait quelque chose de nouveau en elle, une sorte de repentir qui la rendait humble et douce envers autrui. Pelle se sentait attiré vers son foyer. Il se dépêchait de rentrer, comme autrefois. Il pensait qu'elle voulait ainsi se faire pardonner d'avoir été si dure. Sous ce rapport aussi, elle avait changé : elle commençait à s'intéresser à son activité et l'encourageait de maintes façons à persévérer. Il s'avéra qu'elle avait bien suivi le cours des événements, en dépit de sa froideur apparente. Son caractère subissait une transformation étonnante. La sévère Ellen, si sûre d'elle, devenait indulgente et indécise, elle ne gardait plus ses distances avec la même rigueur ; il lui arrivait de courber la tête humblement. Elle n'avait plus l'air de vous faire la morale.

Un soir, Pelle se faisait la barbe devant la glace. Il avait coupé sa belle moustache et il achevait de se raser. Ellen s'amusait de lui voir ce nouveau visage :

– C'est tout juste si je te reconnais, dit-elle.

Il croyait qu'elle allait se fâcher et faire passer sa moustache avant la bonne cause, mais elle prenait la chose du bon côté. Il ne la reconnaissait plus ! Quand il eut fini, il s'approcha du petit Lasse, mais l'enfant poussa des cris de frayeur. Il enfila un bleu, se noircit la figure et les cheveux et prit le chemin de la fabrique de machines. La fabrique marchait à plein rendement ; les jaunes, cantonnés dans l'usine, travaillaient par équipes, de jour et de nuit ; l'humour populaire les avait baptisés les « internés ». Les maîtres de forges avaient exploité leur avantage et commençaient déjà à faire tourner une autre usine. Si cela continuait, toutes les entreprises tourneraient bientôt sans les lock-outés, qui resteraient sur le pavé. C'était maintenant qu'il fallait frapper un grand coup ! Pelle arrivait, apportant avec soi le bonheur et la chaleur du foyer, et il se sentait bien en forme.

Il passa devant le piquet de grève sans se faire remarquer et parvint à la grande porte : « Ils dorment, les salauds ! » pensa-t-il avec colère, et il était sur le point de tout gâcher pour le plaisir de les engueuler. Il frappa doucement et on lui ouvrit. Le portier le conduisit auprès du contremaître qui était, par chance, un Allemand. Il embaucha Pelle comme fondeur à un salaire élevé et lui promit, de plus, une prime de vingt-cinq couronnes qu'il toucherait après quelques jours de travail.

– C'est le denier de Judas, dit en ricanant le contremaître. Naturellement, on vous embauchera en priorité, quand le lock-out sera fini. Mais vous avez bien compris, on ne vous laissera pas sortir de sitôt ? Si vous voulez faire parvenir quelque chose à votre femme, nous nous en chargeons.

On indiqua à Pelle un coin avec une paillasse. C'était le gîte et le lit. Dans l'usine, le travail marchait comme il pouvait. Les ouvriers s'y mettaient avec ardeur, puis ils musardaient un peu, bavardaient par petits groupes et faisaient ce qu'ils voulaient. Les chefs d'équipe n'osaient rien dire. Quand ils venaient leur demander poliment de travailler, les ouvriers répondaient par des grossièretés. Ils profitaient du fait qu'on ne pouvait se passer d'eux, ils se conduisaient comme de vrais tyrans et menaçaient toujours de s'en aller. Avec cette menace, ils étaient les maîtres de la situation. Ils avaient un bon salaire, une nourriture copieuse, à boire à discrétion. La journée de travail était moins longue que d'ordinaire. Ils ne comprenaient pas très bien ce coup du sort dans leur existence et prenaient un air important. Mais au fond de leur regard, on lisait une sorte d'hésitation. On aurait dit qu'ils se méfiaient les uns des autres. Les ouvriers danois, qui étaient en minorité, restaient entre eux, comme s'ils n'avaient que du mépris pour ces gens qui venaient de l'étranger pêcher en eau trouble.

Trois équipes se succédaient toutes les huit heures. « Tiens ! pensa Pelle, mais c'est la journée de huit heures. Nous sommes au pays de l'avenir. » Il arriva juste au moment de la relève : les hommes se mirent à faire un boucan du diable ; ils tapaient comme des sourds sur le métal et réclamaient à manger et à boire. On leur apporta de grandes marmites de viande bouillie et de pommes de terre. Pelle se trouva dans une équipe d'une dizaine d'ouvriers.

– Mange, camarade, lui dirent-ils, tu dois avoir faim. Tu as tenu le coup combien de temps ?

– Presque trois mois, répondit Pelle.

– Alors, tu dois avoir rudement faim. Passez la viande ! Un peu plus de viande par ici ! crièrent-ils aux garçons de cuisine. Les pommes de terre, vous pouvez les garder. Nous en avons assez mangé dans le temps ! Ici, c'est le pays de Cocagne, y' a du beurre dans les épinards ! On nous avait bien dit que ce serait comme ça : un bon salaire et pas grand-chose à faire, manger à satiété et de l'eau-de-vie tant qu'on en veut ! Vous voyez, on a bien fait de tenir le coup quand il fallait, on est récompensé aujourd'hui. À ta santé, à toi, comment que tu t'appelles ?

– Karlsen, dit Pelle.

– À ta santé, Karlsen ! Et comment que ça gaze là-bas ? T'as vu ma femme, ces jours-ci ? Elle est facile à reconnaître : elle a sept gosses et rien à leur donner à manger. Comment ça marche, la lutte pour les salaires ?

Après le repas, ils se mirent à jouer aux cartes et à boire ; certains se cherchaient noise. Ils avaient la dent dure et sentaient le besoin de mordre.

– Viens donc faire une partie avec nous, camarade, et boire un coup ! disaient-ils à Pelle. Comment faire passer le temps dans cet enfer ? On ne peut pas dormir seize heures par jour, à la longue.

Le vacarme était assourdissant : on se serait cru dans un gigantesque bistrot. On n'entendait que cris et injures. Chacun prenait part au chahut, comme pour faire taire quelque chose. Ils pouvaient acheter à boire dans l'usine et tout ce qu'ils gagnaient, ils le buvaient. « C'est leur conscience, pensait Pelle. Ce sont de bons camarades, au fond. » C'était de bon augure pour son entreprise téméraire. Un groupe d'Allemands, qui ne prenaient aucune part à l'orgie, avait formé une colonie d'épargnants dans le coin le plus reculé du grand atelier ; ceux-là étaient ici pour gagner de l'argent !

Des joueurs de cartes en vinrent à se disputer. Ils s'injuriaient grossièrement, et l'injure qui revenait le plus souvent était le mot « jaune ». Ce mot les rendait fous furieux. On aurait dit qu'on crevait un abcès. La honte refoulée et la mauvaise conscience qu'ils avaient de leur trahison se donnaient libre cours. Ils se battaient, brandissant des couteaux et des outils. La police, qui gardait l'usine jour et nuit, fut appelée aussitôt et remit de l'ordre. Un forgeron blessé fut pansé dans un bureau et on n'arrêta personne. Tout retomba dans le silence.

On entoura Pelle : il était nouveau et venait de là-bas.

– Comment ça marche, là-bas ? C'était la question qu'on posait sans cesse.

– Là-bas, ça marche bien. Ça va beaucoup plus mal pour nous, ici, dit Pelle.

– Ça va bien pour eux, que tu dis ? Nous, on s'est laissé dire qu'ils étaient sur le point de se rendre.

– Qui vous a dit ça ?

– Le directeur de l'usine.

– Alors, il vous a monté un bateau pour vous faire marcher.

– Tu mens ! Et qu'est-ce que ça veut dire, que ça marche beaucoup plus mal ici ? Explique-nous ça en vitesse !

– Nous ne pourrons plus nous faire embaucher. Les camarades vont remporter la victoire et ils exigeront qu'on nous renvoie, avant de reprendre le travail.

– Ah ! Merde alors ! Nous, on nous avait promis les meilleures places ! s'écria un grand forgeron. Mais tu mens ! Pourquoi que t'es venu si les autres sont près de remporter la victoire ? Réponds, bon Dieu ! On ne vient pas dans cet enfer quand on n'y est pas obligé !

– Je suis venu pour trahir les camarades, tu comprends ! répondit Pelle, avec dureté. Je veux voir ce que ça fait d'enlever le pain de la bouche à ceux qui ont faim.

– C'est un mensonge ! Personne ne peut être aussi mauvais ! Tu te moques de nous, salaud !

– Rossez-le un bon coup, dit un autre. Il fait le mouton. Si t'es pas un flic, qu'est-ce que tu fous ici ? Ta place est parmi les idiots qui sont restés là-bas.

Pelle avait décidé de faire bonne figure sous les pires injures et de procéder par insinuations. Mais la colère le prit :

– Tu devrais avoir honte de traiter d'idiots des gens honnêtes, répondit-il avec feu. Savez-vous ce que vous êtes ? Vous vous vendez et vous empiffrez comme des cochons et vous vivez de la misère des camarades. Voilà ce que vous êtes, des Judas qui vendent la cause juste pour du sale argent. Combien vous a-t-on donné ? Vingt-cinq couronnes, hein ? Et là-bas, ils souffrent toujours la faim pour que nous tous, vous aussi, ayons la vie un peu plus douce dans l'avenir.

– Ferme-la, dit le grand forgeron. T'as ni femme ni enfants, tu peux toujours causer.

– C'est toi qui habites dans Jægersborggade, reprit Pelle, comme pour lui asséner un coup. Tu envoies peut-être ce que tu gagnes à ta famille ? Pourquoi, alors, sont-ils dans la misère ? Hier, on les a jetés à la rue. Le syndicat leur a trouvé un logement et, pourtant, c'était la famille d'un jaune.

C'était Pelle lui-même qui s'était occupé de l'affaire.

– Envoyer de l'argent ? Bien sûr que je veux en envoyer.

Mais quand on mène cette vie d'enfer, l'argent s'envole en fumée, tu comprends ! Et, à présent, je vais te flanquer une torgnole !

Le forgeron retroussa ses manches et montra ses bras musclés. Il avait bu un coup et soufflait comme un taureau furieux.

– Attends un peu ! dit un homme d'un certain âge, en s'approchant de Pelle. Il me semble que je t'ai vu quelque part ; quel est ton nom, si tu permets ?

– Mon nom ? Je peux bien vous le dire. Je suis Pelle.

Le nom produisit l'effet d'une explosion. Il passa comme un éclair devant leurs yeux. Le bras du forgeron retomba, il détourna la tête, tout honteux. Pelle, en personne, se tenait au milieu d'eux ! Ils l'avaient trahi, ils lui avaient tourné le dos et il était là, il souriait, sans colère. Et il les appelait camarades, il ne les méprisait même pas. Ils se passèrent la nouvelle à voix basse, en appuyant sur chaque syllabe : « Pelle est là ! » Des clameurs s'élevèrent de tous côtés.

– Bon Dieu ! Pelle est venu ici ! s'écrièrent-ils ; ils se levèrent en chancelant et accoururent. Pelle sauta sur une grosse enclume.

– Silence ! cria-t-il d'une voix de tonnerre, silence !

Dans la vaste salle, le silence se fit si total qu'on pouvait entendre leur souffle profond. Les chefs d'atelier, accourus en hâte, essayèrent de l'empêcher de parler.

– C'est défendu de faire des discours ici, crièrent-ils.

– Laissez-le parler ! répondit la voix menaçante du forgeron. Vous êtes bien trop petits pour le faire taire !

Il prit une grosse masse et alla se poster au pied de l'enclume.

– Camarades ! commença Pelle avec aisance, je vous apporte le salut de ceux de là-bas, de ceux qui faisaient équipe avec vous, de vos amis et de vos camarades du syndicat ! Où sont donc passés les copains ? se demandent-ils, nous avons pourtant lutté plus d'une fois ensemble, nous avons partagé la bonne et la mauvaise fortune. Allons-nous entrer dans les nouveaux temps sans eux ? Vos femmes et vos enfants vous réclament. Le printemps est là, ils ne comprennent pas pourquoi on ne va plus manger sur l'herbe avec le père.

– Parce qu'il n'y a pas de quoi manger, dit une voix sourde.

– Ils sont pourtant plus de cinquante mille à prendre les choses comme elles sont, sans se plaindre, continua Pelle gravement. Et ils réclament après vous et ils ne comprennent pas pourquoi vous êtes plus exigeants qu'eux. Vous avez donc fait plus pour le Mouvement, se demandent-ils, ou bien seriez-vous par hasard de grands seigneurs, trop fiers pour rester dans le rang ? Le printemps est là-bas, avec eux, reprit-il avec bonne humeur. L'hiver est passé pour les pauvres, et les beaux jours leur reviennent. Et vous, vous allez du mauvais côté et vous vous laissez emprisonner ! Savez-vous comment on vous appelle au dehors ? On vous a baptisés les « internés ».

On entendit des rires étouffés.

– Pas mal trouvé, chuchotèrent-ils entre eux. C'est lui qui a inventé ça !

– Ils ont encore bien d'autres noms pour nous ! cria rageusement quelqu'un.

– Oui, bien sûr, répondit Pelle gaiement, mais c'est seulement parce qu'ils ont faim. Alors, on devient méchant et on est jaloux de ceux qui ont de quoi manger.

Ils se bousculaient pour l'approcher. Il avait beau remuer le fer dans la plaie, il leur faisait du bien. Personne ne savait, comme Pelle, vous dire votre fait et pourtant, il vous faisait sentir que vous étiez tout de même un homme. Autour d'eux, les ouvriers étrangers tendaient l'oreille pour avoir leur part, eux aussi.

Tout à coup, Pelle en vint au cœur du sujet ; il parla de la misère et fit revivre la désolation sans fin des foyers ; chacun pouvait voir tout ce qu'il avait souffert, le voir vraiment pour la première fois. Ils s'étonnaient d'en avoir tant subi et pourtant, ils savaient bien que c'était ainsi. D'un hochement de tête ils confirmaient chaque parole. C'étaient les propres combats désespérés de Pelle qui parlaient par sa bouche, mais ce chant de douleur retombait sur eux. Lui restait dans la lumière, sûr de la victoire, il émergeait indemne de tout cela. Peu à peu, sa voix montait et ses paroles devenaient mordantes. Il leur reprocha leur trahison, leur rappela le prix qu'avait coûté la solidarité avant qu'elle ne devienne une loi. En quelques mots frappants, il donna le refrain du mouvement, qui sommeillait dans l'oreille de chacun. C'étaient les bons vieux airs, la chanson du foyer et de l'atelier, mais Pelle leur prêtait une résonance nouvelle. Ils avaient oublié la voix de leur mère, comme les exilés de la Bible, et c'est pourquoi ils avaient perdu leur chemin. Maintenant, elle les rappelait au vieux rêve de la terre promise ! Il lut cela sur leurs visages et fut sur eux d'un bond :

– Connaissez-vous plus grande honte que de vendre sa patrie ? C'est ce que vous avez fait : avant même d'en fouler le sol, vous l'avez vendue, vos frères, vos femmes et vos enfants avec ! Vous avez abjuré, perdu la foi dans le Mouvement ! Vous avez manqué aux commandements et vous vous êtes vendus pour le denier de Judas et un coup d'eau-de-vie !

La main gauche sur l'épaule du grand forgeron, il levait le poing au-dessus de leurs têtes. Dans ce poing-là, il les tenait. Il le sentait si bien qu'il n'osait pas le laisser retomber et le gardait tendu. Une vague de murmures courut sur leurs rangs et atteignit les ouvriers étrangers. L'émotion des autres les gagnait et ils écoutaient avec attention, sans bien comprendre. Aux traits d'éloquence, ils hochaient la tête et se poussaient du coude, puis restaient immobiles et attentifs. Ils étaient sous le charme, eux aussi ! C'était la solidarité, cette grande force qui fait le tour du monde ! Pelle reconnut cette puissance singulière et en eut le frisson. Il les tenait tous dans sa main ; c'était le moment de porter le coup décisif, avant qu'ils n'aient le temps de ruminer. À l'instant même !

– Camarades ! s'écria-t-il en élevant la voix. Je leur ai dit, aux autres, que vous étiez des gens honnêtes, que la misère et l'égarement d'un moment avaient poussés dans l'ornière ! Je vais aller chercher vos amis et vos camarades, leur ai-je dit, ils ont hâte de revenir parmi vous, dans le printemps ! Ai-je menti en parlant ainsi en votre nom ?

– Non, tu n'as pas menti, répondirent-ils comme un seul homme. Vive Pelle ! Vive l'Éclair !

– Alors, en avant !

D'un bond, il sauta en bas de l'enclume et traversa à grands pas l'atelier, en entonnant le refrain de la marche socialiste. Ils se rangèrent derrière lui, sans hésitation ni arrière-pensée. Le rythme les avait empoignés, c'était comme un vent de printemps qui les tirait à l'air libre. On ouvrit la porte toute grande et on poussa de côté les employés. En chantant et en marquant le pas, comme pour prendre leur revanche sur la prison, ils descendirent Nørrebrogade et, Pelle en tête, ils franchirent la porte de la Maison des Syndicats.

XXXIV

Ce fut un coup de maître : les patrons abandonnèrent l'idée de faire marcher les entreprises malgré les syndicats. La victoire fut totale : on paya aux ouvriers étrangers leur billet de retour, sans leur laisser le temps d'y voir clair. On les accompagna jusqu'au bateau et on poussa un « hourra ! » en leur honneur. Pelle était l'homme du jour. On parlait de son exploit dans tous les journaux ; les adversaires eux-mêmes baissaient pavillon devant lui.

Il trouva cela tout naturel et il s'attaqua de toutes ses forces à un nouvel objectif. Il n'y avait pas de quoi se monter la tête, le lock-out restait toujours une réalité accablante ; c'est maintenant qu'il en sentait tout le poids ! L'armée ouvrière usait ses semelles sur le pavé pendant que le pays s'épuisait. Et rien ne laissait entrevoir une solution rapide. Pourtant, un jour, la source tarirait... Que faire ?

Pelle était trop profondément trempé par la bataille pour qu'un peu d'encens l'étourdisse. Ses adversaires lui faisaient sentir encore plus lourde sa responsabilité. Si cette lutte terrible se terminait par une défaite, ce serait sa faute à lui. Il se creusait la tête pour trouver le moyen de briser la résistance de l'ennemi. Jusqu'à ce jour, les masses avaient accepté la situation avec patience, mais combien de temps cela durerait-il encore ? Des bruits commençaient à courir, qui étaient de mauvais présage : une fois, on racontait que le dirigeant responsable de la souscription était parti avec la caisse, une autre fois, qu'on avait vendu à l'ennemi toute l'armée ouvrière. Il fallait faire quelque chose, mais quoi ?...

Un jour, vers midi, Pelle passa chez lui avant de se rendre à une réunion. Les enfants étaient seuls à la maison.

– Où est maman ? demanda-t-il au petit Lasse, en le prenant sur ses genoux.

Petite Sœur était assise dans son berceau et s'amusait toute seule.

– Maman s'est faite belle pour aller en ville, répondit le garçon. Maman a mis une belle robe !

Pelle passa dans la chambre à coucher et jeta un coup d'œil dans la penderie. La robe de mariée n'y était plus. « Comme c'est curieux ! » pensa-t-il, et il se mit à jouer avec les enfants. Petite Sœur lui tendait les bras. Il fallut la prendre aussi : il avait un enfant sur chaque genou. La petite posa son doigt sous le nez de Pelle, comme pour dire quelque chose.

– Oui, oui, petite sœur, la moustache de papa est tombée, expliqua Lasse.

– Oui, elle s'est envolée, ajouta Pelle. Y' a eu un coup de vent et psstt ! Elle est partie.

Il se regarda dans la glace avec une grimace. Il avait toujours été si fier de sa moustache ! Puis il rit aux enfants.

Ellen arriva tout essoufflée, comme si elle avait couru. Une rougeur colorait son visage et son cou. Sans ôter son manteau, elle entra dans la chambre à coucher. Pelle l'y suivit.

– Mais tu as ta robe de mariée ! s'écria-t-il, l'air étonné.

– Oui, il y a une petite rectification à faire et je suis allée chez la couturière pour qu'elle voie la robe sur moi. Mais va donc avec les enfants, je vais seulement changer de robe.

Pelle voulut rester, mais elle le poussa vers la porte. Cachant sa poitrine, elle répétait : « Mais va-t'en donc. » La rougeur lui descendait jusque sur la gorge, elle était si belle dans sa pudeur. L'instant d'après, elle vint poser quelques billets de banque devant lui, sur la table.

– Qu'est-ce que c'est encore que ça ? demanda-t-il, tout effaré à la vue de tant d'argent.

– Oui, tu parles d'une chance que j'ai ! Je viens de

gagner encore une fois à la loterie ! Tu as une femme qui s'y connaît, hein ?

Elle se tenait derrière lui, s'appuyant sur son dos. Pelle baissa la tête, comme assommé. Il écarta le bras d'Ellen et se retourna vivement :

– Tu as gagné encore une fois, dis-tu ? Deux fois ? Dans la même série ?

Il parlait d'une voix lente, monotone, comme s'il voulait graver chaque parole dans sa mémoire.

– Oui ! Tu ne trouves pas que je sais y faire ?

Elle le regardait d'un air hésitant, cherchant à ébaucher un sourire.

– Mais c'est impossible ! dit-il d'une voix traînante, c'est impossible !

Tout à coup, il s'élança et la saisit à la gorge :

– C'est un mensonge ! Tu mens ! Dis-moi la vérité, veux-tu me la dire ?

Il la renversait contre la table, comme pour l'étrangler. Le petit Lasse se mit à crier. Elle le contemplait d'un regard étonné où grandissait l'épouvante. Il la lâcha et détourna la tête pour ne pas voir ce regard, marqué par la mort. Elle ne bougeait pas, elle continuait seulement à le regarder fixement, avec des yeux de bête qu'on égorge et qui ne comprend pas. Pelle la releva, puis il se mit à consoler le petit. Il avait une impression d'écœurement, comme du temps de son enfance, un jour qu'il avait étouffé un oisillon au creux de sa main. Il n'éprouvait rien d'autre, rien que cette sensation d'écœurement. Les circonstances l'avaient voulu ainsi et lui n'avait qu'à s'en aller.

Il fut frappé, en rassemblant ses affaires, de la voir debout auprès de la table et pleurant silencieusement. Il s'en rendit compte, tout à coup, comme d'une chose qui ne le regardait pas. Une fois prêt, comme il embrassait les enfants, elle eut un sursaut ; elle lui barra le passage avec son énergie d'autrefois.

– Ne me quitte pas ! Il ne faut pas ! sanglota-t-elle. Ah ! Je voulais seulement votre bien, et toi, tu ne t'occupais de rien ! Non, ce n'est pas un reproche, mais il faut bien manger !... Les enfants... et toi ! Je souffrais trop de vous voir manquer de tout, toi surtout, Pelle ! Comme je t'aime ! C'était par amour pour toi, pour toi, avant tout !

Cela résonnait comme un chant à ses oreilles, un chant étrangement lointain ; les mots, il ne les entendait pas. Il la repoussa doucement, embrassa le gamin encore une fois, le cajola un peu. Clouée sur place, Ellen le regardait faire, l'air égaré. Quand il referma la porte, elle s'affaissa...

Pelle laissa ses affaires au rez-de-chaussée, chez la calandreuse, et se dirigea machinalement vers le centre de la ville. Son pas ne résonnait plus, n'avait plus d'écho. Il marchait comme un somnambule. Ses jambes le portèrent jusqu'à la Maison des Syndicats. Il monta l'escalier, entra dans la salle de réunion et prit sa place parmi les autres, sans même s'en rendre compte. La tête basse, il regardait fixement le tapis vert.

Le ton était au découragement. On voyait depuis longtemps le fond des caisses syndicales, et les cotisations produisaient de moins en moins, à mesure que le nombre des lock-outés augmentait. Les secours qui venaient de l'extérieur commençaient aussi à baisser fortement.

L'opinion publique était d'avis que la chose avait assez duré : tout périclitait, ils devraient bien essayer de s'entendre ! Cinquante mille hommes environ étaient en chômage ; la famine commençait à montrer sa face grimaçante. Il n'était pas loin, le moment escompté par le Capital, où les ouvriers, démoralisés de voir leurs enfants pleurer pour le pain, iraient jusqu'à sacrifier leur honneur et leur indépendance pour calmer la faim de leurs petits. Et, du côté de l'ennemi, on ne pouvait déceler aucun signe annonciateur de paix !

Cela se lisait sur les visages des membres de ce conseil de guerre, réunis là, avec les destinées de milliers d'hommes pesant lourdement sur leurs épaules. Personne ne voulait prendre sur soi l'entière responsabilité en faisant une proposition décisive. S'il fallait capituler dans une semaine ou deux, alors deux cent cinquante mille personnes auraient souffert pour rien. Un terrible recul en serait la conséquence ; et la défaite ramènerait le Mouvement bien des années en arrière. Mais si les patrons ne pouvaient résister plus longtemps à la pression que la haute finance commençait à exercer sur eux, alors ce serait rater une belle occasion de vaincre que d'abandonner la lutte à cette heure !

Les plus savants calculs s'avéraient insuffisants. C'était le destin aveugle qui dominait la situation. Qui aurait osé prétendre pouvoir soulever le voile de l'avenir et montrer la route à suivre ? Personne ! Et Pelle, le clair flambeau qui, sans hésitation, leur montrait le chemin, était en train de dormir, comme si tout cela ne le regardait plus ! Le travail écrasant avait dû l'annihiler !

La secrétaire apporta un grand journal, souligné au crayon rouge, et le tendit au président qui parcourut l'entrefilet et se leva pour le lire à haute voix. Le journal tremblait entre ses mains : « Environ trente femmes d'ouvriers, jeunes et belles, peuvent, pendant la durée du lock-out, se placer chez des célibataires. Bons soins garantis. Pour plus amples renseignements, s'adresser aux bureaux de ce journal. »

Pelle se réveilla tout à coup de sa torpeur. Toute l'horreur de son malheur lui apparut en pleine lumière.

– Ah ! C'est comme ça ! s'écria-t-il. Maintenant, le Capital voudrait aussi mettre la main sur nos femmes – on en fait des putains ! C'est maintenant qu'il faut frapper, frapper un dernier coup, frapper fort !

– Mais comment ? demandèrent-ils.

Pelle pâlissait de l'effort qu'il faisait pour garder son calme, mais il était plus lucide que jamais. Ellen allait être vengée sur ceux-là qui prenaient tout, jusqu'à l'unique agneau du pauvre !

– Pour commencer, il faut publier un compte rendu optimiste, aujourd'hui même, dit-il avec un sourire. Les caisses sont à peu près vides, bon ! Alors, nous dirons que nous avons les moyens de continuer la lutte une année encore, s'il le faut. Et puis, nous frapperons le grand coup.

Réveillé par la colère, un vieux rêve lui revint sous la forme d'un plan arrêté.

– Jusqu'ici, nous sommes restés sur la défensive, continua-t-il. La patience était notre arme principale. Nous avons risqué le nécessaire, eux n'ont risqué que le superflu. Quand ils nous ont frappé dans notre chair, quand ils nous ont fait mourir de faim et ont dépouillé nos logements, nous avons répondu en refusant de travailler à leur confort. Essayons maintenant de les frapper dans leur chair, pour une fois. Frappons-les là où ils viennent de nous frapper, aux entrailles ! Peut-être deviendront-ils moins intraitables. Jusqu'ici, nous avons tenu à l'écart de la lutte les ouvriers des services d'hygiène – ce n'est pas nous qui en avons profité le plus. Pourquoi leur faire du pain ? Nous qui n'avons pas de quoi manger ! Pourquoi avoir soin de leur propreté, nous qui n'avons même pas les moyens d'être propres ! Que les vidangeurs entrent donc dans la mêlée et les éboueurs aussi ! Et si ça ne suffit pas, nous leur couperons le gaz et l'eau ! Brûlons nos dernières cartouches et frappons le coup décisif !

La proposition de Pelle fut adoptée et il se rendit sur le champ dans le quartier de Vesterbro, chez le président du syndicat des vidangeurs, qui venait de se lever et déjeunait. C'était un petit homme jovial au regard plein de malice. Pelle l'avait aidé autrefois à organiser sa corporation et il savait qu'on pouvait compter sur lui et sur ses hommes.

– Te rappelles-tu, Lars Hansen, je vous ai démontré une fois que vous étiez les travailleurs les plus nécessaires de la ville ? demanda Pelle.

Le président acquiesça :

– Oui, il faudrait être une vraie brute pour oublier ça. Jamais je ne pourrai oublier ce que tu as fait pour nous. On nous traitait avec mépris, c'est toi qui nous as donné confiance en nous et qui nous as permis de nous organiser. Et même si nous ne sommes pas précisément les plus nécessaires…

– Mais si, justement, et c'est votre tour de le montrer. Peux-tu faire cesser le travail, dès ce soir ?

Lars Hansen tenait les yeux fixés sur la lampe et réfléchissait tout en mangeant. Il répondit enfin :

– Nous avons une sorte de contrat avec la municipalité. Ils peuvent nous faire condamner et nous forcer à reprendre le travail. Mais, puisque tu le veux, c'est entendu, nous le ferons. Tous les camarades sont d'accord. Quant à ce que tu peux tirer de ça, tu le sais mieux que nous.

– Je te remercie, camarade, dit Pelle en tendant la main. Alors, c'est entendu, pas une voiture ne sort ce soir. Il faut arrêter aussi l'enlèvement des ordures.

– Mais alors, les entrepreneurs trouveront des remplaçants. Pour ce travail-là, ce ne sera pas difficile !

– Si, ou alors on bloquera tout.

– Ça, c'est une réponse ! Quel sale coup pour les bourgeois ! Pour les pauvres, ça n'a pas d'importance, puisqu'ils n'ont rien à manger. Mais, dis donc, si on mobilise la troupe pour nous remplacer ! Il faut bien enlever les ordures, si on ne veut pas que la ville soit empestée !

Le visage de Pelle s'éclaira :

– Écoute, camarade, quand vous cesserez le travail, rendez donc les clefs pour que les autorités n'aient rien à dire. Mettez-les dans un sac et mélangez-les bien.

Lars Hansen s'esclaffa :

– Merde, alors ! Quelle farce ! s'écria-t-il en se tapant sur les cuisses. Alors, ils seront forcés de venir nous chercher ; personne d'autre ne saurait s'y retrouver dans tout ce fourbi ! J'irai moi-même livrer les clefs, tu verras si je ne sais pas faire l'imbécile !

Pelle le remercia encore une fois :

– C'est vous qui sauvez la situation, dit-il calmement. C'est le pain quotidien et le bonheur futur de centaines de milliers d'hommes que vous tenez entre vos mains.

Avec un sourire confiant, il prit congé. Il ne fut pas plus tôt seul que son sourire s'évanouit : il se sentait las à en mourir.

Pelle errait par les rues et marchait au hasard. Tout était réglé, il n'avait plus rien à faire. En lui, tout s'était effondré, il n'avait même plus la force de penser. Il marchait, enfilait une avenue, puis retombait dans les rues transversales. Dans une épicerie, il aperçut Karl, tout souriant derrière le comptoir, qui servait les clients. « Tu devrais bien lui demander comment ça va », pensa Pelle, mais il poursuivit sa route. Un instant, il s'arrêta devant un immeuble et leva inconsciemment la tête. Mais c'était ici qu'il était venu tout à l'heure, c'était ici qu'habitait le président du syndicat des vidangeurs ! Non, décidément, le travail de la journée était fini et il n'avait qu'à rentrer chez lui, auprès d'Ellen et des enfants !

Chez lui ? Mais il n'avait plus de chez lui ! Il était seul, abandonné ! Néanmoins, il poussa jusqu'au quartier de Nørrebro ; quel chemin il avait pris, il n'en savait rien, mais il se retrouva devant la porte, regardant fixement sur la porte la petite boîte aux lettres rouillée. Il entendit les enfants qui geignaient et Ellen qui allait et venait. Elle mettait de l'ordre pour la nuit. Alors, il redescendit et s'éloigna au plus vite. Il ne prit le temps de souffler que quand il fut déjà loin dans Tjørnegade.

Il tourna en rond dans le quartier. Il se sentait la tête étrangement vide. Chaque pas qu'il faisait résonnait comme un coup de marteau. Tout à coup, il lui sembla entendre un pas bien connu derrière lui – Ellen ? Il se retourna : il n'y avait personne. C'était donc une hallucination ! Mais les pas revenaient dès qu'il marchait : c'était comme si on voulait lui porter un message, comme si on voulait le rattraper, il le sentait bien. Il s'arrêta net : il n'y avait personne, personne non plus ne sortait de l'ombre, au coin de la rue. Était-ce donc en lui que l'on marchait si étrangement ? Pelle éprouvait l'incompréhensible, le cœur battant. Une fatigue écrasante le paralysait. Et Ellen ? Que lui était-il arrivé ? Ses plaintes résonnaient encore à ses oreilles. Comprendre ? Qu'est-ce qu'il devait comprendre ? C'était par amour, disait-elle. Allons, n'y pensons plus ! Il était trop fatigué pour plaider aussi sa cause.

Mais qu'est-ce que c'était que ce pas ? Il suivait le rythme de son pas à lui, qui avait un double écho. Et quand il pensait, une autre voix parlait en même temps que lui, venant du plus profond de lui-même, aussi opiniâtre que celle de Morten : on avait beau essayer de la faire taire, elle se frayait quand même un passage. Qu'est-ce qu'on lui voulait donc ? N'en avait-il pas assez enduré ? N'était-il pas Pelle, celui qui avait mené la grande lutte jusqu'au bout et en qui tous avaient confiance ? Il n'en ressentait aucune joie. Son pas ne résonnait plus au rythme du pas des cinquante mille camarades, on l'avait laissé dans le pétrin, seul avec cette hallucination maudite, par les rues désertes – la solitude s'était emparée de lui ! « C'est de toi-même que tu as peur », se dit-il, avec un sourire amer.

Mais Pelle ne voulait pas être seul. Il avait tout perdu, la lutte avait tout dévoré. Si navrant que ce soit, il avait cela en commun avec la misère qui l'entourait. Alors, de quoi avait-il à se plaindre ?

Terrible était la ville des pauvres autour de lui, dévastée par la lutte et le chômage, parmi les pleurs, le froid de la nuit et le besoin ! Des enfants sanglotaient dans les arrière-cours ; c'était pour du pain, il le savait bien. Des hommes ivres titubaient au coin des rues et du fond des cours venaient des cris de femmes. Heureusement que la victoire était proche ! À un moment donné, il distingua nettement les voix : des enfants pleuraient, une femme, qui allait et venait dans la chambre, les fit taire et chanta pour endormir un tout-petit qu'elle devait tenir dans les bras. Les sons étaient tout proches : en levant la tête, Pelle s'aperçut que le logement n'avait pas de carreaux.

– Bien sûr ! On veut les chasser avec des courants d'air ! se dit-il, furieux, en montant l'escalier quatre à quatre.

Il était habitué à prendre souci des malheureux. Dans le logement, une femme marchait de long en large, un enfant sur les bras. La lumière du dehors l'éclairait à demi. Elle avait relevé sa jupe pour envelopper l'enfant, elle n'avait pas de dessous. Il n'y avait pas trace de meuble, les enfants étaient couchés dans un coin, la mère les avait couverts avec ses vêtements.

– Le propriétaire a fait enlever portes et fenêtres, il voulait nous jeter à la rue, mais nous ne partons pas. Où irions-nous ? Alors il laisse aux courants d'air le soin de nous chasser, comme la vermine. On a déjà fait mourir mon mari à force de lui donner la chasse.

Tout à coup, elle reconnut Pelle :

– Ah ! C'est toi, maudit ! hurla-t-elle. Mais c'est toi qui as commencé à le traquer ! Tu te rappelles qu'il a bu à même la bouteille, devant toi. Avant, il avait toujours été sobre. Et tu as vu aussi comment on nous a expulsés de Sankt Hansgade, les locataires nous ont obligés à partir, tu te rappelles ? Ah ! Les salauds ! Partout vous l'avez pourchassé et traqué comme une bête ! Vous l'avez injurié et mis au pilori ! S'il entrait dans un café, tout le monde se levait et le patron devait le faire déguerpir. Mais il était plus fier que vous autres, lui ! « Je suis comme un pestiféré », qu'il disait, et, un matin, il s'est pendu. Ah ! Si je pouvais prier le bon Dieu de te frapper à ton tour !

Elle n'avait plus de larmes, sa voix était froide et rauque.

– Tu n'as pas besoin de prier pour ça, dit Pelle avec amertume. Il m'a déjà frappé. Mais je n'ai jamais voulu de mal à ton mari : les deux fois où je l'ai rencontré, j'ai voulu l'aider. C'est pour le bien de tous que nous souffrons en ce moment et ma vie est brisée, moi aussi.

Il éclata en sanglots.

– S'ils voyaient ça, les ouvriers, Pelle en train de pleurer, alors ils ne crieraient plus « hourra ! » pour lui ! s'écria-t-elle avec aigreur.

– J'ai dix couronnes, les veux-tu ? demanda Pelle, en lui tendant le billet.

Après une hésitation, elle accepta :

– Mais tu en as besoin pour ta femme et tes enfants ! C'est ton allocation !

– Je n'ai ni femme ni enfants. Prends-les !

– Ah ! Mon Dieu ! Alors ta vie est brisée, à toi aussi ! Pelle lui-même n'a pas pu tenir le coup. Après tout, c'est normal, on récolte ce qu'on sème !

Sans répondre, Pelle tourna les talons. L'injustice de

cette femme lui faisait plus de peine que les acclamations des masses ne lui avaient fait de joie, mais elle éveillait en lui une vive protestation. Sur le point où elle l'attaquait, il était invulnérable : jamais il ne s'était occupé de ses petites affaires, il avait servi honnêtement la grande cause et l'avait menée à la victoire. Les blessés et les vaincus n'avaient pas le droit de l'accuser. Il avait perdu plus que tout autre, il avait tout perdu !

Plein de chagrin, mais étonnamment calme, il alla dans Nørrebrogade louer un garni bon marché.

XXXV

Les dernières mesures prises par les ouvriers mirent la ville en effervescence. Elles tournèrent contre eux, d'un seul coup, l'opinion publique. La presse se déchaîna en menaces. Même les journaux les plus progressistes firent valoir que les ouvriers transgressaient les lois de l'humanité. *L'Ouvrier* se contenta de faire remarquer froidement que, pour le prolétariat, c'était une question de vie ou de mort. On était prêt à aller aux extrêmes, il restait encore l'eau et le gaz à couper – les transports et l'approvisionnement de la capitale.

Alors, l'opinion se retourna contre les patrons ; il fallait bien trouver un coupable ! Au fond, pourquoi se battaient-ils ? Une simple question de domination ! Ils voulaient être les maîtres et tenir le sort des ouvriers entre leurs mains. Et les financiers, qui soutenaient les grandes entreprises, commençaient à en avoir assez. À la longue, l'histoire revenait cher. On n'aurait pas grand avantage à briser l'unité ouvrière si l'industrie était ruinée du même coup.

Pelle se rendait compte de l'effervescence grandissante, tout en parcourant les petites rues à la recherche du père Lasse. Maintenant, cela irait tout seul, il pouvait se reposer. Il était déchargé d'un poids. Il voulait avoir le droit de sauver ce qui lui restait. Il voulait enfin faire quelque chose pour celui qui s'était toujours sacrifié pour lui. Avec Lasse, il allait louer un petit logement et ils vivraient ensemble, comme autrefois. Il se réjouissait à cette perspective. Seul l'amour du père Lasse ne pouvait faiblir. Fidèle en dépit de tout, c'était comme l'amour d'une mère.

Lasse n'était plus dans son nid, au fond de la cour de la rue Bagergade. La vieille femme avec laquelle il vivait était morte depuis peu et il avait disparu. Pelle se renseigna un peu partout : connu des pauvres comme il l'était, il n'eut pas de peine à suivre la trace du vieux qui le conduisait peu à peu vers le faubourg de Kristianshavn.

Pendant ses recherches, Pelle rencontra beaucoup de misères : cela le retarda. Maintenant que la lutte marchait toute seule, la détresse lui sautait aux yeux et la compassion d'autrefois reprenait le dessus. Il proposait un remède quand il pouvait ; les ressources, il les faisait sortir de terre, avec son énergie habituelle. Lasse n'était pas revenu habiter l'Arche, mais on l'avait vu passer dans la rue, en piteux état. Personne ne savait où il s'abritait.

– As-tu été voir dans les caves de la Maison de Commerce ? demanda le vieux garde de nuit. Là-dedans, il y a pas mal de malheureux en ce moment. Tous les matins, à six heures, j'ouvre la porte du sous-sol et je crie pour les avertir, afin qu'ils ne se laissent pas prendre. Et, une fois que je suis parti, ils sortent à la dérobée. Il me semble avoir entendu parler d'un vieillard qui coucherait là-dedans, mais je n'en suis pas sûr, tu sais que j'ai du coton dans les oreilles. Il faut bien, dans mon métier, autrement on saurait trop de choses !

Il accompagna Pelle jusque-là.

La Maison de Commerce qui, au dix-huitième siècle, avait été le palais d'une riche famille de marchands de Kristianshavn, servait maintenant d'entrepôt. Elle donnait sur l'un des canaux. Les caves profondes, qui s'enfonçaient sous le miroir du canal, ne servaient plus à rien. Il y faisait noir comme dans un four, on avait du mal à y trouver son chemin. L'air vous prenait à la gorge. Ils éclairaient leur marche, entre les piliers, et découvraient çà et là une paillasse vide.

– Il n'y a personne, dit le garde.

Pelle appela et une plainte étouffée lui répondit. Tout au fond, dans un recoin, le père Lasse était couché sur un matelas.

– Oui, je suis là et je n'attends plus que la mort, murmura-t-il. Je n'en ai plus pour longtemps, les rats commencent déjà à me flairer.

L'humidité de l'air avait étouffé sa voix et il était dans un état pitoyable, mais la vue de Pelle le ragaillardit assez pour se mettre sur ses jambes. Ils l'emmenèrent dans l'Arche et le vieux garde céda sa chambre pour aller habiter chez Mme Johnsen. Comme il dormait le jour et travaillait la nuit, c'était très faisable, bien que la veuve n'ait qu'un seul lit.

Une fois dans le lit chaud, Lasse se mit à frissonner. Il n'avait pas les idées très claires. Pelle fit chauffer de la bière : il fallait faire transpirer le vieux. De temps à autre, il s'asseyait auprès du lit et regardait son père avec anxiété. Les yeux fermés, Lasse marmottait. De temps en temps, il faisait des efforts pour parler, mais sans y parvenir. La boisson chaude lui fit du bien, le sang reparut dans ses mains mortes et glacées et sa voix s'éclaircit.

– Tu crois que nous aurons un hiver rigoureux ? demanda-t-il tout à coup, en se tournant sur le côté.

– Mais nous allons vers l'été, père, répondit Pelle. Seulement, il ne faut pas te découvrir le dos.

– J'ai tellement froid, presque autant que cet hiver, et je n'aimerais pas beaucoup avoir à remettre ça. Le froid me court sur l'échine ! Dieu protège les malheureux qui sont en mer !

– Ne crains rien pour eux, père, et tâche de guérir ; il fait soleil aujourd'hui et il y a du beau temps sur la mer.

– Alors, laisse entrer un peu de soleil ! dit Lasse irrité.

– Il y a un grand mur juste en face de la fenêtre, père, lui dit Pelle, en se penchant sur lui.

– Bon, bon ! Ça ira bien pour le temps qui me reste ! Le garde de nuit, ça lui est égal, il travaille la nuit et ne verrait pas le soleil, même s'il y en avait. Quel drôle de gagne-pain ! Mais, bien sûr, c'est bon d'avoir quelqu'un qui veille sur notre sommeil.

Lasse secouait la tête.

– Oui, sans ça on pourrait venir, en pleine nuit, nous voler notre argent, plaisanta Pelle.

– Oui, pour sûr !

Lasse s'efforça de rire.

– Et tes affaires vont bien maintenant, mon gars ?

– Les négociations ont commencé. La première réunion a eu lieu hier.

Lasse se mit à rire, avec des bruits rauques dans la gorge :

– Tiens ! Les bourgeois en ont eu assez de déguster. Je le savais bien, tout malade que j'étais ; là-bas, dans la nuit, j'étais bien au courant. Le soir, quand les autres arrivaient, ils me donnaient des nouvelles et on a bien ri de ton truc. Mais, tu n'assistes pas aux négociations ?

– Non, je n'ai pas voulu faire partie de la délégation. Ça ne me dit rien d'être là à regratter des paragraphes ! Je veux rester avec toi ; nous deux, nous allons vivre heureux ensemble.

– J'ai bien peur que ça soit une triste joie pour nous deux, mon gars !

– Mais tu vas déjà bien mieux ! Et demain, tu verras...

– Oui... Non ! Tu sais, la mort, on ne la trompe pas. Je n'ai pas pu supporter cette cave-là.

– Mais pourquoi es-tu allé là-bas, père ? Tu savais pourtant bien qu'on t'attendait à la maison.

– Oui. Pardonne-moi mon entêtement, Pelle. Mais j'étais trop vieux pour t'aider dans la lutte et alors, je me suis dit : « En tout cas, tu ne lui seras pas à charge, tant que ça durera. » Et de cette façon-là, j'aurai aussi apporté ma contribution. Et tu crois qu'il en sortira quelque chose ?

– Oui. La victoire est à nous et les temps nouveaux vont commencer pour les pauvres !

– Hélas ! Moi, je ne verrai pas tout ça ! C'est comme si, toute ma vie, j'avais été au service de l'ogre du conte ; au-dessus de la porte, il était écrit : « Travaille aujourd'hui, demain tu mangeras. » Et demain n'arrivait jamais ! Si quelque chose de bon m'a été donné, c'est à mes semblables que je le dois : un pauvre oiseau se déplume volontiers pour un autre ! D'ailleurs, je n'ai pas à me plaindre : si j'ai eu à passer de mauvais jours, il y en a qui en ont eu de bien pires. Et les femmes ont toujours été bonnes pour moi ! Bengta était un peu grincheuse, mais c'était sans mauvaise intention. Et Karna a sacrifié sa santé et son argent pour moi ! Dieu soit loué qu'elle n'était plus là le jour où ils m'ont pris la ferme. Car j'ai été fermier, moi aussi, je l'avais presque oublié, avec toutes mes misères. Oui, et la vieille Lise, Lise la mendigote comme on l'appelait, elle a partagé avec moi son pain et son lit. Elle est morte de faim. À l'entendre, qui l'aurait cru ? Mange, disait-elle, nous avons assez à manger ! Et moi, brute que j'étais, j'ai mangé la dernière croûte, sans m'apercevoir de rien. Le lendemain matin, elle était morte à côté de moi, elle était toute froide ! Il n'y avait plus trace de chair sur son corps, rien que la peau et les os. Mais c'était un ange du bon Dieu ! On a réuni nos deux misères, elle et moi. Mais ça l'a pas empêchée d'y rester.

Lasse resta un moment à se remémorer ses souvenirs, puis il se mit à chanter, avec les gestes habituels. Pelle le fit tenir tranquille et s'efforça de le rappeler à la raison. Mais le vieux croyait qu'il avait affaire aux gosses des cours. Quand il en vint à la strophe qui parlait du fils, il éclata en sanglots.

– Ne pleure pas, père, dit Pelle, tout bouleversé, et il appuya son front contre celui du vieux. Je suis avec toi de nouveau.

Les yeux de Lasse clignotèrent, ses mains tâtèrent la tête de son fils :

– Oui, oui ! C'est vrai, tu es là, dit-il, d'une voix faible. Et moi qui croyais que tu étais parti. Tu sais, Pelle, tu as été la lumière de ma vie. Quand tu es venu au monde, je n'étais plus bien jeune. Tu es né et on aurait dit que le soleil se levait encore une fois. Que va-t-il nous apporter, me demandais-je, en te soupesant ? Tu n'étais pas plus grand qu'une chopine ! Peut-être qu'il aura de la chance et que tu en profiteras un peu, toi aussi ! Voilà ce que je pensais et ce que j'ai toujours cru. Maintenant, il faut que j'y renonce. Mais, au moins, je t'ai vu devenir célèbre. Tu n'es pas devenu riche, mais ça ne fait rien. Les pauvres disent du bien de toi. Tu as mené le bon combat pour eux, sans rien garder pour ta bouche ! Maintenant, je comprends et mon vieux cœur se réjouit de t'avoir pour fils.

Quand le vieux s'assoupissait, Pelle s'étendait un peu sur le canapé. Mais le repos n'était pas long : le vieux avait le sommeil léger et se réveillait à tout instant. Si son fils n'était pas à ses côtés, Lasse s'agitait et se plaignait tout en dormant. Au milieu de la nuit, il leva la tête et tendit l'oreille. Pelle se réveilla.

– Qu'est-ce qu'il y a, père ? demanda-t-il, en se levant d'un bond.

– Ah ! J'entends quelque chose qui passe, au loin, là où la mer finit ! On dirait que les eaux se jettent dans l'abîme ! Mais tu devrais bien aller voir Ellen. Je me tirerai très bien d'affaire cette nuit et elle doit t'attendre et se faire du mauvais sang pour toi.

– J'ai fait dire à Ellen que je ne rentrerais pas cette nuit, répondit Pelle.

Le vieux regarda son fils d'un air songeur :

– Je me demande si tu es heureux en ménage, dit-il. Il me semble qu'il y a quelque chose qui ne va pas.

– Mais si, père, tout va bien, répondit Pelle d'une voix étouffée.

– Dieu soit loué, alors ! Oui, il est vrai que tu as une femme capable et elle t'a donné de beaux enfants. Comment va le petit Lasse ? J'aimerais bien le voir avant de m'en aller. C'est tout de même un Lasse, lui aussi.

– Je vais aller le chercher demain matin, de bonne heure ! Et maintenant, tu devrais tâcher de dormir, père, c'est la nuit noire !

Lasse se tourna docilement vers le mur. L'instant d'après, il leva prudemment la tête pour voir si Pelle dormait. Ses yeux ne lui permettaient pas de voir bien loin, alors il voulut se lever, mais il retomba avec un gémissement.

– Qu'y a-t-il, père ? demanda Pelle, en accourant aussitôt.

– Je voulais seulement voir si tu étais bien couvert, par ce froid ! Mais je suis devenu si maladroit, expliqua le vieux, tout confus.

Vers le matin, il s'endormit profondément et Pelle appela Mme Johnsen pour qu'elle reste auprès de lui pendant qu'il irait chercher le petit Lasse. Cela lui coûtait, mais il fallait accomplir la dernière volonté du vieux. Et il savait que jamais Ellen ne laisserait partir l'enfant avec un étranger. Un éclair passa sur les traits tendus d'Ellen, quand il entra. Un cri de joie lui monta aux lèvres, mais le visage de Pelle l'étouffa.

– Mon père est sur son lit de mort, dit-il, d'un air sombre. Il aimerait voir le petit.

Ellen fit oui de la tête et se mit à habiller le petit Lasse. Pendant ce temps, Pelle regardait dans la rue. Il était mal à l'aise de se retrouver ici. Les souvenirs de sa vie de couple l'assaillaient et l'affaiblissaient. Il fallait pourtant qu'il aille voir Petite Sœur ! Sans rien dire, Ellen le conduisit dans la chambre à coucher. La petite dormait dans son berceau, un calme étonnant baignait son front large. Ellen était tout près et il sentait son regard volontaire peser sur lui. Prenant son courage à deux mains, il revint dans la salle à manger. Il n'avait plus rien à faire ici ; dans ce foyer, il était un étranger. Une seule idée le hantait : continuait-elle à faire « ça », ou non ? Elle avait beau lui être indifférente, la question l'obsédait. Il jeta un regard autour de lui pour chercher une réponse. Le logement avait l'air pauvre, tout ce qui n'était pas indispensable était parti. Mais une machine de piqueuse s'était ajoutée aux meubles et il y avait de l'ouvrage en train. « Jaune ! » pensa Pelle, machinalement. Mais ce n'était pas une condamnation. C'était la première fois qu'il était content de constater pareille chose. Elle s'était donc faite piqueuse et elle avait l'air de trimer dur. Cela lui faisait du bien de voir ça.

– Le petit est prêt, si tu veux l'emmener, dit-elle.

Avec un regard d'adieu à la pièce, Pelle demanda :

– Tu n'as besoin de rien ?

– Merci, je me tire d'affaire toute seule ! répondit-elle avec fierté.

– Tu n'as pas accepté l'argent que je t'ai envoyé, samedi dernier.

– Je me tire très bien d'affaire. Je ne demande qu'une chose, c'est de garder le petit. Rappelle-toi que tu m'as promis autrefois qu'il resterait toujours avec moi.

– Mais il lui faut une mère qui puisse le regarder sans honte, rappelle-toi ça, Ellen !

– Tu n'as pas besoin de me le rappeler, répondit-elle avec amertume.

Quand ils arrivèrent, Lasse était réveillé.

– C'est un vrai Karlsson, s'écria-t-il, il tient de notre famille ! Regarde-moi ça, Pelle, mon gars : il a les oreilles écartées, comme toi quand tu étais petit. Et sur le front, il a aussi la mèche porte-bonheur. Tu verras qu'il saura se débrouiller un jour ! Il faut que j'embrasse ses petites mains – les mains sont notre bénédiction, notre seul bien. On dit que les pauvres portent le monde dans leurs mains. Je me demande si c'est vrai, aujourd'hui. Mais pense donc ! Si ça allait arriver cette fois-ci, alors ce serait une pitié que je ne sois plus là pour le voir !

– Il n'est pas trop tard, père, répondit Pelle, qui avait acheté *L'Ouvrier* et le parcourait avec avidité. Les négociations sont menées avec énergie et la lutte sera terminée ces jours-ci. Et alors, nous serons heureux ensemble, nous deux !

– Non, je n'y arriverai pas ! La mort a mis sa griffe sur moi, je la sens bien qui me déchire. Mais si jamais il y a une vie après celle-ci, ce serait bon de vous regarder de là-haut et d'assister à votre bonheur. Tu as choisi la porte étroite, Pelle ; Lasse n'est pas bête, il a compris ça ! Mais peut-être qu'on te donnera un poste important en récompense, quand vous allez prendre le pouvoir. À ce moment-là, il ne faudra pas que tu oublies les pauvres !

– Nous n'y sommes pas encore, père ! Et à ce moment-là, il n'y aura plus de pauvres.

– Tu dis ça avec tant de conviction ! Mais, tu sais, la misère ne se laisse pas chasser comme ça, elle s'est enracinée trop profond ! Petit Lasse aura le temps de devenir un homme avant que ça n'arrive. Mais tu devrais emmener le petit maintenant. Cela ne lui vaut rien de voir mourir la vieillesse. Il a l'air bien pâlot, est-ce qu'il a un peu de soleil quand même ?

– Le soleil, les grands de ce monde l'ont emprunté et ils ont oublié de le rendre, répondit Pelle, avec amertume.

Comme absorbé par un problème difficile, Lasse fronçait les sourcils.

– Oui, oui ! Il faut de bons yeux pour voir clair et les miens n'y voient plus. Mais maintenant, il faut que tu t'en ailles avec le gosse. Tu as tes affaires qu'il ne faut pas négliger, et la mort, tu ne la tromperas pas, t'as beau être adroit.

Il posa sa main ridée sur la tête du petit Lasse et se tourna du côté du mur.

Pelle laissa Mme Johnsen reconduire le petit à Nørrebro et resta aux côtés du vieillard. Ils n'avaient guère suivi la même route, ces dernières années, et voilà qu'ils allaient se séparer pour toujours. Pelle voulait prolonger les adieux autant que possible. Tout en faisant du feu et en préparant le repas de son mieux, il écoutait le vieux, qui parlait à bâtons rompus. Il avait la même impression de sécurité que dans son enfance. Comme le murmure grave et généreux du monde, le bavardage monotone de Lasse avait empli ses oreilles d'enfant et, quand Pelle était venu à la ville, ce murmure s'était fondu dans les réflexions sempiternelles du peuple sur le sort. Maintenant, il quittait les masses pour retourner vers le père Lasse et il découvrait le monde immense dont le vieux s'était fait porteur, dans sa bonté. Vieux et usé, le père l'avait toujours été, aussi loin que Pelle puisse remonter dans ses souvenirs ! Les durs travaux avaient tôt fait de prendre au pauvre sa jeunesse. En compensation, ils lui faisaient une longue vieillesse. Mais la faiblesse même de Lasse lui donnait les traits surhumains du père.

Il avait supporté la misère, sans en devenir mauvais, égoïste ou borné, le cœur toujours plein de tendresse, toujours prêt à se sacrifier. Ce serait terrible de ne plus entendre les réflexions de son bon cœur, à propos de tout. Son âme, prête à s'échapper, faisait des cercles de plus en plus larges au-dessus du chemin qu'elle avait suivi, comme les colombes lorsqu'elles prennent leur envol. Chaque fois qu'il retrouvait un peu de forces, il recommençait l'histoire de sa vie.

– Oui, bien sûr, il y a eu de bons moments mais, dans l'ensemble, ma vie a été une bataille inutile. Tant que je ne m'étais rien imaginé de mieux, tout allait à peu près, mais, du moment où tu es né, à l'âge que j'avais, je me suis révolté contre l'existence et je n'avais plus de repos. Il y avait autour de toi comme des présages, et depuis, ça m'a toujours trotté dans la tête. Mon âme était aussi errante que le cordonnier de Jérusalem. C'était comme si on m'avait promis tout à coup, à moi, pauvre ver de terre, une vie heureuse; le souvenir de cette promesse me trottait toujours dans la tête. Je me demandais souvent: Est-ce le paradis dont on nous a chassés jadis que j'attends? Le croirais-tu? Moi, pauvre diable, j'ai fait des rêves magnifiques de vieillesse heureuse et paisible: mon fils serait venu me voir avec sa femme et ses enfants dans mon intérieur confortable et j'aurais pu les recevoir comme il faut. Même à la fin, je n'avais pas abandonné cet espoir et je m'imaginais que j'allais trouver un trésor au dépotoir. Ah! J'aurais tant voulu te laisser quelque chose! C'est tellement peu de chose, ce que j'ai pu faire pour toi.

– Et c'est toi qui dis cela, toi qui as été pour moi un père et une mère! Toute mon enfance, tu m'as protégé. Quand ça n'allait pas, je me disais toujours: Père arrangera ça! Et depuis, dans tout ce que j'ai entrepris, je me suis aperçu que c'était toi qui m'aidais. Tout aurait mal marché sans le bel héritage que tu m'as laissé.

– Tu crois? s'écria Lasse avec fierté. J'aurais joué un rôle dans tout ce que tu as fait pour la cause? Oui, oui! En tout cas, c'est beau de te l'entendre dire. Oui, mais toi, mon gars, tu as été ma vie et, faible comme j'étais, je m'étonnais souvent de voir mes forces revivre en toi! C'est à peine si j'aurais osé imaginer ce que tu as mené à bonne fin! Et me voilà ici, et je n'ai même pas de quoi mourir décemment. Tu vas me promettre de ne point faire pour moi des frais qui te gêneraient ; tu laisseras ça à l'assistance. Jusqu'ici, je n'ai jamais rien voulu en accepter, mais c'est une fierté ridicule. Les pauvres et l'assistance sont tout de même faits l'un pour l'autre. J'ai changé ma manière de voir sur bien des points, ces temps derniers, et il est heureux que je meure, car sans ça, je saurais ce qu'il faut faire et je n'aurais pas la force de le faire. Si ces pensées-là m'étaient venues dans la force de ma jeunesse, j'aurais peut-être fait un coup de tête, mais je n'aurais pas eu ton adresse à démêler l'écheveau brin à brin.

Au matin du troisième jour, un changement se produisit dans l'état de Lasse ; seulement, il n'était pas possible de dire en quoi consistait le changement. Pelle était à son chevet et lisait *L'Ouvrier*, quand il s'aperçut que Lasse le regardait.

– Il y a du nouveau ? demanda le vieux, d'une voix faible.

– Les négociations suivent leur cours, répondit Pelle, mais il est évidemment difficile de se mettre d'accord sur les principes. Plusieurs fois déjà, ç'a été près de casser.

– Oui, ça traîne en longueur, dit Lasse, découragé, et aujourd'hui je vais mourir, Pelle ! Sans trêve, quelque chose me travaille et pourtant, j'aurais bien aimé me reposer un peu. C'est curieux, ce qui vous trotte dans la tête, on veut toujours autre chose que ce qu'on a. Tout gosse, là-bas, à Tommelilla, je courais comme un fou autour de la mare. Je me disais qu'en courant assez vite, j'arriverais à me marcher sur les talons. Maintenant, j'y suis arrivé : il y a quelqu'un devant moi, qui m'empêche de passer, et c'est le vieux Lasse. Il me barre la route, tu sais. Il me semble que je devrais passer devant, mais je ne peux pas décider mon vieux cœur à quitter ce monde, tellement il est en train de changer ! Le soir où ces gros messieurs ont décidé le lock-out, j'étais sous les fenêtres à écouter, avec tant d'autres pauvres gens. Ils ont arrosé ça avec du champagne, au milieu des hourras ! Et c'est de ce moment-là que j'ai changé ma façon de voir. Il se passe tout de même de drôles de choses : là-bas, dans la cave de l'entrepôt, couchait un maçon qui avait travaillé à la construction des plus riches palais de la ville, et il n'avait même pas un toit pour l'abriter !

Un pli amer se dessina aux coins de sa bouche, pour la première fois. Il parlait avec difficulté, mais il ne pouvait s'en empêcher :

– Quoi qu'il arrive, mon fils, continua-t-il, quand il eut repris un peu de forces, ne crois jamais ce que disent les prêtres. C'est ce qui m'a perdu. J'ai commencé trop tard à réfléchir par moi-même. « Nous n'avons pas le droit de nous plaindre, disent-ils, tout a été engendré naturellement l'un de l'autre, du plus petit au plus grand, et tout se tient selon la volonté de Dieu. » D'après eux, c'est avec nos poux qu'on aurait fait les chevaux pur sang des bourgeois. Et d'ailleurs, ça se comprend ! À force de sucer le sang de la misère, vois comme ils trottent devant le carrosse !... Eh oui ! Et comment la société nouvelle sera-t-elle, dis-moi ?

– Elle sera bonne pour nous tous, répondit Pelle, la gorge serrée. Mais, pour moi, c'est triste de penser que tu n'en seras pas. En tout cas, tu auras une belle tombe, j'y ferai mettre une grande pierre de granit de Bornholm, avec une belle inscription.

– Tu pourras mettre : « Travaille aujourd'hui, demain tu mangeras », dit Lasse avec amertume.

Toute la journée, il resta dans une sorte de torpeur, mais à la tombée de la nuit il leva la tête :

– Ce sont les anges que j'entends chanter ? Je me le demande, murmura-t-il, d'une voix éteinte.

– Non, ce sont les jeunes enfants des ouvrières. Les mères vont bientôt rentrer leur donner le sein et ça s'arrêtera.

Lasse soupira :

– Ça doit faire du lait bien maigre, si elles travaillent toute la journée. On dit que les grands de ce monde boivent du vin à douze, quinze couronnes la bouteille. C'est comme s'ils volaient le lait aux petits et le changeaient en alcool de prix.

Lasse chuchotait. Pelle devait se pencher sur lui pour entendre :

– Nous avons marché la main dans la main, mon gars, et pourtant, nous avons suivi chacun notre chemin. Toi, tu allais vers la jeunesse, tandis que Lasse… mais tu m'as toujours donné de la joie.

Ainsi s'éteignit la flamme précieuse, qui avait toujours brûlé pour Pelle de la même lumière paisible, à travers toutes les vicissitudes. C'était comme s'il perdait une providence ; la vie se brisa et sombra dans la chambre ; il resta seul, sur une chaise de bois. Il passa la nuit immobile auprès du corps. Il contemplait l'incompréhensible d'un regard vide tandis que ses pensées disaient tout bas à l'oreille du mort tout ce qu'il avait été. Il resta assis, sans un geste, comme mort lui aussi, jusqu'au moment où Mme Johnsen vint aux nouvelles, dans la matinée. Alors, il se réveilla et alla faire les démarches nécessaires.

XXXVI

Le samedi midi, le bruit courut que la paix était enfin signée : le grand lock-out était fini. Avec une rapidité incroyable, la nouvelle se répandit à travers la capitale et s'infiltra partout.

– Vous êtes au courant ? La paix est conclue !

Les pauvres avaient ce jour-là tant de raisons d'aller les uns chez les autres ; ils ne voulaient plus rester recroquevillés dans leur trou et se montraient en plein jour : la lumière brillait sur leurs visages émaciés. Les femmes sortaient le panier à provisions et envoyaient les gosses faire les courses pour le lendemain, dimanche : à présent, l'épicier pouvait bien faire un peu crédit ! On riait, on faisait de grands préparatifs, on prenait un acompte sur le bonheur. L'été était déjà commencé ; le travail attendait, accumulé en tas énormes : à présent, on allait s'y mettre pour de bon ! De porte en porte, on se criait la nouvelle, on jetait tout ce qu'on avait en mains et on courait la porter plus loin. Personne n'avait le moindre doute : on voulait tant y croire !

Vers la fin de l'après-midi, *L'Ouvrier* lança des tracts qui venaient confirmer la nouvelle ; oui, cette fois, c'était bien vrai. Et, de plus, c'était une victoire : le droit d'association était reconnu, le Capital respectait enfin l'ouvrier comme un facteur dont il fallait tenir compte ! Quant au reste, le statu quo était sauvé.

– Pense donc ! Ils nous respectent à présent ! Et ils n'ont rien pu faire à statu quo !

On riait de plaisir à la pensée que lui aussi était sauvé, bien que personne ne sache qui c'était.

Les hommes étaient dans la rue. Par groupes, ils se rendaient à leur syndicat pour recevoir les mots d'ordre et avoir confirmation des détails de la victoire. À les voir, on aurait eu peine à deviner que la victoire était acquise : ils avaient eu de la difficulté à prendre le pli et maintenant le pli était pris pour un moment.

Dans les cours et sur les marches des escaliers, on babillait gaiement. Le travail allait reprendre, le travail béni qui donne de quoi manger et de quoi boire et un peu de quoi se mettre sur le dos. Oui, et la paix du ménage ! À présent, on ne se chamaillerait plus devant le buffet vide ; on aurait de quoi se débrouiller, quelque chose à retourner et à faire durer le plus possible à force de réflexions soucieuses et de larmes. Le père aurait un bon morceau de charcuterie, ce soir, et peut-être que, dès demain, on irait déjeuner sur l'herbe ; en tout cas, dès qu'on aurait repris les frusques mises au clou, histoire de les aérer avant que l'hiver ne les renvoie au mont de piété !

On était si content que la paix soit signée qu'on ne pensait même plus à demander du changement. Pelle avait pris part aux dernières négociations ; après l'enterrement du père Lasse, il était redevenu lui-même. Le soir, il se promena dans les quartiers pauvres et se réjouit de la joie qui y régnait ; il avait trop souffert de la lutte amère des pauvres ; il avait besoin de voir aussi leur bonheur. De Nørrebro, il longea les lacs jusqu'à Vesterbro : partout, il y avait foule. Dans les petites rues de Vesterbro, les familles étaient sorties de leurs logements et s'étaient installées sur les marches et sur les trottoirs ; assis nu-tête dans le crépuscule, on bavardait, on fumait, on buvait quelque chose. C'était la première soirée tiède : le ciel était bleu sombre et, du fond des rues, l'obscurité montait, saturée de pourpre. Il y avait en eux une sorte d'abandon, la joie rendait leurs mouvements plus aisés ; ils parlaient et titubaient, pris d'une légère ivresse. À présent, elles pouvaient enfin sortir, toutes ces familles qui s'étaient tenues cachées pendant le lock-out ; on portait les mêmes haillons, mais cela n'avait plus d'importance. Les visages s'illuminaient de fierté à la pensée d'avoir tenu le coup sans demander de secours à personne. Toutes les luttes qu'on avait dû mener dans l'ombre étaient oubliées.

Pelle était arrivé sur le terrain vague, près de l'usine à gaz qui est sur le port : il voulait aller voir ses vieux amis de l'Arche. Là-bas, elle se dressait comme une masse rougeoyante sur le ciel profond et sombre, du côté de l'est ; elle était illuminée par les rayons du soleil couchant. Tout en haut, au-dessus du cratère, un nuage planait et faisait une ombre claire sur le ciel nocturne. Pelle regardait fixement ce nuage tout en marchant : c'étaient les exhalaisons des êtres qui vivaient au cœur de la bâtisse, la lourde fumée de graisses malsaines et de mauvaise combustion. À présent, il faudrait que la victoire serve, entre autres, à nettoyer une bonne fois les taudis de la pauvreté. Il rêvait à de petites maisons accueillantes, chacune dans son petit jardin aux allées bien ratissées ! Ce serait bon d'y rentrer le soir, fatigué du travail de la journée !

Il lui semblait que le nuage de fumée, là-haut, s'épaississait de plus en plus : était-ce à force de réfléchir là-dessus qu'il en grossissait l'importance ? Il s'arrêta pour regarder puis se mit à courir. Une flamme rouge jaillit en dessous du nuage, le lécha un instant et disparut : une nouvelle masse de fumée s'échappa et plana lourdement au-dessus de la bâtisse.

Pelle traversa en courant les docks, puis le pont de Langebro. Il ne connaissait que trop bien la masse terrible de l'Arche : la seule issue était le porche ! Et l'escalier de bois qui était le seul accès aux étages supérieurs ! Et les longs couloirs ! En courant, Pelle voyait tout cela très clairement et se creusait la tête pour trouver des moyens de sauvetage. On avait sûrement appelé les pompiers aussitôt : mais il leur fallait du temps pour arriver et tout était une question de minutes ! Si l'escalier s'écroulait et obstruait le porche, tous les locataires étaient perdus ; et l'Arche qui ne possédait même pas une échelle !

Devant l'Arche, il y avait une foule de gens désemparés qui criaient tous à la fois.

– Voilà Pelle ! dit l'un.

Tout le monde se tut et tourna la tête de son côté.

– Allez chercher l'échelle de la Maison de Correction ! dit-il en passant à deux ou trois hommes, et il entra en courant sous le porche.

Des longs couloirs du rez-de-chaussée les habitants fuyaient avec leurs enfants dans les bras, d'autres emportaient des objets quelconques, même sans valeur, les premières choses qui leur étaient tombées sous la main. Tout ce que le Grand Hiver avait laissé d'escaliers était en feu ; en essayant de monter les marches brûlantes, Pelle les défonça. Les habitants des étages se penchèrent par les fenêtres, regardant vers le bas avec des yeux fous. À chaque instant, ils sortaient sur le palier pour tenter de descendre, mais ils rentraient aussitôt en hurlant.

À une fenêtre du troisième, la veuve Johnsen se lamentait, sa petite-fille et le petit Paul, le fils de l'ouvrière, dans les bras. Silencieuse, la petite fille d'Hanne regardait ce qui se passait avec le même regard profond et étonné qu'avait eu sa mère.

– N'ayez pas peur, cria Pelle à la vieille femme, nous venons à votre secours !

Lorsque le petit Paul aperçut Pelle, il courut droit sur le palier et sauta dans le vide. Un instant, il resta tout étourdi sur le pavé, puis il disparut comme un éclair vers la rue.

Pelle envoya quelques hommes visiter les longs couloirs du rez-de-chaussée pour s'assurer que tout le monde était sauvé.

– Vous enfoncerez toutes les portes fermées, dit-il, il pourrait y avoir des enfants ou des malades là-dedans.

Les habitants des premier et second étages avaient réussi à se sauver avant que le feu n'ait pris dans les escaliers.

Pelle prit l'escalier principal qui conduisait jusque sous les combles et traversa les greniers pour venir au secours des locataires de l'arrière-corps de bâtiment. Mais arrivé en haut, il rencontra ceux des mansardes.

– Tu ne pourras pas passer, dit le vieux chiffonnier, toute la mansarde du Soiffard est en feu. Et ici, chez nous, il n'y a plus personne. Mais que le bon Dieu soit miséricordieux pour ceux de l'autre côté et qu'il les accueille avec bonté.

Pelle voulait malgré tout se frayer un chemin par les combles, mais il fut obligé de faire demi-tour.

Les hommes étaient revenus avec l'échelle qu'ils avaient réussi à introduire par le couloir et maintenant, ils étaient en train de la dresser. Le bois enflammé avait commencé à tomber, des morceaux de poutres en feu jonchaient le sol, et d'un instant à l'autre, tout pouvait s'écrouler. Mais on n'avait pas le temps de prendre des précautions : du couloir de Vinslev, la fumée se déroulait, emplissant la cour ; il fallait se dépêcher.

– C'est sûrement le fou qui a mis le feu, dirent les hommes en plaçant l'échelle.

L'échelle n'atteignait que le deuxième étage, mais Pelle lança une corde à Mme Johnsen qui l'attacha à la croisée, et il put grimper. Il tendit pour commencer l'enfant, puis la vieille femme aux camarades qui se tenaient en haut de l'échelle.

La fumée qui lui brûlait le visage et la gorge était près de l'étouffer, il ne pouvait rien voir, mais auprès de lui il perçut des cris déchirants.

Juste au-dessus, une femme gémissait.

– Pelle, aide-moi ! cria-t-elle.

C'était la couturière timide qui était venue habiter de ce côté. Pelle reconnut le timbre chaud de sa voix. « Mais elle m'aime », pensa-t-il une seconde, heureux.

– Attrape la corde et attache-la bien à la croisée, j'arrive ! lui cria-t-il.

Mais au même instant on entendit un cri sauvage et une forme sombre passa au-dessus de sa tête pour aller s'abattre sur les pavés. En sifflant, les flammes jaillirent par la fenêtre comme pour la rattraper, puis se retirèrent.

Un instant, il resta abasourdi, suspendu à la barre de la fenêtre. Il y avait là quelque chose de si horrible, et n'entendait-il pas en lui la douce voix de la jeune femme ? Les poutres tombèrent avec un grand bruit, un nuage de cendre s'éleva et le suffoqua.

– Dépêche-toi de descendre, crièrent les camarades, l'échelle est en flammes.

Une longue sonnerie obsédante annonçait l'approche des pompiers.

Mais, au milieu du vacarme, Pelle avait entendu un bruit vague et étouffé. D'un bond, il retourna dans la chambre de Mme Johnsen et se mit à écouter. De l'autre côté de la cloison, un enfant pleurait, dans une des pièces qui communiquaient avec le couloir déjà obstrué par le feu. Écouter en restant là sans rien tenter, c'était affreux. On cria son nom dans la cour. Tant pis, il viendrait quand cela lui plairait. À force d'écouter il devenait têtu, une rage aveugle le saisit et, furieux, il enfonça de l'épaule la maudite cloison. La cloison cédait. Il se jeta contre elle de toutes ses forces et se retrouva de l'autre côté.

Il était enveloppé par une fumée étouffante. Retenant sa respiration et les mains contre le visage, il avança en titubant. Il buta contre un berceau dans lequel il y avait un enfant. Il prit l'enfant dans ses bras, réussit à gagner péniblement le trou de la cloison. Les flammes qui pouvaient maintenant se propager l'entourèrent tout à coup, il tomba à genoux, le feu lui léchait les joues comme une bête altérée, il grondait derrière lui. À demi étouffé, il parvint à gagner la fenêtre, il voulut crier mais seul un chuchotement rauque s'échappa de ses lèvres.

Oui, il était là avec un enfant dans les bras et il allait mourir ! Mais cela n'avait pas d'importance, puisqu'il avait réussi à franchir la cloison ! Derrière lui, le feu gagnait du terrain ; il s'était creusé un petit trou dans la porte et s'était ainsi fait lui-même un courant d'air. Le trou s'élargissait ; il en jaillissait des étincelles comme d'un soufflet géant, et l'incendie y passait sa langue sèche et brûlante, qui embrasait tout. De petites flammes presque invisibles couraient çà et là sur les surfaces lisses : dans un instant, la pièce ne serait plus qu'un brasier. Ses vêtements sentaient le roussi, ses mains étaient étrangement sèches, comme du bois pourri et il sentait ses cheveux se friser sur sa tête. En bas, on criait son nom ! Mais tout cela n'avait pas d'importance ; il se sentait seulement la tête lourde à cause de la chaleur et de la fumée. Il avait l'impression d'être prêt à s'évanouir. « Est-ce que l'enfant vit encore ? » pensa-t-il, mais il n'osa pas regarder ; il lui avait recouvert le visage de son veston pour le protéger.

Il se cramponna à l'embrasure de la fenêtre et adressa ses pensées de mourant à Ellen et aux enfants. Pourquoi n'était-il pas avec eux ? Pour quelle bêtise les avait-il abandonnés ? Il ne s'en souvenait plus et ne se comprenait pas ; si tout n'avait pas été fini pour lui, il se serait hâté de rentrer pour jouer avec le petit Lasse. Mais il allait mourir ; dans un instant il tomberait, étouffé, avant même que les flammes ne l'aient atteint. Il en ressentait une certaine satisfaction, comme s'il jouait un tour à quelqu'un.

Tout à coup, quelque chose surgit devant son regard mourant et le rappela à la vie. C'était le haut d'une échelle de sauvetage : un pompier émergea de la fumée sous son nez, saisit l'enfant et le tendit à ceux d'en dessous. Pelle se disait confusément qu'il fallait se remuer, mais avant qu'il ait eu le temps de se faire à cette idée et d'agir, le pompier l'avait pris sur son dos et descendait l'échelle en courant.

L'air frais le réveilla ; il sauta du brancard où les pompiers l'avaient étendu et regarda autour de lui d'un air furieux. Au même instant, la foule poussa des cris et battit des mains ; Mme Johnsen se fraya un passage et courut jusqu'à lui.

– Pelle ! s'écria-t-elle en pleurant, tu es vivant. Pelle !

– Bien sûr que je suis vivant ! Il n'y a pas de quoi pleurer pour ça.

– Mais on croyait que tu étais encore là-dedans. T'as une sacrée tronche, mon pauvre garçon !

Elle l'emmena chez des ouvriers et l'aida à se nettoyer un peu. Quand il se vit dans la glace, il comprit tout. La fumée et les cendres l'avaient rendu méconnaissable ; elles collaient à sa peau : pas moyen de s'en débarrasser. Sous les saletés, il avait une plaie à la joue. Il sortit se faire panser par l'ambulancier.

– De nouveaux sourcils vous seraient aussi bien utiles, dit l'ambulancier. Vous avez eu votre part du feu.

– Mais pourquoi les pompes ont-elles tant tardé à venir ? demanda Pelle.

– Comment, elles ont tardé ? Nous sommes arrivés dix minutes après l'appel. Nous l'avons reçu à huit heures et il est maintenant huit heures et demie.

Stupéfait, Pelle ne trouva rien à répondre. Il avait l'impression que la moitié de la nuit s'était déjà écoulée. Il avait aidé à sauver des vies humaines, il en avait vu d'autres s'abîmer dans les flammes. Et puis, lui aussi avait été brûlé pour s'être trop approché du feu. Le souvenir de l'événement demeurait quelque part en lui, vague et timide, mais lorsqu'il fermait les poings, sa peau se craquelait et ses vêtements avaient une odeur de corne brûlée.

Dans la cour, les pompiers travaillaient sans relâche. Du haut des échelles, les uns inondaient d'eau la mer de feu, pendant que d'autres pénétraient dans l'intérieur du bâtiment pour explorer les logements. De temps à autre, un pompier apparaissait portant dans ses bras un cadavre carbonisé. Alors, on appelait les habitants de l'Arche dans l'emplacement gardé, afin d'identifier le cadavre. Tout en pleurant, ils couraient de droite et de gauche dans la foule des spectateurs de sorte qu'il était impossible de les compter et de savoir le nombre de ceux qui étaient restés dans le bâtiment.

Subitement, tous les yeux se tournèrent vers le toit du premier corps de bâtiment que le feu n'avait pas encore atteint. Là-haut, le fou Vinslev était en train de jouer de la flûte. Dès que les grondements du feu s'assourdissaient, on pouvait percevoir sa mélodie insensée.

– Entendez-vous, lui aussi a appris la marche ! s'écrièrent-ils.

En effet, c'était la *Marche socialiste* qu'il jouait, mais entremêlée de ses propres inventions. La mélodie connue prenait une allure de folie en sortant de la flûte de Vinslev. Les pompiers dressèrent une échelle et coururent sur le toit pour sauver le fou qui s'enfuyait devant eux. Ne pouvant aller plus loin, il se jeta dans le brasier.

La place et les abords des canaux étaient noirs de monde. On se serrait pour admirer le grandiose incendie de l'Arche. C'étaient la saleté, la misère et les effluves des siècles que le feu consumait. Comme tout cela flambait, étincelait, craquait ! La foule était de bonne humeur à cause de la victoire ; ce soir, on n'avait même pas envie de dormir et l'on avait un feu d'artifice qui pouvait durer, une illumination grandiose en l'honneur de la victoire des pauvres. On criait des « ah ! » d'admiration, on sifflait pour imiter le son des fusées et on applaudissait quand, de temps à autre, les flammes jaillissaient plus hautes ou qu'un peu de toit s'écroulait.

Pelle passa dans la foule pour rassembler les habitants affolés de l'Arche devant la porte de la Maison de Correction, afin que chacun retrouve sa famille. Ils pleuraient, ils étaient inconsolables ! L'Arche brûlait, ce refuge cher à tant de malheureux.

– Il n'y a pas de quoi s'affliger, dit Pelle pour les consoler. Cette nuit, les autorités vous trouveront un abri et, bientôt, vous emménagerez dans des logements convenables, où tout sera neuf et propre. Quant à vos affaires, inutile de pleurer pour ça. Je vais ouvrir une souscription et vous aurez bien mieux.

Ils pleuraient quand même. Pareils à des bêtes sans gîte, ils gémissaient et erraient çà et là, rongés par l'inquiétude ! Voici que brûlait le fourré, leur bonne cachette. Qu'avaient-ils à faire du reste de la ville ? Elle n'existait pas pour eux ; c'était comme s'il n'y avait plus d'abri pour eux sur la terre. À chaque instant, l'un ou l'autre s'esquivait pour approcher de l'incendie, comme font des chevaux qui cherchent à regagner l'écurie en flammes. Pelle pouvait s'épargner la peine de les consoler. C'était une souche à part, une autre lignée d'hommes. Dans le ventre obscur et impénétrable de l'Arche, ils avaient su se créer un monde de pauvreté et de misère extrême et, à travers leur insouciance, ce monde leur paraissait aussi merveilleusement coloré que la richesse et le bonheur. Et voilà que le feu leur dévorait tout ! Il était implacable, il ne laisserait pas grand-chose survivre à sa purification.

Des lambeaux de vieux papier peint s'envolaient et retombaient dans la rue, à demi consumés. De nombreuses couches étaient collées les unes sur les autres, les couleurs et les motifs s'entremêlaient en images fantasmagoriques. Au revers, on aurait dit qu'il y avait une croûte de sang séché. C'étaient les restes carbonisés du monde secret des alcôves, les bestioles rouges qui donnaient aux enfants de mauvais rêves et dont le petit corps aplati avait l'odeur concentrée de la pauvreté.

L'Arche devait être surchauffée jusqu'en ses fondations, car les rats commençaient à s'aventurer au dehors. Ils sortaient par le porche, en longues files sinueuses, débouchant des sous-sols du chiffonnier et de la marchande d'habits. En tête du cortège marchaient les vieux mâles pelés, ceux qui visitaient les boîtes à ordures en plein jour. Avec des huées, les spectateurs les repoussèrent dans les flammes.

Vers les dix heures, le feu tomba et l'on put procéder aux premiers déblaiements. La foule se dispersa, un peu déçue que ce soit déjà fini. Cette Arche, c'était de la camelote ! Il n'y avait pas une vingtaine de bonnes bûches dans tout ce fatras !

Pelle emmena dans son garni la veuve Johnsen et sa petite-fille. La vieille n'avait pas cessé de gémir : elle avait peur d'être prise en charge par les autorités. Mais, quand elle sut qu'elle allait loger chez Pelle, elle se calma.

Sur le pont de Højbro, ils croisèrent la première voiture d'éboueurs qui sortait. Elle était décorée de guirlandes vertes et de petits drapeaux danois.

XXXVII

Le lendemain matin, le temps était beau et clair, un vrai temps de dimanche. Ce matin-là faisait penser à Pâques, au matin de Pâques chanté par les psaumes, dans l'air pur de la Résurrection. Et *L'Ouvrier* carillonna en l'honneur de la journée, avec un grand éditorial de fête, un salut à l'aurore, où il appelait la classe ouvrière à se rendre l'après-midi aux Communaux pour un grand meeting. On comprend qu'il y eut fort à faire toute la matinée : il fallait remettre un peu la garde-robe en état, faire le panier aux provisions et trouver de quoi boire. On s'entraidait d'un bout à l'autre des paliers, on prêtait et on empruntait.

Cette fête de la victoire allait être en même temps une manifestation, c'était clair. Le monde allait voir comment on tenait le coup après la période de lock-out ! Il fallait donc aller tous au meeting, sans exception, et il fallait être présentables, autant que possible. L'après-midi, les gens affluèrent de toutes parts vers la Maison des Syndicats. On aurait dit que toute la ville était en marche vers ce centre.

Dans la grande cour et dans la rue, jusqu'à l'avenue, les corporations se rassemblaient, chacune autour de son drapeau. Les moindres détails de la composition du cortège étaient réglés d'avance et tout marchait comme sur des roulettes. On avait appris à faire manœuvrer les masses. Il n'y avait pas de bousculade, chacun trouvait facilement sa place. Pelle et Stolpe, qui avaient organisé le cortège, parcouraient les rangs pour tout inspecter.

Pour les hommes, tout avait bien marché, mais, comme

toujours, les femmes et les enfants avaient mal interprété les mots d'ordre. Ils auraient dû se rendre tout droit aux Communaux, mais ils étaient tous venus ici avec leurs provisions. Ils se massaient sur les trottoirs et, quand le cortège se mit en mouvement, ils l'accompagnèrent des deux côtés. Eux aussi avaient livré bataille et leur place était ici, aux côtés des pères. Cela faisait un cortège doublé de chaque côté !

Non ! Jamais pareil cortège ne s'était vu dans la ville ! Comme un serpent gigantesque, il se déroulait sans relâche. La tête était au bout de la rue que le gros du cortège formait encore une seule masse. Mais qu'est-ce qui se passait, en tête du cortège ? On tournait du mauvais côté, on allait vers le centre au lieu de sortir de la ville par la route qui mène aux Communaux, comme l'avait ordonné la police ! Ça ne va pas, on va se heurter à la police ! Allez trouver Pelle, qu'il leur fasse rebrousser chemin, avant qu'il n'arrive quelque chose ! Pelle ? Mais c'est lui qui conduit le cortège. Alors, il n'y a rien à faire. Mais qu'est-ce qui lui prend ?

Pelle marche au premier rang, à côté du drapeau. Il ne s'aperçoit de rien, il regarde droit devant lui avec confiance, par-dessus la tête des passants. Il a la peau brûlée par l'incendie, les mains qui pèlent, les cheveux ridiculement courts ; la brûlure qu'il a à la joue lui fait un visage ridé. Il n'a conscience que d'une chose : cinquante mille personnes qui marchent du même pas ! Cette marche, il l'a déjà vécue, dans ses rêves d'enfant. Il l'a entendue bouillonner comme la mer, quand il enfonçait sa tête dans l'oreiller. C'est la grande migration humaine et c'est lui qui conduit les multitudes vers la terre promise. Où passerait donc le chemin, sinon à travers la capitale ?

À Nørrevold, la police montée barrait la route du centre. Les agents occupaient toute la largeur de la chaussée et poussaient leurs chevaux, à reculons, sur la tête du cortège, pour l'obliger à rebrousser chemin. Mais ils furent repoussés et le flot continua de couler. Rien ne pouvait l'arrêter.

En descendant le Strøget, il se fraye un passage, en lourdes vagues qu'on ne peut arrêter. Il avance avec une force tranquille. Qui oserait donner l'ordre de charger? Comme des chiens de garde, les policiers suivent le cortège et, sur les trottoirs, les gens sont repoussés contre les murs; les uns saluent, les autres raillent le défilé. Il y a des amis et des ennemis. En haut, derrière les grandes fenêtres, avec leurs glaces sans tain, des messieurs et des dames en toilette lorgnent le cortège avec un sourire mi-moqueur, mi-inquiet. Quel est donc ce monde étrange, famélique et mal vêtu qui déferle tout à coup, sortant de l'obscurité, et qui prend possession du Strøget? Les fabricants grommellent derrière les rideaux: qu'est-ce que c'est que cette nouvelle manifestation? On vient de leur accorder le pardon et, au lieu d'aller tranquillement à leurs affaires et de profiter de la leçon, les voilà qui font la revue pour montrer comme ils sont nombreux! Oui, et comme la faim les a décharnés!

C'est une étrange revue, à tout prendre. S'ils voulaient montrer tout ce qu'ils avaient enduré, ils ne pouvaient mieux faire. Marqués par la lutte, ils le sont tous: blêmes, le teint terreux, mal vêtus. Le meilleur de leurs frusques est allé à la grande garde-robe commune; ce qu'ils ont aujourd'hui est fait de pièces et de morceaux. La faim a affiné leurs visages; ils ressembleraient davantage à un cortège d'âmes, dégagées de leur argile pesante, et qui vont prendre possession du royaume de l'esprit, qu'à des gens qui conquièrent un nouveau monde pour eux et leurs descendants. Quel cortège de conquérants – ils sont tous boiteux! On dirait des oiseaux aux ailes brisées, qui veulent essayer d'émigrer quand même. Où veulent-ils aller ainsi?

– Nous voulons marcher vers le pays du bonheur, entonne une chorale.

Où est donc ce pays? L'un de vous l'a-t-il vu de ses yeux, ou seulement dans de mauvais rêves enfantés par le besoin? Mangez donc une bonne fois à votre faim, mes braves, et nous en reparlerons! Qu'est-ce qu'il y a, en somme, de l'autre côté ? Le vide qui vous a engendrés et qui bouillonne encore comme un dément dans votre sang affamé ? Ou bien le pays de la vie ? Est-ce que c'est un monde nouveau qui commence pour vous aujourd'hui ? Ou bien la malédiction qui vous fit naître esclaves est-elle éternelle ?

Il y a une assurance singulière dans leur pas cadencé, qui fait taire tous les autres bruits : Nous sommes des richards, si pauvres que nous paraissions ! Nous avons dépensé quatre millions de couronnes pour la lutte et en avons perdu vingt parce qu'on a interrompu le travail de nos mains. Nous venons de l'ombre et nous marchons vers la lumière, rien ne pourra nous arrêter.

Derrière nous, il y a la faim et la misère, l'ignorance et l'esclavage, devant nous il y a une vie heureuse, éclairée par l'aube de la liberté ! De nouveaux temps naissent aujourd'hui, nous en sommes la sève et nous exigeons le pouvoir pour les masses. La minorité a gouverné assez longtemps !

Ils avancent toujours, impassibles, en dépit de leurs blessures, qui font encore mal puisqu'ils boitent. Pourquoi douteraient-ils ?

Écoutez : ils chantent ! Cela fait un bruit rauque et discordant dans les cinquante mille gosiers, comme si le chant s'était rouillé ou montait pour la première fois ; c'est comme un nouvel instrument que le musicien n'aurait pas encore accordé – les premières notes ne sont pas justes ! Mais voilà que le chant court sur le cortège en vagues rythmées, le cortège tout entier marche comme un seul homme. Le feu gagne les regards, qui s'enflamment de la sensation vertigineuse de force que procure le nombre ! Le chant prend de l'ampleur et monte comme un orage, aussi haut que les maisons : « Frères, voici l'aurore !… »

Ne touchez pas au plus humble d'entre eux, il est possédé de cette force enivrante, il s'est dépassé, il se sent capable de faire des miracles. Ce n'est pas ici une poussière d'éléments, c'est une avalanche. Ébranlez l'un ou l'autre et la force de la masse s'écroulera en lui. Sans penser aux conséquences, il agira comme sous l'empire d'un destin dont la grande cause qu'il sert prend la responsabilité et fait la loi !

Bien sûr, c'est enivrant de marcher dans le rang et de pouvoir porter l'étendard ; mais le seul fait d'accompagner le cortège suscite une certaine euphorie. La mère et les gosses suivent le mouvement, tout en marchant dans les caniveaux. Et c'est amusant de sortir des rangs et de se laisser dépasser par la colonne pour prendre un raccourci et se retrouver en tête. Des heures se passent avant que le cortège en ait fini de défiler devant vous, si vous restez à un coin de rue. Un, deux, un, deux ! On a bientôt le rythme dans la tête et on a l'impression qu'il est éternel.

Un syndicat passe, un syndicat vient : les métallurgistes, avec le gros Munck pour porte-drapeau – celui qui frappa les trois coups qui appelèrent quarante-cinq mille hommes à la lutte pour le droit d'association. Vive Munck ! Peintres, typographes, et les gantiers élégants, quincailliers, tailleurs de liège, tanneurs, et un détachement de marins qui se dandinent sur leurs jambes. À leur tête marche Per le Pleurnichard, le géant transfiguré ! Chaudronniers, dockers, charpentiers, ouvriers boulangers et charrons ! Et ceux-là, qu'est-ce que c'est donc que cette drôle de procession ? Ah ! ce sont les fondeurs de cuivre et, derrière eux, plâtriers, stuckeurs et orfèvres ! Tiens ! Même ceux des carrières de sable sont là ! Tailleurs et cordonniers sont faciles à reconnaître et, tenez-vous bien, les savetiers viennent juste derrière, ils veulent aussi en être ! Doreurs, tanneurs, tisserands et ouvriers des tabacs ! Tailleurs de limes, menuisiers, tonneliers, relieurs, aides-maçons, charpentiers de navires, cela ne finira donc jamais ? Place, place aux vitriers ! Oui, ils peuvent se donner des airs, tous des premiers compagnons ! Voici les ouvriers du gaz et des eaux. Et les ébénistes qui marchent au pas tout comme les forgerons mais devant eux, comme pour leur ouvrir la voie. Et ceux-là, ce sont les habiles tourneurs d'art, et les ouvriers brossiers, avec leurs lunettes – les vieux ont du crin dans le nez ! Voici la fin :

une bande de gavroches ferme le cortège. Mais non ! ce sont les garçons laitiers, ces gamins-là ! Derrière eux, viennent les ouvrières d'usine et puis le défilé des corporations recommence : facteurs de piano, meuniers, selliers, tapissiers, on ne voit que des drapeaux, aussi loin qu'on peut voir. Comme le monde est grand et bariolé, tout de même ! Que de métiers l'homme a inventés pour qu'on ne manque pas de travail ! Et voici les maçons, les vétérans en tête, ceux qui ont été dans le Mouvement dès les premiers jours. Voyez comme le vieux Stolpe marche avec assurance ! Et les couvreurs en ardoises, avec le Saltimbanque au premier rang, on dirait qu'ils n'aiment pas beaucoup marcher par terre ! Scieurs de long, ouvriers des brasseries, rempailleurs de chaises, dont le salaire avait diminué d'année en année, si bien qu'au début de la grande lutte, ils gagnaient deux fois moins que dix ans plus tôt ; mais voyez comme ils sont contents ! Maintenant le garde-manger va se regarnir ! Et les femmes au teint terreux, là-bas, ce sont les tisseuses ; elles n'ont pas de drapeau : deux sous de l'heure, il n'y a pas de quoi pavoiser ! Et pour finir, une poignée de vendeuses de *L'Ouvrier*. Mon Dieu ! Comme elles sont fatiguées ! Elles ont les jambes lourdes comme du plomb à force de monter les escaliers. On les reconnaît au paquet de journaux qu'elles portent sous le bras.

Un, deux ! On progresse lentement, où va-t-on ? – Où Pelle voudra. Frères, voici l'aurore !..., encore et encore. Dès qu'un groupe a fini la chanson, un autre la reprend. Les rues transversales crachent leur flot dans le cortège de pauvres diables, brisés par la lutte malgré eux et qui ne peuvent s'en remettre. Ils suivent cela du regard, en écarquillant les yeux. Un jeune gars, sur le trottoir, se cache derrière les femmes et tend le cou. C'est sa corporation qui passe ; il l'a trahie dans la lutte. Poussé par le remords, il est venu jusqu'ici. Il se laisse prendre au rythme, il oublie tout, il s'avance, il se voit déjà dans les rangs à chanter fièrement la victoire. Tout à coup, deux ou trois camarades le tirent dans le cortège ; on le porte en triomphe : hourra ! Voilà un signe de ralliement. Dommage seulement qu'on ne puisse pas l'accrocher à une hampe et le hisser.

Pelle marche toujours en tête, aux côtés du gros Munck. Il avance, calme et souriant, mais en lui bouillonnent des forces indomptables ; il ne s'est jamais senti cette vigueur. La police le suit pas à pas, sur le trottoir, silencieuse et menaçante. Il traverse la place de Kongens Nytorv ; un frisson passe sur les masses : il veut donc conduire son armée à la revue devant le château d'Amalienborg... Dire que personne n'avait deviné ! Mais la police a été plus fine : les rues qui conduisent au château royal sont barrées par la troupe.

Peu à peu, le cortège avec ses drapeaux se déverse sur la place. Cent cinquante syndicats, chacun avec son étendard déployé, c'est un spectacle magnifique. Il y a des étendards rouges au-dessus des syndicats créés par le mouvement socialiste ; parmi eux, il y a aussi de vieux drapeaux danois, étendards de corporations, et des drapeaux d'associations bleus, rouges et blancs, ceux des vieux syndicats qui, peu à peu, se sont ralliés au Mouvement. Plus haut qu'eux tous claque le drapeau des menuisiers : il est vieux, celui-là, près de deux cents ans ! On voit de drôles d'arabesques dessus – c'est le paraphe du premier roi absolu.

Mais le vrai étendard n'est pas là : le drapeau rouge de l'Internationale, qui vécut les premières années difficiles du Mouvement. Les vieux l'auraient reconnu et les jeunes ont entendu conter sur lui tant de légendes ! S'il existe encore, il doit être bien caché. Il ferait, à vrai dire, trop d'effet à la police, qui verrait rouge comme un taureau.

Juste au moment où chacun lève les yeux, le voilà qui s'élève, usé, effiloché, mais d'une couleur indestructible. Debout, sur le siège d'une voiture, Pelle le hisse avec solennité. Un instant, on reste interdit. Puis les acclamations commencent à monter et à se déchaîner comme la tempête. On salue l'étendard fraternel, l'emblème sanglant de l'Internationale et aussi Pelle, qui le porte dans ses mains brûlées, Pelle, le bon camarade qui a sauvé l'enfant du feu et qui a mené le Mouvement à la victoire ! Et Pelle leur répond d'un large sourire, comme un grand enfant. Il aurait bien quelque chose à leur dire, mais il n'a pas retrouvé sa voix. Alors, il abaisse lentement le drapeau sur eux tous, comme pour leur faire prêter serment. Il le fait avec recueillement, c'est un vieux rêve qui s'accomplit.

La police charge vers l'étendard, mais il a disparu. Munck tient une hampe vide et y accroche le drapeau des métallurgistes.

– Tâchez de faire vider les lieux au plus vite, sinon vous répondrez des conséquences, dit le commissaire à Pelle, avec un regard qui en dit long.

Pelle le regarde dans les yeux : « Il me jetterait bien en prison, s'il osait », pense-t-il, et il fait repartir le cortège.

Sur les Communaux, le flux et le reflux de la foule en mouvement faisaient penser de loin à une mer sombre et houleuse. Autour de chacune des nombreuses tribunes, un groupe compact écoutait les dirigeants dégager les enseignements de la journée. Mais la plupart n'éprouvaient aucune envie de rester immobiles autour d'une tribune, ce jour-là. On avait besoin de s'abandonner un instant à la joie qui venait après toutes les souffrances, de marcher sur les mains dans l'herbe et de faire le pitre un moment. Sur toute l'étendue du pré, on s'était assis par groupe, à manger et à jouer. Les hommes avaient tombé la veste : ils luttaient à bras-le-corps ou faisaient des pirouettes, comme du temps de leur enfance. On riait plus qu'on ne parlait et si quelqu'un hasardait une réflexion sérieuse, elle était aussitôt tournée en blague. Les gens n'avaient pas leur sérieux, ce jour-là.

Pelle se promenait lentement et s'amusait de l'animation qui régnait ; il cherchait Mme Johnsen et l'enfant, qui devaient venir le retrouver là, avec le panier aux provisions. Au fond de lui, il était grave et cela le rendait silencieux. Il aurait aimé, lui aussi, se coucher à plat ventre, au milieu des siens, et manger des œufs durs avec du pain beurré, ou bien se mettre à courir avec le petit Lasse sur les épaules. Mais à quoi bon ruminer ça ? Il n'y avait pas moyen de renouer avec Ellen. Entre eux c'était irréparable. C'était l'image du petit Lasse qui était la plus difficile à chasser : il faudrait qu'il essaye de le reprendre à Ellen, en s'entendant à l'amiable avec elle. Il ne voulait pas user du droit que lui donnait la loi.

Toute la famille Stolpe faisait le cercle et déjeunait sur l'herbe : les fils étaient là avec leurs femmes et leurs enfants. Seuls manquaient Pelle et les siens.

– Viens donc nous donner un coup de main, s'écria Stolpe, sinon, on n'en viendra jamais à bout.

– Oui, viens donc, dit Mme Stolpe. Il y a si longtemps qu'on t'a pas vu. Ce n'est pas notre faute si ça ne va pas avec Ellen.

Ils ne savaient pas la raison de la rupture – en tout cas, Pelle ne leur avait rien dit, mais ils lui témoignaient autant d'amitié qu'avant.

– À vrai dire, je suis à la recherche de mon déjeuner, dit Pelle, en s'installant avec eux.

– Dis donc, tu n'as pas froid aux yeux, toi, dit tout à coup Stolpe, en riant, tu voulais aller dire bonjour au frère Kristian, notre bon roi, hein ? Ce n'était peut-être pas d'une prudence exemplaire, mais basta ! Ce que tu as fait aujourd'hui, personne n'aurait pu le faire à ta place. Ça a marché comme sur des roulettes, pas le moindre flottement dans les rangs ! Tu sais qu'ils veulent te mettre à la tête de la Confédération ? Alors, tu auras l'occasion de cultiver ta marotte, la Confédération mondiale. Mais déjà chez nous, il y a du pain sur la planche ! Il faut gagner la municipalité ici, aux prochaines élections, et d'autres en province ! Tu seras candidat, je suppose ?

– Oui, si je retrouve ma voix. Pour l'instant, pas moyens de faire des discours.

– Prends donc un jaune d'œuf cru tous les soirs, dit Mme Stolpe, d'un air soucieux, et mets ta chaussette gauche autour de ton cou quand tu dors, c'est un bon remède. Mais il faut que ce soit la gauche.

– Oui, la mère est une rouge, tu sais, fit Stolpe. Si je me mets à sa droite, elle ne me connaît plus.

Le soleil était déjà bas, le crépuscule gagnait et, à l'ouest, de gros nuages s'amoncelaient. Pelle eut mauvaise conscience de n'avoir pas cherché plus longtemps la vieille et l'enfant et prit congé. Il parcourait le terrain en cherchant: là où il passait, on le saluait, les yeux brillants. Il s'aperçut qu'un agent de police le suivait à distance; c'était un membre clandestin du Parti, et il avait peut-être quelque chose à lui dire. Pelle s'étendit sur l'herbe, un peu à l'écart. L'agent regarda prudemment autour de lui et s'approcha. Arrivé auprès de Pelle, il se pencha comme pour ramasser quelque chose:

– On te cherche, dit-il à voix basse. On a perquisitionné chez toi aujourd'hui: sitôt que tu sortiras d'ici, on t'arrêtera.

Puis il continua sa route. Pelle ne comprit pas tout de suite. Perquisitionné? Et puis? Qu'est-ce qu'il y avait chez lui que chacun ne puisse savoir? Soudain, il pensa au cliché et aux tirages du billet de banque. On avait cherché un prétexte pour se saisir de lui et on avait trouvé son jouet! Il se leva péniblement et s'en alla à l'écart, loin de la foule. Vers l'est des Communaux, il s'arrêta et contempla longuement cette marée humaine qui commençait à se retirer et qui bientôt ne ferait plus qu'une avec l'ombre.

La victoire était acquise: il n'y avait plus qu'à prendre possession de la terre promise et lui devait aller en prison! Pour une fantaisie née de la faim! Il n'avait pas mis de fausse monnaie en circulation et il n'en avait jamais eu l'intention – mais à quoi bon? On voulait le frapper, il avait lu sa condamnation dans les yeux du commissaire: c'était le bagne assuré ou, dans le meilleur des cas, la prison. Il ne fallait plus y penser, s'il voulait mettre de l'ordre dans ses idées. Il fit le tour du faubourg d'Østerbro et entra dans la ville. Il prit par les ruelles pour passer inaperçu et se dirigea vers le cimetière de Kristianshavn. Heureusement, la plupart des sergents de ville étaient aux Communaux.

Les navires au port éveillèrent dans son esprit l'idée de la fuite. Mais où aller? Errer comme un proscrit à l'étranger quand toute son œuvre, toute sa destinée étaient ici, le pourrait-il ? Il n'avait qu'à accepter son sort.

Le cimetière était fermé. Il dut sauter le mur. Quelqu'un avait déposé des fleurs fraîches sur la tombe du père Lasse. Marie ! se dit-il. Oui, c'était sûrement elle ! Ici, il faisait bon, il ne sentait plus la solitude. C'était comme si la sollicitude inlassable du père Lasse l'enveloppait encore pour le rassurer. Mais il fallait partir. L'idée de la prison s'était emparée de lui et l'enfiévrait. Il erra par la ville, s'en tenant toujours aux ruelles, où l'obscurité le cachait. C'était son champ de bataille ; comme il était calme à présent ! Dieu merci, on ne le maudissait plus. Eux allaient vers le bonheur, tandis que lui… Il s'approcha de son meublé avec prudence, deux agents en civil y montaient la garde. Alors, il retourna vers les ruelles. Il continuait à errer sans but précis et il luttait contre sa décision inflexible jusqu'à ce qu'il la fasse céder. Il monterait voir Ellen pour lui dire une bonne parole et embrasser les enfants.

Mais, là aussi, une surveillance avait été établie : partout, il était rejeté dans la solitude, qui n'était pas son élément. C'était là le plus terrible. Comment allait-il se tirer d'affaire, seul avec lui-même, lui qui ne respirait qu'en communion avec les autres ? Il avait beau lutter pour se persuader du contraire, Ellen était tout de même sa vie ; le regard interrogateur d'Ellen était toujours sur lui, énigmatique, à un tournant ou à l'autre de son existence, où qu'il aille. À cet instant, il avait la certitude qu'elle s'était tenue prête depuis qu'il était parti et qu'elle l'attendait. Comment prendrait-elle ça ?

Dans Slotsgade, il vit de la lumière aux fenêtres de Morten. Prudemment, il traversa la rue et monta. Morten était en train de lire.

– Ça, par exemple, c'est nouveau ! Bonjour, pompier ! dit-il avec un bon sourire.

– Je viens te dire adieu, dit Pelle, d'une voix blanche.

Morten le regarda avec étonnement.

– Tu pars en voyage ?

– Oui, je voudrais bien…

Il garda un instant la tête basse. Brusquement, il s'écria:

– Que ferais-tu si la police était à tes trousses ?

Morten le regarda un moment, puis il ouvrit un tiroir et en tira un revolver:

– Je ne les laisserais pas me mettre la main dessus, dit-il d'un air sombre. Mais pourquoi me demandes-tu ça ?

– Pour rien. À propos, pourrais-tu me rendre un service ? J'avais promis d'ouvrir une souscription pour les pauvres diables de l'Arche, mais je n'en ai pas le temps. Ils ont perdu toutes leurs affaires dans l'incendie. Tu veux bien t'en occuper ?

– Oui, c'est entendu. Seulement, je ne comprends pas...

– Mais si, je vais partir en voyage, reprit Pelle, avec un sourire forcé. J'ai toujours eu envie de voyager comme un compagnon errant, tu sais, et je viens de trouver une occasion.

– Alors, bonne chance ! dit Morten, qui le dévisagea d'un air singulier, en lui serrant la main.

Ce qu'il avait deviné, Pelle n'en savait rien. Morten aussi avait du sang de Bornholm dans les veines, et il ne se mêlait pas des affaires d'autrui.

Pelle se retrouva dans la rue. Non, la solution que proposait Morten n'était pas pour lui: il irait tout de suite se livrer à la police ! Il prit l'avenue, il n'avait plus de raison de se cacher. Dans Nørrebrogade, une silhouette s'affairait à une besogne louche à la porte d'un magasin. L'homme se colla contre la porte au passage de Pelle. Pelle s'arrêta net, au milieu du trottoir. L'autre demeura un instant immobile dans l'obscurité; tout à coup, il bondit en poussant un grognement de haine et s'efforça de renverser Pelle. Au même instant, ils se reconnurent: c'était Ferdinand.

– Tiens ! Tu te balades encore ? s'écria-t-il stupéfait. Je croyais qu'on t'avait déjà cueilli.

– Comment tu sais ça ? demanda Pelle.

– C'est le métier qui veut ça. T'auras dans les cinq à six ans, Pelle, dans la posture où tu t'es mis. La prison, bien entendu, pas le bagne. Ah ! T'as froid, dit Ferdinand compatissant, je me mets à ta place ! Mais, écoute, Pelle, tu as été bon envers moi, tu as voulu me tirer d'affaire. Après ma mère, tu es le seul être à qui je tienne. Si tu veux déguerpir, je vais te planquer et je te procurerai l'argent du voyage.

– Où le prendras-tu ? demanda Pelle, sceptique.

– Ah ! Je réalise à ma façon la répartition de la richesse, répondit Ferdinand, avec un large sourire. Justement, le préfet de police a cinq cents couronnes dans son bureau. Je peux te les refiler, si tu veux.

– Non, dit Pelle lentement, il faut que j'y passe. Mais je te remercie de ta bonne intention ; dis bonjour de ma part à ta vieille mère. Et si jamais tu as de trop, tu seras bien gentil d'en donner un peu à la veuve Johnsen. Elle et la petite sont dans la misère depuis la mort d'Hanne.

Maintenant, il n'y avait plus rien à faire, tout était fini. Il traversa la place, pour gagner le palais de justice. La vieille bâtisse avait l'air bien sombre : il poursuivit son chemin vers le canal, pour se ressaisir un peu avant d'entrer. Il longea le parapet et se mit à contempler l'eau. C'est bien juste si l'on pouvait apercevoir les barques et les grands viviers de bois. Arrivé à la hauteur de l'église de Holmen, il se reprit ; maintenant, il fallait y aller. D'un geste plein de courageuse décision, il leva la tête et se trouva face à face avec Marie. Ses joues s'empourprèrent, quand elle l'aperçut :

– Pelle ! s'écria-t-elle tout heureuse, tu es là ? Mais alors, ce n'est pas vrai ! Je viens de la salle de réunion et ils ont dit que tu avais été arrêté. Ah ! Nous étions si malheureux !

– Oui, je vais être arrêté. J'y vais de ce pas.

– Mais Pelle, mon petit Pelle !...

Elle le regardait de ses yeux remplis de larmes. Hélas ! Il était toujours l'enfant trouvé qui avait besoin d'elle. À Pelle aussi, les larmes montèrent aux yeux. Il se sentit tout attendri. Il y avait tout de même un être humain dont le cœur battait pour lui ! Et comme elle était belle dans son chagrin. Svelte et bien faite, elle se tenait debout devant lui et ses cheveux, autrefois si clairsemés et ternes, ondulaient sur son front. Elle était sortie en beauté de cette chrysalide qui la paralysait.

– Pelle ! dit-elle, les yeux baissés, en lui prenant les deux mains, n'y va pas ce soir, attends demain matin ! Ce soir, tous les autres fêtent la victoire et toi, tu irais là-bas… Viens avec moi dans ma chambre, Pelle, tu as l'air si triste !

On voyait sur son visage qu'elle retenait à grand-peine ses larmes. Jamais il ne l'avait vue aussi enfant.

– Pourquoi hésiter ? Viens, ne suis-je pas belle ? Tout cela, je te l'ai gardé. La première fois que je t'ai vu, je t'ai aimé, Pelle. J'ai commencé à grandir parce que je voulais être belle pour toi ! Je ne dois rien à personne, sauf à toi, et si tu ne m'aimes pas, je ne veux plus vivre.

Non, elle ne devait rien à personne, cette enfant née de rien ; elle était son propre ouvrage. Belle et immaculée, elle venait à lui, dans sa solitude, comme une messagère des pensées affectueuses des pauvres, pour le consoler. Elle avait poussé sur la misère, belle et pure comme le règne du bonheur. Où dans ce monde pourrait-il reposer sa tête lasse, sinon sur le cœur de celle qui était pour lui l'enfant, la mère et l'amante ?

– Tu sais, Pelle, on a dansé dans la salle de réunion après le meeting et nous, les jeunes filles, nous avons tressé une couronne de feuillage vert et c'est moi qui devais te la poser sur la tête, quand tu entrerais dans la salle. Ah ! Tu sais, nous avons pleuré quand quelqu'un est venu dire qu'on t'avait arrêté. Mais, comme ça, tu as eu ta couronne, n'est-ce pas ? Et maintenant, tu vas bien dormir sans penser à demain.

Pelle s'endormit, la tête sur sa poitrine. Et tandis qu'elle l'enveloppait d'un regard maternel, il rêva que les centaines de milliers d'ouvriers danois étaient en train de bâtir un château magnifique, et que c'était lui l'architecte. Une fois le palais achevé, il y entrait à la tête de l'armée ouvrière : en chantant, ils traversaient les longs couloirs pour emplir les salles claires. Mais il n'y avait pas de salle. Le château s'était transformé en prison. Ils marchaient et marchaient et ne pouvaient en retrouver l'issue.

RÉALISATION : PAO ÉDITIONS DU SEUIL
NORMANDIE ROTO IMPRESSION S.A.S. À LONRAI
DÉPÔT LÉGAL : OCTOBRE 2005. N° 81709 (05-2645)
IMPRIMÉ EN FRANCE